U0535722

"十三五"国家重点图书出版规划项目

浙江文化艺术发展基金资助项目

中国民间文艺思想史论

东方文明的曙光
中国神话重构与文明诸阶段

高有鹏 著

宁波出版社
NINGBO PUBLISHING HOUSE

图书在版编目（CIP）数据

东方文明的曙光：中国神话重构与文明诸阶段 / 高有鹏著 . -- 宁波： 宁波出版社 , 2023.3
（中国民间文艺思想史论）
ISBN 978-7-5526-4186-8

Ⅰ . ①东… Ⅱ . ①高… Ⅲ . ①神话—文学研究—中国—古代 Ⅳ . ① I207.73

中国版本图书馆 CIP 数据核字（2021）第 023685 号

东方文明的曙光　DONGFANG WENMING DE SHUGUANG

中国神话重构与文明诸阶段

高有鹏　著

策　　划	袁志坚　徐　飞
责任编辑	王　苏
责任校对	张雨晴　陈　钰
出版发行	宁波出版社
地址邮编	宁波市甬江大道 1 号宁波书城 8 号楼 6 楼　315040
装帧设计	金字斋
印　　刷	宁波白云印刷有限公司
开　　本	710 毫米 ×1000 毫米　1/16
印　　张	24.5
字　　数	339 千
版　　次	2023 年 3 月第 1 版
印　　次	2023 年 3 月第 1 次印刷
标准书号	ISBN 978-7-5526-4186-8
定　　价	85.00 元

本书若有印装错误，影响阅读，请与出版社联系调换，电话：0574-87248279。
（版权所有　翻印必究）

目 录

第一章 作为民族记忆与民间文学的神话传说 …………… 001

第二章 中国神话时代 …………………………………… 008
    第一节 神话时代与文化重构 …………………………… 009
    第二节 盘古时代 ………………………………………… 016
    第三节 女娲时代 ………………………………………… 040
    第四节 伏羲时代 ………………………………………… 055

第三章 炎帝神农时代 …………………………………… 105

第四章 燧人氏与有巢氏 ………………………………… 136

第五章 夸父英雄 ………………………………………… 141

第六章 黄帝时代 ………………………………………… 156
    第一节 铸鼎中原与战争神话 …………………………… 157
    第二节 治世神话 ………………………………………… 219
    第三节 发明创造神话 …………………………………… 247

第七章　颛顼帝喾时代 ········· 303
　第一节　轩辕黄帝的子孙 ········· 303
　第二节　民间社会的绝地天通 ········· 306

第八章　尧舜时代 ········· 316
　第一节　尧舜成为中国政治的典范 ········· 317
　第二节　神州尽舜尧 ········· 329

第一章
作为民族记忆与民间文学的神话传说

在中国民间文学发展史上,神话传说具有开端性的表达意义。在民族记忆的长河中,神话传说和歌谣等艺术形式如同源头,成为后世民间文学的述说背景,堪称文化的底色。

神话是超越自然形态和社会现实生活的文化概念,其实质在于通过文化艺术的叙说,形象地展示民族的信仰与审美。一首《我的中国心》,曾经是最响亮的旋律。长江、长城、黄山、黄河,在整个民族心中,都重若千钧。这是一个民族最深刻的记忆,其实就是一种文化的传承,是对自身历史的重新整合和叙述。神话传说从某种程度上看就是民族最古老的历史记忆。

"神话"作为现代学科的概念是近期才确立的,但这个词千年前就已经存在了,明代汤显祖在《虞初志》中就已经使用了这个说法。其进入学术体系,较早是由梁启超、蒋观云等提出来的。1840年以后,我们的民族饱受列强蹂躏,在这样的背景下,一群知识分子远渡重洋,寻求民族生路。在日本,梁启超、蒋观云等就关注人种存活的问题,并结合中国古代的文化理念,创造性地提出了"神话"这一词。

神话的"神",指祖先神明;"话"借鉴了日语说话、物语的用法。因此,"神话"这一学科概念的提出,也是在唤醒我们的民族记忆。多种因素交织,形成了中华民族对历史的一种特殊叙述需求,正如司马迁所说:"昔三代之居,皆在河洛之间。"

今天要重新解析神话传说,不能仅依靠"口传"这种方式,还要依据文献。中国神话在历史中构建的体系不是一朝一夕形成的,而是在不同时代,由不同群体整合的。每一个神话故事背后,都有一个特殊的文化历史背景。

我们对历史文化有特殊的理解。一是"国之大事,在祀与戎",二是"欲灭其国,先毁其史"。"戎"是国防,"祀"是记忆。敬天敬地,告慰先人。节日仪式很大程度上都是用一种神话传说的记忆方式来叙述自己的身份,从中可以看到民族的记忆方式与神话传说的密切联系。

正如联合国教科文组织所提出的对非物质文化遗产保护的要求一样:一个民族的记忆,会影响一个民族的想象力,一个民族要使自己的想象力不断丰富和发展,保持生机,就应该使自己的记忆不断被修复、被守护。"国之大事,在祀与戎。"祀的目的,就是对自身记忆不断修复。

再说"欲灭其国,先毁其史"。神庙里供奉着祖先,流传着他们的传说和故事。同时,在历史的建构中,可以看到一个民族的记忆方式和生存方式,它们之间有着非常密切的联系。要毁灭一个民族,首先要让它失去文化的记忆能力。

比如芬兰史诗《卡勒瓦拉》。芬兰民族的语言被其他民族蹂躏,在学校教育里形成了空白。《卡勒瓦拉》唤醒了芬兰民族的记忆,让民族从自己的历史中寻求家园。再如都德《最后一课》里写道,当敌人到来的时候,一个老师在上最后一堂法语课,他喊出了"法兰西万岁",告诉学生们法语是世界上最美丽的语言,永远不能把它忘掉。

一个人想知道自己从哪里来、要往哪里去,一个民族也一样。有人说,一个民族如果过于沉醉自己的历史辉煌,会形成惰性,会失去对创造的热情。但如果一个民族忘却了自己的根源,它所面临的又将是什么呢?那就叫"失忆"。神话传说是最古老的记忆,它以原始的思维、以想象的方式来表达情感,来回答诉求。先民面对自然界所提出来的一系列问题,都成了后来生动的神话传说。在这个意义上,神话传说都有历史化的进程,构成了中国古典神话时代这样一个特殊的阶段。

神话传说不是对历史简单的叙述,而是一种具有强烈想象力的表达,尤为重要的是怎么把它历史化。这种历史和直接的历史表达是有很多区别的,比如天地是怎么构成的,比如外星人是否存在,虽然都有科学的解释,但神话传说怎么回应这些问题呢？我们选择了一个词,叫"盘古"。"盘古"这个词是后人造的,是后人对它进行叙述而形成的。神话传说并不与历史的发展同步,它是一种想象,它包含了历史的内容、历史进化的过程,但并不简单等同于历史。

在日常生活中可以看到这种现象,当人们叙述自己记不清的事情时,常常用一种"模糊"的表达方式,反而能更生动。同样,如果要叙述本民族的历史,完全用考古学或者历史学的观点去诉说,将失去它最动人的内容。神话传说用一种特殊的方式、一种模糊的方式,记述了历史。

"盘古"这个词较早出现在三国时期,吴人徐整写了两本书,一本叫《三五历记》,一本叫《五运历年纪》。这两本书都是探讨中国古代文化神学的著作,今天把它们概括为"三才五行"。事实上"三才五行"的概念也是战国之后才慢慢丰富和完善起来的。五行最初叫"五方",五方就是东西南北中。天地人是三才。类似的还有"太极生两仪,两仪生四象,四象生八卦"等。《三五历记》《五运历年纪》,魏晋南北朝时的《神异记》,一再提到最初的天地像鸡蛋一样,阳清为天,阴浊为地,盘古居于其中。如此一万八千年,时天极高,时地极低,于是就有了天地之分。盘古的呼吸变成了风雷,眼睛变成了日月,毛发变成了森林、草木,身上的虱子、跳蚤等小动物变成了豺狼虎豹,经脉变成了山川。人们根据当时的生存环境,叙述着起源传说。世界各民族都有相似的现象,具有普遍意义。盘古开天辟地表明了我们这个民族的天地观、日月观、自然生成观。有了天地,人又从哪里来？于是进入了神话传说的第二个时代。

我们的祖先说是女娲抟土造人。典籍还说"仲春之月,令会男女,于是时也,奔者不禁",让不同部落的青年男女,在春光明媚的时候走到一起,去"自由组合"。但这也不能解释最初的人是怎么产生的。这里涉及神话传说的流传问题。女娲是怎么来的?想象。而这个想象是合理的想象。比如盘古,不止一个民族信奉盘古的故事,古代文献中提到南海有盘古国,三国徐整也提到了盘古,魏晋南北朝时盘古的神话进一步丰富起来。尤其到了明代,还专门出了一个《盘古演义》。

女娲也一样。较早提到女娲抟土造人的《风俗通义》,作者是东汉的应劭,做过泰安太守。《风俗通义》是一本研究风俗的著作,这本书中写道:"俗说天地开辟,未有人民,女娲抟黄土作人。剧务,力不暇供,乃引绳于泥中,举以为人。故富贵者,黄土人也;贫贱凡庸者,绠人也。"应劭把民间的传说做了记录,在这之前,女娲抟土造人的故事就存在了。屈原《天问》说:"女娲有体,孰制匠之?"女娲也有自己的身体,是谁制造的呢?《山海经》中写道:"有神十人,名曰女娲之肠,化为神,处栗广之野,横道而处。"按照民俗学的解释,女娲是一个部落的大神,从她的肠子、腹腔里走出来十个人,变成了许多小部落。其实神话更多的是一种记忆方式,如果把它等同于历史,就失去了它应有的表达效果与表达能力。

华夏对自身的拷问,用盘古的开天辟地规定了空间,用女娲抟土造就了躯体。所以中国有着非常重的崇土观念,一个人死后,要"入土为安"。

有了男人和女人,便有了阴阳调和,于是就有了伏羲女娲结合的传说。

伏羲是农耕文明的重要开创者。在早期文本中,女娲跟伏羲并没有太多的联系。唐代诗人卢仝在诗中说,女娲伏羲本是夫妻,于是有了这样的传说,唐诗中习见。造人和农耕有什么关系呢?《周易·系辞下》云:"古者包羲氏之王天下也,仰则观象于天,俯则观法于地,观鸟兽之文与地之宜,近取诸身,远取诸物,于是始作八卦,以通神明之德,以类万物之情。"伏羲根据观察,看到天上日月星辰变化,看到地上江河湖海奔流,看到周边的事物,就作了"八卦"。

八卦，其实是伏羲对人类发展问题的思考。《周易》说这八种元素，形成了基本的时间和空间概念。在神话传说中"始作八卦，以通神明之德，以类万物之情"，是为了总结天地变化和人类发展规律。北宋的范仲淹是著名的思想家、政治家、文学家，他在文章中常常引用《周易》的"穷则变，变则通，通则久"，这是他的政治智慧。《周易》和八卦能够为我们提供这么多的精神财富，从某种程度上说，是因为中华民族与"易"有着非常密切的联系。"变"就是以天道规律来形成人们最深刻的记忆，天人合一、天人相应，成为我们民族对神话传说的一种特殊理解方式，构成了我们民族的早期哲学范式。

伏羲和女娲的结合，其实是一种文化发展，凸显了文化的自我修复。神话传说中有了天地，就有了舞台，也就需要演员（人）。造人用手捏还不够，于是出现了"滚磨成亲"。女娲和伏羲的功绩，就是用仪式（婚）代替了简单的抟土造人，让人们明白了婚姻与生育的密切联系，从中可以看到从亲婚制到对偶制的漫长发展过程。有的学者用云南泸沽湖那种"只知其母，不知其父"的原始色彩婚姻方式来解说这种现象，但无论民族学、人类学还是考古学，很多时候无法有效解释一些人类生活和文化现象，因为先民的诉说是一种记忆，是对历史的一种混沌的诉说，不是简单的、准确的历史记录。

盘古开天辟地，创造了人类的活动空间；女娲抟土，创造人类；伏羲教人渔牧、制作衣裳、制定婚仪。接下来又出现了神农尝百草。在神话传说中，用"神农"形象点明农耕，这是民族的特殊记忆。人们对自身的认识，常据于想象。但这种想象并不是无端的，它有自己的历史的经验。神农以后，又有燧人氏、有巢氏等一系列与人们居住生活密切相关的人物。接着又进入了一个新的阶段——炎帝和黄帝。炎帝和黄帝并不属于一个紧密的整体，所谓"炎黄子孙"，其实炎黄之间存在一个巨大的时空错位。炎帝是五方之帝的南方赤帝。传说炎帝发现并推广了火的使用，使人们的生活水平不断提高，告别了茹毛饮血的蛮荒时代。"炎"字由两个"火"组成，其实是火图腾。华夏民族有多种图腾，火图腾是其中一种。神话传说给予火很高的地位，除炎帝外，还有燧人氏钻木取火等。其实这些都是社会发展过程中集体的智慧结晶，但用炎帝、神农氏、燧人氏这些代表性的形象做了概括。

黄帝是五方之帝的中央之帝，是中华文明形成的重要标志性人物。有学者考证，"黄"就是"华"，黄帝就是华夏之祖。司马迁的《史记》对伏羲、女娲、神农、盘古等不予着墨，只提到了黄帝，他说："然《尚书》独载尧以来，而百家言黄帝，其文不雅驯，荐绅先生难言之。"司马迁写《史记》的重要特点，就是把一部分神话传说作为历史记述，当然也经过他自己的考辨研究。有许多学者批评司马迁不严谨，把神话传说当作历史。其实历史与神话传说往往有相同的元素内容以及想象的空间。

再如仓颉造字，《淮南子》说："昔者苍颉作书，而天雨粟，鬼夜哭……"文字的创造是人类文明伟大的转折。仓颉造字，告别了结绳记事，使得文化可以被记录、被传承。有许多关于黄帝时代的神话传说，说明那时是华夏民族发展的一个重要阶段。黄帝时还创设了许多制度，今日现实生活的许多方面，其源头都可追溯到黄帝时代。

黄帝传说人神杂糅。《山海经》中曾提到"建木神树"，说是黄帝所植，参通天地。有人说那是扶桑，其实不是。扶桑是太阳升起的地方。黄帝的孙子是颛顼，《山海经·海内经》说黄帝生骆明，骆明生白马，昌意生颛顼，颛顼是为帝也。颛顼出生时像头猪，善弄琴。他手下有两个大臣，一个叫重，使劲把天托起来；另一个叫黎，狠狠把地往下拉。颛顼生了9个孩子，没有一个成器的，黄帝的子孙到此算是完了。接下来是尧舜禹的时代。

黄帝以前，诸部落相互打杀，尧时进行了秩序整合。而舜时，又走向亲民。最后，大禹成了中国神话传说的一个小结。有些专家说，大禹是条虫，其实这里的"虫"是一个民族的文化诉说方式，是龙的变体。虫图腾信仰在很多少数民族都有。在文化整合过程中，它常以新的形式诉说，于是就有了"大禹治水"这样的内容。"大禹治水"的牺牲精神，表明了华夏民族的特殊精神向往，构成了华夏民族重要的精神主体。也正是他的伟大精彩、悲壮生动，形成了民族神话传说的最强音。中国神话传说在这样的文化递构中，被一代一代延续。

伟大的民族认同，构成了神话传说的记忆创始与诉说方式，这正是中华民族伟大复兴的福音。中国神话传说与民族记忆有着非常密切的联系，它的流传并不只是故事的流传，还包含了对自身历史的认识、对传统文化的总结，尤其是对民族精神品格的认同与发展。

第二章
中国神话时代

所谓神话时代,是按照神话的具体内容所呈现出的社会性质相对划分的。无论这种时代是否在历史上确实存在过,作为对人类进步足迹的折射,确是值得重视的。古人把神话时代的那些帝王概括为三皇五帝[1],而对三皇和五帝则又有不同的理解。今天,在明白了神话和历史的分野后,会很容易地避开历史化的误区,但前人划分的依据是不应该忽视的。当然,所谓的三皇五帝与所说的神话时代,是有着重要区别的。关于这一点,吕思勉的《中国民族史》、徐旭生的《中国古史的传说时代》等著作,都进行了详尽的讨论。这里所提出的神话时代及其划分的方法,既有像吕思勉、徐旭生等学者依据古文献所进行的相应的神话内容分析,又有更为重要的田野作业即科学考察所发现的意义显示。基本上可以把整个中国神话时代划分为这样几个阶段:

一、盘古时代。这是中国古典神话的开端,标志着天地的生成。

二、女娲时代。它是随着社会的发展,女性占据特殊地位的阶段,是对人类诞生的文化阐释,生育成为这一时期的母题内蕴。

三、伏羲时代。它的主要内容是文化(文明)初创,包括渔猎文明的发生。

四、炎帝神农时代。这是农耕文明的开创时代。

---

[1] "三皇五帝"的称谓始见于《吕氏春秋》,此前《孟子》《荀子》中已有"三王五霸",这不是原始神话,而是政治神话;但他们的出现是有历史文化根据的,具有文化英雄的痕迹。

五、黄帝时代。这是中国神话的一个重要转折时期,它一方面是原始文明的集大成,另一方面第一次以无比辉煌的神性业绩构筑成庞大的神系集团,对中华民族的形成起到至关重要的作用。

六、颛顼、帝喾时代。其神性业绩主要在于绝地天通,这一时代的文化内核"巫"成为社会精神的支柱。

七、尧舜时代。这是关于政治理想的时代,以禅让为核心。

八、大禹时代。洪水神话成为大禹神性业绩的基本背景,同时,这一时代也意味着中国神话时代的终结。

笔者这样勾勒中国神话时代,以古典文明为划分依据,并不排斥少数民族。关于这个问题,我将在《少数民族民间文学卷》更为充分地展开。各民族在历史进程中相互交融,各自创造了绚丽多彩的神话。在古典文化中所展现的汉族神话时代和神话系统,与各少数民族中的神话内容,都来自口头描述。从许多少数民族的神话中可以十分清楚地看到各族人民的密切联系,而且也可以看到,即使是汉民族的神话,也同样包容着许多非汉民族的文化成分。若没有多民族的交融与联系,就没有今天的中华民族。

神话传说故事是在历史文化漫长的发展过程中逐渐形成的。少数民族,特别是长期没有文字的少数民族,其口头流传的神话传说同样是中国古代神话传说体系的重要组成部分。古文字学家告诉我们,文字的产生和发展是一个十分漫长的过程,神话传说的流传不能仅仅依靠文字,因为有许多语言没有被文字保存。一个典型的证据就是在甲骨文中出现了"王母"的概念,但是没有出现伏羲、女娲之类的大神。那么,是否那样一个时代就没有伏羲、女娲的故事流传呢?甲骨文记载是否全面?

第一节　神话时代与文化重构

神话传说的实质是上古人民的想象,是一种建构于想象的述说。神话时代是在传播中形成的,是历史的影子,而不是也不可能是历史直接、简单的等价物。但是,神话的产生也绝对不是无中生有。有学者提出神话时代就是特殊的历史阶段,甚至可以用史前考古具体证明神话作为历史的可靠性。有西方学者提出"神话历史"的概念,即一切历史都开始于叙述,而一切叙述都开始于神话。对此,有学者解释道:

……西方历史之父希罗多德用希腊文撰写的《历史》里充满了神话。今天表示"历史"的英文词 history 就是源于拉丁文转写的 historie,其本义是"探究"。希罗多德在这部书里讲述了自己探究希腊神话历史的经历,跑了很多地方,小亚细亚、埃及,为什么?就是想弄明白希腊神话历史中的很多对象究竟是从哪里来的。像大英雄赫拉克勒斯,都知道是希腊英雄,《荷马史诗》里也讲过,但希罗多德的讲述不一样,他说赫拉克勒斯的名字是希腊的,但原型在古埃及。而在古埃及,他不是英雄,而是神庙中的神。为了一探究竟,他就跑到古埃及去看。所以说,历史的开端与神话是分不开的,每一个民族的历史讲述毫无例外都是神话式的讲述。要追述中国历史的开端,炎黄称帝、炎黄大战、黄帝杀蚩尤、尧舜禅让、鲧禹治水等,所有这些历史的讲述都被现代学者当成了神话传说,这就叫古史的传说时代,它不能被一一落实和还原,但它带有远古人的文化记忆,这一记忆用了很多超自然的因果关系来做解释,这样的历史,与其说是历史,不如说是神话历史。后现代的西方史学界出现一个潮流,认为纯客观的历史是不存在的。西方的学科背景把人文学科主要划分为文史哲三科,它的分界标准跟研究标准是有关系的。历史学被认为是研究历史真相和史实的学科,排斥和反对虚构的内容;哲学是研究自然和社会等一切知识的总和、追寻真理的一门学科;文学因为与想象和创作有关,所以无法求真。也就是说,文史哲三科中,历史和哲学被认为是求真的,文学研究则是处理虚构的对象。在理性主义占主导的时代,"神话"自然也被归

第二章 中国神话时代

入想象和虚构的一类。当20世纪初"神话"这个概念借道日本被引入现代汉语中的时候,最初热衷于介绍和研究的学者主要以文学家为主体,如鲁迅的《中国小说史略》就是从神话开篇,而他的《故事新编》就是重述神话,闻一多《神话与诗》是多学科视角重新研究《诗经》与《楚辞》的论文集,郭沫若《女神》就是写神的,处于中国新文化运动伊始的文人几乎都会关注神话,同时也都是在西学东渐的学科背景下从事教学和研究的。也因此,在中国唯一合法的讲述神话的地方主要是大学中文系的民间文学课堂。可是对照国际神话学研究,比如以一位国际神话学理论权威罗伯特·西格尔所编著的六大卷《神话理论》来看,作为文学的神话仅仅是六分之一而已,可见文学本位的神话观,以及仅仅将神话视为想象和虚构的观念,非常不利于我们认识事物的真相,在当下需要突破。应该有一个新转向:神话不仅仅属于文学。今天使用"神话历史"这样一个合成词,就是要重新认识神话的文化基因和历史叙事性。

历史为什么被当成是客观的、求真实的学问呢?这主要源于近代以来西方史学主流观点:历史属于科学。但是在20世纪中后期发生了根本的变化,很多历史学家开始提问:有一个客观的历史吗?怎么求证?尤其是来自于人类学家的提问最为尖锐:历史是曾经发生的事实?还是人们对曾经发生的事件的叙述?这一点一定要区分开。比如辛亥革命,我们所接触到的都是关于它的各种记述,有革命一方的叙事,有清政府一方的叙事,还有民间立场的叙事,究竟哪一方的叙事是最真实的,是真正的历史?人类学家提出的问题与此相似,代表人物还是芝加哥大学的萨林斯,他的代表性著作都有中译本。如《历史之岛》,讲的是夏威夷原住民的故事,当殖民者英国的库克船长率领船队第一次登上夏威夷岛的时候,夏威夷岛民才第一次进入世界史的视野。从此以后,关于夏威夷群岛的历史如何书写?是听殖民者的以库克船长为代表的英语叙事者的讲述,还是听原住民自己的讲述?谁讲述的是客观的历史?历史永远是胜者记述自己的光辉的事迹,记下来的必然带着强烈的政治意识,特别是政权的选择,也就是说,通常所说的历史无非是掌握书写权的人建构出来的一套叙事。新史学为什么要如此强烈和尖锐地反对传统史学的客观性和真实性呢?就是因为人类学家提示,历史的书写也好,成文的史书也好,这只是有文字民族的一种书面符号使用,夏威夷原住民没有文字怎么办?如果要寻找他们世世代代如何生活的真相,必须诉诸他们的口头传统(oral tradition),没有文字的民族的历史是通过口耳相传的神话传说讲述的。没有例外,所有原住民的历史一般都是从开天辟地和英雄祖先讲起的,然后讲到部落领袖,也就是说,今天被当作虚构和想象的神话故事,对于那些没有文字的民族来说,其实是他们世世代代的口耳相传的活态历史和文化记忆。在前现代社会,不存在无神论的历史讲述,因为那个时候没有不信神的人,人人都生活在神灵信仰的世界里,所以历史的叙事都从天神开始。这一发现对西方史学的唯一性构成了挑战。[1]

这是很有道理的。神话传说故事失去流传(口头与文字等形式),就很可能失去其文化生命力。古史辨学派的怀疑方式影响深远,他们是在用一般历史学的方法研究非常复杂而特殊的历史文化问题,所以在许多时候表现出无能为力。今天对于神话时代的划分,事实上就是依靠多种材料,进行神话传说故事体系的有机修复,当然,也不能排除历史事实的具体认定。

中华文明是一个相互联系的整体,不能割裂神话时代中神性主角与原始文明的密切联系,尤其不能以记录时代的早晚来判断其先后。如关于盘古时代的划分,神话中的盘古既不是实际存在的部落领袖,也不是具体的祖先神,他就是一个想象中的文化共同体,在文献中关于盘古的记述比其他神祇都要晚。三国时期吴国太常徐整最早在《三五历记》和《五运历年纪》中

---

[1] 叶舒宪《文学人类学探索》,陕西师范大学出版总社2018年版,第266—268页。

提到了盘古,显然,盘古神话只是根据那个时代的流传状况被记述下来,而它应该是在此之前就已经流传了很久的。同时,关于徐整的出身问题,也是理解盘古神话包括其发生地望即"南来说"或"北来说"的重要前提。追本溯源,徐氏一族出自涂山氏,其地望是在"昔三代皆居"的河洛地区,待武王伐纣,发生了非常重要的"殷民六族封鲁"的大事件,在殷民六族中就有徐氏,《左传·定公四年》有这一内容。西周时期的徐氏,居住地主要在山东(历史上山东有三个徐州,一在今滕州市官桥附近,一在东平舒县,一在曲阜以东)。周人多次伐徐,才使他们南迁至今江苏省所属的徐州。公元前512年,发生了吴人灭徐事件,徐氏族人再次大规模迁徙,一部分移至越国,一部分仍居留在淮河中下游地区。到了公元前494年,距吴人灭徐已有18年,吴又打败了越国。越人的集中地在会稽,距吴人集中地姑苏较近,越人不敢轻举妄动,他们秘密联络,终于等到了复仇的机会。《左传·哀公十三年》有这样一段记述:

> 六月丙子,越子伐吴,为二隧。畴无余、讴阳自南方,先及郊。吴太子友、王子地、王孙弥庸、寿于姚自泓上观之。弥庸见姑蔑之旗,曰:"吾父之旗也,不可以见仇而弗杀也。"太子曰:"战而不克,将亡国,请待之。"弥庸不可,属徒五千,王子地助之。乙酉,战,弥庸获畴无余,(王子)地获讴阳。越子至,王子地守。丙戌,复战,大败吴师,获太子友、王孙弥庸、寿于姚。丁亥,入吴。

"姑蔑之旗"包含着一个非常重要的信息,即徐人参战。徐人为何参加这次复仇战争?因为当年吴人灭徐时,一部分徐氏族人迁到越国,自然就与越人联盟了。从考古发现来看,吴越地区的青铜器铸造吸收了中原地区的技术,与徐人是分不开的。今天的吴越腹地浙江、江苏一带有徐偃王的许多传说,有些地方还建有徐偃王庙,徐氏成为影响很大的族系。徐整作为吴人,当属偃王一系，其祖先当居中原，那么，他记述盘古神话就不排除有中原遗民的口头记述成分。更何况徐整的著述名为《三五历记》《五运历年纪》，是很典型的北方道家文化概念，与吴越文化相异。仅以徐整为"吴人"就断言盘古神话属于南方民族，显然是无力的。尤其是历史上太行山被称作五行山，三才、五行学说发生在北方，是中原文化的重要概念，徐整为中原人后裔，记述北方遗民流传的盘古神话就是很自然的事情了。民族迁徙留下的文化之谜太多了。现在，不仅中原地区发现大量盘古神话，在西北地区、华北地区的甘肃、河北、山西、陕西[1]一带也发现许多盘古神话，这就说明盘古神话并非仅在南方民族中流传，在其他地区同样有。所以，结合上述材料，可以理直气壮地把盘古神话时代作为我国古典神话的第一个时代。

原始神话的主角无疑是原始大神，而这些原始大神或者是氏族部落的酋长，或者是人们总结经验所想象出来的祖先。在每一尊神像的背后，都闪烁着远古人民智慧的光辉，不同的神话时代在人们的精神世界所处的位置不同。如黄帝时代之前的盘古神话、女娲神话、伏羲神话，一般是单体神性，即使有一个以上的，也被描述成兄妹婚姻中的夫妇。而到黄帝时代，这种局面就被打破了。实际上，这种局面在炎帝神农时代就已经出现，其内容是在炎黄战争中具体表现出来的。黄帝在中华民族的形成中具有非凡的意义，许多神性角色与他的联系，一方面说明历史上以他为首的政治集团统一了诸多部落，另一方面说明在神话发展变化中存在着一个非常普遍的依附性规律。特别是后者，对于划分中国神话时代具有非常重要的意义，使我们能把许多表面看来零乱无章的神性角色联系在一起，大致勾勒出漫长的远古时代历史渐进的轨迹。理解这些内容，如果要用史学上的考古论证，则会束

---

[1] 从20世纪80年代所开展的中国民族民间文艺十大集成（包括中国民间故事集成、歌谣集成、谚语集成）材料可知，我国民间文艺、民间文学的类型分布问题应该重新认识。诸如盘古神话传说故事分布神州大地，陕甘宁地区，甚至新疆、青海、内蒙古地区也有不同类型的流传，这是多方面原因造成的。

手无策。这就是列维-斯特劳斯在《结构神话学》中所提到的置换变形原则——神话不仅存在于历史的隧洞中,它更多地属于人们的精神世界,是一个民族充满神圣感的信仰。

要划分中国神话时代,还必须回答两个问题——西王母等独立系统神话和洪水神话究竟处于哪两个时代。西王母神话原是一个相对独立的体系,它的出现时代应该与女娲神话相当。但在文献中,较早的是与黄帝的联系,就是《瑞应图》中提到的"黄帝时西王母使乘白鹿,献白环之休符"。此后《新书·修政语上》提到尧"身涉流沙,地封独山,西见王母",《竹书纪年》提到帝舜时"西王母来朝",《论衡·别通》提到"禹使益见西王母",这些材料和周穆王西征昆仑见西王母及汉武帝见西王母的意义是一样的,都表明西王母在民间信仰中的具体影响。那么,在论述神话时代时,也就有较多的理由把西王母放在黄帝时代来论。这不仅是出于方便,而且确实是因为西王母作为一个相对独立的神话体系,与黄帝集团的联系更为明显和密切。洪水神话是世界各民族普遍流行的文化现象,一般都是把洪水作为上天对人类的惩罚,或把它作为人类再生的背景,为劫难之后的兄妹婚提供必要的依托环境。我国少数民族中的洪水神话格外丰富,在许多地方同葫芦崇拜联系在一起。而汉民族的洪水神话在民间口述中表现为伏羲兄妹或盘古兄妹,也有直接描述为兄妹婚的。古典文献中许多记述却限于大禹神话,为大禹征服洪水、统一九州、铸鼎立国来制造必要的环境。那么,洪水神话是不是一个独立的神话时代,或存在于某一个神话时代之中呢?这种灾难的记忆和描述,绝非仅限于某一个神话时代,它不止一次发生,在更多时候,它成为原始人异常恐慌的情结,甚至构成一个神话母题,具有久远的影响。在论述神话时代时,也就只能具体问题具体对待。

在中华民族漫长的史前时代,神话曲折地映现出各个历史时期的不同特征。中国神话时代的划分是相对的,我们视野中的古典神话材料,大部分都可以在这里找到相应的时期,但由于中华民族独特而曲折的发展历史,笔者所使用的材料多限于古文献和文物,论述的神话时代也以汉民族的为主。关于少数民族的神话,在一些章节中有专门论述。许多少数民族在社会发展中或没有文字、或文字出现很晚,这就给神话时代的划分造成不便。对于这类情况,同样要具体问题具体分析。

第二节　盘古时代

盘古神话的主要内涵是开天辟地,这是原始人民对自己生存空间进行的探寻。这个时代其实就是天地形成的阶段,在全世界各民族的神话传说中几乎都有体现。我国的盘古神话显示出自己的文化个性,即中华民族的自然发生观念及朴素而生动的原始审美观念。

"盘古"概念出现较晚,而"盘"和"古"两个汉字早就有了。有学者考证殷墟甲骨文中的殷前古史体系,提出"在殷卜辞中,殷前古史并不是杂乱无章",即"盘古 — 王母 — 三皇 — 五帝"的"古史知识体系"[1],甚至考证出在甲骨文中,盘古即"凡母""盘母",整理出系统的卜辞:

> 熊到发惠小宰又大雨(从黄帝祭祀到帝发,求大雨。)[2]
> 求其年熊与烈山(乞求黄帝帝发与伏羲、神农保佑,今年大丰收。)[3]
> 饮与古至于大甲(饮祭盘古一直到大甲。)[4]

---

[1] 李元星《甲骨文中的殷前古史 —— 盘古王母三皇夏王朝新证·序言》,济南出版社 2010 年版。
[2] 李元星《甲骨文中的殷前古史 —— 盘古王母三皇夏王朝新证》,济南出版社 2010 年版,第 2、208 页。
[3] 李元星《甲骨文中的殷前古史 —— 盘古王母三皇夏王朝新证》,济南出版社 2010 年版,第 208 页。
[4] 李元星《甲骨文中的殷前古史 —— 盘古王母三皇夏王朝新证》,济南出版社 2010 年版,第 32 页。

其解释"盘"即"凡",意思为可以包含一切,而"古"为"先王",合起来即"天地万物之根",其依据在于《诗经》《礼记》《广雅·释诂》。这位学者注意到《路史》"前纪"、《六韬》"大明",特别是徐整《三五历记》《五运历年纪》中的盘古事迹,以及《述异记》《益州名画录》等,以此推定"伏羲氏风姓奉盘古为祖源"[1]。

"盘古"这个词在我国古代典籍中出现的时代较晚,初见于三国时吴人徐整的《三五历记》和《五运历年纪》,但它的形成肯定是非常久远的。在先秦典籍中,盘古神话的雏形就已经显现出来,如《庄子》和《山海经》所提到的"倏""忽""烛龙"等神性人物概念。这里应该指出的一个现象是,在各民族文化发展过程中,关于神话的记忆及描述普遍存在一个规律,即越是离我们久远的时代,被描述得越晚,而且描述的内容越详细。盘古神话的出现正是这样。在三国时代才出现的盘古神话,绝不意味着在三国时代才发生,而是这时才被记述。在这之前盘古神话肯定已有广泛的流传,只是由于记述手段的欠缺,形成文本才如此迟晚。如屈原在《天问》中就提出过这样一些问题:"遂古之初,谁传道之?上下未形,何由考之?冥昭瞢暗,谁能极之?冯翼惟像,何以识之?明明暗暗,惟时何为?阴阳三合,何本何化?圜则九重,孰营度之?惟兹何功,孰初作之?斡维焉系?天极焉加?……九州安错?川谷何洿?东流不溢,孰知其故?东西南北,其修孰多?南北顺椭,其衍几何?"虽然这时已进入相对发达的文明阶段,即已超越了神话产生的原始思维阶段,但原始思维结构的审美形式仍然存在,神话记忆也就自然通过言语载体等媒介而表现出来,形成了具体的神话传说。

神话是人类童年期的智慧,阐释性特征促使神话在民间流传并成为人们认识周围世界的重要因素。于是,《三五历记》和《五运历年纪》就有了对《天问》的具体解答。如,"天地混沌如鸡子,盘古生其中。万八千岁,天

---

[1] 李元星《甲骨文中的殷前古史——盘古王母三皇夏王朝新证》,济南出版社 2010 年版,第 11 页。

地开辟,阳清为天,阴浊为地。盘古在其中,一日九变,神于天,圣于地。天日高一丈,地日厚一丈,盘古日长一丈。如此万八千岁,天数极高,地数极深,盘古极长","盘古之君,龙首蛇身","首生盘古,垂死化身。气成风云,声为雷霆,左眼为日,右眼为月,四肢五体为四极五岳,血液为江河,筋脉为地理,肌肉为田土,发髭为星辰,皮毛为草木,齿骨为金石,精髓为珠玉,汗流为雨泽,身之诸虫,因风所感,化为黎氓"。在后来的《述异记》等典籍中也有许多类似的阐释性内容。如,"昔盘古氏之死也,头为四岳,目为日月,脂膏为江海,毛发为草木。秦汉间俗说,盘古氏头为东岳,腹为中岳,左臂为南岳,右臂为北岳,足为西岳……盘古氏泣为江河,气为风,声为雷,目瞳为电。古说,盘古氏喜为晴,怒为阴……盘古氏,天地万物之祖也,然则生物始于盘古"。神话世界中的盘古氏被描绘成如此豪迈、博大、辽阔的巨人形象,显现出古代人民非凡的气派和胸怀。

神话有历史的影子,但它却不能等同于人类发展的具体时期。关于这一点,著名神话学家列维－斯特劳斯在他的《结构神话学》中有详细的论述。他认为神话的语言结构存在着一个很重要的置换原则,这就是神话的传承性描述问题。也就是说,中国的神话时代以盘古为起始并非偶然,它有广泛的心理基础,并以"历史文化遗留物"的形式表现出来,其最为典型的标志就是在我国广大地区分布着传说中的盘古"遗迹"。

从文献上看,盘古"遗迹"主要分布在我国南方。如《述异记》中讲到"南海中有盘古国,今人皆以盘古为姓,则盘古亦自有种落"。在少数民族地区,盘古信仰非常深广,如瑶族《过天榜》中说:"昔时上古天地不分,世界混沌,乾坤不改,无日月阴阳,不分黑白昼夜,是时忽生我盘古。圣皇首先出身置世,凿开天地,置水土,造日月阴阳。"《粤西琐谈》中说:"盘古本为苗人之祖,原为盘瓠之转。"白族《打歌》也有关于盘古的记载。《两般秋雨庵随笔》中有"荆州以十月十六日为盘古生辰","始兴县南十三里,有鼻天子陵,……凌元驹重订《始兴县志》,断以为盘古之墓","郴州有盘古仓,会昌有盘古山,湘乡有盘古堡,零都有盘古庙"等记载;《路史》写到"广陵有盘古冢、庙……成都、淮安、京兆皆有庙祀";《录异记》记有"广都县有盘古三郎庙,颇有灵应";《元史·祭祀志》有"至元十五年四月修会川县盘古祠祀";《明史·锡兰传》有"侧有大山,高出云汉,有巨人足迹,入石,深二丈,长八尺,云是盘古遗迹"等,都是讲盘古信仰的物化形式。在这里,盘古崇拜同自然崇拜、祖先崇拜等信仰联系在一起。顾炎武《天下郡国利病书》等文献提到祭祀盘古的行为,如"衡人赛盘古,重病及仇怨皆祷祀","巫有帛,长二三丈,画盘古而下,以至三皇,无所不有……谓之盘黑鼓",甚至地方农民起义也以盘古为号,召令人民起来斗争。南方是盘古神话流传的密集区域,具有神话群的特点,所以闻一多等学者断言盘古为南方民族的神祇。尽管有人提到盘古神话之所以在南方流传是因为中原移民,但毕竟缺乏实证。《庄子·应帝王》中的浑沌记述为:"南海之帝为倏,北海之帝为忽,中央之帝为浑沌。倏与忽,时相与遇于浑沌之地,浑沌待之甚善。倏与忽谋报混沌之德,曰:人皆有七窍,以视听食息,此独无有,尝试凿之。日凿一窍,七日而浑沌死。"《淮南子·精神训》中的阴阳二神记述为:"古未有天地之时,惟象无形,窈窈冥冥……有二神混生,经天营地……于是乃别为阴阳,离为八极。"《山海经·海外北经》中的烛阴则记述为:"钟山之神,名曰烛阴。视为昼,瞑为夜,吹为冬,呼为夏;不饮,不食,不息,息为风。身长千里。……其为物,人面、蛇身、赤色,居钟山下。"

明代周游《开辟演义》是一部非常特殊的文献,记述了明代盘古故事的形态,中间夹杂许多宗教文化元素,诸如佛教、道教的影响。其第一回引他人言语称:"混沌之世,天地始分,有盘古氏者,生于大荒,莫知其始,明天地之道,达阴阳之变,为三才首君。于是,混茫开矣。"其描述"盘古氏开天辟地"道:"昆多崩娑那受佛命毕,只得顶礼辞别世尊并诸大菩萨,驾一朵祥云,离了西方佛境,直来至南赡部洲大洪荒处,大吼一声,投下地中,化成一物,团圆如一蟠桃样,内有核如孩形,于天地中滚来滚去;约有七七四十九转,渐渐长成一人,身长三丈六尺,头角狰狞,神眉怒目,獠牙巨口,遍体皆毛;将身一伸,天即渐高,地便坠下,而天地更有相连者,左手执凿,右手持斧,或用斧劈,或以凿开,自是神力。久而天地乃分,二气升降,清者上为天,浊者下为地。自此而混茫开矣,即有太极生两仪,两仪生四象,四象变化,而庶类繁矣,相传首出御世。从此,昆多崩娑那立一石碑,长三丈,阔九尺,自镌二十字于其上曰:吾乃盘古氏,开天辟地基。……"显然,这里的盘古即佛界英雄,已经不是原始大神了。

值得注意的是,盘古作为神话概念,被徐整明确记述的场景在于"三才五行",而太行山被称作五行山。在一些方志、笔记等材料中,盘古故事自然与太行山联系在一起。也就是说,早在三国时期,徐整就用"三五学说"解释盘古故事。那么,盘古与五行文化有什么联系呢?《三才图会·太行山图考》记述:"太行山在河南彰德府城北二十里,其山绵亘数千里,峰谷岩洞,景物万状,为中州巨镇。"《河南通志》"山川"记述道:"太行山在怀庆府城北二十里,其山西自济源,东北接河内修武、卫辉、林县至磁州界。……《禹贡》:太行、恒山至于碣石,亦相联属之意。"《古今图书集成·方舆汇编·山川典》第四十七卷《太行山部》记述:"黑石岭郡南八十里,太行绝顶,登其上,中原在目矣。"顾起元《名山记》(《古今图书集成·山川典》第四十八卷)记述:"《山海经》云:太行山一名五行山。《列子》作太形。则行本形也。《河图括地象》云:太行天下之脊。郭缘生《述征记》:太行首始河内,至幽州,凡有八陉。崔伯易《感山赋》:上正枢星,下开冀方。起为名丘,妥为平冈。巍乎甚尊,其名太行。盖趁韵之误耳。"《古今图书集成·山川典》第四十七卷《阳城县志·山川》有"太行山部"记述:"太行山,在县东南,与析城、王屋诸山相连亘。《山海经·北次山经》之首曰太行之山。……《河图括地象》云:太行天下之脊。《博物志》曰:太行山北不知山所限极。朱子曰:太行自昆仑北支西南行,历并、冀、三晋抵河东。《丹铅录》曰:太行山一名五行山。《一统志》云:山势绵亘数千里,虽因地立名,总皆太行。《省志》(山西)曰:太行,中原望镇也。"河南济源有盘古寺,存光绪二十九年(1903)重阳日所立碑石,载《盘谷寺考》,记述:"邑北盘谷寺,旧有关圣殿一座,地宫母庙三楹,不知创于何时。至我朝高宗纯皇帝敕重修。现有碑记可考,不复叙。迄今时远年湮,庙宇复为倾颓……佛殿一座。"同时,笔者注意到,近年流传的《伯希和西域探险日记》,记述我国西北地区也有盘古故事的内容。盘古神话的形成肯定有自己的特殊背景,而其与民间传说的粘连,又形成新的神话时代内容。这些内容非常复杂,是否属于原始文明的遗存呢?

湖北神农架发现的《黑暗传》,保留了许多与盘古相关的内容:

一

混沌之时出盘古,
洪蒙之中出了世,
说起盘古有根痕。
当时乾坤未成形,
青赤二气不分明,
一片黑暗与混沌,
金木水火土,
五行未成形。
乾坤暗暗如鸡蛋,
迷迷蒙蒙几千层。
不知过了多少年,
二气相交产万灵,
金木水火是盘古父,
土是盘古他母亲。
盘古怀在混沌内,
此是天地产育精。

二

盘古分了天和地,
天地依然是混沌,
还是天黑地不明。
……
见座高山毫光现,
……
盘古用斧来砍破,
一轮红日现出形。
里面有棵扶桑树,
太阳树上安其身;
太阳相对有一山,
劈开也有一洞门。
洞中有棵梭罗树,
树下住的是太阴。

三

盘古得知天皇出,
有了天皇治乾坤。
盘古隐匿而不见,
浑身配与天地形。
头配五岳巍巍相,
目配日月晃晃明。
毫毛配着草木枝枝秀,
血配江河荡荡流。
头东脚西好惊人,
头是东岳泰山顶,

脚在西岳华山岭，
肚挺嵩山半天云，
左臂南岳衡山林，
右膀北岳恒山岭，
三山五岳才成形。
四
阴阳五行才聚化，
盘古怀在地中央。
怀了一万八千岁，
地上才有盘古皇。

《黑暗传》具有道教文化的成分，这并不影响盘古神话故事的流传。盘古神话时代的构成，一方面是原始文明的自然遗存，而更重要的是与其他文化一起形成文明生态环境。这是中国神话流传与存世的重要特征。

20世纪80年代，一批中原学者走进荒野，调查到大量珍贵的盘古故事，成为我国神话传说研究的重要突破。如：

盘古寺[1]

王屋山东边有座山，山半腰有座古庙，叫"盘古寺"。据说，这座高山，就是盘古出世的地方。

传说盘古没有爹，也没有娘。他是从一个混混沌沌的大鸡蛋里生出来的。

盘古在这个大鸡蛋里孕育成人以后，睡了一万八千年，才醒了过来。

---

[1] 张振犁、程健君编《中原神话专题资料·太行山地区盘古神话》，中国民间文艺家协会河南分会1987年编印。

盘古心里憋闷得慌,浑身像被绳子绑着一样不好受。他想活动筋骨,胳膊一伸,腿脚一蹬,"咔嚓"一声,大鸡蛋就被蹬碎啦。

盘古睁开眼睛一看,上下左右,黑乎乎的一团,四面八方没有一点亮光,啥也看不见。盘古一急,抡起拳头就砸,抬起脚就踢。

盘古的胳膊和腿脚又粗又大,像铁打的一样。他这一踢一打不当紧,凝聚了一万八千年的混沌的四周,都给踢打得稀里哗啦。三晃两晃,紧紧缠着盘古的混沌黑暗,轻的东西慢慢地飘动起来,变成了蓝天;重的东西慢慢下降,变成了大地。天和地裂开了一条缝。

天地一分开,盘古觉得舒坦多了。他长长地透了口气,就一骨碌坐了起来。可是缝太小了,天在上边压着他的头,地在下边挤着他的屁股,站不起来。

盘古怕天地再合起来,就手撑天,脚蹬地,猛一使劲,又把天撑开了一截。盘古站直了,身子一天长一丈,天地也一天离开一丈。又过了一万八千年,盘古长成了一个高九万里的巨人,天地也被他撑开了九万里。这就是人们说的"九重天"的来历。

盘古开天辟地,耗尽了心血,流尽了汗水,不久就累死了。

盘古心眼好,临死前,心里还想着:光有蓝天、大地不行,还得在天地间造个日月山川人类万物。可是他已经累倒了,再不能亲手造这些了。最后,他只说了一句:"把我的身体留给世间吧。"然后就死了。

说也奇怪,盘古死后,真的实现了。

他的左眼,变成了又圆又大又明亮的太阳,高挂天上,日夜给大地送暖;右眼变成了明光光的月亮,给大地照明。他睁眼时,月儿是圆的;眨眼时,成了月牙儿。他的头发、胡子,变成了密密麻麻的星星,撒满蓝天,伴着月亮走,跟着月亮行。

他嘴里呼出来的气,变成了风、云、雾,使得万物生长。

他的声音,变成雷霆闪电。

他身上的肉变成了土地,筋脉变成了道路。

他的手足四肢变成了高山峻岭,骨头牙齿变成埋藏在地下的金银铜铁、玉石宝藏。

他的血液变成滚滚江河,汗水变成了雨露。

他的汗毛变成花草树木。

他的精灵变成人畜鸟兽鱼虫。

从此,天上有了日月星辰,地上有了山川树木、人畜鸟兽。人们管理着万物,天地间从此有了世界。

盘古砸碎的那个混混沌沌的鸡蛋壳,被高山压在下面,日子久了,就变成了薄薄的、一层摞着一层的石头。这石头细腻光滑,做出砚台,不渗水、不渗墨,研一次墨,放一年也不会干。传说这就是孕育盘古成人的混沌鸡蛋壳变成的砚石。后人为了纪念盘古开天辟地、创造万物的功劳,就在这儿修建了"盘古寺",说这儿是他出世的家乡。年代久了,人们说转了嘴,就把"盘古寺"叫成了"盘谷寺"。

讲述人:程玉林,男,70岁,济源城关,小贩

整理人:缪华、胡佳作

时间:1981年7月15日

流传地区:太行山

天书缘(盘古令)[1]

传说,离天宫不远的地方有一棵大树,树下有座漂亮的房子。房子两头各住一人,男的叫祖先,女的叫姑娘,他俩是天上的金童玉女,天龄两岁。

---

[1] 张振犁、程健君编《中原神话专题资料·桐柏山地区盘古神话》,中国民间文艺家协会河南分会1987年编印。

一日,祖先对姑娘说:"姑娘妹妹,咱们整天在这里砍柴修枝,多孤寂啊!不如拨开一层层的树枝,往云海下游游,看看云海下到底是什么样子吧!"

姑娘说:"祖先哥哥,我也是这么想的,只是这一层层的树枝遮挡得像一层层围墙一样,你前边砍倒一枝,后面就又冒出一枝,啥时才能砍出通往云海的路呢?"

祖先说:"我砍倒一枝,你就用唾沫在楂口上抿一下,它就不会发芽了。"

姑娘说:"好!祖先哥哥,你是怎样知道的呀?"

祖先回答说:"一次,我往天宫炼丹炉旁送柴时,那个炼丹大仙交代我,莫在砍过的树楂上抿唾沫,就能保持这棵大仙树永发青芽。"

说着说着,祖先抡起斧子砍了起来。祖先在前面砍,姑娘在后面抿,很快见到云海了。

祖先和姑娘刚踏入云海,咋一个劲地往下落?原来,他们没穿登云鞋,掌握不住自己的身子。

落呀落呀,祖先落在桐柏山内的一个山头上;落呀落呀,姑娘落在桐柏山内的另一个山头上。二人谁也不知道对方落到哪儿去了。

他们正在昏迷时,不知是老天爷给他们托的梦,还是老天爷派天神来传的令,说他们私自下凡,违犯了天规,本该处死。但念起过去的功劳和开辟天地的业绩,才免一死。不过,必须各自守护着自己的山头,在地上修炼六千五百七十年,长足天龄二十岁,才能自由自在地在地上生活。

祖先和姑娘昏迷中醒来以后,就严守天规,各自守卫着自己的山头,抱着一扇磨,修炼起来了。

祖先在东山,盘坐在一扇磨盘边修炼。过了十年,磨盘上炼出一道磨齿。就这样,一直守了六千五百七十年,磨盘上炼成了密密麻麻数不清的磨齿。

姑娘在西山,盘坐在一扇磨盘边修炼。过了十年,磨盘上炼出一道磨齿。就这样,守了六千五百七十年,磨盘上也炼成了密密麻麻数不清的磨齿。

地上的六千五百七十年,就是天上的十八年。按天上的时辰,祖先和姑娘都满二十岁了。

六千五百七十年的最后一天过去了,东山的祖先起身了。

六千五百七十年的最后一天过去了,西山的姑娘起身了。

他俩谁也不知道对面山上有人,只知道陪着自己的是一盘磨,也不知道天下其他地方是什么样子,也不知道除自己外,还有无别人。

祖先想,我要用磨盘滚出一条路,顺路下山,看看山下的其他地方是什么样子。

姑娘想,我要用磨盘滚出一条路,顺路下山,看看山下的其他地方是什么样子。

祖先将磨盘向东山的西坡滚,树木闪路,草丛伏地,百花相映。此刻他觉得对面山上好像有什么动静似的。

姑娘将磨盘向西山的东坡滚,树木闪路,草丛伏地,百花相映。此刻她觉得对面山上好像有什么动静似的。

祖先顺着磨辙向山下走。

姑娘顺着磨辙向山下走。

祖先见对面山上也滚下一扇磨盘,两扇磨盘往一处滚。

姑娘见对面山上也滚下一扇磨盘,两扇磨盘往一处滚。

这时,只听见"咔嚓"一下,两扇磨盘合拢了,扣得严丝合缝的。

祖先见到了合拢的磨盘。

姑娘见到了合拢的磨盘。

祖先见到了姑娘,姑娘见到了祖先。

他俩都在想:原来凡间不只是我一个人呀!

"她是个女的?!"

"他是个男的?!"

"你叫什么呀?"

"你叫什么呀？"

两人都说不清自己的名字，祖先说："我盘坐在东山由来已古，什么也记不得了。"姑娘说："我盘坐在西山由来已古，什么也记不清了。"

祖先说："我是男的，你就叫我盘古人算了。"

姑娘说："我是女的，你就叫我盘古女算了。"

二人异口同声地说："干脆咱们结成兄妹吧！"话音落地，正是日头当午，突然天上飘下一张纸。这张纸不偏不歪正好落在磨盘上。祖先和姑娘拿起一看，上写"天书落地正当午，祖先姑娘称盘古，滚磨合拢就成亲，莫称兄妹称夫妇"四行字，后边还盖有老天爷的金玺。

二人刚看罢，旋风一阵，这张天书飞往东山顶上。天书落地的地方，起来一片瓦舍。据说，这是老天爷为盘古爷和盘古奶造的新房。

不知过了多少年，人类繁衍开以后，这片房舍被称为盘古庙了。[1] 这座山呢，被称为盘古山了，盘古爷和盘古奶的故事也就越传越广了。

讲述人：南阳平氏县（镇）一李姓木匠

整理人：马卉欣、王英布

时间：1981 年 10 月

流传地区：河南南阳、湖北襄樊

河南南部的盘古山位于桐柏山地区，许多地名与盘古相关。如地方民众讲述："盘古原先下来坐在现在盘古山东面的山头上。因为盘古身体巨大，一坐上去，山就被压歪了。后人就把这座山叫歪头山。后来，盘古离开这座山去西边不远的山上坐下来，这就是如今的盘古山。""闹水灾以后，盘古爷坐在黄山包上，比太白顶还高三尺。他屁股底下坐了九条龙，水下去

---

[1] 今天的桐柏山与盘古山因为行政区划关系，形成不同地域的盘古故事。在历史上，桐柏与泌阳同属于南阳，是一个文化整体。盘古山和盘古庙在桐柏山主峰太白顶往北 50 千米处。

了。过了一段时间,盘古爷想看看水淹得还有多深。他一走,九条龙跑了八条。跑哪儿去了? 跑到南边去了,一直去到汉口。所以,盘古山又叫九龙山。远处都知道叫九龙山,近处都叫盘古山。""盘古兄妹开始生活,没有穿衣服。一日,二人走到水边,看见自己水中的影子,觉得很丑,又没有什么办法。正在这时,树上落下几片叶子,贴在妹妹身上。又飞下几片叶子,护在盘古身上。盘古用七片叶,妹妹用九片叶。二人都用葛条缠了一缠,从此,盘古兄妹有了衣服。盘古兄妹有衣服了,很感激这种树,想让这种树赶快结果,可这种树就是不开花。盘古着急地说:'多懂人情的树,快结果吧!'话音一落,树真的结果了。妹妹又高兴又奇怪地说:'这是无花果呀。'从那时起,无花果不开花授粉便结果。"等等[1]。

《古今图书集成·山川典·泌水部·汇考》记述:"泌(沘)阳故城南有蔡水,出盘古山,亦曰盘古川。西北流注于泌(沘)水。"光绪《泌阳县志》记述:"盘古山。在泌阳县南三十里,蔡水出焉。本名盘山,后讹为盘古山,因建盘古氏庙。"光绪《桐柏县志》引《大复山赋》记述:"昔盘古氏作,兹焉用宅。是以浊清判,三纪揭,颃洞开,明划日月。厥山既形余乃发。故尔上冠星精,下首地络。聚膏以为崇,渗洩以成川。窍若浮肺,万谷濞旋,神瀑涌焉。飞流崩崖,走壑蹴石。喷雪钉钟,礧砰铿鎗。迅霆击虹,震于太空。若其势磅礴,逆折状若胎簪。嵩首殿其北,荆沔包其南。右枕熊耳之巅,左朝桐柏之山。"

民间传说的流传都需要受众,而受众的知识结构常常是共通的,即文字与口头共处于地方文化之中。以往更多强调神话传说的讲述者不识字的文化形态,从而认定他们的讲述更有价值,这是非常偏颇的。

盘古神话的核心内容是开天辟地,造就人类生存的自然环境。而故事

---

[1] 张振犁、程健君编《中原神话专题资料·桐柏山地区盘古神话》,中国民间文艺家协会河南分会1987年编印。

的流传却形成地方风物的异化,并渗透许多洪水故事。这是盘古神话能够流传于世的重要因素。其中,盘古兄妹婚神话的传说化尤值得注意:

盘古兄妹婚[1]

一

我还是小孩时,老一辈子人都在传哩,听说盘古那时天塌地陷。咋会天塌地陷呢?因为下红雨,下了七七四十九天,下得没人烟了。

咱这儿的人是从哪里来的呢?是从山西洪洞县迁来的。

有姊妹俩在山上一起生活。后来,姊妹俩说成亲,滚磨定亲。从顶上往下滚,石磨到山底下,"叭喳"合住了就成亲,合不住就不成亲。那一扇滚到陕西去了,这一扇滚到大河南这村儿。这个村就叫大磨,一盘青磨很大,下面刻的还有花儿。

人们说:姊妹俩没成亲。

姊妹俩在山上咋治哩?没人烟了,就做泥巴人,往下传。这是小时候听说的,不假么!

做泥巴人,下雨了,拿不及,有的眼碰烂了,腿碰瘸了。所以世界上有这些人。

盘古山,每年三月三古来大庙会,外地来的人拧成绳往上上,打着旗,像树叶子一样,吹着响器,一班离不了一班,打着锣。再多的人,上去几十万,地方不大,再多都得下了。

山上盘古庙,盖的有闪棚,有卷棚,有大殿,两边有廊当,顶梁柱是石头造成的。前头没墙,三间大殿,里面有盘古的像,又大又胖,泥塑的。身穿葫叶,腰束葛条。光脚丫,没鞋。穷人多,没啥穿么!

---

[1] 张振犁、程健君编《中原神话专题资料·桐柏山地区盘古神话》,中国民间文艺家协会河南分会1987年编印。

第二章　中国神话时代

讲述人：席志有，男，70岁，粗通文字

采访录音：中原神话调查组，张振犁、程健君、马卉欣

时间：1984年12月22日

地点：泌阳县陈庄乡大磨村

二

古时候大磨人说，盘古小时候上学。一天，走到石狮子跟前，石狮子跟他说："要天塌地陷，恁回去要让恁妈烙馍，拿来搁我这儿。天塌地陷，恁钻我这肚子里，我给你攒着。"

时候长了，盘古爷给它拿的馍也不少了。回回拿，回回拿。天塌地陷了，石狮子张开嘴，姊妹俩也钻到它的肚里去了。

天塌地陷之后，石狮子说："天塌地陷过去了，恁俩出来吧！"

盘古爷姊妹俩出来了，没人烟了，就他姊妹俩。姊妹要成亲。说是这两盘磨，滚到一块合住就成亲，滚不到一块，合不住不成亲。那一扇磨滚到陕西去了，这扇磨滚到大磨去了，他姊妹俩算成了亲了。

后来，姊妹俩就捏泥巴人儿。天阴了，有的上午翻，往屋里搬。有的没有翻，眼看搬不过去，就往一堆儿扫起来了。后来，世上的好人、健全人，都是搬扢的；不好的、瞎的、瘸的、罗锅腰子，都是后来雨下大了，搬不及、扢不及了，用扫帚扫的人儿。

如今所说的人是灰人儿、灰人儿，恁咋洗也洗不干净，就是因为人原先是泥巴捏的。

以后，每年在盘古山，三月三有庙会。都说盘古爷是人根之祖。会上人多得很，热闹。车从马杆岭可卸到老车场。唐县、桐柏、泌阳各县的人都来赶会。

盘古山上会时有戏，烧香的、看景致的人可多了。

天旱了，大磨街把大磨一支起来，盘古就可以下三场时雨。会罢，山

031

上有屎尿,很脏,要下一场净山雨。唱十年戏,不下雨最多三次。

讲述人:石太秀,男,66岁,识一些字,农民

采访录音:中原神话调查组,马卉欣、程健君、张振犁

时间:1984年12月22日

地点:泌阳县盘古山北麓擂鼓台村

三

先时候,有个小孩见天上学。到半路上,见一个石狮子站在那里,张着大嘴。小孩说:"石狮子,你是不是要吃我?"石狮子说:"我不吃你。"小孩问:"那你张着嘴干什么?"石狮子说:"你只要往我嘴里放个馍,我就合住了。"真个哩,这个小孩连忙把自己带的一个馍放在石狮子嘴里,石狮子的嘴也就合上了。

停了好长时间,小孩他姐见这个小孩见天多拿一个馍,就不依他了。他姐嚷他说:"你见天多拿个馍给谁吃?"小孩没法了,只好说:"我给了石狮子吃了。"小孩他姐又问:"石狮子还会吃馍?我不信!"于是小孩就把当时情况说了一遍。他姐给他说:"你明天去了,问问它为啥吃个馍!"真个哩,小孩第二天上学去,在半路上见到石狮子张着口,就问:"你见天吃个馍干啥哩?"石狮子说:"再一百天就要天塌地陷了,你谁也甭给别人说。我现在吃你的馍,都在我肚里存着哩,到一百天头上,吃了清早饭,你赶快跑来,钻到我肚子里,就不会死了。"

小孩回去把这话给他姐说了说,姐姐叫给她也拿去个馍。真个哩,这小孩见天拿去俩馍。他还有一个后娘,见天虐待他姊妹俩,他们没给她说。真个哩,到一百天头上,吃了清早饭,他俩就跑。他后娘不知是咋回事,就在后头撵。到石狮子跟前,小孩抓着拱了进去,他姐也跟着拱了进去,等到他后娘也去拱时,石狮子马上把嘴合着了。霎时间,天"咕咚咚"塌下来了,地也陷了。他后娘也叫砸死了。

姊妹俩在狮子肚里住着。里面也有一出院子,他们拿的馍也都在屋里放着。有好馍,有花卷,也有黑馍。他们啥都吃,没事了,就用泥巴捏人玩。里面也会刮风下雨,一变天,收不及了,他们就用扫帚往屋里扫。有的眼扎瞎了,有的扫得缺胳膊少腿的。

等住了一百天,石狮子的口开了,他们往外一瞅,天也长好了,蓝丝丝的,地也长好了,平展展的,他们就出来了。出来了,也没人烟哪,咋过哩?石狮子给他们一本书,翻开一看,上面说找个好日子,叫他们结婚。姐弟咋结婚呢?书上说弄两扇磨,东山一扇,西山一扇,往一块滚,要是能合住,就结婚。真个哩,他们跑到东南山弄磨一滚,真个合着了,于是他们就结婚了。一结婚,就开始生育。由于他们从前做的泥人啥号哩都有,生的人也各种各样,于是人又多起来了。他们俩是人类的老祖先。人们叫他们盘古爷、盘古奶。

讲述人:赵成先,男,20岁,河南大学学生

时间:1982年5月

地点:南阳社旗县

四

很早以前,有俩上学的是姊妹俩。老大是个小儿,老二是个妮儿。后来,时候长了,俩人上学走的路上,有个石狮子。他们经常走来走去。石狮子见了他姊妹俩会说话儿,见了别人不会说话儿。

后来,石狮子跟姊妹俩说:"将来有一天要有大灾大难哩。到时候,恁俩藏在我的肚子里头。将来为了恁吃,这会儿要经常给我拿点馍,将来恁俩好吃。"

姊妹俩可听话儿,每天上学偷块馍。偷一块都放到狮子肚里。时间一长,堆的馍也不少了,数也没得了。

这一天到了,他俩就从石狮子的嘴里钻到肚子里了。后来天下大雨,没钻的人都淹死了,所有的动物都不存在了。水消了以后,只有盘古爷和

盘古奶两个人。

以后,他俩在大山上度日。吃的是茅草根,穿的是葛叶,对对乎乎能穿到身上。腰里束的葛草根,叫起(勉强)能维持住生命。

后来,不对呀,世上没人了。还是盘古爷提出要求来:"干脆咱俩成亲算了。"盘古奶奶不愿意。盘古爷说:"那就算了。咱弄上一对磨扇子,我拿一扇从这山头上往下轱轮,你拿那一扇子从那山头上轱轮。中间一道沟,往下滚,合住了就成亲,合不住,就算了。"

两人费了很大气力,把磨弄到山脊上。弄好以后,就一路往下轱轮,到底下以后,看好合得应。两人就成亲了。

二人成了亲以后,照常度日。可是,两个人生太慢,生得快也不中。那得生多少人!二人干脆捏泥巴人算了。

两人在盘古山上面,捏了许多人,院子里晒的都是人。整个山尖上到处都是泥巴人。突然刮大风,下大雨啦!开始没下雨,还是一个一个往里挪。这时挪不及了,没法了,就用扫帚扫。一扫扫成堆。有的胳膊扫断了,有的眼睛扫瞎了,有的腿断了。现有的瞎子、瘸子等等都是扫的了。

讲述人:刘太举,男,23岁,中学文化,大队团支书

采访录音:中原神话调查组,马卉欣、程健君、张振犁

时间:1984 年 12 月 22 日

地点:桐柏县盘古山南麓黄楝沟

五

古时候,兄妹俩上学。天塌地陷。石狮子救盘古兄妹。

盘古与妹妹滚磨结婚时,石磨滚下去迸有火花,碰到哪里,都开花。

当时,石磨没有合严,一只乌龟走过来一碰,就到一起了。

盘古还是不答应成亲。一生气,抢起一扇石磨就扔到陕西西大山去了(有的说扔的地方是西峡、鲁山)。

盘古当时怪乌龟多事,就把龟盖砸碎了。三姑娘一见乌龟被砸了,就大哭起来。

原来,石狮子说媒,想叫盘古与妹妹结婚。盘古对妹妹说:"你能把烂龟盖兑起来,就结婚,兑不起来,就不结婚。"

果然,后来三姑娘忙了一晚上,就把乌龟盖兑成了四十五块。乌龟又活了。

这样,盘古兄妹就成了亲。

如今,人们到四十五岁,就回避,原因就是如此。

讲述人:姚义雨,男,40岁,桐柏县安棚乡农民

转述人:马卉欣,桐柏县文化馆工作人员

时间:1984年12月22日

地点:桐柏县招待所

采访录音:中原神话调查组,张振犁、程健君

六

盘古的妹妹,原来是玉皇大帝的三女儿。见盘古开天辟地很辛苦,一个人很孤单,就下凡来到盘古山,做了盘古的妹妹,补天,一块过日子。

原来,天上有一个天将想娶玉皇的三姑娘为妻。玉皇三女儿不答应,下凡走了。天将很生气,想惩罚盘古兄妹。

一天,这个天将趁玉皇大帝不在,就约一道人撕破天河,用洪水淹没了世界。

因此,盘古兄妹才补天的。

讲述人:黄发美,桐柏县人,61岁,男,善讲故事

转述人:马卉欣,桐柏县文化馆工作人员

采访录音:中原神话调查组,程健君、张振犁

时间:1984年12月22日

地点:桐柏县招待所

七

盘古爷和盘古奶成亲了,捏了好多泥人。后来,泥人都活了,就问盘古奶奶人的来历。

盘古奶奶害羞就走了。

盘古奶奶去西大山走时,前边有蛤蟆、长虫磕头送行。

据说,盘古山上有一条朝西方向的路,就是盘古奶奶下山时走的路。

讲述人:楚新余,二郎山乡文化站大河文化员

转述人:马卉欣,桐柏县文化馆工作人员

采访录音:中原神话调查组,张振犁、程健君

时间:1984 年 12 月 22 日

地点:桐柏县招待所

八

盘古兄妹上学,路上见一石狮子。

一天,石狮子叫兄妹给它带馍。二人答应。每天带两个馍,放到石狮子嘴里。

过了好久,有一天,石狮子给兄妹说:"赶快钻到我的肚里来吧!要天塌地陷了。"盘古兄妹钻到石狮子肚里,每天吃过去放的馍。

洪水过后,石狮子让二人出来。

天下这时没有人了。盘古的妹妹说:"咱俩成亲吧?"盘古不答应。他们问石狮子。石狮子让二人滚磨成亲。盘古见两块石磨合在一起了,很恼,掂扇石磨就扔到西大山去了。

盘古兄妹成亲后,为繁衍后代人烟,就捏泥人。泥人长大了,就问人的来历。盘古奶奶害羞,不好意思说兄妹成亲,就一个人和盘古爷爷分开去陕西西大山走了。

有的说:盘古奶奶去南召、鲁山去了。也有的说:盘古奶奶去了豫西

嵩县石门乡。那里的石磨和磨村的磨正是一对。那里的人还专程来大磨村查对过石磨的情况。

每年三月三日有三至五天庙会，十分隆重，人山人海。

讲述人：马献占，男，65岁，农民

采访录音：中原神话调查组，马卉欣、程健君、张振犁

时间：1984年12月21日

地点：桐柏县盘古山南麓黄楝沟

九

人多压塌地。

从前有个时候，人很多。多得连鬼也没有了，神也没有了。什么都没有了。到处都是人，差不多和现在一样。

有一家，姐弟两个。弟弟上学，姐姐在家。

这一天，弟弟去上学，走到半路上，被一个铁狮子拦着了。铁狮子说："你得每天上学走这儿，给我拿个馍，我给你说啥时候天塌地陷。"

弟弟不吭气，铁狮子又说："你不答应我，你今儿不得走。"

弟弟只好答应了。

以后，弟弟每天上学都偷偷地揣个馍，给铁狮子吃。

时间一长，姐姐发现了，就问弟弟说："你见天吃得饱饱的，为啥还偷馍？给谁拿哩？"

弟弟说："我自个晌里饿了吃。"

"老师叫你吃？"

"我偷偷吃，不叫老师知道。"

"馍凉吃了会生病，以后不得吃馍。"

弟弟被逼得没法了，只好说一个铁狮子拦着路，叫他给它拿馍吃，它好给他说啥时候天塌地陷。不哩，不叫他走。姐姐不信，说："明儿你多

拿点馍,我也去。"

到了第二天,姐弟俩都去了。铁狮子说:"啥时候我眼里流血,啥时候天塌地陷。"

谁知这话叫杀猪匠听见了。杀猪匠不相信,心里说:我弄点猪血抹到它的眼里,看会不会天塌地陷。于是,他就弄了点猪血,抹到铁狮子眼上。

弟弟一见,赶紧跑回家,拉着他姐姐就跑。边跑边说:"到时候了,要天塌地陷了。"

跑到铁狮子跟前,铁狮子张开大嘴,弟弟拉着姐姐的手爬了进去。杀猪匠跑来也要往里爬,铁狮子的嘴合住了。

这时,天可就烂了。"扑嗒!""扑嗒!"一块一块往下掉。地也化成了水。杀猪匠也陷到地里去了,别的人也陷到地里去了,啥都陷到地里去了。

姐弟俩在铁狮子肚里,饿了啃馍吃。原来,铁狮子把馍都藏在这里预备着。

不知过了多久,姐弟俩问:"地綮着没有?"

铁狮子说:"没有。"

过了一会儿,姐弟俩又问:"地綮着没有?"

"没有。"

又过了一会儿,姐弟俩又问:"地綮着没有?"

"綮着了,就是北边还有一块没有綮着。"

"拿冰块堵住算了。"

于是,北边就比南边冷。

姐弟俩出来以后,地上什么也没有了,就用刺把树叶穿起来当衣服穿。没有东西吃,就吃野果子。

后来,山上刮起了大风,树碰着树,磨出了火,烧着了树,也烧熟了果子。姐弟俩捡起烧熟的果子吃,觉得比生的好吃。又用水煮,觉得更好吃,就把火藏起来,学会了用火。

地上没有人,姐弟俩就用泥捏,捏了很多很多人,把长得好的配成一对,把长得赖的也配成一对。

刮风下雨了,人推人,人挤人,争着往屋里跑。结果,踩断了这个胳膊腿儿,踩瞎了那个眼,碰坏了那个脸。人们就成了瘸子、瞎子、麻子。

人还少。盘古奶要姐弟俩也配成夫妻。弟弟不同意,说:"哪有姐弟俩是夫妻的哩?"

姐姐就想了个主意,说山上一盘磨,从山上往下推。要是两扇磨滚到山下合到一起,姐弟俩就配夫妻,要是合不到一起就算了。

弟弟想:"恁高一座山,恰好就合到一起了?!"于是就同意滚磨了。

姐弟俩一人推一扇磨:弟弟滚上扇,姐姐滚下扇。两扇磨吐碌碌从山上到山下,"夸嗒"一声,整整齐齐合到了一起。弟弟一看,没什么话说了,也就和姐姐配成了夫妻。

盘古爷怕地上人多了,再天塌地陷,就把一扇磨扔到大磨山(村),一扇磨扔到了陕西。要人间夫妻分离,少生点人。人们到东南山上去拉柴,就能看到大磨山那扇大磨。可谁也数不过来有多少齿齿。

讲述人:申风芝

记录人:张明理

时间:1986 年 7 月 14 日

地点:唐河县

这种典型的人类再造故事模式,适用于许多故事的讲述。但是,它如何融入盘古、女娲、伏羲等神话传说元素,还需要深入研究。这些故事的记录并不是在 20 世纪 80 年代才开始,30 年代林兰等搜集整理《民间故事》时就已出现,只是当时没有相应的学术自觉。今天认同这些内容的价值时,才有相应的"发现",这也是中国民间文学研究的不足之处。

不独南方有盘古神话,北方尤其是中原地区也广泛流传。如桐柏县的盘古山每年三月三有庙会,合于我国古代的上祀节。中原腹地西华县、甘肃张掖等地也发现盘古遗迹"盘古城",太行山济源等地的盘古庙至今奉有香火。盘古之神在各地都赢得开辟天地事业的赞颂,体现出浓郁的民族感情。把这些内容概括为"盘古时代",可以更清晰地看到浩如烟海的神话传说之间复杂而又具体的联系。更重要的是,可以从中看到中华民族亿万子孙在历史发展中血肉相连的深情厚谊,以及敢于开拓、敢于牺牲的大无畏精神。

盘古神话代表着古老的民族精神,其核心内容就是开拓(开天辟地)、奉献(化生万物),激励着人们去创造更美好的生活,为全人类的进步与发展做出更大的贡献。

盘古时代是我国神话时代的第一个阶段,它的出现标志着我国神话系统的形成,并显示出丰富性。一系列的神话时代不仅从古代文献典籍中可以看到,而且能从浩如烟海的民间传说即活的口头作品中看到,这是中华民族的光荣和自豪。

第三节　女娲时代

女娲是传说中的民族母亲神,其主要业绩在于"补天"和"造人",以及开始文化活动。如果说盘古时代是一个开辟时代,那么女娲时代就是创制时代。

女娲神话集中了中华民族最神圣也最亲切的情感。补天,是生存的基础;造人,是生命的起源。文献材料中的女娲具有多种身份,其神话遗迹分布甚广。女娲补天故事详细记述在《淮南子·览冥篇》中:"往古之时,四极废,九州裂;天不兼覆,地不周载;火燦焱而不灭,水浩洋而不息。猛兽食颛民,鸷鸟攫老弱。于是,女娲炼五色石以补苍天,断鳌足以立四极,杀黑龙以济冀州,积芦灰以止淫水。苍天补,四极正;淫水涸,冀州平;狡虫死,颛民生;背方州,抱圆天。……当此之时,禽兽蝮蛇,无不匿其爪牙,藏其螫毒,无有攫噬之心。考其功烈,上际九天,下契黄垆;名声被后世,光晖熏万物。乘雷车,服(驾)应龙,骖青虬,援绝瑞,席萝图,络黄云,前白螭,后奔蛇,浮游逍遥,道鬼神,登九天,朝帝于灵门,宓穆休于太祖之下。然而不彰其功,不扬其声,隐真人之道,以从天地之固然。"《博物志》卷一:"天地初不足,故女娲氏练五色石以补其阙,断鳌足以立四极。其后共工氏与颛顼争帝,而怒触不周之山,折天柱,绝地维,故天后倾西北,日月星辰就焉。地不满东南,故百川水注焉。"李石《续博物志》卷五:"女娲之功烈,上际九天,下契黄垆,名声被后世,光晖熏万物。乘雷车,服应龙,骖青虬,席萝图,震黄璐,援绝瑞,前白螭,后奔蛇。"

其造人故事首见于《风俗通义》,《太平御览》卷七八引《风俗通》"佚文":"俗说天地开辟,未有人民,女娲抟黄土作人。剧务,力不暇供,乃引绳于泥中,举以为人。"《事物纪原》卷一补充道:"故富贵者,黄土人也;贫贱者,纼人也。"神圣化的语境,通常处于一定的宗教仪式中,也作为生活知识传达,解释人的由来,这是创世神话流传的普遍规律。与之相联系,形成许多独具特色的神话遗址——女娲陵、女娲墓、女娲山、女娲城、女娲庙,形成特殊的原始文化遗迹,也是地方民众敬仰的文化圣地。文献中相关记载很多,如《旧唐书》:"女娲氏陵,在城西四十里,墓在县西南黄河中,后风姓因名陵堆。唐天宝十一载六月,阌乡县黄河中女娲墓,因大雨晦冥失所在。乾元二年六月,濒河人闻有风雷声,晓见墓涌出,上有巨石,石上有双柳,时号风陵堆云。"《太平广记》卷三九〇引《唐历》:"潼关口河潭上有树数株,虽水暴涨,亦不漂没。时人号为女娲墓。唐天宝十三年五月内,因大风吹失所在。乾元二年六月,虢州刺史王晋光上言:'今月一日,河上侧近忽闻风雷,晓见坟踊出,上有双柳树,下巨石,柳高各丈余。'"《太平寰宇记》:"风陵城在其下阌乡津,去县三里,即风陵故关也。女娲之墓,秦汉以来,俱系祀典。……然《九域》《寰宇》,济之任城东南三十九里,又有女娲陵。"《河南府志》[1]:"女娲陵在阌乡县黄河滨。唐天宝末忽失。乾元初,复涌出。遂名风陵渡,盖后风姓故也。"光绪《阌乡县志》:"天宝十一载六月,阌乡县黄河滨女娲墓因大雨晦冥,失所在。乾元二年六月,濒河人闻有风雷,晓见其墓涌出。上有巨石,石上有双柳,时号风陵堆。盖女娲亦风姓。""风陵渡,城西六十里北岸有风后陵,故名。"康熙《开封府志》:"南十五里,上有伏羲庙。其西曰白玉岭,有女娲祠。宋程颢诗:'仙掌远相招,紫纡度石桥。暝云生涧底,寒雨下山腰。树色千层乱,天形一罅遥。吏纷难久驻,回首羡渔樵。'"《古今图书集成》第四〇四卷《职方典》:"娲皇庙,在唐王山,三月十八日致祭。"《地理通释·十道山川考》:"河北名山太行,在怀州河内县西北,连亘河北诸州,为天下之脊。一名皇母,一名女娲。其上有女娲祠。""秦汉之间称山北、山南、山东、山西者,皆指太行。以其在天下之中,故指此山以表地势。《正义》以为'华山之西',非也。"《泽州志·山川图说》:"太行自昆仑北支入中国。"《丹铅录》:"太行山一名五行山。"《事物异名录·坤舆·山》引《十道山川考》:"太行山为天下之脊。一名王母,一名女娲。"《戎幕闲谈》存宋崔伯易《感山赋》:"客有为余言太行之富。其山一名皇母,一名女娲。或云:于此炼石补天。今其上有女娲祠。因感其说,为之赋。其辞曰:仁智所依,仙圣其迹。其动能龙,非迅雷烈风不起;其出如风,非醴泉甘露不食。服皇娲之妙道,藏补天之神石;或饵术而采芝,或吞阳而噉液;或偶怀于老易,引公和之余韵,振文举之归策。"光绪《卫辉府志》引《寰宇记》:"太行山一名皇母山,一名女娲山。"光绪《西华县志》记述河南西华女娲后裔思念女娲故都:"县北二十里。《河南通志》云:'女娲氏遗民思故都,因以为名。'按《水经》云:'又东南过茅城邑之东北注入洧水,又南经一故城西,世谓之思乡城。'人疑之即为思都岗。"《陈州府志》保存明刘景曜诗歌:"客到女娲

---

[1] 乾隆四十四年(1779)刻本,施诚修,童钰、裴希纯、孙枝荣纂。

城,但见千年树。古怪如蛇龙,恐逐风雷去。"其记述西华女娲城:"女娲城在县西北十里。曹植赞曰:'古之国君,造簧作笙。人物未就,轩辕纂成。'或云:'二皇人首蛇身。形化七十,何德之灵。'史女娲氏起于承匡之山[1],都于中皇之山,葬于风陵。则此或所筑之城而非所都也。"其记述西华八景之一娲城晓烟:"在县东北十里。《东野纪闻》云:'陈之长平即女娲炼石补天处。'今有女娲城在焉。旧志以为女娲所筑之城。故老相传,其来已久。春夏之交,城上朝烟,缤纷在目。诗曰:女娲炼石自何年? 补足人间缺漏天。石屑化为城上土,常将五色幻朝烟。"此处还应该提到甘肃天水等地区的女娲庙。清道光《秦安县志》:"陇城又有娲皇故里坊,巡检某所立。"

20世纪80年代中原神话研究所做的田野考察,一个明显的特征就是讲述的内容成为女娲故事的背景说明,即可以从这里找到神话故事发生的依据。女娲神话时代并不是仅仅以早期文献为依据,应该包含着后世传说中的"文明遗迹"。笔者曾在河南省西华县思都岗地区采风,亲身感受到这里的女娲神话作为民众信仰,呈现出以民间古庙会为文化集散地的神话群生态特征。[2] 从家谱等材料得知,这里的居民多是明代洪武、永乐年间从山西迁移来的。其实,无论民众从哪里来,都会遵照本地的文化传承,使得这里的神话遗迹得到继续发展。最为典型的例子是,河南西华思都岗女娲神话传说形成独具语域特色的神话群:[3]

女娲补天

女娲是个女的。开天辟地的时候,天下净是洪水横流,泛滥于天下。草木茂密,草棵子丈八子高,多么深。禽兽繁殖,虫羽子咕哇咕哇乱叫唤。

---

[1] 原注:承匡,春秋宋地,在今河南睢县西。襄邑有承匡城。承注山,在山东济宁县南四十里。
[2] 见笔者《女娲城庙会采风思索》,载《民间文学研究动态》1986年第一、二期合刊。
[3] 张振犁、程健君编《中原神话专题资料·思都岗地区女娲神话》,中国民间文艺家协会河南分会1987年编印。

那个时候，天还没炼成长成哩。再后来，水一下去，安民哩，天没长成咋弄。叫女娲炼石补天，女娲从那儿得的功。

女娲补天。当时天还没补成哩，多大一块还没补成哩，鸡子就叫唤了。女娲抓块冰凌把东北角子一堵，就把口子堵住了。所以后来一刮东北风就冷。

再后来，回来就又修这女娲城。修有里八子地，还显垛口，城簧。再后来，鸡子一叫唤，女娲抱这三包土，抓住往那儿一撮，三包土成了三个大岗岭子。现在发黄水淤住了。要不淤住（一丈三尺深），还可以去看看。土也不简单，修了半载子，没修完。

女娲自己抱了三堆土，为啥？

传说：女娲要造三座山，土地爷不想把这里变成山地，才变成鸡子叫的。他不想叫修城。

女娲城寨门上的三个大字，我见过。

原来，上几年来调查时，"女娲城"的"女""城"字都找到了，就是"娲"字没找到。谁能找着"娲"字赏二百块钱。最后，找到了"娲"字，又找不着那两个字了。

思都岗有八大景。

讲述人：李燕宾，男，84岁，农民，私塾文化

录音：张振犁、程健君

时间：1983 年 11 月 3 日

地点：河南省西华县思都岗村

女娲补天（三都岗）

女娲，那时候不穿衣裳，没袿啥儿。女娲是咋来的呢？是从天下掉下来的。

还有伏羲。天还没长出来哩，伏羲是从哪里来的？原来天地浑沌，跟

一个鸡蛋似的,他就从那里头生出来的。

口传:后城口是女娲城。现在,寨上还写有"女娲城"三个字。女娲城本为女娲寨。因其炼石补天有功,后世尊为皇娲,同为寨子,独此叫城。寨没多少年。"女娲城"三个字早了。女娲城东边一个门,西边一个门。那时候,还没发洪水(在1931年冬)。

修女娲城,是几千年前的事。三皇五帝之前,炼石补天,地点在后城口,三都城(女娲城别名,在女娲城内。)女娲坟一带是女娲补天之处。去年在此地挖河时,挖出不少古物。筒子砖、花瓶、宝剑一大堆。

有一次,女娲和二郎赌输赢。女娲说:"我抱土能叫长一座山。"二郎说:"你长不成山。"女娲说:"我长成山了。"二郎说:"咱试试吧!"

她去抱土,女娲最后抱三包土,后因二郎学鸡叫,就不修了,不长了。所以没修成。女娲以为天亮了,就把三抱土一倒,成了三个大土岗,即今天的三都岗。

口述:张慎重,72岁,农民,私塾文化

录音:张振犁、程健君

时间:1983年11月3日

地点:河南省西华县思都岗龙泉寺

思都岗(女娲城)

女娲城外下雨后,泄水,亦叫女洼(娲)城。

思都岗,女娲城在龙泉寺上有碑,上有明万历年间碑文:"西华县北十五里许,有思都岗,女娲之故墟也。"几千年前就有了。女娲早就有了。

伏羲与女娲为兄妹俩,开天辟地头两个人。咱这些人相传是泥捏哩。他们站在水边看见自己的影像了,就用泥捏出人来了。

三都城就是口传的女娲坟。估计有十来丈长,高有一人高。女娲坟实际应在河身沟里,当初要修庙,修女娲城,地点谁也不知道。黄水不淹女娲城,头天黄水还没底儿,第二天水就没有了。外边人都说是女娲显灵了。

女娲坟西边有家姓吴的,他回来见修女娲冢(女娲坟),能说出确凿地点。过去,黄水头里兴扒墓,官员之家、资本家的墓,都被扒了。女娲墓也被扒了。其中只见有一个小黑瓦罐儿。思都岗里冲出来的还有箭头,作战旗杆上的枪尖。

思都岗有个王威义当寨长。他是地主,干这干那。领着扒女娲坟,剜黄香焊笔。其中确实没有东西。那时候还不兴殡埋仪式、棺材、墓坟的。

讲述人:张慎重,72岁,农民

录音:张振犁、程健君

时间:1983年11月3日

地点:河南省西华县思都岗

女娲显灵

要说起来,思都岗女娲也显过灵。

那时候,思都岗是老城,经常有刀客拉大杆儿的,因此要修寨。我那时十来岁,也参加修寨。寨一修好,就乱起来了。这大杆儿来了,那大杆儿来了,周口也失了,西华县也失了,黄头也窝票子。到处人都跑完了。

那时候,要守寨。人携上铺盖,拿个家伙,打个灯笼守寨。大杆儿来扒寨了,好跟他打。有巡更的,一更敲一点,二更敲两点,一直敲到天明。我在东门外守寨。

拉杆子的打宁岗寨了(六里)。宁岗寨长要说和,给杆子多少匹马,多少钱。那要的钱多办不到。咋办?把孩子交土匪(九生儿,还有个侄)。他们就打多少刀,多少枪。我一夜没睡。

第二天,都传说打宁岗寨哩,寨长老裴家的孩子都弄走了。打宁岗,思都岗一点动静也没有听见。

有的说:夜里看见思都岗城上灯笼一个挨一个。这是女娲显灵了。

口述人：张慎重,72岁,农民,私塾文化

录音：张振犁、程健君

时间：1983年11月3日

地点：河南省西华县龙泉寺内

在河南省中部的西华县如此,而在南部的信阳地区、历史上属于楚国的南方,有这样的流传：

龟为媒[1]

洪水淹田的时候,天底下只剩姐弟二人没被淹死。这姐弟二人就是女娲和她的弟弟。

有一天,弟弟提出来要跟姐姐成亲。女娲听了很生气,对弟弟说："咱是一母所生,哪能成亲？不行！"女娲气得离开弟弟走了。弟弟在后边跟着。

女娲心生一计,对弟弟说："我藏起来,你能找到,咱就成亲。"弟弟说："行。"女娲说罢就跑,弟弟在后边追。

绕过一个山角,女娲藏了起来。弟弟找来找去,不见女娲的踪影。

弟弟到处找,路上碰见一只乌龟。它对弟弟说了女娲藏的地方。弟弟一找就找到了。女娲问弟弟："你咋知道我藏在这里？"弟弟说："乌龟给我说的。"女娲恨这只乌龟。她对弟弟说："我不信。走,咱去问问它。"他俩找到那只乌龟,女娲也不问,一脚踩下去,把龟盖踩成八十八块,然后又对弟弟说："我再藏个地方,你能找到,咱就成亲。"说了又跑了。

---

[1] 张振犁、程健君编《中原神话专题资料·豫南地区女娲神话》,中国民间文艺家协会河南分会1987年编印。

弟弟见女娲把龟盖跺碎了,很可怜它,又一块一块地把龟盖对起来。现在龟盖上还留着花纹,看上去像是一块一块对起来的,就是这个缘故。弟弟把龟盖对好了,又去找女娲。

他找呀,找呀,哪里也找不到。最后还是这只乌龟给他说了女娲藏的地方。弟弟一找,又找到了。女娲问弟弟:"你咋知道我藏在这里?"弟弟说:"还是那只乌龟给我说的。"女娲说:"我不信。那只乌龟早死了。"弟弟说:"它还活着。不信咱去看看。"他俩又找到那只乌龟。女娲一看,被她跺碎的龟盖又长到了一块儿,真的还活着。她说:"不死的东西,叫你多嘴!"飞起一脚,把乌龟踢了起来,落在好远好远的地方。这只乌龟正巧落在一块石棱上,把下甲摔断成两截。至今鸡公山一带还有这种下甲是两块、可以活动的龟,名叫夹板龟。这种龟敢与蛇斗,它的两块活动的下甲还能把蛇夹死呢。女娲踢开了乌龟,对弟弟说:"你找到我藏的地方,是乌龟给你说的,这不行。咱俩放火,你在东山头放,我在西山头放。火能烧到一块儿,咱就成亲。"弟弟说:"行。"

于是,姐弟俩分别爬上东西两个山头,点着了火。也怪,两个山上的火头,不管刮啥风,都不顺风跑,东山上的火头向西跑,西山上的火头向东跑,很快便碰了头,烧到了一块儿。女娲对弟弟说:"这还不行。咱俩滚磨,一个人滚一扇磨,同时从山上往下滚。两扇磨滚到山下,若能合在一起,咱俩就成亲。"弟弟说:"行。"

姐弟俩就滚磨。一个人搬一扇磨上了山,喊声"一、二",同时往山下滚。两扇磨滚到山下,严严实实地合在了一起。

女娲想,我藏起来,乌龟给弟弟指点;两个山头放火,火头不顺风跑,烧到了一块;从山上往下滚磨,两扇磨又合在一起。这样巧的事,除非天意,否则是绝对不可能的。至此,女娲也不再出难题了,就答应了弟弟的要求。女娲当时不知,乌龟就是来做"媒人"的。火能烧在一块儿,磨能合在一起,还是乌龟的神的意思。

姐弟俩成亲以后,他们就捏泥人。女娲捏一百个女的,弟弟捏一百个男的,捏好后吹口气,泥人都成了活人。后来男女婚配,人类又繁衍开了。

讲述人:丁广有,男,58岁,农民

搜集整理:梁耀、铁头

时间:1985年2月20日

地点:河南信阳李家寨乡武胜关村

同样,在湖北神农架,《黑暗传》[1]讲述男女兄妹婚与人类的产生:

当时天昏地也暗,
洪水滔滔如雷鸣。
老祖便把男童叫:
"我今与你取个名,
取名就叫五龙氏。
如今世上无男女,
怎传后代众黎民?
我今与你把媒做,
配合夫妻传后人。"
童女这时把话云:
"哥哥与我同娘养,
哪有兄妹结为婚?"
……
童女一听忙答话:
"请听我来说原因,

---

[1] 《神农架〈黑暗传〉多种版本汇编·原始资料之五》,中国民间文艺研究会湖北分会1986年编印。

若要兄妹成婚配,
要你的金龟把话应。"
忽然金龟来说话:
"叫声童女你是听。
混沌初开有男子,
世上哪有女子身?
一来不绝洪水后,
二来不绝世上人。"
童女一听怒生嗔,
石头拿在手中心,
将石就把金龟打,
打成八块命归阴。
童男又把金龟凑,
八块合拢用尿淋。
金龟顿时又说了,
开口又把话来明:
"叫声童女姑娘听,
生也劝你为夫妻,
死也劝你为婚姻。"
童女这时心思量,
难得逃躲这婚姻。
二人成亲三十载,
生下男女十个人。

一切文化现象都有自己的土壤,那些神圣性叙事都以地方民众的情感为出发点,形成本土的神话传说语域。诸如其中的女娲显灵,这类传说在历史上并不少见,在今天更多。如《太平广记》卷三〇四引《酉阳杂俎》讲述甘肃灵武(今属宁夏)的女娲神显灵故事:"肃宗将至灵武一驿。黄昏有妇人长大,携双鲤,咤于营门曰:皇帝何在?众以为狂。上令潜视举止。妇止大树下,军人有逼视,见其臂上有鳞。俄天黑失所在。及上即位,归京阙,虢州刺史王奇光奏《女娲坟》云:天宝十三载,大雨晦冥忽沈。今月一日夜,河上有人觉风雷声,晓见其坟涌出,上生双柳树,高丈余,下有巨石。上初克复,使祝史就其所祭之,至是而见。众疑向妇人是其神也。"皇家故事如此,普通百姓具有同样的心理。这是神话传说故事能够持续不断流传的主要原因。

女娲形象的出现不仅久远,而且相当频繁,这在我国古代文献典籍中是个奇特的现象。她最早出现的面目是"化生",如《山海经·大荒西经》:"有神十人,名曰女娲之肠,化为神,处栗广之野,横道而处。"屈原在《天问》中也有一句看似没头没脑的话:"女娲有体,孰制匠之?"显然,里面包含着女娲造人的神话。王逸注也说"一日七十化"。"化"就是变,含着生育主题。补天的情节在《淮南子》中出现:"往古之时,四极废,九州裂;天不兼覆,地不周载;火爁焱而不灭,水浩洋而不息。猛兽食颛民,鸷鸟攫老弱。"此神话场景的设置以灾难铺展,形成女娲救世的神性地位:"于是,女娲炼五色石以补苍天,断鳌足以立四极,杀黑龙以济冀州,积芦灰以止淫水。苍天补,四极正;淫水涸,冀州平;狡虫死,颛民生;背方州,抱圆天。"然后才大力渲染神话场景:"乘雷车,服应龙,骖青虬,援绝瑞,席萝图,络黄云,前白螭,后奔蛇,浮游消摇,道鬼神,登九天。"显然这是神仙化后的景致,虽然保存了原始神话,但已发生了变异,被宗教情绪所感染。以此联系画像石女娲形象,便有许多方便。

《山海经》和《淮南子》都是我国神话传说史上不可忽视的重要典籍,在一定程度上是我国上古神话传说的集大成者,对后世的民间文学产生了相当重要的影响。女娲神话在这些典籍中被详述绝不是偶然,而有着深厚的文化基础作为传播背景。它在神话时代中处于一个极其重要的承前启后的地位,即以补天与盘古神话中的开辟天地相衔接,而以造人与后世的创造性神话相联系。

女娲神话在晋朝被皇甫谧《帝王世纪》记述为"禹纳涂山女,曰女娲"。这又该如何解释呢?或者说,女娲时代与大禹时代又如何连接在一起呢?历史上的原始文明在民间信仰生活中的传承,多是混沌性柔和,如果坚持剥离出具体的文明成分,恐怕只能依赖考古,用实物做证明了。神话时代的阶段性特征都是相对的。

类似补天的神话在我国少数民族中也有流传,如苗族的《龙牙颗颗钉满天》、阿昌族的《遮帕麻与遮米麻》、高山族的《蜜蜂》等,其中都有补天大神,体现出不同民族的天时观。在白族神话中,传说龙王导致大洪水,形成天地崩溃,盘古、盘生兄弟杀死龙王后变成天和地,并分别用云和水加以补造。彝族神话中称,天地开辟后,天神要检查天地的坚固程度,就打雷试试天、地震试试地,待天地损坏,就用云和地公叶子分别弥补。在布依族神话中,传说力戛用手举起了天,但若一松手,天就要塌下,他就拔下自己的牙齿把天钉起来,于是牙齿就变成了一颗颗明亮的星星。这些神话都充满了神奇的想象。女娲神话和这些神话一样,是远古人民对天体认识的艺术表现。

天地构造在我国古代文化中是方圆形状,即天圆地方。人们又依据这种形状把天地分为数重。"天人合一"是当时一种普遍的信仰,如果天穹发生了奇异景观,意味着人间就要招致不幸。如《太平御览》就曾转述过许多"天裂"现象:"天开东北,长二十余丈,广十丈"(《汉志》),"天裂,广一丈,长五十余丈"(《十六国春秋》),"天裂见人,兵起国亡;天开见光,血流滂滂"(《易妖占》)。在这种观念基础上,女娲补天信仰也就自然为社会所广泛接受。于是,补天的神话传说不仅存在于人们的口头上,而且体现在民间节日和"文化遗迹"上。如杨慎在《词品》中称:"宋以前以正月二十三日为天穿节。相传云:女娲氏以是日补天,俗以煎饼置屋上,名曰补天穿。"《事文类聚》:"江东俗,正月二十日为天穿,以红缕系煎饼饵置屋上,谓之补天穿。"(《癸巳存稿》卷十一引)《风俗》称:"正月十九日,广州谓为天穿日,作馎饦祷神,曰补天穿。"(《癸巳存稿》卷十一引)《路史·后纪》中提到古人把太行山称作"女娲山",传说女娲"于此炼石补天"。至今,陕西骊山六月十六日为补天节,人们在民间庙会中朝拜女娲宫。在桂林叠彩山明月峰和江苏连云港花果山,都有传说中的"仙石"即女娲补天后遗留的石头。在河北涉县有娲皇山,在河南西华有女娲城、女娲陵、女娲庙,民间百姓举办庙会祭祀其补天"伟业"。这说明补天信仰在现代社会仍然存在。

造人的传说看起来晚于"补天",但若按神话发生理论推究,当早于"补天"。造人是人们对生命起源的探寻。记载女娲造人最为详细的材料,就现在能够见到的,当数汉应劭的《风俗通义》:"天地开辟,未有人民,女娲抟黄土作人。剧务,力不暇供,乃引绳于泥中,举以为人。"有的版本还加上了一句"故富贵贤知者黄土人也,贫贱凡庸者引绁人也",明显带有上智下愚的等级观念。造人主题在后世文学作品中也屡屡出现,如李白《上云乐》中有"女娲戏黄土,团作愚下人。散在六合间,蒙蒙若沙尘"之句,皮日休《偶书》也提到"女娲掉绳索,绁泥成下人"。女娲造出的人是贫贱还是富贵并不重要,重要的是对于人的生命起源所作的神话阐释体现了神话的审美思维。类似女娲抟土造人的神话,在有的少数民族中就称是其他神用泥、雪或神树造人,都反映出劳动创造世界、创造人自身的文化母题。如瑶族的《密洛陀》、彝族的《梅葛》布依族和布朗族的族源解释,以及纳西族的《天女织锦缎》等,都提到或捏制、或纺织、或雕琢人的情节。有的学者将此与生产力发展挂钩,这就违背了神话发生的一般规律。比如有的神话提到神人能飞,那么是否意味着那时也有高度发达的航天事业呢?神话是原始人民的想象,尽管这种想象的心理机制要受制于客观条件。

女娲神话的生育主题在发生变异时转换成了对婚姻起源的阐释。这是女娲神话时代的重要标志性内容,是"化生"主题的延续和变异,其中包含着两层内容:一是《风俗通义》中所提及的"为女婚姻,置行媒,自此始";二是唐卢仝《与马异结交》中所提到的"女娲本是伏羲妇",女娲神话与伏羲神话相联系的纽带正在于此。女娲与伏羲结为婚姻存在着一个前提,那就是兄妹婚。《路史·后纪》注引《风俗通》云:"女娲,伏希(羲)之妹。"《独异志》讲得更详细:"昔宇宙初开之时,只有女娲兄妹二人在昆仑山,而天下未有人民。议以为夫妻,又自羞耻。兄即与其妹上昆仑山,咒曰:'天若遣我兄妹二人为夫妻,而烟悉合;若不,使烟散。'于烟即合。其妹即来就兄,乃结草为扇,以障其面。"女娲为生育女神,其婚姻形态从个体走向合体,应该是从群婚向对偶婚的转化。类似的神话情节相当多,如彝族的《阿细人的先基》、独龙族的《嘎美嘎莎造人》、瑶族的《插田鸟》等,都是反映创造人类的。《插田鸟》的变异成分更多,讲到女娲与盘古相结合生下人,这和女娲与伏羲相结合的意义实质上是一样的。直接提到女娲与伏羲相结合生育人类的还有水族的《空心竹》、仡佬族的《伏羲兄妹制人烟》、土家族的《兄妹开亲》、瑶族的《伏羲兄妹》等,而且又增加了洪水神话的内容,使情节更为繁复。如有的说兄妹为躲避洪水钻进葫芦中,由此也可以管窥葫芦在原始思维中的信仰意义。与《魏书·临淮王传》中所载"夫妇之始,王化所先,共食合瓢,足以成礼"相联系,可以想象到葫芦、洪水等内容与生殖、性崇拜之间的关系所在。它告诉我们,生育主题在民俗生活中的重要位置早在远古时期就已形成,今天生活中的许多民俗符号和女娲神话及其信仰崇拜是分不开的。

女娲遗迹在我国分布相当广,如《路史·后纪》所举"任城县东南七十里"的承匡山女娲庙、骊山女娲谷、峨眉女娲洞、赵城女娲墓等。其神话传说在口头上的流传更广,遍布长江和黄河流域。黄河中上游地区分布尤为密集,在甘肃天水等地区的流传与分布有着特殊的意义,更不用说整个黄河流域画像石都不乏女娲的形象。

我们不能将女娲神话时代简单比照历史上具体的女权时代,而应该看到其悠远绵长的存在意义,特别是它所体现的异常丰富的信仰意义。这个时代标志着中华民族对生命起源问题的辛勤探索,它使我们看到中华民族凝聚力的形成与神话传说母题流传之间的联系。同胞,这是一个神圣的字眼,而其具体意义就在于对伟大的民族母亲神的敬仰所生发的人世间的特殊感情。现在我们虽然十分清楚人的生命和生育等一系列科学常识,但不可否认的是女娲神话有着永久的魅力,它不仅激励和鼓舞着我们,而且把中华儿女汇成一股强大的洪流,使我们所向披靡,一往无前。

第四节　伏羲时代

伏羲神话的核心在于开辟文明,这个神话时代的意义在于上承盘古对天地的开辟、女娲对生命的创造,赋予人以文明的面目,从而使人与动物相区别。伏羲的神性角色即文明开创大神。《风俗通义》中的《皇霸》引《春秋运斗枢》说:"伏羲、女娲、神农,是三皇也。"我国古代文化尤其讲究至尊的地位,把伏羲列为"三皇"之首,正是对其开创文明的功业的推崇。

伏羲的神性角色最早在《易》中得到详尽描述。如《易·系辞下》记述道:"古者包羲氏之王天下也,仰则观象于天,俯则观法于地,观鸟兽之文与地之宜,近取诸身,远取诸物,于是始作八卦,以通神明之德,以类万物之情。"其劳动创造的伟绩在于"作结绳而为网罟,以佃以渔"云云。《路史》中记述其业绩更多,如"豢育牺牲,服牛乘马,草鞿皮蒙,引重致远,以利天下,而下服度"(《后纪一》),"伏羲化蚕"(《后纪五》注引),"聚天下之铜仰观俯视,以为棘币"(《后纪一》),"伏羲推策作甲子"(《后纪一》注引),"古者庖(伏)羲立周天历度"(《后纪一》注引),"(其)正姓氏,通媒妁,以重万民之丽,丽皮荐之,以严其礼"(《后纪一》),"(其)爰兴神鼎,制郊禅"(《后纪一》)等。《拾遗记》中提到伏羲的"春皇",记载了他"去巢穴之居","丝桑为瑟,均土为埙","规天为圆,矩地取法,视五星之文,分晷景之度,使鬼神以致群祠,审地势以定山岳","立礼教以导文,造干戈以饰武"等传说。《广韵》注引《河图挺佐辅》中称伏羲"钻木取火";《太平御览》引《春秋命历序》说伏羲"始名物虫鸟兽之名",并引《帝王世纪》说伏羲"尝味百药而制九针,以拯夭枉焉";《孔丛子·连丛子下》称"伏羲始尝草木可食者,一日而遇七十二毒,然后五谷乃形";《绎史》称其"冶金成器,教民炮食","因居方而置城郭";《新论》称"伏羲制杵臼,万民以济";《管子》称其"作九九之数,以合天道,而天下化之";《史记·太史公自序》和《艺文类聚》引《古史考》等文献也说伏羲开制八卦,使人类进入一个新阶段。这些文献所描绘的伏羲不仅是一个非凡的文化英雄,而且是一位无与伦比的科技领袖。若没有伏羲氏如此艰辛而伟大的创造,世界将是一片洪荒。所以《文选·东都赋》由衷赞叹道:"且夫建武之元,天地革命,四海之内,更造夫妇,肇有父子,君臣初建,人伦实始,斯乃伏羲氏之所以基皇德也。"称伏羲为科学大神、文化大神、哲学大神、音乐大神、宗教大神,把所有文明的桂冠都献给他也不为过。而历史表明,伏羲氏不是别人,而是千百万劳动者智慧和勇敢的化身,他代表着中华民族对全人类的卓越贡献。

图腾,是神话传说流传过程中的特殊遗迹,文学作品与地方文献中的伏羲一直是圣贤的形象,他既是部落领袖,又是开创文明大业的文化英雄。除了龙首蛇身的外表,他的生活行为与龟形成密切联系。那么,龟的神圣性符号在神话传说中又是如何建构的呢?生命的延续又是如何在伏羲神话传说中被解释的呢?一切都纳入神圣性叙述,便与后世将神龟卑贱化处理的反图腾主义大相径庭。这是神话传说作为民族记忆在文化传统中形成的认同与选择。《礼记·月令》曾记述"季夏,命渔师登龟取鼋",《礼记·礼运》记述"麟凤龟龙,谓之四灵。……龟以为畜,故人情不失",表明龟在上古文化生活中非常崇高的地位。《古今图书集成·禽虫典》第一五二卷《龟部》存裴度《神龟负图出河赋》:"茫茫积流,祚圣有作。动上天之密命,假灵龟以潜跃。盖欲以庆遥源,敷景铄,写物象之精密,化人物之朴略。岂不以河之德兮灵长,龟之寿兮会昌。载祯符,先呈于古帝,称大宝,后遗于宁王。故将出也,感天地,动阴阳,浮九折之澄碧,散五色之荣光。……列圣过而每喜。出朝日,如曜其宝图;伏灵坛,状陈其镂篆。布爻象之纠纷,蕴天地之终始。负谋谟之画,将化洪荒。当授受之时,岂思绿水。"丁泽《龟负图》:"天意将垂象,神龟出负图。五方行有配,八卦义宁孤。作瑞旌君德,披文叶帝谟。乘流喜得路,逢圣幸存躯。莲叶池通泛,桃花水自浮。还寻九江去,安肯曳泥涂。"乾隆四十四年《河南府志》卷三七《圣迹图》述"龙马负图"称:"伏羲时,龙马负图于河,背有文:一六居下,二七居上,三八居左,四九居右,五十居中。伏羲则之,以画八卦。《三坟》词曰:'惟天至仁,于革生月,天雨降河,龙马负图,实开我心。'河即今之黄河,在孟津县西五里,负图里是也。"《古今图书集成·禽虫典》第一五一卷《龟部》存《龟策传》:"龟有神龟、灵龟、摄龟、宝龟、文龟、筮龟、山龟、泽龟、水龟、火龟。大非古山产三足龟。文龟甲有文采。《河图》曰:灵龟负书,丹甲青文。筮龟,常在蓍丛下潜伏。"其注曰:"龟,能前知人所决,以知可否。故不失其情之正也。郑注:龟北方之灵,信则至矣。正义:按《月令》孟冬之曰其蚄注云:龟鳖之属则龟为水虫。水主信,故信至。""《周礼订义》郑锷曰:衅龟之时,追报古先,首为龟卜之事以教人者,而祭祀之民,不知避凶趋吉,以犯于害者多矣。有智者出,因神物而教之,使前知吉凶,其仁远矣。乌可忘其功而不报乎!然地曰祭,天曰祀,兼称祭祀,以龟卜之事通天地,盖尊之也。"

地方文献又从另一个方面讲述伏羲神话时代。如伏羲神话传说遗迹分布于神州大地,《古今图书集成》所列:"陈州有太昊祠,在州西北三里陵上。""商水县有伏羲、神农、黄帝祠,在城外东北。顺治八年重修。""揲蓍坛,在陈州城外伏羲揲蓍之所,内有蓍草堂。""八卦台,陈州北一里。昔伏羲于蔡水得神龟,因画八卦于此。坛后有画卦台。""伏羲庙,在上蔡城东三十里,蓍台之傍。春秋祭。一在信阳州治子城放生池东。""太昊陵,在陈州西北三里。伏羲庙,在上蔡城东三十里。"《开封府志》记述画卦台称:"八卦台,在陈州北一里,画八卦处,有画卦台。叶盛诗:'羲皇古神圣,御宇三皇初。茫茫大河上,龙马出负图。一云蔡水阳,亦有龟莘如。圣心与天契,奇文照轨模。七六前后列,八九左右俱。出兹启后圣,大易逐以敷。维陈有遗台,下有灵蓍祜。伟哉方册存,万世开群愚。'"在甘肃天水与成纪等地,古代文献中的伏羲神话传说同样丰富。

伏羲神话从不同方面体现出中华民族曾经有过的图腾体系,即原始民族的徽帜世界。《文选·鲁灵光殿赋》中曾提到伏羲"龙身""鳞身",《艺文类聚》引《帝王世纪》中说他"蛇身人首"。这都是龙图腾在伏羲身上的典型体现。还有一些文献把伏羲同太昊连在一起,按一般道理讲,太昊是东夷大神,代表着太阳图腾,为何与伏羲这位"生于成纪"即西戎之地的龙神相牵涉呢?有学者称其"风马牛不相及",其实,这正是伏羲神话的演变规律,也是其存在意义的集中体现。太昊伏羲之称的典型案例在河南省淮阳县伏羲陵庙会。淮阳古称宛都,是中原腹地,东夷集团和西戎集团在这里相汇融合为一体是很正常的事。《路史·后纪一》中说"今宛丘北一里有伏羲庙、八卦坛。《寰宇记》云:伏羲于蔡水得龟,因画八卦之坛""《九域志》:陈蔡俱有八卦坛"即指此。中原地区不但是中华民族的文化发祥地,而且是重要的文化汇聚地,伏羲神话在这里的密集分布不是偶然的,这个神话时代的具体形成和中原地区较早地开发有着密切关系。《艺文类聚》卷十引《帝王世纪》说:"燧人之世,有大迹出雷泽,华胥履之,生庖羲氏于成纪也。"《拾遗记》中说:"华胥之州,神母游其上,有青虹绕神母,久而方灭,既觉有娠,历十二年而生庖羲。"这些文献是民间神话的记载,并深刻地影响着后世的神话传说。

再者,前面提到的伏羲、女娲兄妹婚,也是伏羲神话不能回避的问题。《路史·后纪二》注引《风俗通》较早提到"女娲,伏羲之妹",但是卢仝《与马异结交》诗明确提出"女娲本是伏羲妇",尽管《淮南子·览冥训》早就提出"女娲,阴帝,佐虙戏治者也"。唐李冗《独异志》详细记述了伏羲女娲兄妹婚神话传说:"昔宇宙初开之时,只有女娲兄妹二人在昆仑山,而天下未有人民。议以为夫妻,又自羞耻。兄即与其妹上昆仑山,咒曰:'天若遣我兄妹二人为夫妻,而烟悉合;若不,使烟散。'于烟即合。其妹即来就兄,乃结草为扇,以障其面。今时人取妇执扇,象其事也。"这些内容从一个方面表现出我国上古文明的遗迹,同时也记述了神话传说流传过程中不同时代的民族感情与信仰体系的变迁。值得注意的是,这些兄妹婚神话在今天许多地方仍然在讲述,在中原地区的流传更有群体特色:[1]

伏羲和女娲

在很古很古的时候,伏羲天天去打柴,路过河边,常常在河里玩耍。

有一天,伏羲正在河里边戏水,忽然听到有人喊他:"伏羲!"伏羲抬头一看,一个人也没有。他吃了一惊,还是继续玩水。

"伏羲,不要害怕,我在水里。"伏羲朝水里一瞅,吓了一跳,原来是一只老龟。老龟身子方圆百丈,几乎遮住河面,眼睛像两盏灯,正伸长脖子,昂着头,瞅着伏羲。

伏羲有些害怕,朝后退了几步,心里想:这老龟咋知道我的名字?老龟又说话了:"伏羲,一百天后,天下有大灾大难,那时候,天塌地陷。从今以后,你每天给我送一个馍来,到时候我搭救你。"伏羲听罢,心里直扑腾。

"真的?"

"真的,不许对外人说!"

伏羲眨眨眼睛,见水面起了一股清风,溅起一个漩涡,转眼老龟就不见了。河面平静了。

---

[1] 张振犁、程健君编《中原神话专题资料·伏羲女娲神话》,中国民间文艺家协会河南分会 1987 年编印。

从这天起，伏羲每天打柴，送给老龟一个馍。天长日久，拿馍的事被伏羲的妹妹知道了。

伏羲的妹妹叫女娲，父母早年去世，就剩他们兄妹两个。

"哥哥，不短你吃，不少你喝，天天你又拿个馍干啥？"

伏羲想对妹妹说明，又一想，老龟不叫对外人说。停了一会儿，他又一思忖：不，老龟说，不叫对外人说，妹妹不是外人。他想到这里，就原原本本地告诉了女娲。

以后，女娲也每天准时给老龟送一个馍，老龟也都一一收下了。

一百天后，果然如老龟所说，天上浓云翻卷，火龙乱窜，暴雷一个接着一个，大雨瓢泼。这时候，又该送馍了。

伏羲和女娲顶风冒雨又来到河边。

狂风，暴雨。兄妹俩简直睁不开眼。

这时候，随着电闪雷吼，一声山崩地裂的巨响，伏羲和女娲只觉得一阵冷风吹来，身子站立不住，原来是老龟张嘴把兄妹俩吞进了肚里。

"别怕，你兄妹俩拿的馍都放着呢，足够吃一百天。"

伏羲、女娲抬头一看，果然，两人拿的馍全堆在里面，兄妹俩既担心又高兴。

从此，兄妹二人就在老龟肚里靠吃馍生活，过日子。女娲拿的馍不到一百，伏羲饭量又大，不到一百天，藏的馍就吃完了。一顿两顿不吃，还能对付，天长日久，饿得前心贴后心。伏羲、女娲再也忍受不住了，和老龟说，要出去找点吃的。老龟很生气，把伏羲、女娲骂了一顿，训斥他们兄妹不会过日子，就张开嘴，呼了口长气，兄妹俩被吐了出来。老龟一眨眼，头一低，转眼就不见了。

伏羲和女娲多日困在老龟肚里，憋得慌。一出来，觉得空气很甜，美美地吸了几口。抬头一看，天塌地陷过后，世界混混沌沌，黑蒙蒙的。天上的日月星辰还没有长好，地上山川树木毁得一片凄凉，河里的水黏糊糊的。在西北方向,还有一块天塌了两个窟窿,冷风嗖嗖直吹。两个人都发愁了:这咋办呢?

伏羲跟女娲说了一声,出外找东西吃去了。

女娲望着西北天上的大窟窿,决心把天补起来。

女娲在大河里拣来了许许多多的五色石,用黏糊糊的河水把彩石粘了起来,一点点垒起,天上的大窟窿终于被补好了。

女娲担心天会再塌下来,就捉了一只小乌龟,斩下了它的四条腿,顶住天的四方,当作支天柱子。柱子很结实,天再也不会倒塌了。

西北天上的窟窿因为是河水粘石头补的,没有补严实,所以西北风一刮就冷。

伏羲回来了,他寻回了树皮、草根。见妹妹女娲补了天,很高兴,一边嚼树皮、草根,一边夸奖妹妹的本领。

天补好了,天底下就他兄妹俩。伏羲和女娲四处寻人,翻过了九十九座山,过了九十九条河,过了九十九年,一个人也没找到。伏羲想跟妹妹结婚,女娲摇摇头,说:"兄妹怎么能结婚呢?"

伏羲说:"那这样吧,咱用一盘磨,从山顶上朝山下滚。如果两扇磨分开,咱就还是兄妹;如果两扇磨分开又合在一起,咱就结为夫妻,好吗?"

女娲点头答应了。

两个人一起来到高山脚下,把一盘磨弄到高山顶上。

伏羲、女娲把磨放好,两个人一齐跪下,朝上天拜了一拜,同声说道:"老天在上,俺兄妹结婚,顺天意,磨就合为一盘;逆天意,两扇分开。"

两人说罢,站起身,把一盘磨从山顶上用力朝下一推,一盘磨分成两扇向山下滚去。说也奇怪,眼看两扇磨齐下,到了山脚,就逐渐靠近,马上合在一起,朝山下滚去了。兄妹俩手拉手儿追到山下,看着磨笑了。从此,兄妹结了婚。

这时候,天晴了,已经有了日月星辰。大地上有了各种牲畜庄稼,就是没有人。

女娲顺手从河边撮起一团黄泥,掺和了些水,在手里轻轻地揉着,很快就揉成了第一个娃娃。

女娲把小娃娃放在地上,娃娃迎风长,一会儿就活蹦乱跳,会喊"妈妈"了。

女娲和伏羲高兴地拉着小娃娃,亲得没个够。

找到了造人的法子,伏羲和女娲日夜擀泥人,一下子擀了许多许多。有的晾干了,跳着蹦着跑了。还有一部分没有晾干。

一天晚上,天快黑了,天空起了乌云,下起了大雨。一个个朝屋子里收,来不及了。伏羲急忙跑回屋里,拿来了一把大扫帚,呼呼啦啦地扫起来。这样一来,大部分被收进屋里,有的少了胳膊,有的断了腿,有的瞎了眼,有的少了耳朵。所以后来世上有瞎子、瘸子、少胳膊短腿的。

因为人是泥捏的,所以人身上的灰尘总是擦不净。直到现在,淮阳的太昊陵二月古会上,还有卖各种各样泥人的。

记录:杨牧

时间:1982年3月

地点:河南省淮阳县文化馆

太 昊

从前,有俩小孩儿,下地里拾柴火的时候,在槐树底下歇着。正玩哩,看见个白胡子老头从树上飘下来,对他俩说:"知道不知道啊,马上都要天塌地陷了,啥东西都得重做一遍。"

俩小孩吓坏了,哭起来了。

老头说:"你俩甭哭,你俩想活呀,就天天给我拿个馍,等到时候还叫你吃。不过你们得记着,这事不能叫别人知道。"

俩小孩说:"好。"

这以后,俩小孩儿天天拾柴火的时候,拿个馍放篮子里,不叫大人看见,也不跟旁里小孩儿一起玩。那个老头儿天天在槐树底下等着,收一个馍说一声。

到了一百八十天头上,老头对他俩说:"别拿了,恁俩也别回去了,就上我怀里吧,马上就要天塌地陷了。"

俩小孩说:"那不中,俺想俺娘。"

老头说:"好,恁俩回家再看一下,得记着别说话。"

俩小孩跑回家看了看,娘没在家,就拿了俩馍走了。

天摸黑的时候,老头叫俩小孩儿闭着眼,叫睁开再睁开。

俩小孩晕晕地睡着了,也不知道啥时候,老头说:"出来吧。"

老头说:"恁俩成家吧,地上没人烟了,以后的人都靠恁俩了。"说着说着变了个大鳖,滚到沟里去了。

她哥说:"咱俩成家吧"。

妹妹说:"那不中,兄妹们不兴成亲。"

她哥说:"那这样吧,你藏去,我找着你了,就得成亲。"

妹妹说:"好。"

一藏,找着咧。还藏,又找着咧。

妹妹还不愿意。哥就说:"那这样吧,就最后一回啦,咱俩往天上扔石头,石头合一块了,就得成亲。"

一扔,合一块儿来。

俩人成亲咧,嫌人生得慢,用泥巴捏,用棍挑,捏的挑的都活咧。一到晚上,小孩光哭闹,俩人哄不及,就用唾沫把小孩的眼涂住,小孩闭着眼睡着了,就不哭了。所以,后来的人睡着后,眼里就生眼屎。

一到白日里,小孩没事玩,光跑迷路。俩人又都把小孩儿的脚指甲儿掐劈一半,小孩就老实了。

俩人年纪大了,就教小孩学做饭、做衣裳、种庄稼。那时候庄稼都在树上,一棵长的粮食够好几个人吃哩。后辈人都称他俩叫人祖"太昊"。

讲述:刘永民,28岁,曾任民办教师

记录整理:高有鹏

时间:1983年3月19日

人祖爷

从前,有姊妹两个,经常上山打柴、放牛。有一次经过一条河,河里翻着花,一会儿,冒出个大老鼋,农村说叫鳖,也说龟。鳖从河里出来,一变变个老头儿。两个小孩一看老头儿是鳖变的,就吓跑了,老头儿呼喊不让他们走,告诉说:"不久将要天塌地陷,人类要灭亡。"

两个小孩就停下来,开始很害怕,一听老鳖要保护他们,就停住。老头儿叫他们每天给他送一个馍,拿到河边,到时候还给他们吃。先给他们储存起来,到那一天天塌地陷,经过这里的时候,老鳖出来把他们保护起来。

这两个小孩,大的是姐,小的是弟。姐姐给弟弟说:"咱就按他说的办吧,拿一个馍也没有啥。"

每天二人打柴、放牛时,都给他捎个馍。一天拿一个,一天拿一个,拿到二百九十九个时,后来送来一个馍,老鳖出来说:"不用走了,天要变了,你们在我肚子里藏起来吧。当天复原、地长严的时候,再把你们放出来。"

说着说着,天就有雷鸣电闪,天塌地陷,洪水横流。姐弟俩就藏在老鳖肚子里,老鳖又潜进水里。

他们在老鳖肚子里藏了两年多,差两天就到三年。大的女孩叫女娲,等得不耐烦了,她要出来,老鳖不依她。最后没办法,把他们送出水面。

送出水面以后,女娲和弟弟出来,登上山头一看,天还没长严,地上洪水还往东南流,这时候天还很冷。他们登上山头以后,女娲跟她兄弟说:"天能不能补住呢?补住,天不就不冷了吗?"她就想办法,拾了些石子,用兽骨、兽筋把天缭一下,补一下。天上有了星星。

最后,还有风,发现东北角缺一块,就用冰凌掩了,掩不太牢。所以,现在刮东北风,天比较冷。

他们看着天也补好了,地也基本长严了,就在山上采果儿,寻点东西吃。

后来,两人渐渐地长大了。看着地上没有人,女娲要和弟弟结婚,当时两个人也不太好意思。姐弟俩从小一块长大,夫妻怎么能是亲姐弟!这时老鳖出来了,给他们出个主意:"恁俩上山滚石磨吧,如果磨合到一起,恁就结婚。"

于是,两个人一人拉一扇石磨,一个从东山,一个从西山,往下滚。一滚,磨合住了,两人就结婚了。

两人结婚以后,山上长出了树木、水果,地上长出了五谷、花朵,野兽也有了。

后来,还是没有人。有一天,女娲和泥巴的时候捏了一个小孩儿,往地上一放,黄泥巴做的小孩儿活了。活了以后,就跟她弟弟一起捏泥巴孩儿,捏了很多。最后就把黄泥巴孩儿搁在半坡洞门口晒。一天刮风下雨,小泥巴孩儿走得快了,到洞里了;走得慢了,没走到洞里。有的才捏出来,走得慢,他俩就拿树枝往屋里扫。有的扫断了胳膊,有的扫断了腿,所以人现在还有瞎子,有瘸子,有残疾。

后来人也有了,逐渐多了,山洞住不下了。女娲就想办法,把他们分到各地去谋生,有的去打鱼,有的去打猎,有的去采果,有的去放牧,有的去种谷子。

这一天,把他们召集起来,叫他们分出去。有的说:"开始捏的那个黄土人很能干。"大家就推选他替女娲做首领,因为是黄土捏的,所以叫黄帝。

这样一来,黄帝就率领他们。

后来,女娲老了,就召集黄帝他们一族人开会。为了不忘本,就把本族的来历讲了,是老鼋救了他们,就把住的洞叫玄鼋洞,住的山叫玄鼋山(黑鳖鼋),把黄帝叫玄鼋黄帝,后来就叫轩辕黄帝。

女娲、伏羲下世后,黄帝率领着族人到各地谋生,黄帝族就在中原繁衍了。黄种人就是黄帝后代。

口述人:耿如林、沈邱,耿庄人

转述人:耿瑞,河南大学学生

录音:张振犁、程健君

时间:1983年11月14日

地点:河南沈丘刘庄店乡耿庄

白龟寺

上蔡有个白龟庙,平常人们叫白果庙。

有个卖茶老头讲了白龟庙的故事:天地十二万年一混沌(甲子年光时)。有座城门旁有座桥,桥头刻有一个石龟。

初先,有伏羲、女娲兄妹两个。伏羲天天上学,上学走过桥头石龟跟前。

这一天,伏羲上学又走到石龟跟前的时候,龟叫住他。伏羲问它:"你为啥会说话呢?"

石龟说:"我对你说,很快天就要塌,地要陷,就要混沌了。到混沌的时候,人都要死了。"

伏羲说:"这怎么办呢?"

石龟说:"我可以救你。不过你得每天上学来时给我拿个馍,给我吃。啥时候混沌了,我对你说。"

从此,伏羲天天上学都拿一个馍,路过石龟旁边时,把馍放在龟嘴里。龟就吃了。

每天拿馍,叫伏羲的妹妹女娲看见了。妹妹问他。他说:"你别管了,乌龟不叫我告诉别人。"

他妹妹说:"不行。不说不准你带馍。"

伏羲被逼紧了,说:"龟不叫我说,我说了可不准再说给别人。"

妹妹说:"我不说,你说吧。"

伏羲就说:"乌龟对我说,马上要天塌地陷,叫我每天给它拿个馍喂它吃,到混沌时救我。"

他妹妹一听,就叫哥哥问问乌龟,能不能帮她也带一个馍。

伏羲第二天又见了乌龟,说:"我有个妹妹听我说了,也想每天拿一个馍。"乌龟就答应了。

因此,伏羲每天拿两个馍,龟都吃下去了。

又迟了一些天,伏羲又走到龟跟前时,龟说:"要天塌地陷了,你赶紧回去叫你妹妹来。"

伏羲就赶紧回家去了。跟妹妹说了,妹妹就跟他去了。他俩到龟身旁,龟张开口说:"你们藏到我肚里。"

二人钻的时候,天地就冒出一股白气,就天塌地陷混沌了。

又过了不知多少时间,天地又开了,恢复了。伏羲和妹妹女娲就从龟肚里出来了。出来以后,天地仍然很好。他们到处看看,都没有人了。

又过了一段时间,他妹妹提出说:"现在天地之间没有人咋办呐?现在就咱们两个。要想天地间有人,除非咱俩结婚。没办法,只有咱俩结婚了。"

这时候,伏羲还是不愿意:"那不行。咱们是兄妹,哪有这个道理。"

结果,妹妹就提出看看天意如何。两人从山上推下来两块石头,如果两块石头推下来合在一起,就是天意让两人结为夫妻。两块石头推下来分开,仍不能成为夫妻。

伏羲没法儿,只好同意了。两人把石头从山上推下去了,一下去,两块石头就合一头儿啦。这时候,伏羲很生气,举起一块石头一拎,就拎过一座山去了。再气也没法儿,既然是天意,两人就结婚了。

结婚以后,从此有了人。

又迟了若干年,伏羲察地形。有一天,他走到上蔡看到有蓍子草很好。伏羲一看，就扒著子草，底下有白龟陷在地下。

伏羲因为白龟救过他，所以就盖了座庙，叫白龟庙。

讲述人：彭兴孝，男，淮阳文化馆人员

录音：张振犁、程健君

时间：1983年11月10日

地点：太昊陵东彭家

可以看到与之前盘古时代、女娲时代相似的故事结构，即灾难之后人类重生的记述，这与许多地方流传的洪水神话有着相同的地方。设置的场景中有两兄妹，或者上学，或者在原野玩耍，遇见神奇的人物或者神奇的动物，被告知大灾难的来临；然后有躲避，灾难之后只有兄妹两人；他们不愿意违背传统的婚姻形式，进入验婚仪式，被证明具有合理性，即法的准则被实现，形成某一个神话时代的全部人类再造过程。

这样的神话传说内容作为故事结构，应该既可以独立存在，又可以与其他神话传说融合。如以下洪水后的兄妹婚故事：[1]

两兄妹

很久很久以前，有兄妹二人，住在一座山下。家门前有一头大青石狮子，是兄妹俩最要好的伙伴。白天，兄妹俩常守在狮子旁，跟狮子一块玩耍；晚上，狮子为他们当哨卫，壮胆子。一来二去，兄妹俩和狮子的交情很是深厚。

一天，兄妹俩又来到狮子跟前。哥哥抓着狮子，一跃跳在狮子背上。狮子的嘴一张一合、一合一张的。妹妹看到这情形，赶忙招呼哥哥："哥

---

[1] 张振犁、程健君编《中原神话专题资料·洪水神话》，中国民间文艺家协会河南分会1987年编印。

哥,快下来,看狮子都不高兴啦!"哥哥跳下来,真的是。忙问:"狮子,是不是累了?"狮子不吭声,嘴还是一合一张、一张一合的。妹妹说:"一定是狮子饿了。"妹妹连忙跑回家拿来馍馍,填到狮子嘴里。狮子嘴一合,脖子一伸,咽了。哥哥也赶紧跑回家拿来馍馍,填进狮子嘴里。狮子嘴一合,脖子一伸,咽了。狮子吃了兄妹俩的馍,真的又像原先那样安详地立着,一动也不动。

从那以后,兄妹俩每天来找狮子玩,都要带来些馍馍,给它吃。吃饱了,才玩。

一天,两天,一个月过去了。哥哥从没有忘了每天给狮子送馍馍吃。

一月,两月,一年过去了。妹妹也从没忘记每天给狮子送馍馍吃。

一年,两年过去,兄妹俩也长成大人了。可他们还是没有忘记给狮子送馍馍吃。

这天,兄妹俩又来找狮子玩。他们把带来的馍送给狮子,狮子怎么也不张嘴。

哥哥问:"狮子,是不是渴了?"

妹妹问:"是不是病了,狮子?"

一问,狮子不吭声;再一问,狮子流下泪来。

这一哭,兄妹俩可就慌了神儿,一起叫道:"狮子哥,狮子哥!俺又不曾委屈你,你倒是说话呀!"

狮子收住了泪,非常沉重地对兄妹俩说:"小弟弟,小妹妹,告诉你们一个不幸的消息,这世界原来是一万八千年要'混沌'一次的。每次混沌,都是天地相合,万物俱灭呀。再无穷大一天,正好又是一万八千年。"

这一说,兄妹俩更慌张了。他们一起请求狮子帮助拿拿主意。狮子说:"好弟弟,好妹妹,别着急,等到那一天,你们来找我,我自有办法。"

兄妹俩提心吊胆地等到第三天。正中午时,果然平地卷起大风,天霎时昏暗了下来,接着,便是电光闪闪,雷声隆隆,倾盆大雨下将起来。哥哥妹妹冒雨来到狮子跟前。狮子正焦急地等着他们,一见,忙说:"快,我张开嘴,你们快跳进来吧。"兄妹纵身跳进狮子的嘴里,又从嘴里来到肚子里。在肚里,他们才发现平日送给狮子吃的馍全存放在这里,完完整整,没有一点坏。

离开人间,是多么痛苦啊!过了些天,兄妹俩真有点急了。乡亲们的下落怎样?他们会遇到危险吗?兄妹俩恨不得快些知道个究竟。

等了十天,哥哥终于耐不住了。他请求狮子放他出去看看。狮子说:"不行!现在正是天塌地陷,山崩塌,水倒流,连我都有点站不稳呢!"哥哥用耳朵贴着狮子肚皮听听,真听到一种"隆隆"的声音,也就不说啥了。

又等了十天,妹妹也有些待不住了。她请求狮子放她出去瞧瞧。狮子说:"快了!如今混天老祖正在补天,混地老祖正在修地哩。"妹妹只好耐住性子等下去。

七七四十九天过去了。这天,狮子才告诉哥哥和妹妹:"混天老祖和混地老祖已把天地修好了,世上太平了,你们出来吧。"兄妹俩重新回到世上。一看,天还是过去的天,地还是过去的地,可是没有了村庄,没有了乡亲。他们成了世界上最孤独的人。

兄妹俩从山上割来些黄草,从树上折些枝枝杈杈,搭成棚棚,这是他们的房子。

又过了些年,兄妹俩都长成大人了。也不知为什么,他们都感到有些忧虑和愁闷,又感到像是有些话想互相讲讲。

哥哥想:"眼下这世上只有自己和妹妹,要是不跟妹妹结合,过后不是没有人了吗?"又一想:"不行,她是我的妹妹,我咋好张口呢?"

妹妹想:"这种生活也真是太单调了,要是能跟哥哥结合就好了。"又一想:"不行,他是我的哥哥,我咋好出唇呢?"

最后还是哥哥先向妹妹说了。妹妹答道:"那就先问问那头石狮子的意思吧。"

兄妹俩来找大青石狮子。狮子想了想说:"这样吧,你们各背一扇磨盘,各立一个山头,让磨盘从山上滚下,要是两扇磨合在一起,你们就结婚。"

兄妹俩都觉得狮子的办法可行。哥哥背了一扇石磨,来到东边一座山头上;妹妹也背了一扇石磨,来到西边一座山头上,两人约好同时放。只见两个圆圆的磨盘顺着山坡,"骨碌碌——叭"一声,正好合在一起。

从此,兄妹俩结为夫妻,生儿育女。后代人就尊他们为自己的祖先。有人说,这兄妹俩为了使人类更快地繁衍起来,还从河上挖来好多黄胶泥,用来捏成泥人。有一天,一大批泥人才晒个半干,忽然天上长出乌云,一会就下起雨来。兄妹俩一个用簸箕往屋里端,一个用扫帚扫。结果,有的不是胳膊被碰掉,就是腿被弄断,再不就是眼睛被搠瞎。所以,后来世上就有了残疾人。又因为人都是用泥捏成的,所以现在人们每次洗脸总要洗掉些泥土。还有人说,现在有的地方还保留着古时候留下的石刻画像,上面那个背着磨盘的男人就是哥哥,另一个是妹妹,也背着一扇磨盘。

讲述人:王金合,90多岁,农民,不识字

转述人:王树林

记录:定翔

整理:定翔、王树林

流传地区:河南省商丘、开封等地

记录时间:1981年2月

玉人和玉姐

很古的时候,有兄妹二人,哥哥叫胡玉人,妹妹叫胡玉姐。两个人常到亲戚家去读书,来回常常从一棵奇树旁经过。这棵奇树有几十搂粗。一到夏天,奇树的枝叶像碧绿的宝盖,远远看去,就像一个须发飘动的仙翁。走到跟前一看,树上有一个大洞。这个洞黑得看不见底。兄妹二人就常常在这里歇息。

有一天,正是三伏天。兄妹二人又路过这里,奇树忽然说起话来。他俩一听,吓得拔腿就跑。奇树说:"你们不要害怕,我是人间正神。地上的人都是我的子孙。从今往后,你们要天天拿一个馍或一碗米,倒在树洞里。这件事,千万不能叫任何人知道。"

兄妹二人当时听着,心里不害怕了,话也记住了。从这以后,一天三次,兄妹俩把馍和米倒进树洞里。天天如此,日不错影。

第二年三伏天,兄妹俩刚刚走到奇树跟前,黑洞里就亮了。只见里面堆着很多米和馍馍。这时,里面走出一个老人,对他俩说:"你们快快进来!"

胡玉人、胡玉姐刚进到树洞里,老人用手把洞口一推,洞口被堵得结结实实。老人说:"从今天起,你俩就住在里面,饿了吃你们的馍馍。"老人说完,只见一道亮光一闪,他就不见了。

这时候,树洞外面的大地上,刮了一月的寒风,河里的水冻得实确确的。人们虽说死了些,不过有的还可以活着。又刮了一个月的热风,人们可受不住了。人被热死的万不留一。接着,只见天边蓝光闪了半天,大地一声巨响,四周就全黑了下来。又过了一个月,地上到处一片泥海。从此,地上的一切就全毁灭了。

大约又过了半年时间,地上的泥泞变成了大地;地上的水流到一块,成了海洋;内地没流出去的水,汇积在一起,成了湖泊、河流。

有一天,奇树又在地面上长了起来。老树又说话了:"孩子们,出来吧!"

玉人和玉姐走出树洞一看,整个大地上什么也没有了,觉得非常孤单、无聊。兄妹俩正在发愁,老仙翁又出现了。他把树枝砍下来,做成扫帚,又把树干修成圆锥形的房子。然后,他就倒下了。兄妹俩赶来时,老汉已经上气不接下气了。二人一见,不觉流起泪来。

第二章 中国神话时代

老仙翁说:"我已经活了一世,下一世的祖先就是你们兄妹了。我死后,就要变成人间的花草树木、虫鸟万物了。"说罢,两眼一闭,就死了。兄妹俩扑上前去痛哭,一转眼,老汉的尸体也不见了。

从此以后,兄妹二人就在一起干活,把还没有吃的米种到了地里。闲时没事,玉人和玉姐便在水池旁边捏起泥人来。先捏的人,高个子、双眼皮、方面大耳;又捏的人,矮个子、单眼皮、尖嘴猴腮;再捏的是漂亮、美丽、能生儿育女的女人;最后还捏了一些稀奇古怪的人。

兄妹俩把泥人捏好了,就放到平地上去晒。泥人快被晒干了,也没刮风。后来,忽然天上乌云翻滚,霹雳火闪,雷电交加。玉人急了,拿起扫帚,一下子就把泥人扫进沟里,跑回房里去了。

过了好久,天晴了。水里就跳出一个个活蹦乱跳的小孩儿来找母亲。小孩儿来到胡玉人家门前。玉人让小孩在外面等着,自己进房去,好久也没有出来。

小孩儿跪了好久,抬头看着爹妈还没出来,就又低下头跪在那里。

后来,玉人和玉姐出来一看,心里很是喜欢。他们就嘱咐这些孩子,叫他们以后再来时,都要跪下磕头。

小孩子听了,都高高兴兴地散去了。只有一个小孩子在地上跪着,不肯走。这个女孩子长得像朵花一样,又娇又嫩。玉人问她为啥不起,这个女孩子说:"我想服侍爹娘。"

玉人问她:"你做我的女儿行不行?"女孩子听了高兴地连连磕头。玉人笑着说:"女儿,赶快起来。"

玉人这时候心想:老这样出口一个女儿,合口一个女儿,不如起个名字好,喊起来方便。他想了半天,也想不出合适名字。

玉姐在一旁早看出他的心事了,就说:"她是个女的,就是个女货。"

玉人一听,十分高兴,说:"是——是个好名。"玉姐听说是"是",就说:"她的名字就叫'女货是'吧!"后来,人们把字音念转了,就叫成了

"女娲氏"。

一天,玉姐和玉人正休息,女娲氏进来说:"外面来了一个和尚,要见爹妈。"兄妹二人出来,正好碰见这个和尚,正是如来佛。身后面还跟着一个五官端正的少年,正是玉皇大帝。

他们是怎么来的呢?原来如来佛是老仙翁的兄弟。这个玉皇大帝就是没被玉人扫进水池,让如来佛拾去放在一盆仙水里铸成金身玉影的人。今天,如来佛带他来找玉人、玉姐,就是让认儿子的。

玉人不知道如来佛的坏心眼,当然很喜欢。当时,就认下玉皇大帝为儿子。这样,如来佛就成了玉皇大帝的恩师最高佛爷。

后来,又过了五千年,胡玉人和胡玉姐死了,玉皇大帝就把一些妖魔鬼怪都收到天宫里去了。他们苦害生灵,跟地上老百姓作对。不过,人们从来也没向玉皇大帝低过头。

讲述人:张昀的邻居老人,农民

记录人:张昀,河南省正阳县袁寨公社元寨大队

整理人:张振犁

时间:1981年5月

人祖爷

原先,人祖爷和人祖奶不是两口子。人祖爷是兄弟[1],人祖奶是他姐。

人祖爷去上学,离家很远,中午得捎一顿馍。捎这一顿馍,没头搁,搁哪儿哩?路旁是一座碑,碑底下压个龟,时间长了,乌龟成精了。人祖爷回回把馍搁乌龟嘴里头,乌龟一回给他扣搂[2]起来一个。有一回,他问乌龟:"为啥回回我的馍子不够数儿哩?我捎这三个馍,你回回都给我吃一

---

[1] 兄弟:即"弟弟"。

[2] 扣搂:即"藏"的意思,音"黑搂"。

个,掉[1]两个?"

乌龟说:"我没有吃,我给你保存着哩。地壳快变化了,十万八千年一变化,一混沌。"

"那咋办哩?"

"你回回都给我捎点馍,我给你保存着,到混沌的时候,地不就变成水了,你好跟我走。我是个乌龟,泥里水里都不怕。"

以后,人祖爷就回回给乌龟捎个馍。姐姐问他:"你往日捎馍捎得少,这些时咋捎恁多哩?"

人祖爷见瞒不住了,就从头到尾说了:"我回回捎馍没头保存,都放到乌龟嘴里头,乌龟回回吃我个馍。我问它:'你为啥要吃我的馍哩?'它说:'我没吃,我给你都保存着哩。地球十万八千年一混沌,地球都变成水了。将来到时候了,我的眼珠子一红,你拱[2]到我的肚子里,你可以吃这些馍。'"

他姐一听,说:"一混沌,就没人没世界了。那我给你多烙点,你连我的也捎去。"

人祖爷也把姐姐的馍捎去了。捎的时候长了,时间到了,人祖爷拿着馍又往乌龟嘴里搁哩,乌龟说:"你赶紧喊恁姐吧,时间到了!"

他一看,乌龟眼珠子都红了,就赶紧回去喊他姐。

他姐弟俩跑到了,乌龟张开嘴,他俩就拱到乌龟的嘴里。乌龟把嘴一绷,地球一混沌就变成水了,乌龟就浮在水上面。

后来,地球又长出来,先长出来的是山。乌龟就爬到山上,张开嘴,他俩就出来了。

二人出来以后在山上过日子,吃啥哩?啥都没长出来。想喝点茶,也

---

[1] 掉:剩。
[2] 拱:钻。

没有火烧,姐弟俩就钻木取火,烧点茶喝。还没有啥吃,没有动物。刮大风,水里漂来了草籽。他俩就尝百草,尝尝哪好吃,就保存下来好种,哪不好吃就不种。麦、豆子、绿豆,这些好吃的就是他俩保存下来的好种子。

有一天,不知从哪儿来个老头儿,要给他俩说媒,叫他俩结婚。哪有姐弟俩结婚的事?老头说:"世界上没长出来人,恁俩不结婚,旁的没有人,咋弄哩?这样吧,山上有两个小拐磨儿,从山上往下轱轮,要是合不到一块儿,就不结婚;合到一块儿,恁俩就结婚。"

姐弟俩就把小石磨朝山下滚。一滚,看到合到一块儿,俩人就成两口子了。

结婚后,没有地方住,俩人就在地下挖个圆洞,住在里头。干啥活儿哩?没啥活儿可干。每天捏泥人,晒干了,拿屋里。泥人捏得过多了,天下雨了拿不及,俩人就推的推,拥的拥,把泥人弄到了屋里。瞎子瘸子都是那时候扎烂眼睛拥断腿的。从此,天底下才有了人类。

讲述人:刘炎,60岁,农民,讨过饭

采录时间:1983年11月4日

采录地点:河南省西华县逍遥镇

采录者:中原神话调查组

录音整理:张振犁、程健君

人祖爷和白龟寺

从前,有姐弟俩。姐姐供养弟弟去白龟寺上学。白龟寺前有一口井,是弟弟上学常经过的地方。

一天,弟弟又去上学,经过白龟寺那口井时,从井里突然出来只白龟,告诉弟弟说:"天要塌、地要陷,天下人类要覆灭。从今你给我拿馍存在井里,那时我度你成人祖爷。"说完,白龟就不见了。

弟弟信以为真,就每天上学顺便拿个馍放在井里。后来姐姐发现弟弟每天上学都要拿个馍,就问弟弟是自己吃,还是给别人拿的。起初,弟弟不说。姐姐不依:"不说,就别想再拿馍!"弟弟无法,只好把白龟的话重复一遍。姐姐也信以为真。不但准弟弟天天拿馍,而且还叫弟弟每天给她也捎去一个。

一天,两天。到了最后一天,弟弟放学又经过井边时,白龟突然从井里出来告诉他:"赶快回去拿个馍,天马上就要塌了。"弟弟一听,跑到家里拿个馍就跑。姐姐以为弟出了事,就边喊边追弟弟。弟弟跑到井边,白龟一张嘴把他藏在肚里了。姐姐见弟弟掉在井里了,就在井边哭喊。这时天地暗起来。弟弟听见姐姐的叫声,就央求白龟把他姐姐也救下。白龟答应了,于是把姐姐也藏在肚里。

等到天快长好、地快复原时,白龟把他们姐弟俩送到地面上。还教他们用冰碴子补住东北的一角天。

天补好了。天下除了他们姐弟俩,没有别人了。白龟叫他们上山滚石磨游戏。磨合住了,白龟就叫他们结了婚。婚后,姐弟俩就捏黄土泥人玩。谁知这些泥人往地上一放都活了起来,于是姐弟俩就天天捏。黄种人就是这样来的。后来这些黄土人就称那姐弟俩为人祖爷和人祖奶。后代人到陈州给人祖爷奶烧香求子就是这个缘故。

当时,这些黄土人都光着身子,没衣裳穿。人祖爷就掐来荷叶给人们裹在腰下。现在,淮阳的人祖爷腰里围着荷叶就是这个缘故。

讲述人:齐春明,男,40岁,农民

整理人:耿瑞

时间:1983年3月17日晚

流传地区:河南省沈丘东南地区

人祖庙

在很久以前,人类作恶很多。玉皇大帝为了惩罚人类,就降了大祸:

天塌了,地陷了,人类都灭绝了。

这时,只有一男一女兄妹俩活了下来。他们在灾祸降临以前,得到太白金星的指点,躲藏在一个铁水牛的肚子里。过了很长很长时间,他们出来一看,茫茫大地,没有一个人。他们感到害怕。

后来,妹妹向哥哥提出要跟他结婚。哥哥开始不愿意,后来见世上没有人怎么行?最后就答应了。他们结婚后,生了许多男女,慢慢才有了人类。

玉皇大帝知道了世上人类并没有灭绝,就格外恼火。他下去一察看,见人祖爷和人祖奶不光没有死,还生了这么多人,就发雷霆,要惩罚他俩。这时,又是太白金星给两人每人一颗金丹。二人吃了以后,马上变成两条小蛇,钻进草丛里,玉皇大帝再也没找着。

后来,儿孙们为了纪念他俩的功劳,就建造了人祖庙。解放前,每年三月三,还要在西华县逍遥镇唱四台大戏。从人祖庙里把这两尊蛇神抬出来,享受人们的祭祀、供奉。

讲述人:胡说,男,50岁,盲人

采录人:刘洪彬,男,20岁,河南大学学生

地点:河南省西华县逍遥镇

人的起源

古时候,有姊弟俩,在一起念书。他们念书的地方有个庙,庙里住个和尚,庙门前有个大铁狮子。这姊弟俩好到庙里骑铁狮子玩。有一天,和尚对这姊弟俩说:"往后,你俩见天早上来上学的时候,拿个馍,填到铁狮子肚里。"姊弟俩不懂啥意思,问老和尚:"铁狮子又不会吃,填馍干啥?"和尚说:"你们别问,只管填就是了。"姊弟俩照办了。

这以后,每天早上,姊弟俩都要拿个馍,填到铁狮子肚里。过了多少天,和尚对姊弟俩说:"你们往后细心点,看铁狮子眼红了,就赶紧钻到铁狮子肚里。"姊弟俩问和尚:"钻里面干啥?"和尚说:"别问,到时候你们

就知道了。"姊弟俩又问："铁狮子嘴恁小，咋钻进去哩？"和尚说："到时候就能够钻进去了。"

过了一个月，有一天，姊弟俩又往狮子肚里填馍的时候，姐姐看见铁狮子的眼通红，对兄弟说："狮子眼红了，咱们钻进去吧。"才说完，看见狮子嘴张得跟个大水缸一样，他们赶紧钻了进去。

他俩钻进去不大一会，看见外头黑风陡暗，又听见"轰"的一声，天就亮了。他俩出来看看，连一个人影也看不见。往天上看看，才知道是天塌了下来，人都死完了。他俩又钻进狮子肚里，吃几个馍，又拿几个，出来找房子去了。

姊弟俩跑呀跑，跑到一座山上，看见一个老太婆。他俩问老太婆："老奶奶，人都死完了，咋整哩？"老太婆说："你们俩不死就行了。你们是姊弟俩不是？"他俩说："是哩！"老太婆说："山上有盘磨，我把一扇放到山底下，一扇放在山顶上，叫山顶上那一扇往下滚，能跟山底下那一扇合住，你俩就得成亲，合不住，不叫你们成亲。"后来，山顶上那一扇磨下来，恰好跟山底下那一扇合住，老太婆叫这姊弟俩成了亲。

姊弟俩成亲后，养了五个男娃、五个女娃，他们又成了亲。后来，一辈一辈往下传，人多了起来，就成了这世界。

讲述人：彭廷政的母亲，农民

搜集：彭廷政，河南大学学生

时间：1982年7月10日晚

地点：河南省南阳县

捏泥人

天地相合以前，也是一个世界呀，也是人、粹啥都有。天地相合了，天昏地暗呐。

原来，一个妮儿、一个孩儿是姊弟。俩人在寺院上学哩。寺院门口有个石狮子。它说:"恁来时,天天来给我捎个馍。"石狮子会说话儿。

二人天天给石狮子捎一个馍,石狮子吃了。捎的天数不少了。

天地该合了。他说:"天昏地暗哩,咱二人就去找石狮子。"

一寻寻它去了。石狮子说:"天地要相合了,老厉害。恁拱到我的肚里来吧!我一张嘴,恁就拱我肚里吧。"

石狮子一张嘴,他俩就拱到狮子肚里了。

天地成一体了。姊弟俩就在狮子肚里吃他们送的馍。

馍一吃吃清了,天地相合也过去了。水下去了。石狮子就把他俩吐出来了。

一吐吐出来了,四外都没有人哪,咋办哩?

后来,世上光剩他姊弟俩啦,没其他人哪。他姐想与弟弟二人结婚呐。她兄弟不愿意。

他姊说:"世上没有哪,过一场咋办哩。"

她弟说:"咱就滚磨成亲吧!你站在这山上,我站在那山上,两扇磨咱就往下轱轮哪,会碰到一头,咱们就成亲,碰不到一头就不成亲。"

"中。"

他站在这山尖上,她站在那山尖上。两扇磨都往下轱轮。一轱轮下来了,合到一头儿了。只该成亲了。

人根之祖,从哪儿,他俩分[1]开咱这人。

后来,老天爷跟老佛爷他们说:"人真[2]稀,得生法叫他们配合。"

老佛爷说:"叫好的配好的,赖的配赖的,穷的配穷的,富的配富的。"

老天爷说:"穷的配穷的,叫他怎过哩!赖的配赖的,好的会寻赖的!"

老佛爷就叫兄妹俩把好些泥人捏捏晒晒,晒干了就是人。

---

[1] 分:音"奋",繁。

[2] 真:音"阵",这样。

正晒哩,天下雨了。

老佛爷怕泥人淋了,就撮到一块儿了,好赖也分不清了。还是这样混杂在一起,赖的也寻好的,好的也寻赖的。

以前就是娃娃媒,说啥是啥。生下来,半生儿就寻下了。一寻下了就不兴变了。常常很好的一个妻子,寻个赖汉子;很赖一个汉子,寻个好妻子。只要传了期儿,腈跟人家过了。离婚? 没那事。

讲述:张振恒

录音:程健君、张振犁

时间:1983 年 11 月 30 日

地点:河南省密县超化乡堂沟村

人祖爷

人祖上学,碰见水牛。水牛说:"你每天给我带个馍,天塌地陷时,我搭救你。"

从此,人祖天天拿一个馍,牛就吃了。

不久,天塌地陷了,人死完了。牛叫他俩钻进牛肚子里。馍还都在那里放着哩! 他俩一个一个把馍吃完了。天塌地陷也过去了。

姊弟二人出来了,没有人烟了。咋办哩! 牛说:"没人了,就恁姊弟两人,成亲吧!"

当时,这座庙在山头上。水牛说:"恁从山头上滚石磨吧。从山尖上往下滚,滚下去合住了,恁俩成夫妻,合不住,不成夫妻。"

两个小磨从上往下一滚,小磨合一块了。二人也结婚了。

姊弟成夫妻。可是没有人咋办哩? 发展人太慢,就用泥捏。捏成人的形状就晒。一晒,天变了。天一变,一下雨,没办法了。往回搬多慢哩,干脆扫吧,两人就用笤帚扫起来了。所以有瞎子,有瘸子,各种各样,这是人祖爷留传下来的。

今天人身上再洗都有灰,说明人原是泥巴捏出来的。

讲述人:*高老师,45岁,项城一中*

录音:*张振犁、程健君*

时间:*1983年11月17日*

地点:*河南省项城县招待所*

人祖爷

人祖上学,上学来回挨这走。有个老头儿,在河沿跟前蹲着。有天跟人祖说:"你这个学生,上学跟我拿两个馍来。"人祖天天跟他拿馍。他姐见了,问他为啥拿馍。人祖一说。他姐说:"你也给我拿个。"一天六个。俩人十二个。拿多了,时候到了,老头说:"恁俩来吧,来我跟前。我算着恁俩都该来了。马上该天塌地陷了。"来了,老头儿说:"你们到我跟前来,挤住眼儿,扳住我的肩膀头。"扳住他肩膀头了,他往水里一扣。两人一睁开眼,看看地里会冒白,都是楼房。他们的两堆馍放着还没吃哩,老头儿叫他俩在里头吃馍,不叫出来。他不想等。老头儿说:"东北方天还没长成哩,不长成,恁出去咋弄哩!""那俺也要出去。"还是非要出去。两人就出发了。

出来了。东北天冷,都是冰凌,冰凌掩着哩。说实话,人祖才苦哩,没衣穿,赤着脚,泥巴着腿,人祖才受罪哩!如今人祖塑的像,你看看还是赤着脚,泥巴着腿,浑身披着藕莲叶。

二人光捏泥巴孩儿,捏着晒够一百天就会跑,不得了。这一回晒的不够一百天,大雨来了。咋弄,也收拾不及,掌扫帚扫、拥,拥得瞎的瞎,瘸的瘸。没晒成的成了这样。

二人弄两扇子磨,一齐往下轱轮,一松,后来,一直到底了,两扇磨"扑棱"一下子合一头啦。这咋说法哩。就那样了,两人就成亲了。

两人成亲后,光捏泥巴孩儿。捏的时候大了,两个人看地势。人祖看的陈州,他姐看的马来蛋(郎店)。马来蛋北边八里在小沟里,东一拐西一拐,拐的净弯子。到里头起个大冢子,盖个方三丈客屋,一个老婆儿专门伺候着她。好不下来,送着让她吃,现在还在这儿哩。乡下人管她饭,管她穿。老婆也成了半仙之体了。

这是他姐弟俩的事。

人祖挑城海子,挑了个人头八斤半。有的能人说是人祖爷的头。用秤量,正好斤半。埋在陈州北关,坟地方圆五顷四。人祖爷可灵啦!烧香去,谁也不敢说诳话。从前多灵呀。这会儿不行啦!那时候,谁说句诳话就不得了。

那时候,烧香,香灰像小粪堆一样。香火可旺了。

口述人:乔振帮,87岁,农民

录音:张振犁、程健君

时间:1983年11月13日

录音地点:河南省沈丘县乔庄

人头爷

从前,有姐弟二人,因父母死得早,姐姐只好供养弟弟上学。弟弟每天到庄外的白龟寺里去念书。这座白龟寺门口有一眼井,弟弟上学去的时候,放学回来,都从井旁走过。

一天,弟弟刚放学走到井旁,就见从井里伸出个白龟头来,朝他说道:"小孩,要不多长时间就天塌地陷了,你读书也是白搭。"弟弟问道:"那怎么办呢?"白龟就说:"你天天给我拿个馍来,我给你攒着。到天塌地陷的时候,我对你说,你就钻到我肚里来,那馍还是你自己吃,我不要你的。"弟弟便答应了。

天天,他拿一个馍去上学,从来没有不拿过,姐姐感到奇怪,问他:"弟弟,你天天拿馍!给谁吃?"弟弟便把这事告诉了姐姐。姐姐一听,马上说:"那也给我拿一个吧!"弟弟便带着两个馍去上学。白龟见他拿两个馍,觉得奇怪,就问他为啥拿俩。他又把姐姐要他捎馍的事讲了一遍,白龟同意了。

就这样,一直拿了三百六十四天,白龟对他说:"就要天塌地陷了,你快回去,再拿两馍来。"弟弟赶紧往回跑,一进屋,看见姐姐正在烙馍,他二话没说,抓起烙好的馍就朝外跑,姐姐慌忙喊他,他头也不回。姐姐气呼呼地追了上来。到了井旁,白龟正等着呢,看他来了,一张嘴,把他吞进肚里。刚一合嘴,他在肚里喊道:"别合嘴,俺姐还在后头哩!"等姐姐一到,白龟也把她吞进肚里。

也不知过了多久,积攒的馍吃光了。白龟对他俩说:"现在馍吃光了,出来吧!天已经补好了三边,只剩下东北角没有补好,用冰冰碴哩!"姐弟二人出来一看,天真的补好了,万物也都长了起来,只是人死绝了,怎么办呢?白龟对他们说:"山上有两扇磨盘,你俩一人推一扇,朝山下滚,合到一块,就可结为夫妇了。"两个人到山上,把磨盘朝下一滚,正好合上,于是他们就结婚了。

可是,因为东北角的天没补好,一刮东北风就冻得撑不住。没办法,弟弟只好到水里采些荷叶,用藤蔓一穿,护着身子。身上好一些了,脚仍没鞋穿,有时候,蒺刺一扎,疼得直掉眼泪,只好少走动,坐在家里捏泥人。姐弟俩整天捏,晴天里,泥人很快晒干了,看着很好;大雨一来,晒的泥人收拾不及就用扫帚扫、拥,这样一来,有的眼瞎了、耳聋了,有的腰驼了、嘴歪了,少胳膊掉腿的都有。现在世上好好的人,都是晴天晒的,残疾的都是雨淋的。

他们二人后来有儿子,又有了孙子。在野地里找到了棉花,才穿上衣裳。因为他们姐弟俩造出了人类,所以后世就尊他们为人头爷、人头姑奶奶。至今,陈州还有人头爷坟,人们还常去那里烧香哩!

讲述人:齐永利,刘风运及其父

第二章 中国神话时代

整理人：齐春旺

时间：1982 年 4 月

地点：河南省沈丘县刘庄店

人祖爷

老人祖爷住（沙河）河北，前面靠一条河，上河南去上学。来回一天三趟去上学。上学咋弄哩，咋过去哩，有个大老鳖来回去驮他，上河南去上学。驮一绷子了，说话了："我只驮你，我还得吃饭，你得回家给我拿馍。""拿啥馍哩？""你得给我拿烙馍卷生葱。生里都不中，不给我拿馍，我就不驮了，到河里就把你淹死。"

好，人祖回去给他娘说了。他娘给他烙烙馍，知道年轻人好吃生葱，给他卷生葱，天天携一些子，一天三趟。拿了一绷子，老鳖又给他说："你拿这馍给我吃，啥时候天塌地陷了，世界就成了水，啥时候我一叫唤，你就跑来，钻到我的肚里。你有姐姐，也叫你姐姐来。"

好，他怪听它的话。回去给他姐一说，他姐说："那你拿一份，也给我拿一份。"

那一个小孩上学，拿两份，携一大些子。携着去了，老鳖问一绷子，说天塌了，地陷了。是啥子叫唤了，他们就往那跑。跑到河边上，老鳖正张着嘴等着哩，它说："赶紧来吧，钻我肚里就淹不死了。"

他姊弟俩都钻到老鳖肚里了。老鳖肚里面长着夜明珠，照得肚子里也明亮了。老鳖肚子里有一间房子那么大，里面堆着一大堆烙馍。姊弟俩在老鳖肚子里吃起来了。

吃了一绷子，也不知道啥时候，老鳖说："恁姊弟俩还不出去呀？天长好了，恁出去吧，同去看看。"

好，馍也吃好了。姊弟俩出去一瞧，这时也有天了，也有山了，也有地了，啥都有了。

没有人了,咋弄哩? 人祖说:"你是一个女,我是一个男,兄妹结婚也没法结。"她说:"咱俩成亲吧!"

老人祖爷是她兄弟哩。他姐大些,他小些。就说:"那好,咋成亲?"这会儿都有说媒的,那会儿没说媒的,咋说哩?

"咱上山顶上,滚小磨儿。一人推一个小磨子,上到山头顶上,不是一顺坡儿往下轱轮。若小磨能合到一块儿,咱就能成亲,合不到一块,不成亲。"

"好嘞。"一个人推一个小磨儿,携到山顶上,二人往下放开了,说话一齐放。往下放,小磨子往下跑,跑着跑着,两小磨滚到底下,小磨子一合,往处一对,一拨楞,歪那儿啦。一歪那儿,上扇磨摞到下扇磨上,小磨子合得成了。

成了亲了,姊弟俩过起来了。

姊弟每天捏泥人,捏了一大片。天爷刮南风,下点雨,淋不坏;一刮东北风,泥巴孩不大干,一冻一酥,都烂了。这咋弄哩? 一瞧,原来天东北角还有个大窟窿哩。这大窟窿真冷,刮大风,都冻坏了,咋弄?

人祖爷说:"我给他补住,用啥补住哩? 我搬块大冰冰碴补住。"

人祖爷搬块冰冰,把大窟窿都补住了。

把窟窿一堵住,风小了些,泥巴孩好些了。可是,天还要下雨,天一下雨,就没法弄了。两个人就想办法。想啥办法哩? 那时候,两人刚出去,庄稼没庄稼,啥没任啥儿。有些草末末子、秋稞稞子,两人拾一把,绑绑缠缠,赇拥了。就这东西,跟那扫帚一样,拥开了。连拥带扫,往一块弄。一拥,枝里巴杈的,有的腿拥断了,有的胳膊拥掉了,有的把眼扎瞎了。就这拥到一头儿,泥巴孩儿刚一干,他两口子挑这个照照,拿那个看看,嘴一吹,就活了。吹口气,活一个。几吹几不吹,都吹活了。小泥巴孩都活了。掉胳膊的就残坏了,掉腿的就是瘸子了,扎两眼的就是瞎子了。

小泥巴孩都吹活了,人祖他就叫他们下去安民去了。

挨那儿起,地里也没有东西,天气还冷。老人祖爷他俩也没有衣裳穿,就衬些藕叶子,围着身子,赤巴着脚,挠着头。

口述人:耿玉璋,60 岁,农民

录音:张振犁、程健君

时间:1983 年 11 月

地点:河南省沈丘刘庄店

洪水泡天

有兄妹两个:哥哥是个学生娃,妹妹在家里做针线。学生娃上学的路上,有一个石狮子。学生娃贱,从这哈走,往石狮子嘴里抹点米粥。奇怪,学生娃抹上的米粥,都被石狮子吃了。这以后,每回打这哈过,学生娃都要把自己吃的饭分一点给狮子吃。

妹妹在家里,觉着哥哥一天比一天吃得多,忍不住地问:"你咋吃恁些?"哥哥说:"我上学路上有一个石狮子,会吃饭,我就多带点饭,喂它了。"妹妹不相信,跟去看了看,果真如此,就对哥哥说:"你给它吃得太少了,它肚大,吃不饱,我多做点馍,你好喂它。"这一顿,妹妹做了一锅馍,哥哥带去喂石狮子。石狮子全吃了。妹妹不知石狮子有多大饭量,又多做了一锅馍,哥哥带去,石狮子又都吃了。就这样,送多少,石狮子就吃多少。时间长了,把兄妹俩吃穷了。哥哥饿着肚子上学,也就没提喂狮子的话了。学生娃走到石狮子跟前,勾着头,想蒙混过去。这时候,石狮子突然说话了:"你站住,听我说,再过三天要天塌地陷,洪水泡天,不要告诉任何人,到时候你来找我,我救你。"

转眼到了第三天,哥哥十分伤心,想来想去舍不得妹妹,就把妹妹也带来了。石狮子念起妹妹的好处,也没说什么,就张开了口,让兄妹俩进去了。

二人进去,黑咕隆咚的,又走了一遍,里面青堂瓦舍,一处宅子,存放的都是兄妹俩喂石狮子的饭。兄妹俩在里面饿了吃,吃了玩,十分痛快,忘了外面世界。

不知过了多长时间,饭也吃光了,石狮子说话了:"你们出来吧,外头太平了。"等到兄妹俩出来一看,哪有什么人家。到处是洪水烂泥,没有人烟,没有禽兽、树林,啥子都给毁坏了。

哥哥对妹妹说:"没有人烟了,我们成亲吧?"妹妹不同意,说:"除非两个碾盘从东西两个山头滚下来,合在一块。"二人就各背了一个碾盘到山顶上往下放,谁知放到山谷里,刚好两个碾盘合在一起,两个人就成了亲。

两人挖了好多泥巴,和熟后不分昼夜地捏泥人。捏好泥人,放在当院晒干。谁知有一天,刮开了狂风,大雨铺天盖地来了。两人慌忙向屋里搬泥人。搬不及了,就用扫帚扫到一块,用木锨拥了回去,有的胳膊坏了,有的腿坏了。这以后,我们人类中就有瞎子、聋子、塌鼻子、歪嘴、瘸子。到现在,我们各人身上都还有灰,咋洗也洗不完,就是因为我们早先是泥人变的。

讲述:曹衍玉,女,60 岁

记录:郑大芝,女,20 岁

时间:1984 年 4 月 5 日

地点:河南省桐柏县

人的来历

这一家养了个大老鼋(老鳖),姐弟俩对大老鼋可好啦。

这一天,大老鼋把姐弟俩驮到大山里头,藏到山洞里的水里面,一连几天不让出来。天也塌了,地也陷了,没有人了。修天吧。

他们问那老鼋:"多点出去哩,俺俩?"

"多点出去?那天还没修好哩。"

"多点修好?"

它说:"那还卯[1]东北角没修。"

"东北角没修,用啥修哩?"

"用冰冰碴子往上搁。"

东北角用冰冰碴子补哩,因此一刮东北风就冷。

天修好了,姐弟俩出来了。出来了,没有人。没有人咋弄哩?

他姐说:"就咱俩,算咋着哩。那不然,咱俩就结婚吧。"

她兄弟说:"那不中,亲姊弟俩咋能哩?"

她说:"这,滚磨,滚磨,咱叫这两扇子磨,一个人推一个。向底下一放,跑远了,咱就不讲了。要是摸一堆去了,就得结婚。"

姊弟俩一个人推一扇子磨,打那山顶上往下一推,放下去了。这一扇子磨跟那扇子碰到一块了。下底下一看,搁在一起了,就结婚了。

成天天说,就是姊弟有小孩,那人也少,就捏那个小泥巴孩。天塌地陷了,没房子,就往山洞里搁。捏着捏着也晒干了。雨来了,有的收也收不及,咋弄?唉,山上扑扑棱棱多些,上那弄个扫帚有个尖,弄个木锨推推怪得。那时候上哪弄扫帚哩?啥也没任啥,有点石块子,扑棱扑棱,一个人折一把拢了拢,拢得腿断胳膊折哩。

捏了正好一百对,一百个姓。百家姓就打这里来,拐胳膊拐腿也是打这里来。人身上洗不净,原是用泥捏哩。

讲述人:李文忠母亲,40岁

记录:李文忠

时间:1982年暑假

地点:河南省驻马店平舆县

---

[1] 卯:剩的意思。

人祖爷

很久很久以前,有这样的小孩,每天上学很早,晚上回家很晚,不怕干活。他因为这感动了上神。他每天上学走过白龟寺(白龟池)门口。白龟觉得这个学生很好,勤奋好学,在家在学校都好。

白龟知道天文地理。他知道某时间有洪水兴起。

有一天,小孩又经过这里,白龟就问他说:"你还去上学吗?"

"是。"

"我给你说个事。你知道吗?某年某月有洪水。我看你很好。你每天回家给我拿一个馍,给我塞嘴里。"

从这以后,这个小孩天天拿一个馍。一直到后来,送了好多东西。

有一天,白龟说:"你不用去了。因为天气的变化,洪水要来了。到了开天辟地的冰河时期。洪水过后,万物灭亡。因为你很诚实,一般神不敢动,就躲进我的肚里。啥时候我叫你出来,你再出来。里头有馍,你赌吃啦!"

第二天,这个小孩就躲进了白龟肚里,吃他自己塞进去的馍。洪水泛滥,淹得是房倒屋塌,到处洪水丈八深。啥都没有啦。以后又猛一冷,来了个大的冰河。无论动物、植物都没有了。

从这以后,又经过了某年某月多少时候,小孩在白龟肚里,馍也吃完了。他往外边出来一看,啥都没有了,吃啥也很难啦!衣裳穿烂以后,也没啥穿啦。人祖身披葫衣,赤着脚,冬天披兽皮。

这个孩子就是人祖爷。淮阳是人祖爷发祥地,有太昊陵、人祖庙。人祖姑奶奶,也叫人祖给她带给白龟一个馍。

讲述:齐永会,男,40岁,农民

录音:振犁、健君

地点:河南省沈丘赵德营

时间:1983年11月10日

人祖造人

讲说从前的人光知道娘,不知道爹,这是咋回事呢?

传说天塌地陷了,天底下光剩下人祖奶奶一个人。她想想,就一个人过日子,也怪没意思哩!就问老天爷咋弄。老天爷说,想造人,你就用泥巴捏吧,一刮一晒就成了。人祖奶奶就黑里白里捏,也不知道捏了多少,累得她瘦得跟啥一样。老天爷怪可怜她,就说:"我给你一根绳子,你绷吧!"她看看怪省事,就天天绷起来。末了,她死了,人逢年过节给她摆供,烧香叩头纪念她的恩德。

现在的人身上都有枯出皮[1],就是绷得。

讲述人:丁荣华,项城县新桥乡丁庄人

整理人:高有鹏,河南大学学生

时间:1983年

流传地区:河南省项城东南

人祖爷

我小时候看麦,听老婆儿说:有姊弟俩上学。龟给他俩说:"要天塌地陷了,恁往哪去哩?恁给我拿馍,我给恁搁肚里保存着。到那时候,恁上这里好吃,过生活。"

果不其然,天塌地陷了,他俩得消息,就进龟肚里不出来了。

后来天成了,地成了,姊弟俩出来了。他俩就是人祖、人奶。啥也没有了。

人祖说:"有两人两盘磨,咱俩死了,不就结局了吗?"

姊弟俩要成亲。

这就结婚。结婚就滚这个磨,有两扇子磨,一个往东轱辘,一个往西

---

[1] 枯出皮:即皱纹。

辊辘。辊辘到一头儿,就成夫妻。那会儿有磨哩?吃啥穿啥?

结婚了。咋这么些人嘞?他在水边看见自己的影子了,照着自己的影子捏小泥人,都活了。

活了,雨来了。往屋里收,回屋里就堆起来了。有的眼戳瞎了,有的腿瘸了。眼戳瞎了是瞎子,腿瘸了是瘸子。

口述人:张慎重

录音:张振犁、程健君

时间:1983年11月3日

地点:河南省西华县思都岗

人祖的传说

话说从前有俩小孩儿,是姐弟俩,春天挖个野菜,捋个桑叶儿,秋里拾把柴火,扳个干巴。坡里有棵大槐树,他俩夏天待到底下躲躲阴凉避避雨,冬里跑到树洞里暖和。

槐树洞里有个大老鳖精。

有一天,老鳖精出来对姐弟俩说:"我出来,恁俩别怕。马上啊,天快塌了,地快陷了。恁俩想不想活?"

他俩说:"想活呀,那咋弄哩?"

老鳖精说:"恁别急。要活呀,只准恁俩知道这事儿,谁也别给说。"

俩小孩说:"中。"

老鳖精说:"你俩呀,再出来天天往我嘴里搁馍,我给恁俩放着。"

从前的人不知道过年,光知道做了吃,吃了做。过了一百八十天,二人拿来三百六十个馍。

到一百八十天头上,老鳖精对姐弟俩说:"恁俩一个人再回家拿俩馍,赶快钻我肚里来吧。"

他姐多拿了一个馍,正好三百六十五个馍。

他俩在老鳖精肚里晕晕乎乎地睡着了。一醒来,老鳖精就说:"你俩出来吧。天长严了,地长圆了。"

姐弟俩出来了,光想娘。老鳖精对他俩说:"恁俩呀也别哭了。嗯,地上的人就剩下恁俩了,恁俩就成亲吧。"

姐弟俩说:"那不中,亲姊弟不行。"

老鳖精说:"那这样吧,恁俩从山上往沟里放两扇子磨,要是滚下去合一块儿了,恁俩就得成亲。"

石磨一滚,滚到一块儿合上了。

他俩说:"那还不中。"

老鳖精说:"好吧。恁俩闭着眼,一个拿针,一个拿线,对着脸走,要是线插到针眼里了,恁俩就得成亲。"

姐弟俩一弄,线就穿到针眼里了。还得成亲。他俩还是不答应。

老鳖精说:"那,就再试最后一回罢。恁俩往天上扔石头,石头长到一块了,恁俩就得成亲。"

姐弟俩一弄,石头长到一块了。

姐弟俩结婚后盖房子,生孩子。一天一天过去了,馍正好吃完。姐姐说:"这就算一年吧。"一天吃一个馍,正好一年三百六十五天。馍吃完了,揪树叶子吃,没树叶子了就接着吃草。老鳖精说:"吃完了又该挨饿了,恁俩种点庄稼吧。"庄稼就是从那时候种的。

姐弟俩嫌人烟太少,就用泥巴捏泥人,捏好了,一晒就活啦。有时候下雨了,收不及,姐弟俩就扫到一堆儿。因为没照顾好,泥人就有的瞎,有的瘸,有的是聋子,有的是哑巴。

儿女多了,都光着身子不好看呀,兄弟抓藕莲叶遮着肚子,姐妹扯草叶子遮着。不信,你看看,太昊陵老人祖爷腰里有个莲花子,人祖奶下身围草叶子,就是这个意思。

老鳖救过人,老人祖爷封它大水淹不死,大旱旱不死。老鳖不就不会绝种了。

讲述人：高李氏，81岁

记录整理：高有鹏

时间：1983年春节

地点：河南项城县高寺

兄妹造人

据说很久以前，一个村居住兄妹二人。爹娘早死，兄妹两人一起生活。哥哥疼妹妹，妹妹爱哥哥。兄妹二人对邻里也很好，远里近里，谁家有了什么事总是去找他们，他们也热心助人。他们的好心感动了老天爷。

有几天人们都说，要发大水了。大家都准备着吃的、用的。有的往山上跑，有的往树上爬。兄妹二人也非常着急。

一天夜里，兄妹二人喝了汤，正准备关门睡觉，一头狮子来到他们的院子里。哥哥先发现，吓得慌忙关住门，顶结实，把妹妹藏在严实地点。

狮子开口说话了："不要害怕，我是老天爷派来的。天下该发大水了，谁也跑不掉，都会被淹死的。老天爷说你们兄妹二人良心好，你们的爹娘在世时也行善厚道，特地派我来保护你们了。"

狮子说了劝了好大一会儿，门还是不开。

狮子又说："不开就算了，我也知道你们害怕我。我对你们说，等到七月十五日那一天，就要发水了。到那一天日头刚出来的时候，你们在院子里等着，哪儿也别去，到时候我来救你们。"

说着说着，明天就是七月十五了。

这天一早，兄妹二人就让人们往山上跑，说今天水要来了。天慢慢变红了，一会儿日头就露出来了。这时候，狂风刮起来了，就变得浑黄一片。

兄妹正焦急的时候，只听一阵风声朝他们院子里刮来，他们睁眼一看，是一头大狮子。狮子就在大门口说："不要害怕，早上我就已经来过了。再等一会就要发水了。来吧,我把你们两人吞到肚子里,飞到天上。等到地上的水过去以后,我再把你们送回来。"

狮子说了两三遍,兄妹二人还站在那儿不动。眼看着天变得更灰了,远处也好像听到大水流淌的声音。

这时,狮子慢慢走过去,离他们不远了,狮子说:"你们看,那边的水已经来了。"就在兄妹二人扭头看的时候,狮子一口把他们两人吞到肚子里,一阵风飞到天上去了。

等了七七四十九天,地上的水过去了,狮子又把他们送回来,还从天上带回了种子。

狮子把一个红布包交给了妹妹,把一个蓝布包交给了哥哥。他们把布包里的种子种在地里,然后,兄妹二人分别用红包和蓝包盛土,放在一起,就出现了很多小蚂蚁似的人。

从此以后,人就出现了。

讲述人:任氏,89岁,朱占迎之祖母

记录整理:朱占迎,河南大学学生

时间:1986年8月

地点:河南省驻马店、上蔡一带

洪水滔天

很早的时候,有兄妹俩,天天蹚水到洪河对岸去上学。在河这岸,有一头大铁牛,平时老合着嘴。每天,当兄妹俩走过铁牛身旁时,就把没吃完的馍喂它。它只有在这时,它才把嘴张开,让两个孩子把馍塞进它的嘴里。接着,就又紧紧地合上了大铁嘴。以后,兄妹俩就故意从家里多拿些馍,放进铁牛的嘴里。这样一连很多天。

有一回,当兄妹俩又走过铁牛身旁,向它喂馍时,它不再张嘴了。这时,天上忽然下起雨来。雨越下越大,河水也不停地往上涨。两个孩子找不到地方躲雨,浑身淋得像落水鸡一样。正在这时,铁牛慢慢张开了嘴巴。孩子们一看,便麻利地钻进了牛肚子里。接着,铁牛就"乓"的一声,把嘴死死地合上了。

兄妹俩进了铁牛肚子里,见里面好些干馍。原来这些馍都是他俩喂牛的馍。他们就这样在牛肚里躲着。每天,他们饿了就吃些干馍。后来,他们发现牛肚里的馍快让他俩吃完了,都很发愁。这时候,只听"呱嗒"一声,铁牛把嘴张开了,他俩这就蹦了出来。

二人出来一看,遍地的洪水也渐渐退完了,到处是一片荒凉,连一个人影也没有。兄妹眼瞅着这种景象,心里很不好受,便一心挑起生儿育女的重担。

这时,茫茫大地,只有他们兄妹二人。兄妹咋能婚配呀!不结婚又没有别的啥办法。哥哥猜想:这可能是老天爷的意思,就自言自语说:"要是眼前水里立即出现一对红鱼,俺俩就可以成亲了。"

话刚说完,地上没退尽的洪水里就浮出了两条红鱼。

哥哥心想这太偶然,就又起誓说:"要是天空正飞的大雁,飞着飞着头掉了,俺俩就成亲。"

这时,空中果然飞来一只大雁,正飞的时候,头一掉,身子就掉在他们面前。哥妹二人觉得还是不能成亲。哥哥就对妹妹说:"你朝东走,我朝西走,不管走多长时间,要是咱俩最后又见面了,咱就成亲。"

这样,二人就走啊,走啊,终于这一天,兄妹又碰在一起了。他们这时才相信是老天爷的意思。从此,兄妹就结成夫妻,繁衍、生育了后来一代一代的子孙。

讲述人:周合成,男,52岁,农民。舞阳县袁集村人

记录:周领顺,25岁,河南大学教师

时间:1986年4月30日

地点:河南大学西一斋

两兄妹

从前,在一个小山村里,住着一户人家。他们有两个孩子:一个男孩,一个女孩。兄妹俩天天一起上学,放学以后就一起到山上打柴。

他俩上学的路上,有一座大山,山上有一个大铁牛。一天,他们背着书包,又从铁牛身边走过时,见铁牛流泪了。他们就问铁牛:"老牛啊,你咋流泪了?"

铁牛说:"眼看要天塌地陷了,要发大水了,他们都还不知道。"

兄妹俩一听,都很害怕,连忙问老牛咋办。

老牛说:"从今儿个起,恁俩每天上学时带几个馍馍,放到我嘴里,到时候我救你们。这事可不能对谁说呀!"

从这以后,兄妹俩老说上学时肚子饿。父母想着可能是小孩子家贪玩,饿得快,就让他们捎上馍馍去上学。他俩都把馍放到了老牛嘴里。天天放学后打柴时,也省下一份,交给老牛保管。

一天,他俩放学回家,走到老牛身边时,老牛叫住了他们说:"别回家了,明儿个就要发大水了,要天塌地陷了,快藏到我的肚里,快,从我嘴里爬进来吧!"

兄妹俩想回家告诉父母,老牛一张嘴便把他俩吞到了肚里。

第二天,果然天塌地陷,洪水漫过房顶。兄妹俩在铁牛肚里,黑咕隆咚的,什么也不知道。饿了,就吃以前存的馍馍;渴了,就喝老牛事先预备的水。

不知过了多长时间,老牛才让他们出来。出来一看,他们根本不知道自己在什么地方了,世界已经变了样子。这时,老牛又开话了:"世上只剩你们两个人了,你俩拜拜天地,成亲吧!"

兄妹俩说啥也不愿意,老牛劝也没用。后来,老牛说:"你们出外找找,如果一个月内能找到其他的人,你俩就不成亲,找不到了,再成亲,好吧?"

兄妹俩找啊找啊,哪有个人影子!一个月到了,他俩还不愿意成亲,老牛就再让他们找一个月……直到第三个月,他俩才成了亲。

一年又一年,妹妹几次怀孕,都是生个肉蛋蛋,他们便把它扔到山沟里。又一年,他们又生了个肉蛋蛋,看看里面是啥?

他们割开了肉蛋蛋,原来里面是一对双生子:一男一女。从此,他们每年生一对双生子,人类便慢慢地又多了起来。

讲述人:侯运华祖母

记录:侯运华

时间:1983年

地点:河南平舆县

亚当和爱娃

有姊弟俩,还有他爹他娘,四口人。兄弟叫亚当,姐叫爱娃。兄弟上学,放了学,有个老头儿叫他拿个馍。天天给他拿馍。问他:"拿馍弄啥?"老头说:"拿馍,天塌地陷,我管救你。"

天天上学拿个馍,拿多了,他姐有点烦:"我天天做饭,你吃罢饭还拿哩?给谁吃呀?"

弟弟说:"我给老头儿吃,老头说等天塌地陷救我。"

"救你,那你也给我捎个吧。"

"好,拿俩。"

他天天上学拿俩馍,一天去几趟,拿俩馍。老头儿说:"这是谁的?"

"俺姐的,俺姐叫给她捎的。该到天塌地陷时,她还来哩。"

一攒攒两芡子馍馍。老头儿说:"石狮子眼红了,恁往这儿来。"

门口跟前有个把门狮子。一看狮子眼红了,他就赶回家,叫他姐来了。姐来了一看,也不见老头儿了,只见个大天门。姊弟俩就往里挤,里头还有瓦楼房,啥都有。进到里头,看有两芡子馍。老头说:"啥时候天长平了,你俩啥时候出来。"

两苶子馍也吃了,天也长平了。两人一出来,天上就剩东北角还没长好哩。姊弟俩就搬来冰凌碴住。以后刮东北风就冷。

这时,天底下就他姊弟俩。他姐说:"你正东,我正西,咱俩装着不认哩。"

后来,两人走的时候长了,还是走到一堆儿了。就他俩,天底下没人。

他姐说:"咋弄哩,就咱俩。咱俩上山轱辘磨吧。两磨合到一堆儿了,咱就是夫妻,就是一家人家儿。"

"好。"从山头上一轱辘,一盘磨"乒"一下子合一堆儿啦。姊弟俩没话说了。

"咱俩就一块儿捏泥巴孩儿吧。"捏泥巴孩,捏好了,就搁那儿晒着。

雨来了,好往屋里撮。撮不及了就往屋里拥。拥得少胳膊没大腿的,还有瞎子、瘸子。

姊弟俩也不知道身丑。

后来,长虫叫亚当吃无花果,他不吃。长虫说:"亚当,你咋不吃这果子呀?"

他说:"上神不叫我吃,我敢吃?"

长虫说:"爱娃,你吃呀。"

她伸手摘了个无花果,吃了半拉,给亚当留了半个。她吃了半拉果子,知道身上丑了。

天神叫她:"爱娃,爱娃,你咋不来,不见我呀!"

"我身上很丑,没法见你。"

"你咋知道身上丑哇?"她天天把无花果叶子束在腰里,束在身上。

天神一看无花果少了一个,问她:"谁叫你吃这?"

"长虫叫我吃的。"她说。

长虫犯了错,就把长虫腿弄没有了。到这早晚都怕长虫,谁见了长虫就跑。

以后，老人祖爷都是身披葫叶，脚无鞋。

口述人：黄乔氏，女，78岁

录音人：张振犁、程健君

时间：1983年11月13日

地点：河南省沈丘新集乡乔庄

我们的祖先

地上原来就有人，不过他们大多都很坏，所以上帝决定要毁灭他们，只有一个学生和他的姐姐例外。这个学生，虽然他家里很穷，只有姐弟二人，弟弟上学，姐姐种地，可是他们都很善良。弟弟每次上学时，总要把自己极少的干粮分一些给蹲在路边的石狮子吃。姐姐也从不因此而责备弟弟，有时还尽力支持弟弟这么做。上帝被他们的善行感动了，于是就决定把他们留下。

这一天，那个学生正要把干粮塞进石狮子嘴里去，狮子突然发话了。这一说话不打紧，学生吓得面无人色，扭头想逃，以为石狮子成精了。狮子看得很明白，说道："别害怕，我是来搭救你们的。明天要发大水，你们姐弟俩赶紧收拾点吃的，到我这儿来。"

学生当时就跑回家，把东西收拾停当，姐弟二人就挑着来到狮子面前。狮子把嘴张开，有笆篓那么大，让他们俩钻进去，然后又合上嘴，依旧安详地蹲在那儿，执行上帝给它的命令。

过了不知多久，石狮子才又张开口说："没事儿了，出来吧！以后你们要好好地过活，有什么难处就来找我。"

姐弟俩平安地走了出来，可是地上的变化简直把他们吓坏了。山上只剩下些彼此相连的大石头，庄稼地里只剩下死土板，树木花草没了，房子没了，到处一片黄色，人和飞禽走兽更是没个影儿。没有风，也没有云，只有烫皮的日头静静地晒在大水洗劫后的土地上。

姐弟俩感到有些饿了,想吃些东西。可是他们把所有的口袋都翻了个遍,除了一丁点儿干馍屑之外,什么也找不到。怎么办呢?到别处去找吃的是不可能了。姐弟俩都饿得肚子"咕咕"直叫唤,愁眉不展,甚至后悔不如和大家一块死了好。

狮子看到了,就说:"有什么难处了,孩子们?"姐弟俩忽然记起了狮子的话,就把事情原原本本地告诉给狮子,并把馍屑给它看。狮子接过馍屑说:"不会饿死你们的,孩子们!"说着它把馍屑向四方撒去。真是奇怪,那干透了的馍屑一沾了地就发了芽,一眨眼就长出了叶,又眨眼就抽了穗,很快就结出沉甸甸、黄澄澄的麦穗。姐弟俩高兴极了,他们把新收的麦粒重新撒开去,又是一下子就结出了麦穗。这样,他们一次又一次地反复,每次打下的粮食都比上一次多几倍,没多久就打下了他们几辈子也吃不完的粮食。

有了吃的,姐弟俩就快快活活地生活着。可是没过几年,他们又悲伤起来。为什么呢?原来他们都早已到了结婚的年龄。可是和谁结婚呢?别说人,就是个活蚂蚁也找不到。姐姐找不到男人,弟弟找不到老婆,他们都为自己要做一辈子绝户头而忧愁得黄皮刮瘦。后来弟弟想起了狮子的话,就拉着姐姐的手到了石狮子那儿。可是他们你推我,我推你,谁都羞于开口。狮子看透了姐弟俩的心事,说:"别推让了,我保准知道你们想问什么,是不是想成亲了?"狮子一语说破了姐弟俩的心事,他们俩都红着脸勾着头,从鼻子眼儿里答应了一声:"嗯!"狮子笑着说:"我早就给你们准备好了。这南山北山上各有一扇石磨盘,你们俩一人一个,从山上往下滚,要是它们合到一块儿,你们就可以结为夫妻了。"狮子说罢,哈哈大笑起来。

姐弟俩开始很为难,极力反对这个主意,因为他们毕竟是一母所生呀!经过石狮子的百般劝解,弟弟登上北山,姐姐登上南山(据说这就是男女阴阳之分的由来)。只听石狮子一声喊:"放!"姐弟二人都提心吊胆地松开了手,两扇石磨盘箭也似的一闪就到了沟底,都径直向对方滚去,不偏不斜合到了一块,于是姐弟俩就变成了夫妻俩。

结婚以后,他们夫妻恩爱和睦,都眼巴巴地盼小宝宝。刚结婚不久,他们就开始给小宝宝裁制各种衣裳,又收藏了许多好吃的东西和好玩的东西。可是盼呀盼,盼了一年又一年,五年过去了,他们也没有生出一个小宝宝。他们知道自己不可能有后代,就对望着哭起来,越哭越伤心,越哭声音越大,把睡了五年的石狮子也惊醒了。狮子问他们:"你们哭啥呢,这么伤心?"姐弟俩就这样详细地告诉石狮子,他们不会有后代了。狮子的大眼睛滴溜溜一转,说道:"有了。这里黄土多得是,你们做小泥人好了。"

姐弟俩照着狮子的话去做。他们做了很多很多小泥人,都放到场里去晒,可是总还嫌少,不满足,于是就去拿些草绳来,把泥往绳子上一裹,三捏两捏就成了一个小泥人,做起来比以前快多了。就这样,他们做呀做呀,做得数都数不清有多少。有一天,忽然来了大风雨,他们俩怎么也搬不及,就用扫帚往屋里扫。这么一扫,有的折了胳膊,有的断了腿,有的少了耳朵,有的掉了眼珠。后来,这些小泥人都变成了有血有肉的活人。用草绳做成的人就愚笨些,用纯泥做的就聪明些,原来缺什么的变成人还缺什么:没胳膊的变成了拐子,少腿的成了瘸子……还因为这些人是用黄土做成的,所以人也是黄色的,而且人身上的灰尘总也洗不干净,洗洗还有,洗洗还有。

这些黄土变成的人就可以自由结婚了,他们生下孩子,孩子又生孩子,人就这样一代代地延续下来,直到今天。那姐弟俩就成了我们的祖先。

讲述人:孙均芝,70岁

整理:傅新超

时间:1984年3月25日

流传地区:河南内乡一带

洪水神话

在乡下,农民每家都有鸡,天天都见,很少有人知道鸡是怎么来的。也许有人说,鸡不就是鸡蛋孵出来的吗?爱钻牛角尖的人又说了:"鸡蛋从哪里来的?"可能他会说:"鸡下的呗!"实际上等于没说到底鸡从哪里来的。

传说从前,在黄河两岸住着很多人,人们一块吃、住,生活很幸福。可是,有一天,黄河突然开口了,冲走天下所有的房子,淹死了天下所有的人。只有兄妹二人没有被淹死,因他俩抱着一棵大木头,漂到一座高山岗上。

过了不久,洪水退下去了,二人在山岗上相依为命。看着周围荒凉的一切,除了大水剩下的泥沙,啥也没有。天长日久,为了繁衍后代,让子孙过上好日子,他们便私合了。

后来,有一天,妹妹要生孩子,哥哥听了很高兴,说:"这下子总会有人在这土地上生活了。"可是,生下来的却不是他久已盼望的胖儿子,而是一个大白蛋。

哥哥说:"扔了它吧!说不定是个什么不吉利的东西。"可是,到底是妹妹身上的一块肉啊,哥哥越是逼,妹妹越是不让。哥哥一下子火冒心头,抡起棍子便打起来。可怜妹妹就只有哭着求饶说:"哥哥打,哥哥打吧!"

到底是亲生兄妹,哥哥也就软下心来,饶她一次。这样,后来小鸡在"妈妈"精心哺育下,就又生了小鸡。代代繁衍下来。这样就有了鸡。

为了免受哥哥的毒打,每下一个蛋,就要喊:"咯咯嗒!咯咯嗒!"(哥哥打!)

不信,你仔细听听母鸡下蛋后的叫声,到今天还在叫着"哥哥打"呢!

讲述人:解克仁,男,55岁,农民

采录:解国旺

时间:1984年7月

讲述地点:河南省原阳县

以上这些故事的普遍性意义非常明显。其中的"祖先"未必都是伏羲与女娲,但是,作为伏羲女娲的复合体,在讲述效果等方面则非常自然。而且,这些故事所具有的原始文明遗迹价值,不仅仅体现在作为故事学的研究对象,作为故事人类学提出,或许更有意义。而且,这些故事的发掘,透视其中的原始文明,以此研究神话时代,正是我们所缺少的。或者说,对于民间文学的研究,特别是对于神话时代的研究,仅仅纳入人类学的体系是远远不够的。

民族文化的传承也是与此分不开的,典籍文献以文字为载体,口头传说以口语为载体,还有相关的民俗生活构成文化行为,使伏羲神话时代更完整地保存在人们的记忆中。这里,最典型的当数每年农历二月二到三月三的河南淮阳太昊陵庙会,人们把伏羲称作"人祖爷",把二月十五作为他的神诞日,举行大规模祭祀活动。这个庙会与其他地方庙会的不同是保存了许多活化石般的"古文化"。有传说源自"龙配"即伏羲、女娲相交的花篮舞,有传说历史悠久而带有浓郁的民族图腾,生殖崇拜、性崇拜和祖先崇拜色彩的各类泥狗,有古埙的泥玩具,以及进香的民间斋公手持的龙旗等。淮阳当地民间传说中的伏羲、女娲相结合,并加入洪水神话的背景,保持独立而完整的神话系统。在家祭中,人们把伏羲和玉皇一样敬祀,作为生育万物的"人祖"供奉。在西北、西南、东南广大地区,尤其是大西南地区的少数民族中,伏羲也受到广泛的崇祀,其神话传说与中原地区大致相同。还有人强调伏羲作卦影响了后世的二进制,更说明中华民族对全人类的杰出贡献。所有的神话传说都具有原始文明的痕迹,而它们无一例外不能够等同于原始文明。这正是民间文学研究在历史文化长河中的独特风采与魅力。

第三章
炎帝神农时代

炎帝与神农应该是两个神祇，而在神话的流传中却合为一体，如《世本》："炎帝，神农氏。"炎帝神农的神话时代，是伏羲神话时代之后渔猎文明向农耕文明过渡的一个重要转折。其中，火神、太阳神、农神三位一体的神性融合，宣告着中国神话时代进入了一个新阶段。

炎帝神农神话时代第一次出现庞大的神性力量集团，从某种意义上说，它寓意着国家的雏形。国家的徽帜就是太阳，这是太阳崇拜。《白虎通·五行》："炎帝者，太阳也。"《左传·哀公九年》："炎帝为火师。"太阳崇拜自神话时代开端就已存在，盘古神话中的日月起源阐释、女娲神话中的补天和伏羲神话中的"仰则观象于天"，都蕴含这种崇拜。但只有在炎帝神农时代，作为太阳神的炎帝的神职才第一次明朗化。这说明在农耕文明的发展中，太阳崇拜具有十分独特的意义。

关于炎帝神农氏的出生，《水经注》卷十八《渭水》引晋皇甫谧的《帝王世纪》说其"姜姓"，其母"女登"在"游华阳"时"感神而生炎帝"。《太平御览》卷七八引《帝王世纪》云："神农氏，姜姓也。母曰任姒，有乔氏之女，名女登，为少典妃。游于华阳，有神龙首，感女登于常羊。"唐司马贞补《史记·三皇本纪》："炎帝神农氏，姜姓。母曰女登，有娲氏之女，为少典妃，感神龙而生炎帝，人身牛首。长于姜水，因以为姓。火德王，故曰炎帝，以火名官。斫木为耜,揉木为耒。耒耨之用,以教万人,始教耕,故号神农氏。于是作蜡祭,以赭鞭鞭草木,始尝百草,始有医药。又作五弦之瑟,教人日中为市,交易而退,各得其所。"《三皇本纪》将炎帝神农之母述为"有娲氏之女",出现女娲神话的内容,有着更复杂的因素。《国语·晋语四》:"昔少典娶于有蟜氏,生黄帝、炎帝。黄帝以姬水成,炎帝以姜水成。成而异德,故黄帝为姬,炎帝为姜。"在《新书·益壤》中,也提到黄帝为炎帝之兄。《太平御览》卷七九引《帝王世纪》云:"黄帝,有熊氏,少典之子,姬姓也。母曰附宝,其先即炎帝母家有蟜氏之女,世与少典氏婚。"《新书·制不定》:"炎帝者,黄帝同父母弟也,各有天下之半。黄帝行道而炎帝不听,故战涿鹿之野,血流漂杵。"少典为炎帝、黄帝共同的先人,这一命题的提出暗示着炎帝神农时代是伏羲神话时代向黄帝神话时代漫长的过渡阶段。

《路史·后纪三》:"于是修火之利,范金排货,以济国用,因时变煤,以抑时疾,以炮以烊,以为醴酪。"《论衡·祭意》:"炎帝作火,死而为灶。"《左传·昭公十七年》:"炎帝氏以火纪,故为火师而火名。"显然,炎帝最初的神性面目是火神,那么,他又如何具有了农神的神性呢?《国语·鲁语上》说得很明白:"昔烈山氏之有天下也,其子曰柱,能殖百谷百蔬。"烈山氏即炎帝,《路史·后纪三》讲"肇迹列山,故又以列山、厉山为氏",即指此。火在农业生产中具有非同寻常的作用,以此相推,炎帝在使用火的同时对开拓农业做出了巨大贡献,这道理不难理解。

在史籍文献的记载中,火神并不仅炎帝一人,如韦注《国语·周语》中提到"回禄,火神也";《左传·昭公十八年》提到"禳火于玄冥、回禄",正义曰"吴回为祝融"。祝融与炎帝是何关系?《山海经·海内经》载:"炎帝之妻赤水之子听訞生炎居,炎居生节并,节并生戏器,戏器生祝融。"祝融当为炎帝的后代。祝融是南方神祇,后来被列为颛顼之后,这同样是神话融合的产物。其他还有"舜使益掌火"等,这些都说明火在史前社会所具有的特殊意义,没有火的运用,农耕文明是不可能产生的。

第三章　炎帝神农时代

炎帝神农开拓了农业,替代伏羲时代的渔猎生产方式,在古代文献典籍中记载很多。前面曾提到"炎帝居姜水以为姓""人身牛首"(见《帝王世纪》《三皇本纪》《鹿门隐书》等),这一方面表明牛图腾的存在,另一方面说明牛在农耕文明中具有重要作用。炎帝神农时代以农耕构成自己的基本特色。《太平御览》卷七二一引《帝王世纪》:"炎帝神农氏长于姜水,始教天下耕种五谷而食之,以省杀生。尝味草木,宣药疗疾,救夭伤之命,百姓日用而不知;著《本草》四卷。"神农之名在于农业开创,《搜神记》:"神农以赭鞭鞭百草,尽知其平毒寒温之性,臭味所主。以播百谷。故天下号神农也。"茆泮林辑《世本·作篇》记述"神农和药济人"云云。神农时代被后人不断记述,如《庄子·盗跖》中称"神农之世,民知其母,不知其父,耕而食";《管子·形势解》称"神农教耕生谷,以致民利";《管子·轻重戊》称"神农作树五谷淇山之阳,九州之民乃知谷食,而天下化之"。诚如《礼记正义》所引《世纪》所言:"神农始教天下种谷,故人号曰神农。"这个时代不仅改变了人们获取食物的方式,而且改变了人们的生存方式,在某种程度上讲,它是自盘古、女娲至伏羲时代的一个总结,一次突破和飞跃,也是黄帝神话时代的必要的铺垫。

在文献中,可以看到火神系统中融入了太阳神、炎帝、神农、烈山氏、祝融、阏伯与火官、灶神等一批神话人物。炎帝之火,标志其夏季之神的特殊身份。《吕氏春秋·孟夏纪》:"孟夏之月,日在毕,昏翼中,旦婺女中。其日丙丁,其帝炎帝,其神祝融。"高诱注:"丙丁,火日也。炎帝,少典之子,姓姜氏,以火德王天下,是为炎帝,另曰神农,死托祀于南方,为火德之帝。祝融,颛顼氏后,老童之子吴回也,为高辛氏火正,死为火官之神。"《淮南子·汜论训》:"故炎帝于火而死为灶。"高诱注:"炎帝神农以火德王天下,死托祀于灶神。"《白虎通·五行》:"时为夏,夏之言大也。位在南方,其色赤,其音徵。徵,止也。阳度极也。其帝炎帝者,太阳也。其神祝融。祝融者,属续,其精为鸟,离为鸾。"各种神话传说的融合,都以信仰为基础。炎帝时代与神农时代融合的基础是农耕信仰,而农耕信仰的基础应该在于农时,所以,秩序与季节在神话传说中被安排为太阳、火,以及保障生命的粮食和医药。这也是神话时代的普遍性解释与讲述方式。

炎帝也好,神农也好,作为农耕文明的开拓者,其神性的光辉被不断张扬,标志着中国神话时代又一个新的创造高峰。《艺文类聚》卷十一引《周书》:"神农之时,天雨粟,神农耕而种之。"《淮南子·修务训》:"古者民茹草饮水,采树木之实,食蠃蚘之肉,时多疾病毒伤之害。于是神农乃始教民播种五谷,相土地宜燥湿肥硗高下,尝百草之滋味,水泉之甘苦,令民知所避就。当此之时,一日而遇七十毒。"《新语·道基》:"民人食肉、饮血、衣皮毛,至于神农,以为行虫走兽难以养民,乃求可食之物,尝百草之实,察酸苦之味,教民食五谷。"《白虎通》:"古之人民,皆食禽兽肉。至于神农,人民众多,禽兽不足。于是神农因天之时,分地之利,制耒耜,教民农作,神而化之,使民宜之,故谓之神农也。"《淮南子·主术训》:"昔者神农之治天下也……甘雨时降,五谷蕃植。"《太平御览》卷十引《尸子》:"神农理天下,欲雨则雨,五日为行雨,旬为谷雨,旬五日为时雨,正四时之制,万物咸利,故谓之神雨。"炎帝神农的业绩在这里被描绘成一座辉煌的里程碑。也就是说,在盘古神话中,看到了天地的开辟;在女娲神话中,看到了人类的诞生;在伏羲神话中,不仅看到了渔猎生产的起始,而且看到了文明的"曙光"即卦的创造;而在神农神话中,则看到人类赖以生存发展的最重要的基础——农耕。人类告别了茹毛饮血的蒙昧阶段。

在其他文献中,这种自身发展被具体描绘为农业技术和农业工具的发明创造。如《论衡·感虚》:"神农之揉木为耒,教民耕耨,民始食谷,谷始播种,耕土以为田,凿地以为井。"《论衡·商虫》:"藏种之方,煮马屎以汁渍种者,令禾不虫。"《艺文类聚》卷七二引《古史考》:"神农时,民食谷,释米加烧石上而食之。"《艺文类聚》卷十一引《周书》:"作陶冶斤斧,为耜锄耨,以垦草莽。然后五谷兴,以助果蓏实。"《艺文类聚》卷五引《物理论》:"畴昔神农始治农功,正节气,审寒温,以为早晚之期,故立历日。"《三皇本纪》:"作五弦之瑟,教人日中为市,交易而退,各得其所,遂重八卦为六十四爻。"《路史·后纪》卷三注引《锦带书》:"神农甄四海。"《绎史》卷四引《春秋命历序》:"神农始立地形,甄度四海,远近山川,林薮所至,东西九十万里,南北八十三万里。"《太平御览》三六引《春秋元命苞》:"神农世,怪义生白阜,图地形脉道。""白阜为神农图画地形,通水道之脉,使不壅塞也。"《水经注·漻水》:"神农既诞,九井自穿。"《路史·后纪三》:"教之桑麻,以为布帛。"总之,神农之神奇在于开辟了农耕时代,教会了人民生产,在工具的制作、种子的保存、历日的制定、图画水道、甄度四海及做瑟、制卦爻、制衣帛等一系列劳动创造中,显现出他卓越的智慧和非凡的功勋。

　　农耕时代改变了人类的生存方式,其重要标志就是劳动技术的提高与劳动工具的发明创造。神农即农神,其意义就在于此。在神话时代中,农耕火神不独炎帝,或不仅有此神农,还有稷、叔均、柱等神话人物。他们之间是否有血缘上的联系?是否同处于一个时代呢?《太平御览》卷五三二引《礼记外传》:"稷者,百谷之神也。"《诗经·鲁颂·閟宫》和《诗经·大雅·生民》以及《世本》中都称姜嫄生下了后稷,《山海经·大荒西经》中则称"帝俊生后稷"。从《尚书·吕刑》《国语》《孟子》《新语》《淮南子》《史记》《汉书》《越绝书》等典籍所记述的稷的业绩中,可知稷与神农在许多地方是一样的。其不同处在于,炎帝神农虽生于姜水,活动地点多在南方,而《史记·周本纪》中明确提到"周后稷"。神农的"遗迹"分布点,有"漻水"(《水经注》卷三二)、"荆州"(《初学记》卷七引)、"淮阳"(《三皇本纪》)、"长沙"或"茶陵"(《路史·后纪三》)、"上党羊头山"(《路史·后纪三》)、"河北昭德百谷岭"(《水浒传》第九十六回引传说)等处。而后稷"广利天下",其"遗迹"分布点有"雍州武功城西南二十二里古邰国"(《史记·周本纪》正义引《括地志》)、"绛郡"(《太平御览》卷四五引《隋图经》)和山西稷山等。《左传·昭公二十九年》载:"有烈山氏之子曰柱,为稷。"《礼记·祭法》："厉山氏之有天下也,其子曰农,能殖百谷。"在《国语·鲁语》中则称："昔烈山氏之有天下也,其子曰柱,能殖百谷百蔬。"《山海经·海内经》："稷之孙曰叔均,是始作牛耕。"不论是否真正如前所说,神农与后稷有血缘关系,在中国神话中,神农与稷大致是同时代的,其中包含着不同地域文化间的交流,尤其是神话的融合与渗透,因此后稷神话当属炎帝神农时代。

炎帝神话遗迹以陕西省宝鸡为胜,在湖北随州有烈山氏,也是炎帝神话圣地。《潜确居类书》卷三一记述"神农涧在卫辉府温县。神农采药至此,以杖画地,遂成涧",《元和郡县志》卷十五引《后魏风土记》记述"神农城在羊头山,山下有神农泉,即神农得嘉谷之所",等等。其中河南温县流传的"神农涧",形成神话遗迹的解释"名片":

>相传,在远古时代,有一个部落首领,姓姜,名炎帝。他勤劳勇敢,天资聪慧,为人善良,不但最早从事农业,而且在长期的生产劳动中,发明了木制起土锄地用的耒耜,教人们种植五谷,启蒙人们"耕而食,织而衣",还创立了集市,互通有无。此外,他又亲自发明了草药,无论走到哪里,都要为那里的人们医治百病。为此,他深受百姓的拥护和爱戴,人们尊称他为"神农氏"。时至今天,在温县还流传着这样一段故事。
>
>据说,有年春天,温县正普遍流行一种传染病。染上此病的人,被折磨得面黄肌瘦,体弱无力,整日卧床不起,奄奄一息,不少人被病魔夺去了生命。当时人们也没能力医治此病,只好整日烧香叩头,求天祈神,坐等着有朝一日神灵降临,来斩除病魔。一天,风和日丽,"神农氏"皇帝带领众位大臣西征出访,正好路经此地。当他看到这里大片土地荒芜,无人耕种,心里实感纳闷。便勒住马头,吩咐下官传得地方知县问明情由。这时一位大臣上前说:"万岁,我们这次西征出访,路途遥远,在此停留,会影响我等之大事,路上遇到行人,顺便问问行了。"说话间,只见前边路上有

个老头,手拄拐杖,一步三晃,无精打采地走了过去。神农氏便翻身下马,迎上前去问道:"请问老丈,此地出了甚事,是遇得强盗响马抢劫,还是流传什么邪恶病魔,怎么田里无人耕作,到处死气沉沉的呀?"那老头抬头看了神农氏一眼,没有作声。神农氏见他不答,便又继续问道:"如果是遇强盗响马,抢劫黎民,你快把详情告诉我,我去捉拿强贼,为民平愤;如有邪恶病魔作怪,吾辈也能为百姓治病去痛、驱邪斩魔,恢复身心元气,好耕种田地。请问老丈,究竟是出了甚事,你便说来。"可是,这位老头只用目光扫了神农氏一眼,仍没作声,心里暗自说:自从病魔降临以来,我们整日求天靠神,请了多少个神通广大的法师还不顶用,你个过路平民,来问此事,真多此一举。想到这里,便转身要走。神农氏的一位侍从大臣见此情景,非常气愤,上前说道:"你这老者,好生无理,皇帝问话为何不语?"说着便要抬手动打。这时,神农氏喝了一声,侍从便退了回去。这老头听到"皇帝"二字,吓得脸色由黄变白,两腿发抖,跪倒在地,连声道:"为民不知您就是万岁,一时糊涂,冒犯了圣驾,实在罪该万死。"神农皇帝向来以民为本,来往于平民之中,丝毫没有什么架子,忙上前扶起老头,安慰他不必害怕。老头见这个皇帝和蔼可亲,平易近人,便紧握着神农氏的双手,倾吐了这方土地所发生疾病的情由。神农氏听罢,心里很急,这么多人生命危在旦夕,急需医治,只有赶快寻找药物,才能为黎民解除疾病痛苦。于是他不顾长途跋涉之劳累,带了两名大臣爬上荒山野岭,采药去了。采药中,他们爬坡越沟,手脚都被划破了也全然不顾。采到一种草,都亲口尝尝,终于找到了能治病的草药,神农氏万分高兴,吩咐大臣火速送往村中,让人们煎药服用。这时,神农氏发现,流行的时气病与这里的地理水土有关。他弯腰抓了一把土,用舌头尝了尝,又苦又涩,心想这里土地常年潮湿,一片盐碱,如不改变地理形势,开沟引水,撤走地下之瘴气,人们还会受害的。想着,他便抽出闪光宝剑,在地上狠狠划了一道,随着寒光闪过,"轰隆"一阵巨响,地面瞬间出现了二道深涧。地里的水就渗到洞里,所以洞底终年流水淙淙,雾气升腾而上。送药的大臣回来禀报,人们吃了药,病好了,神农氏才满意地笑了笑,带领众位大臣继续西征去了。话说村中老幼患者吃了神农氏采的草药,顿时觉得身爽目清,病减大半,不上几日,便化疾为愈,下田生产。

后来,当人们听说神农氏弄剑划洞的消息后,方圆几十里的人们扶老携幼纷纷前来观看,只见洞有二丈多深,十丈多宽;上下野草菲薇,周围林木成荫,仙草仙药长满两岸。人们又惊又喜,赞叹不已。为了永久记住神农氏的功绩,就把这条洞尊称为"神农洞"。[1]

炎帝神农神话不仅在汉民族中广泛流传,而且也在一些少数民族中流传。如苗族神话说,神农时的西方恩国有谷种,神农曾告示天下,若有人取回谷种,便可娶其公主。结果神农家的狗翼洛取回了谷种,娶了公主。公主生下血球,血球中跳出七男七女。同类的神话还有许多,在各民族的发展中,农耕是一个避不开的话题。

炎帝神农除融合了火神、太阳神、农神之外,还具有一个更为复杂的神性角色——战神,其表现就是在与黄帝的争斗中作为一个失败的英雄神。炎帝与黄帝是中华民族不可分割的两位神话人物,我们迄今仍自称炎黄子孙。同时,炎帝神农还是一位医药之神,是民间百姓的生命保护神。《淮南子·修务训》中说他"尝百草之滋味,水泉之甘苦,令民知所避就。当此之时,一日而遇七十毒";《搜神记》卷一载"神农以赭鞭鞭百草,尽知其平毒寒温之性,臭味所主"。其他如《太平御览》卷七二一引《帝王世纪》和《文选·蜀都赋》《事物纪原》《梦粱录》《弘明集》等典籍中,都有类似的事迹。今天,许多地方还敬祀炎帝神农,如河南商丘火星台即阏伯台附近有神农墓,是把神农作为火神敬祀的;在我国南方广大地区特别是江南地区,一些

---

[1] 张振犁、程健君编《中原神话专题资料·神农神话》,中国民间文艺家协会河南分会 1987 年编印。

草药行也曾供奉神农。相比黄帝神话及其信仰而言,神农神话的流传和信仰更多存在于普通百姓之中,若追溯其源头,那就是影响了中国神话时代构成的炎黄战争吧!

炎帝神农在民间传说中讲述的方式多种多样,如:

龙虫、虎虫、凤凰虫[1]

传说,神农不是凡人,他能上天面见南海观音。

神农见了南海观音,拿着观音给他的鞭,在大地上乱打鞭,结果世上就长出来药草了。原先,神农愁着世上的人有了病没草药吃,这么一来,他不愁了。

神农自鞭了药,天天愁人吃的事。他品了几番,要再去天上求助。

神农来到了天上,天宫的守门不叫神农进宫。神农苦苦哀求,后来到底见到天帝了。天帝问神农:"神农,你给我说说世上有啥难吧!只要你说出来了,我想法给你办。"神农对天帝说:"打从天塌地陷以后,世上光秃秃一片。后来,有了药草,世上再也不愁有了病没药吃了。"天帝听了神农的话,觉得世上的人也该有吃、穿、住的呀!他又问神农:"你那儿还有啥难?"神农说:"天帝,您不知道呀!世上的人都缺吃的,天天为这发愁。"天帝说:"神农,你不要为这发愁了。"

天帝说罢,随即命人取了小瓶子,交给神农。神农接过瓶子,赶紧拜谢天帝。天帝又对神农说:"这瓶子里装了龙虫、虎虫、凤凰虫,待你回去,把这三只虫取来,放到事先收拾好的土里,过一段时间,能长出人要吃的粮食——麦子。收了这代种那代,代代相传,还愁人没吃的?"

神农别了天宫,回到人间。他按照天帝的嘱咐去做了,果真长出了麦子。从此,麦子在大地上代代相传,直到如今。

---

[1] 龙虫、虎虫、凤凰虫:即麦蛾虫、麦牛子、麦蚱子。

人们至今还流传着麦子的演变歌谣呢:"一龙一虎一凤凰,天帝叫它下天堂。亏得神农收留它,为人造福源流长。"

讲述人:梁加秀,男,73岁,农民

采录人:张华,男,24岁,高中毕业,农民

采录时间:1988年3月10日

流传地区:河南省淮阳县

神农播五谷

人们都知道太行山谷子最好吃,每年秋后都要到太行山区买一些小米滚汤喝。说到太行山谷子,还数神农坛西边百草洼的谷子最地道。

古时候,神农在百草洼里采野果,尝百草,抬头看见一只全身赤里透黄的小鸟,衔着一株野禾飞来,落在一块石头上,一面"咕咕"地叫着,一面啄食那野禾上的籽粒。神农跑过来,小鸟飞了,地上剩下半截禾穗,籽粒撒了一地。他拾起来一看,这籽粒圆圆滚滚,红中透亮,玛瑙一般,放嘴里一嚼,又香又甜,怪可口,就带了回去。

隔没几天,神农又路过那里,发现地上没捡起来的籽粒全都生根发芽,长出毛茸茸的小叶。就想,这小草能不能长成禾穗,我得看看。他蹲下去把其他杂草薅了薅,走了。

真是春种一粒粟,秋收万颗籽。神农不断地到那里查看、薅草,到秋天竟然收了好多禾穗。他把籽粒搓下来,放在锅里煮熟吃,香气扑鼻,吃这碗想那碗。

神农就用树木制成木犁,把石头制成石锨、石刀、石镰,并且点火烧荒,掘井取水,教人们种禾粒。这一年风调雨顺,到秋天收获了好多。人们饱饱地吃了一冬,个个体壮力强,没灾没病。春天,神农叫人把剩下的籽粒种下去……就这样,人们年年春种、夏锄、秋收、冬藏,循环往复,过着安乐的日子。

因为这种禾穗是咕咕鸟衔来的,就取名叫"咕咕穗",后来人们叫转了音,叫成了"谷子",又因为是在百草洼最先种植的,所以又叫"百草洼谷子"。

采录整理:张子维、黄中富

采录地点:河南省沁阳县

其他文献记载如:《史记补·三皇本纪》:"炎帝神农氏,姜姓,母曰女登,有娲氏之女,为少典妃,感神龙而生炎帝,人身牛首。长于姜水,因以为姓。火德王,故曰炎帝。以火名官,斫木为耜,揉木为耒。耒耨之用,以教万人,始教耕,故号神农氏,于是作蜡祭,以赭鞭鞭草木,始尝百草,始有医药。又作五弦之瑟,教人日中为市,交易而退,各得其所。"茆泮林辑《世本·作篇》:"神农和药济人。"《淮南子·氾论训》:"故炎帝于火,而死为灶。"《元和郡县志》卷十五引《后魏风土记》:"神农城在羊头山,山下有神农泉,即神农得嘉谷之所。"《管子·轻重戊》:"神农作树五谷淇山之阳。九州之民,乃知谷食,而天下化之。"

神农种五谷

据传说,古时候没有五谷杂粮,人全靠打猎、捕鱼充饥。后来世上的人越来越多了,吃的成了大难题,人们经常饿肚子,天天为吃的发愁。

那时候有个名叫神农的人,他长得又高又大,箭法很好。一天,他站在一个高岗上,抬头看天,想打个鸟儿充充饥。忽然,天空闪一道金光,有只浑身通红的鸟飞了过来。神农正要拉弓射箭,只见那只鸟嘴里衔一样东西。那鸟在神农头顶上空楚了一圈儿,大叫一声,丢下嘴里衔的东西,向高空飞去。神农把那只鸟丢下的东西拾起来一看,是一根草穗,上面结有五样籽儿,有大有小,有长有圆,有红有黄。神农把这五样籽儿都摘下来,分别种到五个地方。

过了一段时间,那些籽儿都发芽了,长叶了,结果了。神农一样一样放嘴里尝尝,好吃。这五样籽儿就是现在的麦子、稻子、谷子、豆子、高粱,总称五谷。

神农把五谷分给大家,叫人们分头去种。从那以后,人们算是不愁吃的啦。后辈人为了不忘神农的功德,把神农原先种五谷的那个土岗叫神农台,也叫五谷台,还在那儿修了庙,年年都有很多人去朝拜烧香。现在神农庙没有了,不过那个地方还在,就在淮阳城东北角,离城有十来里。

讲述人:施道连,男,43岁,淮阳县白楼乡施庄学校教师

采录人:杨复俊,淮阳县文化馆干部

采录时间:1986年4月

采录地点:河南省淮阳县文化馆

五谷台

五谷台是炎帝神农教天下万民种五谷的地方,与太昊伏羲陵相邻,坐落在淮阳城东北十里处。

传说,古时候,人越来越多了,吃的东西往往很难弄到。人们到很远的地方去打猎,去捕鱼。这样,还是天下大饥。吃,成了天下的大难了。

有一个名叫石年的人,立在一个高台上,正抬头望着蓝天。他巴望着能从云端飞来一群大雁,射一只,饱饱肚子。

这时一道金光闪烁在蓝天上。石年看到一只周身通红的鸟向他飞来。他搭箭正想拉弓,忽然发现鸟的嘴里衔着一个东西。那鸟展翅在他头顶盘旋了一圈儿,长鸣一声,丢下嘴里衔的东西,消失在蓝天中。那东西在空中飘啊飘啊,慢慢落在地上。石年拾起来看了,是一根长长的草穗样的东西。他用手揉了,舍不得吃一粒,分为五撮,种在五个地方。

不一会儿,出芽了,长叶了,结果了。那果实,有黄的,有红的,有长的,有圆的,有大的,有小的。石年一样一样采了,用手揉了,放到嘴里嚼

着,香喷喷的,甜丝丝的。他从没有吃过这么好吃的东西。

石年很高兴。他把果实全都收了,按大小、形状和味道分了五种,分别给起了个名儿,叫作稻、黍(黄米)、稷(高粱)、麦、菽(豆)。这就是五谷的来历。

石年又按种类种在泥土里,五谷在阳光雨露里又长出了丰硕的果实。

石年把五谷带给兄弟姊妹们尝了,没有不叫美的,人人吃不够。石年笑了,说:"还想吃?有。不过,得动手,只消把五谷种子埋在地里,很快就会收获的。"

石年教人们种五谷的法子,人们记下了,照石年的法子办,果然有了可喜的收获。

天下人学会了种五谷,再也不愁吃了。人们不忘石年的恩德,尊石年为"神农"。把神农教天下种五谷的那个高台,叫作神农五谷台。

讲述人:施道连,男,淮阳县农民

采录人:杨复俊

采录时间:1984年4月20日

流传地区:淮阳

其他文献记载如:光绪《淮阳县志》:"五谷台,相传,神农种五谷处。"

乳血育五谷

每当五谷杂粮快要成熟的时候,只要你随意掐开一粒,都会看见有乳汁般的液体流出。而在很久很久以前,可不是这样的。

相传,神农氏发现了能食的五谷杂粮后,人们就以食用五谷杂粮为生。但它们只能叫人不饿,很难使人们身体强壮。为此,神农氏的曾孙女非常着急。

这一年,正当新禾秧要出穗的时候,禾穗儿仍然很干瘪。神农氏的曾孙女心里焦急得像火烧火燎,天天都在眼巴巴地望着天空,但她只能干着急,怎么也想不出什么办法来。于是她陷入苦恼之中,直到她身上背的孩子饿得哭起来时,才想起该给孩子喂奶了。就在孩子吃奶时,有一滴奶汁掉了下来,正好滴在身边的禾秧上,不料这禾秧却勃勃有生气,立刻旺盛起来。她高兴极了,赶忙放下孩子,一滴一滴地挤着自己的奶汁,一棵一棵地孕育着田里的禾苗,直到把乳汁遍洒了田间。渐渐地乳汁洒尽了,再挤出来都成血水了,但她仍然不断地挤着……

从此,五谷杂粮快到成熟的时候,都饱含着神农氏曾孙女的乳汁。现在人们把这段时间称作"灌浆"季节。

讲述人:黄自秀,女,45岁,商城县李集乡农民

采录人:姚仁奎

采录时间:1989年5月

采录地点:河南省商城县李集乡

神农降牛

传说神农就是农业上的神,是咱种田人的祖师爷。

在很古很古的时候,人都不知道庄稼是啥样子,草和庄稼长在一起,分不清啥能吃,啥不能吃。那时候的人只知用石头或木棒打个兔子,打个狗熊,剥扒剥扒,吃生肉,或者上树摘个果子,过着食不果腹的日子。

后来,神农氏出世了。他力大无穷,老粗的树,一伸手就拔出来了。他把树叶捋捋,树皮剥剥,拧成了一条鞭子,"啪啪,啪啪",把地上长的各种树木花草都赶到大地的另一边。然后挨个尝尝,把能吃的放在一边,把不能吃的放在另一边。结果选出了五谷杂粮,有高粱、玉米、谷子、小麦、大豆。选好了,他把人们叫到一起,教给人们咋样种庄稼,咋样收庄稼;哪些能吃,哪些不能吃。

说来也巧,刚刚教完,天上就下起"谷雨"来了。各种各样的粮食种

子纷纷掉在地上。人们就把这些种子收拢起来,开始按照神农教的法子种起庄稼来了。

庄稼种下去后,天大旱,庄稼苗都快干死了。人们没有办法,又去找神农。神农就拿着神鞭的把儿,在地上一连戳了几个洞。一会儿,洞里就往外涌出了清清的泉水。水流进田里,庄稼就又都活过来了。

眼看着到了秋天,庄稼就要熟了。这时候,突然地里跑来一个头上长着犄角的怪物,在地里乱盘腾,见庄稼就咬,就吃。人们害怕,又去找神农。神农跑来一看,啊,原来是牛魔王偷偷下界,跑到地上来了。

神农举鞭就打,牛魔王吓得扭头就跑,边跑还边吃庄稼。牛魔王一口咬掉一棵高粱穗,神农赶上来,一鞭把牛魔王的嘴打流血了,所以直到现在,高粱穗都是红色的。牛魔王又去吃玉米,刚把一棵玉米吃得剩下两个穗儿,神农又赶上来,一鞭甩去,把牛魔王的右角打弯了,牛魔王疼得赶紧跑了,所以直到现在,玉米大都是只长两个穗儿。牛魔王又跑到谷地里去吃谷子,刚咬住谷穗,神农一鞭打来,又把牛魔王的左角打弯了。牛魔王疼得赶紧又跑了,而谷穗直到现在,尖上都没有谷粒。牛魔王跑呀跑呀,跑到了豆地里,刚张开嘴要吃豆子,神农赶上来用力一鞭,只听"啪!——呼啦"一声,把牛魔王的上牙全给打掉了。这一下牛魔王疼得"哞哞"直叫,再也不敢乱吃庄稼了。

神农抓住了牛魔王,用根棍往它鼻子里一插,牛魔王就现了原形。原来是一头大牛,只是角也弯了,上牙也没了。神农对牛魔王说:"你就留下老老实实地帮助人种地吧。要不,还用鞭子抽你!"牛魔王望望鞭子,又用舌头舔了上嘴唇,心里又害怕,又不情愿,就说:"好是好,就是这地方蚊蝇太多,我怕叮。"

神农说:"那不要紧,我给你一把蝇甩子。"说罢,递给牛魔王一把蝇甩子。牛魔王无话可说了,接过蝇甩子,往屁股后一插,就乖乖地跟着人走了。从此,人们就用牛来耕作,种起庄稼来了。人们感激神农帮助他们掌握了种田的本领,就尊神农为农业上的神仙了。

讲述人:张智杰

采录地点:河南省上蔡县城郊乡

镢头沟传奇

从轩辕访贤台通往山西的栈道往北走,翻过大长岭,便来到镢头沟。这里地域开阔、土质肥沃,各种农作物生长茂盛,养活了不少炎黄子孙。

相传神农氏在百草洼得到谷种后,找地方种下,收了不少谷子。他舍不得吃,就想多开一些荒地,多种一些谷子。可是百草洼里到处都是名贵药材,摸摸哪个都心疼。他不忍心把这些奇花异草毁掉,就翻山越岭来到这里。神农氏看一眼满山沟的野草灌木,绿油油、旺盛盛;再抓一把黑土,湿漉漉、油腻腻,是播种谷子的好地方。

于是,他就召来子子孙孙,有的用手刨,有的用石块砍,还有的用木棍剁。从春天一直干到夏天,眼看秋天快到了,开出来的地方还是不大点。

那神农氏看看劳累不堪的儿孙们,再看看满坡荆棘丛生,不由得愁上加愁,心慌意乱,一阵眩晕,跌倒山坡,昏了过去。蒙眬之间,他觉得自己身轻如燕,飘飘上升,不一会儿便来到凌霄宝殿。

玉皇大帝道:"你决心干到头,必获利器,快下去继续干吧!"说完,将神农推下天庭。那神农受这一惊,翻身坐起,原来是一场噩梦。他醒来以后,精神倍增,就率领子孙们继续拼命地刨地开荒。刨着刨着,一大丛灌木横在前面,根很深拽不动。他就招呼所有的子孙,有的刨,有的拽,一起动手。不大一会儿工夫,"轰隆"一声,灌木丛被连根拔起,根下露出了一个细长的石头。神农氏拿出来一看,石头一头还有个钩。拿出来往地上一刨,钻地多深,怪得很。

神农氏联想梦中情景,认为这就是利器。于是,他就和孩子们一起仿造了许多同样的石器,每人分一把,继续开荒。

就这样,他们开了十八天荒,造了十八亩地,种了十八亩谷。秋收以后,整整打了十八担。当地流传的"立秋十八天,种谷十八亩,收谷十八担"就是从这说起的。

神农氏忆起当初梦中玉皇大帝的话,就给这种开荒利器取名"决头",给这个山沟取名"决头沟"。到了青铜器时代,人们模仿"决头"的模样打农具,就改名为"镢头","决头沟"也就改为"镢头沟"了。

采录人:张明、任能政

采录时间:1983年7月

采录地点:河南省沁阳县城郊乡

铲草兴锄

神农氏的时候,种庄稼很简单。庄稼种上后,地里长了草。人们拿着石片,在庄稼地里走着敲着,嘴里喊着:"草死,苗长。草死,苗长。"草就死了,苗就长起来了,就能有好收成。

又过了几代,人们慢慢变懒了。天热时,用绳子把石片吊在树上,人们坐在树荫下喊着:"草死,苗长。草死,苗长。"再喊,草也不会死了。人们再拿着石片走着喊着,草也不会死了。没办法,人们拿着铲子,到地里铲草。晌午,地晒干了,使大劲儿才能铲掉草。猛一使劲儿,铲子脖弯了,翻过来扒,比铲着还得劲。现在的锄就是在那个样子上兴起来的。

讲述人:孙文林,男,50岁,农民

采录整理:梁士东

采录时间:1983年6月

采录地点:河南省焦作市城郊

神农涧

古时候,有一部落首领姓姜,名炎帝,他勤劳勇敢、心地善良。启蒙种五谷,耕而食,织布衣,寻草药医疗民疾。当时温县一带流行瘟疫,又叫"大家病",害得人民面黄肌瘦,整日卧床不起,死了很多人。一天,神农走访路过这里,发现四处没人烟,田地荒芜,很是纳闷,就勒马停步,和同伴们一齐察访情由。当时见到位老者手拄拐杖,一步三哼,无精打采地走过来。神农迎上前,问道:"此地出了甚事,无人耕田,寂静一片?"老者不答。神农又问:"是贼盗行凶,说出我除;是疾病缠身,言出我治。你为何不答呀?"老者哼哼唧唧了半天,说:"自从这里大家病传开,求神不济于事,求鬼死人更多。你今天问我,你要能治好我的病,我把你当天敬。"神农一听,知道众人治病心切,只好安慰老人一番。他以后每天上山爬坡,翻沟越岭,口尝百草,细研药性,遍地找不来治大家病的除根药。一天正在外出行走时,他低下头一看,发现这里土地潮湿,弯腰抓起把土,用舌尖尝了尝,又苦又涩,吐口唾沫说:"这里土地潮湿,一片盐碱,看来,只有改变地形,疾病才能根除。"神农随手抽出宝剑,狠狠地在地上划了一刀,突然响了一声巨雷,地面出现了一道深涧,涧底淙淙流水,雾气从涧底冲天而上,地皮马上干了。神农微微一笑,又找着那老者,问:"现在你觉着你的病怎样?"老者仰天一看,风和日暖,地生瑞气,身爽病除,急忙跪地向神农磕头。转眼间,神农化作一股白气不见了。

从此,这里患大家病的人都好了,念念不忘神农,就把这个地方起名叫"神农涧",一直传颂到今天。

讲述人:张振怀

采录人:石平君

采录时间:1983年6月

采录地点:河南省温县城关

其他文献记载如:明陈仁锡《潜确类书》卷三一:"神农涧在卫辉府温县,神农采药至此,以杖画地,遂成涧。"

神农氏尝百草

神农氏是张茅黎山人。

天地开辟,世上粮草不分。人上到山上摘吃野果,打吃野虫,下到河里捞吃鱼、鳖、虾、蟹。野果、野虫、鱼鳖虾蟹越吃越少,人忍着肚饥,都寻不着吃食儿。

神农氏看见有的野虫吃草,也学着吃草,有的草好吃,有的草不好吃,吃多啦,觉着有些草的种子最好吃,这就是五谷。神农氏把五谷指给人,教人收吃五谷的种子。越吃五谷越少,要是吃绝了根,人还是受饿。

黎山南边有片平地,五谷长得多,神农氏除掉别的草,专门留下谷子。收的种子吃不完,散给人都种,人跟着神农学会了种五谷。

神农氏教人种五谷,先从山顶上种起,一直种到山底下。至今,郏县大大小小的山顶上都还有一层层的梯田。

黎山南边那片平地,就是现在张茅乡的小南原。因为这儿的谷子最早最好,朝朝代代朝廷娘娘坐月子,都要郏州的州官、县令进贡这儿的小米,熬汤喝,补养身体。

开始吃五谷,人肚里不舒服;开始种庄稼,要顶着晒日头爷,暑热难受,人身上不舒服,都病倒啦。神农氏自觉照样五谷吃多了,肚里难受,再换一样就不要紧了。教人也轮换着吃五谷。有时候身上不舒服,有了病,无意中吃了一种草,就能好一些。神农氏教人有病了也吃那种草,时间长了,人都知道了啥病吃啥草,这就是草药。还有些病,不知道该吃啥草,神农氏又一样一样地吃没吃过的草,把山上的草都吃遍了。吃到山芝麻,嘴都嚼烂啦,血流到山芝麻上,所以山芝麻的根是红的,是神农氏的血渗进去了,山芝麻也叫血参。

这就是神农氏尝百草,教人学种五谷,让人认出了草药。

为了报答神农氏对人们的恩惠,郏县成为古焦国时,神农氏的后辈被封为焦国首领。

讲述人:杨存治

采录整理:杨军茂、刘邦项

采录时间:1983年7月

采录地点:河南省郏县焦国

其他文献记载如:《帝王世纪》:"炎帝神农氏,长于姜水,始教天下耕种五谷而食之,以省杀生。尝味草木,宣药疗疾,救夭伤之命,百姓日用而不知。著《本草》四卷。"《搜神记》卷一:"神农以赭鞭鞭百草,尽知其平毒寒温之性,臭味所主,以播百谷,故天下号神农氏。"

神农尝百草

《本草》是记载各种中草药药性、用途的书。传说它是神农氏亲尝百草为民治疗疾病的记录,是一部伟大的医药学著作。

上古时代,世界上出现了一个大神,他能使太阳发出足够的光和热来,使世界上避免了寒冷,使人类和各种生物生长,大家感激他的功德,称他为炎帝。他看到人民打猎,采集野果而食,怕把这些东西吃光了而饿肚子,便教人们把猎获的野兽养起来,让它们繁殖;把采集来的野果播撒在开垦的土地上,让它们生根、发芽、开花、结果,收获更多的果实,这便有了黍、稷、麻、麦、豆等五谷。人们称他为神农,历史上叫神农氏。

神农氏看到百姓们耕种,得到温饱,心里非常满意。但看到有的人面色黄肿,有的人身上生疮流脓,就心里难受。他想法要让人们健康起来。

一天,神农氏同部落的主要头头到外边打猎,又看到有人身染重病,卧地不起,心里很不安,召集头头们议论。有的说:"民有疾病,有在体表,有在内脏。"有的说:"病各不同,有虚症、实症、热症、寒症,还有热寒相伴之症。"神农氏说:"怎么能治治这些病呢?"大家议论来议论去,都说很多草木各有温凉毒热之性,何不选草入药,对症治疗?神农氏说:

"那要一样一样亲自尝尝。"于是遍山采集草木,或花或果,或茎或根,通通品尝。凡是此地没有而外地有的,要求头头们分头到各个小部落传予守土官员,让乡民采集草木的叶根花果前来交纳。

不到一年时间,各小部落的守土官员已将各地草木的叶根花果枝皮全采集交纳上来。神农氏让扛进宫来,对身边的妻子和各位头头说:"排上香花灯烛,我要拜告天地,亲尝百草,为民疗疾。"头头们排上香花灯烛,神农氏沐浴更衣,祈祷天地。祈祷已罢,坐在蟠龙御座上,命令左右近侍、妻子协助品尝、记录,不要远离,以备有些草木有毒,及时解救。神农氏亲自拣看。相同的,去掉;不同的,亲尝。先尝甘草,味甘平无毒,并能解毒,有镇咳祛痰的功效。写清它的名称、特性、产地,如何采收加工、如何应用。再嚼乌梅,酸涩而满口生津,性温,有敛肺涩肠、止渴、驱蛔止痢的作用,也将名称、特性等记录下来。继有皂角入鼻,打喷嚏而气通;蒲公英味苦、甘,性寒,能清热解毒,消肿散结;香附子味辛、甘、微苦,性平,能理气疏肝,调经止疼;车前子味甘、淡,性寒,利尿通淋,祛痰止咳,清热解毒等等。诸如此类,都记录在案。据说,他尝百草在最紧张时,忘了休息,忘了吃饭,曾用一种叫"赭鞭"的神鞭,来鞭打各种各样的药草,一鞭下去,它们的各种性质,有毒无毒,或寒或热,就都呈露出来,也都一一记录在案。也有说,他为给人治病,亲自尝草,一天中过七十次毒。他根据各种药性功能,针对疾病情况,寒者治热病,热者治寒病,体虚者用补药,实者用清药,对症下药,治疗民疾。还令民饮用山水、泉水,掘地为井,饮用井水,不饮久滞不干的污浊有毒的水。后来试用某些虫类治病,都有疗效。

为了广告天下民众,让他们都知道各种草木的药性、功能,掌握治疗各种疾病的办法,神农氏令左右侍臣整理记录材料,编写药书《本草》,并颁布天下,使民众都能够以草药治病,身体健康。

采录人:耿直

采录时间：1985年3月

采录地点：河南省登封市城关镇

神农采药到百泉

相传在上古时代，关心人民疾苦的神农氏，看到勤劳的人民患病以后，缺医少药，坐等死亡，他心急如焚，下决心要找到医治各种疾病的药材，为民解除病痛。于是他放弃了舒适安逸的宫廷生活，背上药袋上了山。他不避艰险，不辞劳苦，攀峨眉，上昆仑，跑遍了全国的名山大川，边采集，边品尝，边鉴定，搜集到了数百种草药，据说从神农氏开始就利用中草药治病了。神农虽然找到了数百种中草药，但始终没有找到一处甘甜清冽的泉水来煎调药剂，增加药效，他为此事日夜犯愁。

一日，他又背着药袋来到太行山上，看到山巅山崖山坡山谷，到处长满了各种草药。一连数月，他跑遍了八百里太行，又先后找到数百种草药，可还是没有找到一处好泉水来配合煎药。一日，他顺着一道山梁慢慢走去，他想山脚下一定会有甘甜的清泉。他历尽艰辛来到了苏门山上，放眼望去，立刻被迷住了，这不正是多年来长途跋涉要找的泉水吗？他奔向湖边，大口大口喝着甘甜的泉水，口里不住地叨念着："总算找到了，总算找到了。"原来他要找的正是这种从地下迸发出来的如串串珍珠汇聚而成的甘洌泉水。你看这百泉湖水，满湖珍珠，一池清泉，喷珠吐玉，清澈见底，是理想的煎药用水。

神农氏找到了由珍珠化成的清洌的泉水后，就住到了苏门山上，一面继续采集草药，一面利用泉水给患病的人煎调药剂，治疗疾病。由于泉水清甜甘洌，疗效倍增。消息传开，九州人民纷纷前来百泉，用泉水煎药治疗，一时百泉名声大振。这消息传到了住在太行山深处黑龙洞里的黑龙王那里，他发现人们都治好了疾病，男耕女织，安居乐业，不再有人来给他上供求拜了。他大为恼火，便驾起妖雾来到百泉，要抢走珍珠，搅混泉水。

一时妖风大作,雷电交加,眼看秀丽的百泉就要被妖魔摧毁吞噬。正在山上采药的神农氏一看,妖魔来势凶猛,便施动法术,和妖魔斗了起来。大战了七七四十九个回合,只杀得天昏地暗,地动山摇。终于黑龙王败走太行,钻进了黑龙洞,从此再不敢出洞捣乱。但黑龙洞内却流出一股寒光闪闪的泉水,长年不断,据说那是黑龙王失败流下的伤心的眼泪。

再说神农氏赶走了黑龙王,看着已被黑龙王搅浑的泉水,心里很不好受,他想:要施展法术把泉变清并不难,可是妖魔再来咋办?况且自己也不能光守在这个地方,还要到别处采药治病。他为此事昼思夜想,终于思出了一个绝妙的好办法:他利用法术,让地下迸发出来的颗颗珍珠一出水面就化为乌有,只能看到串串珍珠从地下涌出,而不能得到珍珠。

可是泉水搅浑了怎么办呢?他又想了很久很久。他利用法术,把河底的淤泥一筐一担地移到了泉水的下游,造成了良田,让农民耕种,而把湖底全换成了鹅卵石子。从此百泉水永远也不会被搅浑了。

百泉水秀丽出了名,不少患者携带各种中草药来到百泉,利用泉水煎药治病,患病而来,康复而去,慢慢就形成了全国闻名的百泉药材大会。

采录人:冯云宵

采录时间:1982年6月

采录地点:河南省辉县城关镇

神农鞭药

传说,神农是伏羲的第三代孙儿,人称"药王爷"。他鞭药的故事,在陈州一带至今还流传很广哩!

那时候,人祖爷和人祖姑娘先后死了。他们的子孙很多,哪儿住的都有。神农生就聪明、伶俐,人们都尊重他,让他当家。那时,地上没有五谷,人饿了,吃点野草、树叶、树皮,渴了喝点泉水。天长日久,有的人生了病,因没药吃,死了不少。神农心里很不安。

一天，神农到盘古山山顶上，见长满了花草，就蹲在树荫下歇着。没多大会儿，一只白羊向他跑过来。他拿起树枝子就去撵。羊前头跑，神农随后撵，不知翻了多少山，末了神农追到不周山的山顶上，逮住了那只羊。

神农牵着羊正要往回走，忽然听到："那是谁呀！咋大白天里来偷俺的羊呢？"

他转身一看，见一位身骑花鹿的姑娘，一手拿着鞭，另一只手拿个宝瓶，向他走来。神农连忙放了羊，羞愧地对那姑娘说："我叫神农，不是这儿的人。您的羊跑俺那儿去了，我是来给您送羊的呀！"

那姑娘一听，"咯咯"一笑说："我知道你是神农，伏羲家第三代孙儿，世上的当家人，想逮俺的羊杀了吃，是不是？"那姑娘的一番话，直说得神农更羞愧了。他红着脸问："姑娘，您咋知道俺的心里话呢？您是谁呀？"

那姑娘说："神农呀！你不知这是啥地方吧？我是观音！"神农一听，赶紧上前赔礼说："仙姑，您别气，俺多有冒犯！"

观音是天上的一位正神。她心地慈善，人们都尊敬她，称她观音菩萨。她还管百草、百树、百花、五谷。

观音问神农："神农呀！世上有啥困难吗？"神农说："哎！世上的人真是太苦了，没吃的、穿的，有了病没人会治。您能不能给俺想个法子，救救人呢？"

观音听罢，对神农说："我看世上数你最聪明，我教你给人治病，那药草嘛，你放心吧，我有办法。"

她说罢，随即把自己的宝瓶递到神农手里，又把手中的鞭子也交给了他。她对神农说："你把瓶里的水喝了，就会看百样病。地上没有药，你只管用这把鞭在山上、水里、地上打，打一鞭就会长出所需用的药来。"

神农在回家的路上，就按着观音的嘱咐去做了。他每打一鞭，真能长出一样药草，又能知道它们的用途。

这样一来,世上的人再也不愁有了病没药吃了。

讲述人:梁加秀,男,73岁,文盲,刘振屯农民

采录人:张华,男,24岁,高中毕业,农民

采录时间:1986年8月26日

采录地点:河南省淮阳县豆门乡

神农和花蕊鸟

太古时候,人们没啥吃,只能捋草籽、摘树叶、采野果、猎鸟兽,吃不好中了毒,就被毒死了。人们得了病,不知道看病吃药,都是硬挺哩,挺过去就好了,挺不过去也就死了。神农为这事很发愁,决心尝百草,定药性,为大家消灾祛病。

有一回,神农的女儿花蕊公主病了,茶不思,饭不想,浑身难受,腹胀如鼓,咋调治也不减轻。神农很作难,想想,想想,抓了一些草根、树皮、野果、石头面面,数了数,共十二味。招呼花蕊公主吃下,就背起工具下地了。

花蕊公主吃了那十二味药,肚子疼得像刀绞,没一会儿,生下一只小鸟。这可把人吓毁了,大家都说是个妖怪,赶紧把它弄出去扔了。这小鸟通人性,见家人可烦它,就飞到地里寻神农。

神农正在地里干活,忽听:"叽叽,外公!叽叽,外公!"抬头一看,见是一只小鸟,嫌它吵人心烦,就一抬胳膊,"嗤"的一声,把小鸟撵跑了。

没一会儿,小鸟又飞回到树上,又叫:"叽叽,外公!叽叽,外公!"神农一犯思想,听懂了。就把左手一抬说:"你要真是我外孙,就落到我这手脖上。"那小鸟真的"扑棱棱"落下来,落在神农的左手脖上。神农细看这只鸟,只见它浑身翠绿、透明,连肚里的肠肚物什也都能看得一清二楚。神农吐口唾沫,这小鸟接过一口唾沫星儿,咽了!这唾沫星是咋咽到肚里的也看得清清楚楚。神农高兴透了!

神农托着这玲珑别透的小鸟回到家,家里人一看,吓得连连后退,

说:"快扳[1]了,妖怪!"神农乐哈哈地说:"这不是妖怪,是宝贝呢,就叫它花蕊鸟吧!"

神农又把花蕊公主吃的十二味药抓来,分开搁锅里熬。熬一味,喂小鸟吃一味,一面喂,一面看,看这味草药到小鸟肚里往哪走,有啥样变化。喂罢鸟,自个儿再亲口尝一尝,体会这味药到自己肚里是啥滋味,然后再熬一味……

神农托着这只小鸟,来到太行山百草洼,采摘各种草根、树皮、果实、种子,捕捉各种飞禽走兽、鱼鳖小虫,挖刨各色石头矿物,一样一样喂小鸟,一样一样亲口尝,观察它们在身子里各走哪一经,各是啥子性,各治啥样病。可哪一味药,都只在这十二经脉里打圈圈,超不出。天长日久,神农就摸清了十二经脉,还写下了《本草》。

有一次,花蕊鸟误食了全冠虫,没想到这小虫毒气太大,一下子把小鸟毒死了。神农后悔得大哭一场。为了纪念这只小鸟,神农选上好木料,照样雕刻了一只花蕊鸟,托在自己的左手脖上,让它终日陪伴自己。人们在小北顶为神农修庙塑像时,在他的左手脖上就放着一只通身透明的小鸟。

采录整理:都平君、周存旺

采录时间:1983年2月

采录地点:河南省沁阳县城关镇

神农十二经脉

太古时候,哪一种药走哪一经,治啥病,神农的肚里也没个底儿。有一次,他的女儿花蕊病了,浑身难受,腹胀如鼓,可服了好多药,总也不见效。神农狠了狠心,一下子抓了十二味药,让女儿吃下,就一个人下地干活去了。

---

[1] 扳:扔。

花蕊吃下了药,肚子疼得像刀绞。一会儿,生下一只小鸟,这鸟通体透明,浑身翠绿,欢蹦乱跳,活像鹦哥。人们都说这是妖怪,就把它扔了。

神农正在树下歇凉,忽见一只玲珑可爱的小鸟落在树上,亮开嗓门叫:"神农外公!神农外公!"神农嫌它吵闹,拾起一块土坷垃,朝树上一扔,把小鸟吓飞了。一会儿,小鸟又飞回树上,亮开嗓门叫:"神农外公!神农外公!"神农觉得奇怪,把手一挥,口喊"嗤——",把小鸟撵跑了。一会儿,小鸟再次飞回来,亮着嗓门仍叫:"神农外公!神农外公!"神农犯了思索,就把胳膊一抬,说:"你要真是我的外孙,就落到我的手脖上。"那小鸟也真通人性,"扑棱棱"飞到神农的手脖上。

神农托着小鸟回家,问了问情况,说:"你可是个宝贝!你没想想,花蕊的病左看不见轻,右看不见轻,为啥这十二味药一吃下,就生下了这只让人喜爱的小鸟?"

神农又把这十二味药抓来,熬一味,给小鸟喂一次,看这味药到小鸟肚里往哪走,还亲口尝一尝,体会这味药在人体里的反应;再熬一味,再喂小鸟一次,自己再亲口尝一尝……十二味药喂完了,发现人身手足一共有三阴三阳十二经脉。

神农带着这只鸟,走深山,钻老林,收集各种草根、树皮、种子果实、飞禽走兽,一样一样喂小鸟,一样一样亲口尝,观察体会它们各走什么经络,各是什么性能,各治什么疾病。可哪一味药,都没超出这十二经脉。天长日久,神农就摸准了人体十二经脉,并写下了医书《本草》。

后来,神农来到太行山,捉全冠虫喂小鸟,一下把小鸟的肠打断,小鸟死了。神农又悲伤又后悔。为了纪念这只鸟,就给它起名叫花蕊鸟,还挑选上等好木头,照样雕刻了一只,托在自己左手脖上,走哪带哪。直到现在,人们塑的神农像,还是左手脖托着那只神鸟。

讲述人:梁实,60岁,老中医

采录人:李成林、谷良喜

采录时间：1982年3月

采录地点：河南省沁阳县城关镇

黄花菜

神农有个女儿，名叫黄花。黄花从小就聪明、伶俐、勤快，整日里跟着神农干活。神农也格外疼黄花。黄花长大了，神农给黄花选了个小伙，叫他俩成亲。

一天，神农问黄花："孩子，你要成亲啦，想要点啥东西，快跟爹说说。"黄花羞红了脸，抬头一看，满地的麦子一片金黄。黄花满心欢喜，随口说："孩儿要黄地百顷。"谁知神农只顾高兴，竟听岔了音，黄地的"黄"字听成了"荒"字。神农用手往南一指，北一划，东一点，西一点，对黄花说："好啦，那些荒地就陪送给你吧。"

过了三天，黄花成亲了。夫妻俩到爹指的地里一看，哪里是金黄的麦子，净是长满了野草的荒地。黄花心凉半截，回到家里哭了起来，一直哭了七天七夜，惊动了土地神。土地神托梦给神农说："你女儿要的是黄地，你听成了荒地，你女儿哭七天七夜了。"神农一听，很后悔，马上用法术，把荒地变成了长满黄棒的黄地。黄花哭了七天七夜，神农就使每个黄棒棒上长出七个蕊，以记自己的粗心。

七天以后，夫妻俩到地里一看，到处一片金黄，香味扑鼻。黄花从来没见过这东西，感到很怪，就摘下一根黄棒棒，咬在嘴里，觉得又香又甜。她一连吃下七根，又止渴又止饿，黄花喜欢透了。夫妻俩从这块地走到那块地，高兴得连回家都忘了。

可晌午一过，有的黄棒棒开了花，到了下晌，开花的黄棒棒又给风刮干了，手一摸就碎，这可难坏了夫妻俩。两人想了一夜，第二天一早就上地，把长大的黄棒棒一个个摘下来，放到太阳下晒。真的，晒干的棒棒不容易碎了。

黄花家的房子里放满了晒干的黄棒棒。夫妻俩咋着也吃不完,就把黄棒棒分给别人吃。由于人们分得不多,不敢当饭,只能当菜吃,人们给它起名叫"黄花菜"。又因为黄花菜的颜色金黄,中间的七根菜像金色的针一样,人们也叫它"金针菜"。淮阳的黄花菜移到外地栽种,只长五个蕊。

讲述人:陈王氏,女,67岁,农民

采录人:陈云峰,男,36岁

采录时间:1983年3月

采录地点:河南省临蔡县

九子长明灯

古时候的灯有铁制的、陶制的、铜制的,样式不一。唯有一种灯的式样做得特别,灯身上做了九个人,这种灯人们都叫它"九子长明灯",据说是专供人死时放在灵堂上用的。要说九子长明灯的来历,还有段神话呢。

在湖北西部的崇山峻岭中,有一大片原始森林。神农氏当年在那里尝百草时,由于山崖陡峻,只好架梯而上,后来人们就称那山为"神农架"。

相传有一天,神农氏正在尝百草,忽然看见悬崖边长着一棵顶上结一个红珠子的草,非常好看。当他把那颗红珠子抓到手的时候,脚下一滑,竟摔了下去,掉到山洞前的一个潭里,没了气。恰巧那时候,有个长毛姑娘在那里洗澡,把神农氏打捞上来,背进了她住的山洞里。长毛姑娘采了一把洞边的嫩草,用小石头捣碎,把草泥放进神农氏的嘴里,然后从山洞掬来一捧水,慢慢地向神农氏的嘴里灌。神农氏咽下那泉水冲进的草泥,片刻工夫,竟还阳了。神农氏还阳后,就把长毛姑娘救他的那种草叫"九死还阳草"。长毛姑娘救了他,他对长毛姑娘非常爱慕,就把在悬崖上采的那个红珠果给了长毛姑娘。长毛姑娘将那个红珠果别在头上。神农氏出洞尝百草的时候,长毛姑娘总是头戴那颗红珠果,跟着他前后不离。后来神农氏给那长着红珠果、生着三片桃形叶的草起名叫"头顶一颗珠"。神农氏和长毛姑娘一来二去相爱了,生了一个遍身长红毛的孩子。毛孩子三岁的时候,长毛姑娘得病死了。神农氏带着毛孩子下了山,到处教人种五谷、辨药草。

神农氏原来有八个儿子,连毛孩子一共九个儿子。神农氏寿终时,九个孩子守孝不离。晚上天黑,每人便举只火把,站在父亲的身边。

后来为了表彰神农氏九子守孝的事,便做了九子长明灯作纪念。守孝时也把九子长明灯放在灵堂上。

采录整理:杨东来

采录地点:河南省社旗县城关镇

采录时间:1983 年 5 月

神农爷与桐柏山

提起桐柏山,人们都说她美。山美,水美,树美,花美,草也美。

问起桐柏山的来历,说法可不一呀!有人说是盘古造的,也有人说是老君造的。山造好后,谁起的名呢?有人说是神农爷起的。

神农爷住在桐柏山南麓。历山有神农碑,殷店还有神农洞。神农爷经常四处为人们采药,尝百草。人们问他老人家:"神农爷!这药在哪采的呀?"神农爷就根据山的特点,说是在东山采的或是西山采的。又有几次,子孙们问他:"在哪采的药呀?"他说:"那个桐树多、柏树多的山!"据说,他说的桐树,就是指大叶树;柏树呢,针叶的是叫柏树,松树、杉树统称柏树。神农爷今天说"桐树多、柏树多的山",明天还是说"桐树多、柏树多的山"。说的次数多,就说成"桐柏山"了。

就这样,"桐柏山"的名字传到现在。

讲述人:王德堂,河南省桐柏县人大常委会主任

采录整理:马卉欣

第三章 炎帝神农时代

采录时间:1982年6月

采录地点:河南省桐柏县城关镇

炎帝神农神话所包含的神性集团因为炎黄之战而显得非常模糊。但究索文献,依然可以从中管窥到诸多痕迹,也就是说,有许多神话,依据其内容可以大致判断其所处的时代。如著名的"精卫填海",《山海经·北山经》中提到"是炎帝之少女"。那么,就可以把精卫列入炎帝神农时代。还有前面曾提到《山海经·海内经》记载"炎帝……生祝融",可以把祝融所属的时代,也大致定在炎帝神农时代。甚至著名的夸父逐日神话故事,同样可以将其归入这样一个时代,因为这个神话的核心在于太阳崇拜,与炎帝神话中的火神、太阳神相应,而且夸父神话的遗迹也基本处于炎帝神农神话流传分布的区域,所以可作此推测。当然也只限于推测。[1]

---

[1] 《山海经·大荒东经》有"应龙处南极,杀蚩尤与夸父"句,说明蚩尤与夸父同属一个时代。而蚩尤与黄帝战之前曾与炎帝战,由此也可推测他们属于同一时代。

第四章
燧人氏与有巢氏

神农、炎帝最重要的标志在于火。因为火的发现,有了阳光,有了温暖,也有了力量。

神话审美的实质在于表现力量、赞美力量,将力量的价值意义充分发挥到极致。因而,神话就拥有了无穷的想象力。

因为有了火,也就有了世界的创造。神农、炎帝并列的时代,出现了燧人氏与有巢氏等英雄神。应该说,正是因为有了火的使用与房子的创造,才有了人与野兽的区别,才有了人作为文明的基本要素。

诸如民间社会所讲述:

有巢氏打鹰追虎

古时候,人跟野兽差不多,不仅没粮食吃,连住的房子也没有。吃啥哩?吃飞禽走兽,天天跑着打猎。住啥哩?在地上挖个坑,就住在坑里,一下雨就得爬出来捆头[1]淋着,不出来就得在里边泡汤。这还不说,夜里睡着不安全,弄不好会被大野兽咬死吃掉。

后来,出个铁人[2]有巢氏,他不但个儿高、力大,而且脑瓜儿灵。有一

---

[1] 捆头:直着头。
[2] 铁人:此指有本领的人。

天,他用石块儿打鹰,准得很,一下把鹰打伤了。那鹰带着伤飞,他跟着撵。一撵撵到半山腰,鹰飞到一棵大树上,钻到窝儿里躲起来了。有巢氏正要上树去掏它,忽地下起雨来。他看到鹰卧着窝儿里怪美,自己捆头受雨淋,心想:这人还不胜鸟哩,鸟都会用树枝儿搭窝儿,人就不能用木棍搭窝儿吗?等雨一停,他爬到树上仔细看那鸟窝儿是咋搭的,然后用些木棍儿,找个地方搭起窝儿来。搭了扒,扒了搭,试了无数遍,到底把窝儿搭成了。人开始有了木房子,比住土坑强多啦。

有一次,有巢氏用石斧砍伤了一只虎,他追呀追呀,那老虎钻到了山洞里。他在石洞口儿等了好一会儿,不见老虎出来,就钻进洞里去找。他一直走到洞底儿,也没找到老虎,觉得很奇怪,只好转过头往回走。正走着,见那老虎从洞的旁边儿猛地钻出来,很快窜出洞,跑了。有巢氏也不追虎了,他在洞里仔细看了看,心想:嘿,这老虎比人还能啊!洞里挖洞,可以藏身,人不也可以这么办吗!就这,他又发明了窑洞,房里挖了套间。

大家见有巢氏这么能干,给人办了这么多好事儿,就叫他当各部落的总头领。后来,有巢氏又按照鸟音长短高低的变化,规定了统一的打招呼信号,人慢慢有了语言。

讲述人:赵衍生,男,64 岁,河南省荥阳县王村乡蒋头村人

采录人:赵子谋,39 岁,汉族,中专毕业,荥阳县王村乡蒋头学校教师

采录时间:1976 年 9 月

采录地点:河南省荥阳县王村乡蒋头村

文献中有如下记载。《韩非子·五蠹》中记述:"上古之世,人民少而禽兽众,人民不胜禽兽虫蛇。有圣人作,构木为巢,以避群害,而民悦之,使王天下,号之曰有巢氏。"《路史》卷五记述:"太古之民,穴居而野处。摶生而咀华,与物相友。人无妒物之心,而物亦无伤人之意。逮乎后世,人氓机智,而物始为敌。爪牙角毒既不足以胜禽兽。有圣者作楼木而巢,教之巢居以

避之。号大巢氏。"

有巢氏造屋

有巢氏成功地造起了房子。房脊说:"谁也没有我站得高,看得远,朝阳是我迎来的,和风是我招来的……"

屋基听了不耐烦:"瞎吹!我往旁边一挪,准把你摔死!"

大瓦说:"倾盆大雨,只有我能抵挡……"

横梁说:"哼,没有我来支撑,你们都得趴下!"

檩条爱说文绉绉的顺口溜:"房子纵向长,处处有我扛。稍稍有疏忽,房倒把人伤……"用诗来自吹自擂,也没人愿意听。

土坯埋怨石灰不让自己露脸,方砖向大家夸耀自己的意志是多么坚强。有巢氏止住吵架,给他们开个"座谈会"。有巢氏说:"不要光看自己的工作重要,也要看到别人的工作很重要,大家处于一个统一体中,才能够成为房子。离开了整体,你们谁都不能有所作为。自己的长处讲那么多干什么?"

大家沉默了一阵,最后都表示信服了,大家从此不再吵架了,连最爱说爱笑的杨树,一上了房子,也不言不语地承担起自己的责任了。

采录整理:张长河

采录时间:1983年6月

采录地点:河南省武陟县

房子意味着人对自我的创造,告别了洞穴世界。而火的使用,则意味着告别腥膻,进入文明的新时代。如乡村社会流传:

燧人氏击石取火

河南商丘县城南三里,有一个两丈来高的大坟冢,多少年来,一直受人瞻仰。直到现在,过往的行人走到这里,都还望着它肃然起敬。这个高大的坟冢就是历史上有名的燧人氏的坟墓。这儿的人们世世代代传说着燧人氏取火的故事。

据说,很古很古的时候,商丘这地方是一片山林,燧人氏就住在这里。那时候,人们靠猎取禽兽,吃生肉、喝生血充饥,燧人氏经常带领人们四处打猎。

有一次,山林里突然失了火,动物被烧熟了。燧人氏捡起来一些被烧死的禽兽,把肉吃个精光。真香!于是,他带领大家把烧死的禽兽捡起吃个精光。熟肉吃完了,他们只得重新去打猎,仍然吃生肉、喝生血。这时候,大家觉得生肉生血没有熟的好吃,都盼望着再来一场大火。

火!火!火成为人们日夜盼望的宝贝。燧人氏带领人们到处找火,哪里也找不到。急得他吃不下,睡不着。

一天,从空中飞过来一只大鸟,扇着翅膀落在燧人氏的面前。大鸟说:"太阳宫里有火,我带你去吧。"燧人氏很高兴,骑着大鸟上了太阳宫。

太阳公主对燧人氏说:"你是人间的帝王,太阳宫里的东西随你挑,你要什么,我就给你什么。"燧人氏说:"我什么也不要,只要火。"太阳公主说:"好吧,给你一块生火的宝石,带回去吧!"说着捡了一块石头,递给燧人氏。

燧人氏接过那块宝石,高高兴兴地骑着大鸟回到人间。

燧人氏把宝石放在那里,等它生出火来。时间一天天地过去了,怎么也不见那宝石生火。燧人氏望着面前的宝石说:"原来太阳公主骗人哪!你这宝石既然不会生火,我还要你干什么?"他抓起那块宝石,使劲朝一块石头摔去。这样,只听"嘭"的一声,火花四溅,燧人氏恍然大悟,接着就用击石的办法取火,成功了。

从此,人们才开始把猎取的食物放在火上烤着吃。

燧人氏击石取火为人们造了福,百姓都敬仰他。传说他活了一百多岁。死后，人们给他修了个大墓，至今还保存着。

讲述人：刘初立、陈肃

采录整理：刘秀森

采录地点：商丘市

文献中有如下记述。《韩非子·五蠹》："上古之世……民食果蓏蚌蛤，腥臊恶臭而伤害腹胃，民多疾病。有圣人作，钻燧取火以化腥臊，而民说之，使王天下，号之曰燧人氏。"《白虎通义·德论》："钻木燧取火，教民熟食，养人利性，避臭去毒，谓之燧人也。"《艺文类聚》卷八七引《九州论》："燧人氏夏取枣杏之火。"《古史考》辑本："古者茹毛饮血，燧人初作燧火，人始燔炙。"《太平御览》卷七八引《王子年拾遗记》："燧明国有大树名燧，屈盘万顷。后世有圣人游日月之外，至于其国，息此树下，有鸟啄树，粲然火出，圣人感焉，因用小枝钻火。号燧人氏。"《太平御览》卷七八引《礼含文嘉》："燧人始钻木取火，炮生为熟，令人无腹疾，又异于禽兽，遂天之意，故为燧人。"《太平御览》卷八六九引《尸子》："燧人上观辰星，下察五木以为火。"

从文献到田野，有许多不同的文本，这种差异的背后是神话重构。在人类文明的进程中，每一个阶段都会留下时代的记忆，成为神话传说的踪影，化为生活中的语言艺术。

第五章
夸父英雄

夸父神话是炎帝神农神话时代的特殊组成部分。夸父在《山海经·海内经》中被描述为"生祝融",显示出他们之间的血缘关系或集团性联系。但是,他们之间又有着明显不同的神性故事。夸父英雄的主要事迹在于追日,显示出远古人民的豪迈性格与原始文明中敢于拼搏的精神。

夸父作为追日神话英雄的形象,最早出现在《山海经》中。《山海经·大荒北经》:"大荒之中,有山名曰成都载天。有人珥两黄蛇,把两黄蛇,名曰夸父。后土生信,信生夸父。夸父不量力,欲追日景,逮之于禺谷。将饮河而不足也,将走大泽,未至,死于此。应龙已杀蚩尤,又杀夸父,乃去南方处之,故南方多雨。"《山海经·海外北经》:"夸父与日逐走,入日。渴欲得饮,饮于河渭。河渭不足,北饮大泽,未至,道渴而死。弃其杖,化为邓林。"《列子·汤问》的记述与《山海经》形成呼应:"夸父不量力,欲追日影,逐之于隅谷之际,渴欲得饮,赴饮河渭;河渭不足,将走北饮大泽,未至,道渴而死。弃其杖,尸膏肉所浸,生邓林。邓林弥广数千里焉。"再之后,《博物志》卷七记述更为简单:"海水西,夸父与日相逐走,渴饮水河渭,不足,北饮大泽,未至,渴而死,弃其策杖,化为邓林。"同样是与《山海经》呼应。《山海经》曾经介绍神话中的夸父山与夸父生活事迹。如《山海经·中山经》:"又西九十里,曰夸父之山。其木多棕楠,多竹箭,其兽多㸲牛羬羊。[1]

---

[1] 郝懿行注:"山一名秦山,与太华相连,在今河南灵宝县东南。"

其鸟多鹜,其阳多玉,其阴多铁。其北有林焉,名曰桃林[1],是广员三百里,其中多马,湖水出焉,而北流注于河,其中多珚玉。"这里的玉,是神话之玉。《山海经·海内经》:"炎帝之妻,赤水之子听訞生炎居,炎居生节并,节并生戏器,戏器生祝融。祝融降处于江水,生共工,共工生术器,术器首方颠,是复土穰,以处江水。共工生后土,后土生噎鸣,噎鸣生岁十有二。"这与"应龙杀蚩尤,又杀夸父"形成解释性呼应,与《山海经·大荒东经》记述的夸父战争应该属于一体:"大荒东北隅中,有山名曰凶犁土丘。应龙处南极,杀蚩尤与夸父,不得复上。故下数旱,旱而为应龙之状,乃得大雨。"

夸父神话是炎帝神性集团的重要组成部分,在后世的流传中保持了"追日"的主题,成为激励后人追求光明、不怕困难的素材,化成壮美的诗篇。在今天的河南省灵宝,仍然保存着有关夸父神话的碑石文献与习俗。阌乡地处河南、陕西交接处,是夸父神话流传的主要地区。这里有光绪十七年(1891)阌乡知县孙叔谦撰的《新建石堤碑记》,记述历史上与夸父的联系:"阌乡自昔受河患。今之县治,古湖城地也。郦氏《水经注》引《郡国志》曰:宏农湖县,世谓之阌乡水,其水北流注于河。河水又东经阌乡城北。邑人相传所谓阌乡故城,即今城西阌底镇是也。《水经注》又云:河水又东经湖县故城北。汉湖县故城今不知所在。自后魏至今千二百余年,河流迁徙,县城建置沿革,亦莫可究寻。邑旧志谓:今城创筑年月无考。明嘉靖中,县城屡为湖水所冲。万历时,县令郑民悦创筑石堤,百姓呼为郑公堤。国朝顺治十一年夏,大雨,河水溢城,西北隅圮。此近代河患之始。至道光二十二年,河涨溢岸,居民荡析,是后河患尤甚。云:三十年前,城北有膏腴地四五里,关厢烟户数百家,东西通潼关大路皆有河滩。今滩地尽失,城北关厢亦尽陷于河矣。今光绪五年,大水……由城西北隅迤逦至东北,附城民舍多没焉。……城西

---

[1] 郭璞注:"桃林,今宏农湖县阌乡南谷中是也;饶野马山羊山牛也。"毕沅注:"邓林即桃林也,邓、桃音相近;盖即《中山经》所去,夸父之山,此有桃林矣。"

门外涧河即湖水。《水经》云：湖水出桃林塞之夸父山。山广三百仞。湖水又经湖县东而北，流入于河。夸父山盖今县治西南大山也。《县志》谓：夸父山在县东南二十五里，其说盖误。夫古今事势不同，陵谷变迁，故山川主名亦有时更易。矧城池之没，古人所谓事治民者，亦在因时制宜而已。我朝甚重河防，凡民间利害，经臣下奏闻，无不立赐施行。时在光绪十七年秋。"

20世纪80年代中期，笔者在此地考察，当地民众称河南省灵宝市有夸父山、夸父峪、夸父营等纪念夸父的地方。每年或隔几年都有祭祀夸父的庙会等民间信仰活动。夸父峪八大社的服饰很有特色。"八大社"即夸父山下的八个村庄，从北边的铸鼎原，向南边的涧沟夸父山、夸父陵、夸父茔、灵湖、荆山、轩辕台一带，南北二十里，依次有上下庙底、贺家岭、娄底村、寺上村、南北涧底、伍留村、西坡村、薛家寨，称作"八大社"。这里的人，穿的都是清代汉装，鞋是云字鞋，这是桃林一带的重要标志。清道光年间，有个人叫李忠魁。他去关东贩了五匹马，回来路过北京，住在客店里，马被盗走了。李忠魁很伤心，就在街上愁闷闲逛，走到京城御史张立忠府，正好张立忠穿便服站在门口，一下子就看出李穿的云字鞋了。张立忠就问李："你是哪里人？""河南阌乡夸父山杨老湾的人。"张就认作老乡，和太夫人见面，分外亲切，不仅安排了接见，还替他找到了马匹，并派一辆车，插上一面黄旗，命人护送回阌乡老家。

阌乡县桃林的群众在为老人庆寿时，要蒸桃馍，这与夸父族图腾有关。[1] 夸父山地区每年二月举行赛社，时间三至五天。八大社人是夸父子孙，夸父山山神是夸父。这只有老年人才知道，年轻人知道的不多。因为夸父是神，不是人，所以老年人嘱咐不往后代传，后人就不知道了。夸父峪八大社有赛高跷，走铁芯子。每年正月初九、初十就要"骂社火"。东上村骂西上村，西上村骂东上村，互揭丑事、扒老底，诸如女人偷汉、男人偷鸡等，目的在于不让

---
[1] 张振犁、程健君编《中原神话专题资料·夸父神话》，中国民间文艺家协会河南分会1987年编印。

坏人为害。一骂,出来的人多了,就表演。赛社表演背铁芯子,很有技巧。上面扎一个三四岁的小孩,很惊险,类似杂技。赛社敬神的"神棚",陈设的"花馍"很有名。"花馍"是用面搋的各种花、鸟、民间传说等,如牡丹、菊花、海棠、喜鹊、百鸟朝凤、吕洞宾戏牡丹、何仙姑、二度梅等。捏得很多,高的二三尺。这是民间艺术,其内容已与夸父神话无关,它说明赛社祀神的隆重。夸父峪八大社赛社,按各村经济组织轮流当神(社)首,八年轮一次。赛社一年一次。

赛社很热闹。陕西、山西、河南三省的人能来上万人。敬神搭的棚叫"八卦棚",门里左有虎相,右有狼相。棚里有山神牌位,据说这样可以防止虎狼伤害人畜,保佑平安。八卦棚好进难出,里面陈列的供品、花馍样式很多。赛社开始是"接神"。各村群众都来看。乐器很多,有大锣鼓、小锣鼓、大连枷、小连枷。四五十面大鼓一敲,声震山村。锣鼓手都化妆,身穿妇女的花衣裳。每年赛社要唱戏,三天之内,戏一开演,白天黑夜不能停,戏班子要分两班演出,只有这样才能表示对夸父的敬重。赛社所需,再贵重的东西也得借,不论家具、器皿、字画等,可见人们对夸父的虔敬心情。[1]特别是与夸父神话有关的碑石,尤为珍贵,如清道光十七年《灵宝县夸父峪碑记》:

(灵宝)县治中南三十里有山曰夸父。余弟注东曾为赋陈其盛。今余又作记何也?癸亥冬,乡人谋欲峪内竖碑,属余作文以记之。余谓:"环文皆山也。何独夸父是记?"众曰:"夸父虽□山,覡端当志,比(此)财(射)在崇祀典,考实篆,息争讼。"

"其崇祀典奈何?"

曰:"神道之设,为庇民也。凡能出云降雨,有庇民生者,皆祀之。此山之神,镇佑一方,民咸受其福,理合血食。兹故土八社士庶人等,每年享

---

[1] 张振犁、程健君编《中原神话专题资料·豫南地区女娲神话》,中国民间文艺家协会河南分会1987年编印。

祀,周而复始,昭其崇也。"

"其考实录奈何?"

曰:"东海之滨,有夸父其人者,疾行善走,知太阳出,不知其入,爱(复)策杖追日,至此山下,渴而死,山因以名焉。然非余之以说也。尝考《山海》《广舆》著书记载甚详。其轶亦时时见于他说。今落石以记,不得不寻名核实也。"

"所谓争讼有说乎?"

曰:"有。盖夸父与荆山并□□文邑,为民山审矣。奈狼寨屯、夸父营有强梁之徒刘姓者,并不谋及里社人等,盗开山地,视为□□□居,假捏文券,私相买卖,霸占不舍,与八社人等争讼。乾隆五十九年,邑令李乃断定:山系人民采樵之薮,夸父营不得擅入樵牧开垦。饬令存案,永杜争端。此石碑记之所不容泯没者也。由是观之,凡此数事所关匪细。详细以记之。若夫云岩、□崔、石室□□□□□□,俟后之骚人、逸士、剩典(舆)往来,随笔(之)所志。余年八旬,强企有洞天矣。昏耄不克及记。"

岁进士后选儒学训道杨向荣、董沐撰。薛家寨、涧底村、贺家岭、寺上村、五留村、麦王村(娄底村)、西坡村、庙底村合村公议,岭内临高寺各有碑记。恐有损伤,今立一座,以志不配云。邑儒学生员赵彦邦书。道光十七年葭月,乡张文秀、保赵元昌同建。

碑存地点:西阎乡下庙底村(黄帝陵下)

时间:清道光十七年葭月

形制描述:该石碑上部为半圆形,下部为长方形

尺寸:96cm×42cm

撰文人:杨向荣、董沐

刻石立碑人:赵彦邦

调查时间:1984年11月12日

摄影、记录:河南大学中原神话调查组

这不是夸父神话的直接表现,应属炎帝神话时代的遗迹。

"八大社"使用的神牌,是神社的重要象征,意味着主办方的身份,是文化叙事的权威性体现。与古典戏曲的演出情景相似,人们在巡游时举起神牌,引导巡游的队伍前行。庙会之前的交接是郑重的,要献上全猪全羊。接牌的仪式是执事的一方在中间,交牌的一方和接牌的一方分别居于两侧。

"八大社"是一个不断变化的主体,其中的主角即神头,其身份不是固定的,每年都要推选。而且,神头和社员都是义务劳动,没有报酬。所有的社员地位平等,都享有选举权和被选举权,包括神灵的庇护权。

庙会的主办方选定之后,举行接受神牌等仪式。庙会前一天,要到夸父山神庙中迎接夸父神像。迎接神像的仪式非常隆重,上一年的主办方交接给下一年的主办方。神像请出神庙,由神头率领众人,沿途向六个村庄巡游。迎神的队伍浩浩荡荡、敲锣打鼓,由三眼铳开路,一路燃放鞭炮,各个村庄设台迎神。神像迎接到村寨,置放在搭建的神棚中,神像前放有各种供品,请来的酬神剧团在神棚前演出。

庙会当天,神头带领本社人抬起夸父神像,沿着规定的路线开始巡游。所有的人都穿戴整齐,喜气洋洋。所到之处,神头接受各个村社的供品,被祭祀的神灵,除了阳平的保护神夸父,还有轩辕黄帝和蚩尤,以及老虎、狮子、豹子和蛇等动物神。这些祭祀内容都与夸父神话在典籍文献中的记述产生联系,成为集体记忆中的文化遗留物。

近年来,许多学者注意到古庙会与神话传说的关系,庙会以古老的神话传说为重要依据,把神话传说中的大神作为地方民众的保护神,形成特定时间段的狂欢。因此,庙会成为地方民众信仰的集聚地,那些与神话传说相关的"景观",成为独具地方特色的"神话遗址",形成不断变化的文化叙事。灵宝阳平镇的夸父神话庙会即如此。每年的春秋季节,这里举行祭祀山神夸父的庙会。狂欢的主体在民众信仰的推动下形成两大类别,一类是地方民众依据规约组成的"八大社";一类是普通民众,把夸父作为保佑地方和家庭的祖先神、守护神。两者由于庙会的主办方式形成角色转换,共同完成对夸父神话的文化叙事,使山神信仰得到维持、延续。由于地方政府的介入,文化景观发生变化,形成新的文化资本,文化叙事方式发生相应的变化。而人们常常忽略了一个现象,即民间社会常常通过文化叙事形成一种特殊的"合力",消解生活中的矛盾和纠纷。

庙会的发生,与地方民众的信仰相关。灵宝市的阳平,在灵宝西南20千米处,管辖北阳平、阌乡、坡底、张村、横涧、嘴头、下庄、九营、南阳平、乔营、下原、桑园、大湖、水峪、湖东、郎寨、王念、中社、五留、东坡、西常、裴张、东常、涧沟、沟南、大寨、东营、北沟、强家、娄底、徐营、庙底、程村、上阳、香什、涣池、肖泉、秦南、麻沟、北社、姚王、南天、营田、苏南等行政村。这里是传说中夸父追日"道渴而死"处,有许多与夸父相关的神话遗址,如灵湖峪和池峪之间的夸父山、崖壑峥嵘的夸父峪、林木茂密的桃林塞,特别是充满神秘气息的夸父陵、夸父茔及夸父河、夸父泉、禹园、太阳沟,与铸鼎原、轩辕台、蚩尤峰相望,构成绚丽多彩的神话遗迹群。阳平,传说中被解释为与太阳平行之地。值得注意的是,这里的百姓尽管不都是一个姓,却都认为自己是夸父的后裔。

灵宝阳平庙会的主体是祭祀山神,主神是夸父,但并不是每个村民都明确。笔者在考察中发现,一些人坚持这里的山神就是神话传说中追日的夸父,而有一些村民则称山神就是山神,没有名姓。夸父的形象早在《山海经》中多次出现,在后世文献中成为地方景观的文化叙事。如《中山经》中有"夸父之山","又西九十里,曰夸父之山,其木多棕楠,多竹箭,其兽多㸲牛羬羊,其鸟多鷩,其阳多玉,其阴多铁。其北有林焉,名曰桃林,是广员三百里,其中多马。湖水出焉,而北流注于河,其中多珚玉"。有学者便以此作为河南灵宝阳平夸父山的根据,灵宝地方学者以为《山海经》记述的"夸父之山"就是这里的夸父山。又如《大荒北经》详细描述了"夸父追日"传说故事:"大荒之中,有山名曰成都载天。有人珥两黄蛇,把两黄蛇,名曰夸父。后土生信,信生夸父。夸父不量力,欲追日景,逮之于禺谷。将饮河而不足也,将走大泽。未至,死于此。应龙已杀蚩尤,又杀夸父。乃去南方处之,故南方多雨。"这里的蛇与夸父相联系,成为地方民众敬畏蛇的一种解释。《海外北经》有"夸父追日"的描述:"夸父与日逐走,入日。渴欲得饮,饮于河渭,河渭不足,北饮大泽。未至,道渴而死。弃其杖,化为邓林。"这里的桃林,自然也成为地方大面积种植桃树、崇拜桃树的一种解释。历代学者对《山海经》见仁见智,夸父化生便成为众说纷纭的文化之谜。例如河南灵宝阳平有夸父山,而湖南沅陵五强溪镇也有夸父山。更多学者认同河南灵宝夸父山与夸父神话传说的联系,或有意忽略了灵宝夸父山的起源是否与《山海经》有关的问题。如北魏郦道元在《水经注》卷四中称"河水右会槃涧水,水出湖县夸父山","河水又东径湖县故城北","湖水出桃林塞之夸父山,广圆三百里……湖水又北径湖县东而北流入于河"。唐代李泰《括地志》亦称"湖水出湖城县南三十五里夸父山"。湖水,即今阳平河。地方民众把夸父视作这里最早的祖先,称这里的杨姓、刘姓等民众,都是土生土长的夸父大神后代。至今,河南灵宝阳平镇涧沟村夸父营村又叫夸父茔,是传说中的夸父陵,被民间百姓敬祀。也有人称夸父为山神爷。[1]

河南灵宝阳平庙会的发生,最初应该是与夸父追日联系在一起的。地方民众至今仍然在讲述这些故事。有人说夸父山不是一座山,而是有头、有脚、有腹部的,各自化为山岭。整个夸父山就像一位巨人,横卧在阳平的大山中。夸父死后,保佑着这里风调雨顺,所以被祭祀为山神。夸父山既是地方的风景,又是民间传说的话题,成为地方民众对夸父追日神话传说的记忆表达。[2]神话遗址的文化叙事在日常生活中逐步展开,并发生位移与变化。

---

[1] 笔者调查当地村民,查看家谱,地方民众多为明代山西洪洞移民。其地方有达子营、鞑子营,被人改成达紫营,之前曾是达紫营人民公社。有人告诉笔者,其中包含着移民的成分,他们对夸父山的认同,既有古老传说的作用,又有历史文献的影响。

[2] 张振犁、程健君编《中原神话专题资料·夸父山》,中国民间文艺家协会河南分会 1987 年编印,第 175 页。

文化叙事的主要特点在于景观的"标志性"表达,即有许多古老的神话传说融入地方山水,成为古庙会的文化胜景。古庙会是文化叙事的重要环节,成为提醒人们对夸父神敬祀的一个过程,也是完成各种祭祀仪式的重要场合。

夸父神话成为河南灵宝的文化景观,自然也是庙会的文化叙事主体。在民众信仰中,夸父追日的壮举并不重要,重要的是其守护地方平安。如地方俗语称:"夸父山,夸父坡,也有腿来也有脚,夸父星星怀中落。"[1]夸父山有300多米高,如一位巨人坐在那里,怀抱中有一颗巨大的石头,传说是天上降落下来的夸父星,保护这里的百姓平平安安,不受野兽和各种灾害的伤害。有人曾对笔者介绍:夸父星在地方传说中也叫金星,其土堆称作夸父冢墓,即夸父茔,夸父村来名于此。夸父茔被地方百姓视作神圣的土地,不能在上面动土。传说如果有人在上面翻动,就会引起山下混乱,山下的人就会相互吵骂,所以,这里又叫"骂架石"(或"骂驾石")。夸父神话以某种禁忌形成文化叙事的另一种形式,维护山神尊严和权威,强化祭祀中各种仪式的神圣感。

庙会中的神话传说既是故事,又是民间信仰的表达。笔者考察阳平庙会,发现此处文化叙事形成地方风物生活,这里的诸多解释成为生动的地方传说。这些传说并不都具有完整的情节。如有人说夸父山有一棵树,根部呈现五星形状,传说是天上的木星落在人间,与夸父有关。[2]也有人说人们站在夸父峪一片平整的土地上,每年十月,从上午九点钟到下午五点钟,可以看到天上有一颗明亮的星星,从西边慢慢向东边移动,是夸父变的,许多老人看到过。[3]景观即传说,而构成传说的依据在于地方民众对夸父神的

---

[1] 河南省灵宝市阳平镇程村塬官庄村张姓村民讲述,高有鹏记录。记录时间:2017年1月16日。
[2] 河南省灵宝市阳平镇东常村北寨子西北土崖张姓村民讲述,高有鹏记录。记录时间:2017年1月15日。
[3] 河南省灵宝市阳平镇东常村北寨子西北土崖张姓村民讲述,高有鹏记录。记录时间:2017年1月15日。

信仰。夸父化生不仅是大山的山神,而且是这里的一草一木,甚至成为人们举首仰望的星辰。

神话遗址的存在需要两个元素:一是历史文献中的"原型",即对某种神话传说的原始记录,形成文化叙事的基础;二是对"原型"的衍生与变异,形成新的传承与传播。文化叙事的结构并不刻意追求完整,常常是非情节性展开。其叙事空间与仪式密切联系在一起,成为"合理性"意义的展现。

如今,阳平庙会更多了一些表演的内容,观赏性越来越强。人们越来越重视神棚的装饰,各种彩绘在祭祀仪式中尽情表现。每一种彩绘,特别是各种花鸟、瑞兽,都有与夸父相关的解释。一个非常明显的现象就是庙会被借用,其民间信仰的成分在事实上被淡化,叙事的主体更多皈依于旅游等新兴的文化产业,逐渐偏离传统的信仰表达。

文化叙事并不仅仅是述说地方风物的特色,它依然是民众狂欢的重要动因。庙会是地方民众的狂欢节,阳平庙会也是如此。古庙会的文化功能主要体现在这样几个方面:一是对传统信仰的修复,对地方文化生活的丰富;二是对情感的汇聚,地方民众在庙会期间走亲访友,举家团圆,互道衷肠;三是物质交流,各种商贸的繁盛,互通有无。

阳平庙会的主角是夸父神,轩辕黄帝等神话传说中的大神成为配角。与地方民众信仰中的夸父主神不同,地方政府提出的荆山黄帝铸鼎原文化生态旅游景区区域规划及旅游资源相关建设意见[1]中,有意扩大轩辕黄帝的主神地位,这在事实上形成对阳平庙会文化叙事结构与叙事方式的影响。

文化叙事的重点不断发生位移,与夸父被视作阳平的保护神一样,轩辕黄帝和蚩尤被地方民众认同为山神,他们在传说中是以地方保护神的面

---

[1] 《灵宝荆山黄帝铸鼎原文化生态旅游景区总体规划》,2012 年 7 月 17 日。

目出现的。尤其是黄帝,地方有铸鼎原的传说,讲述黄帝建立了统一天下的大业,在这里铸鼎,敬告天地。荆山被讲述为黄帝骑龙升天的地方。《水经注》卷四:"湖水又北径湖县东,而北流入于河。《魏土地记》曰:宏农湖县,有轩辕黄帝登仙处。黄帝采首山之铜,铸鼎于荆山之下,有龙垂胡于鼎。黄帝登龙,从登者七十人,遂升于天,故名其地为鼎湖。荆山在冯翊,首山在蒲坂,与湖县相连。《晋书·地道记》《太康记》并言胡县也。汉武帝改作湖。俗云:黄帝自此乘龙上天也。《地理志》曰:京兆湖县,有周天子祠二所,故曰胡。"《元和郡县志·河南道》:"湖城县,望。东南至州五十二里。本汉湖县,属京兆尹。即黄帝铸鼎之处。后汉改属弘农郡,至宋加'城'字为湖城县。荆山,在县南。即黄帝铸鼎之处。"这里保存着唐代贞元年间的《黄帝荆山铸鼎碑铭》,其称:"惟天为大,惟帝尧则之;惟道为大,惟黄帝得之。《南华经》曰:道神鬼神帝,生天生地。黄帝守一气,衍三坟,以治人之性命,乃铸鼎兹原,鼎成上升。得神帝之道,原有为谷之变,铭纪铸鼎之神。铭曰:道口神帝,帝在子人。大哉上古,轩辕为君。化人以道,铸鼎自神。汉武秦皇,仙冀徒勤。去道日远,失德及仁。恭惟我唐,元德为邻。方始昌运,皇天所亲,唐兴兹原,名常鼎新。"此与《史记·封禅书》所记黄帝传说有相同处:"黄帝采首山铜,铸鼎于荆山下。鼎既成,有龙垂胡髯下迎黄帝。黄帝上骑,群臣后宫从上者七十余人,龙乃上去。余小臣不得上,乃悉持龙髯,龙髯拔,堕黄帝之弓。百姓仰望黄帝既上天,乃抱其弓与胡髯号,故后世因名其处曰鼎湖,其弓曰乌号。"地方传说中,黄帝所骑的龙有须,化为当地的莲藕。[1] 黄帝的靴子被人拽下,成为"葬靴冢",即河南灵宝黄帝陵。

铸鼎原建有黄帝神庙,一直到清代碑文中仍然有记述。[2] 但是,在阳平

---

[1] 张振犁、程健君编《中原神话专题资料·阆莲九孔》,中国民间文艺家协会河南分会1987年编印,第171页。

[2] (清)孙叔谦《重修铸鼎原黄帝庙奎星楼记》,载张振犁、程健君编《中原神话专题资料》,中国民间文艺家协会河南分会1987年编印,第188页。

庙会中,黄帝的地位一直没有超过夸父。

　　文化叙事的结构是多重性的,从典籍文献到日常生活,在贯通性中不断变化。在文献典籍中,蚩尤与夸父曾经有相同的命运,同被应龙所杀。而应龙曾经是黄帝的部属,于是,他们与轩辕黄帝的敌对关系,有可能成为民间传说中融合为一族的根据。历史记忆与文化叙事的关系非常密切,在阳平庙会中得到体现。

　　在历史文献中,蚩尤被讲述为夸父族的同宗,与夸父一起同黄帝战斗。《山海经·大荒东经》:"应龙处南极,杀蚩尤与夸父,不得复上。故下数旱,旱而为应龙之状,乃得大雨。"《山海经·大荒北经》记述蚩尤与黄帝的关系:"蚩尤作兵伐黄帝。黄帝乃令应龙攻之冀州之野。应龙畜水。蚩尤请风伯雨师纵大风雨。黄帝乃下天女曰魃,雨止,遂杀蚩尤。"在《史记·五帝本纪》中,蚩尤与轩辕黄帝的关系被描述为:"轩辕之时,神农氏世衰。诸侯相侵伐,暴虐百姓,而神农氏弗能征。于是轩辕乃习用干戈,以征不享,诸侯咸来宾从。而蚩尤最为暴,莫能伐。炎帝欲侵陵诸侯,诸侯咸归轩辕。轩辕乃修德振兵,治五气,蓺五种,抚万民,度四方,教熊罴貔貅貙虎,以与炎帝战于阪泉之野。三战,然后得其志。蚩尤作乱,不用帝命,于是黄帝乃征师诸侯,与蚩尤战于涿鹿之野,遂禽杀蚩尤。而诸侯咸尊轩辕为天子,代神农氏,是为黄帝。"人神之间,多了一些猛兽。《宋书·符瑞志》:"应龙攻蚩尤,战虎、豹、熊、罴四兽之力。"猛兽成为神话战争的重要符号,有着更为特殊的意义。这里的文化叙事有意淡化了轩辕黄帝,也淡化了蚩尤。应该说,这与"八大社"的构成有联系,即"八大社"自认为夸父神的后代,作为信仰,影响了文化叙事的表达方式和表达效果。

　　阳平庙会神棚中出现的各种鸟兽等动物崇拜表明,文化叙事的空间构成不局限于具体的神话主角。动物图腾反映出中国古代民族与动物之间的关系,或畏惧,或敬奉,或豢养,在礼仪文化中形成太牢、少牢,一直流传到当代。"教熊罴貔貅貙虎,以与炎帝战于阪泉之野",应该是中国古代动物图腾与图腾战争的表现。当然,狮子是外来物,一般认为,狮子与佛教文化的传入相关,并不是中华民族的图腾物。有许多学者谈论了图腾与面具、图腾与旗帜等文化标志的关系。图腾的选择与认同,是世界各民族共同经历的事件,包括图腾战争。图腾战争意味着不同图腾之间的斗争、融合,是部落间的冲突,也是不同文化的冲突,自然包括信仰的差异。在民族融合中,这些动物图腾成为文化遗留物,被视作神灵体系,于是就有了阳平庙会中的各种动物崇拜。值得注意的是,这里的蛇崇拜与典籍文献中的夸父形象有着呼应。夸父与蛇的联系在《山海经》中已经有详细记述,如《大荒北经》中的"有人珥两黄蛇,把两黄蛇,名曰夸父"。《山海经·大荒北经》:"西北海之外,赤水之北,有章尾山。有神,人面蛇身而赤,直目正乘,其瞑乃晦,其视乃明。不食,不寝,不息,风雨是谒,是烛九阴,是谓烛龙。"蛇崇拜在世界许多民族中都有表现,中国古代神话中,也不止夸父族与蛇崇拜相关,如伏羲女娲,就以蛇身人首出现。《三五历记》中亦记述"盘古之君,龙首蛇身"。《韩非子·十过》:"昔者黄帝合鬼神于泰山之上,驾象车而六蛟龙,毕方并辖,蚩尤居前,风伯进扫,雨师洒道,虎狼在前,鬼神在后,腾蛇伏地,凤凰覆上,大合鬼神,作为清角。"《山海经》中,有许多神性人物与蛇相关。夸父族的蛇崇拜非常特别,"珥两黄蛇,把两黄蛇",此当即玉珥,是修饰,也是权力的象征。在许多地方,由于时间的推移,蛇崇拜渐渐发生变异,蛇或作为淫荡的象征,或作为恶毒的象征,而河南灵宝的阳平夸父山民众仍然把蛇作为图腾,在神灵祭祀中非常重视蛇的神圣性。

蛇崇拜如此,桃崇拜也是一样。阳平庙会中的神棚,突出表现桃等果实,与夸父追日中的"邓林"相呼应。文化叙事的主角从神话人物转向信仰物,其叙事方式自然发生变化。具体讲,阳平庙会的桃崇拜,与夸父神话、夸父信仰有着密切联系。夸父与桃的联系最早出现在《山海经·中山经》"夸父之山","其北有林焉,名曰桃林";《海外北经》"夸父追日","弃其杖,化为邓林"。那么,桃树是否为夸父族的图腾或标志呢？或曰,桃树与太阳崇拜有密切联系。如《河图括地象》:"桃都山有大桃树,盘屈三千里。上有金鸡,下有二神,一名郁,一名垒,并执苇索,饲不祥之鬼、禽奇之属。将旦,日照金鸡,鸡则大鸣,于是天下众鸡悉从而鸣。金鸡飞下,食诸恶鬼。鬼畏金鸡,皆走之矣也。"桃木、金鸡、太阳,三者便因此联系在一起,形成持久的民族记忆。桃是长寿的象征,也有辟邪的寓意。《水经注》卷四引《晋太康地记》曰:"桃林在阌乡南谷中。"又曰:"湖水出桃林塞之夸父山,广圆三百仞。"其引《三秦记》称"桃林塞在长安东四百里"云云。《元和郡县图志》卷六:"桃林塞,自县以西至潼关皆是也。"文化叙事强调阳平是夸父族后裔聚居地,夸父神话的核心内容与太阳联系在一起,所以形成独具特色的桃崇拜。在阳平,桃崇拜的表达有多种,如祝寿中的寿桃寓意生命的长久与生活的甜蜜,桃木剑和桃核刻成的手镯可以辟邪,人们在服饰上绣制桃花表达喜庆。而这种风俗不仅仅阳平一个地方有,许多地方都有。

但是无论如何,河南灵宝阳平庙会由于夸父神的崇拜而兴盛。因为夸父追日神话传说的流传,这里的蛇崇拜和桃崇拜等自然崇拜有着非常特殊的意义。这是文化叙事的结果,也是神话传说作为文化记忆的结果。

文化叙事的文化功能既有宣泄的成分,也有协调的成分,聚众的目的在于通过叙事形成共识与沟通。"八大社"因为夸父神联系在一起,而其形成较大规模的背后,是通过"八大社"的社火,形成地方社会的"合力"与"魅力"。这是地方社会的文化传统,也是其生活传统,包含着浓郁的民族情感。或者说,任何一种现象都不是无缘无故形成的。河南灵宝阳平庙会对夸父山神的崇拜未必就真正源自这里的民众是夸父神的后代,而通过一定的文化叙事形成对某种矛盾与纠纷的消解,这便成为民间社会惯用的方式。考察"八大社"的形成,其直接原因即历史上的诉讼引发"八大社"结社和庙会。"八大社"的主体在变化中,映现出时代对传统文化的诉求与应答。

文化发展在不同的时代具有不同的功能与价值。民间纠纷是社会常见现象,阳平的"八大社"也是如此。清代道光十七年(1837)所立碑石就记述了这样一段历史。[1]"息争讼""永杜争端"是其主要目的,或者说是阳平庙会夸父崇拜的重要动因。"八大社"在庙会中的角色转换,使每一个神社都有表演的机会,借以沟通、宣泄情感。民间庙会借助地方社会的风物传说,兴起结社的热潮,以此维系宗族、家族等地方情感,保护自己的权益,这使得夸父神话的流传基于地方性社会的文化叙事,也就有更为特殊的意义。与阳平庙会相联系的社火演出、展示并不仅仅在于"八大社",还有东常、西常等村庄的"骂社火",同样构成山神崇拜的狂欢,应该视作阳平庙会的一部分。其叙事结构、叙事内容与性崇拜联系在一起,更引人深思。无疑,今天的古庙会回避不了一个话题,即如何保持传统文化的魅力与价值。阳平庙会从历史走进现实,越来越呈现出表演、展览的倾向,对当代社会民众的情感沟通与信仰修复具有非常重要的推动作用。

当前强调文化多元价值的体现,在民众的传统信仰得到修复的同时,其展览即表演的一面被强化,这样就形成一种悖论,即一方面,夸父神话传说等传统文化得到更广泛的传播;而另一方面,其文化叙事方式的变化对文化生态产生重要影响。无论如何,夸父神话的价值意义都是建立在其文学性表达之上,通过对夸父神的崇拜和夸父神话的文化叙事建构地方社会的文化认同,形成地方民众的情感沟通,消解各种矛盾和纠纷,这是民间社会的重要传统。

---

[1] (清)赵彦邦《灵宝夸父峪碑记》,载张振犁、程健君编《中原神话专题资料》,中国民间文艺家协会河南分会1987年编印,第186页。

第六章
黄帝时代

在中国神话时代中,黄帝时代是巅峰。较早提到黄帝的是司马迁,他在《史记·五帝本纪》中说:"轩辕之时,神农氏世衰。诸侯相侵伐,暴虐百姓,而神农氏弗能征。于是轩辕乃习用干戈,以征不享,诸侯咸来宾从。而蚩尤最为暴,莫能伐。炎帝欲侵陵诸侯,诸侯咸归轩辕。轩辕乃修德振兵,治五气,蓺五种,抚万民,度四方,教熊罴貔貅䝙虎,以与炎帝战于阪泉之野。三战,然后得其志。"黄帝神话在古代文献中出现得最为频繁,其活动区域大致相当于今天的黄河中下游地区。征伐四方、治理世界和发明创造,成为黄帝神话的核心内容。黄帝神话的出现,标志着中国神话系统的完备,其后渐渐走向衰微。从某种程度上说,黄帝神话相当于古希腊神话中的宙斯神话。任何人在描述中国古代神话或历史的时候,都无法绕开黄帝时代。至今海内外华夏儿女都自称炎黄子孙,把轩辕黄帝作为中华民族最为神圣的始祖神,表达自己的信仰。

《竹书纪年》中提到"黄帝轩辕氏,居有熊",《史记》也提到"黄帝居轩辕之丘,而娶于西陵之女,是为嫘祖;嫘祖为黄帝正妃,生二子,其后皆有天下"。晋代皇甫谧在《帝王世纪》中说:"黄帝有熊氏,少典之子,姬姓也。母曰附宝[1],其先即炎帝母家有蟜氏之女,世与少典氏婚,故《国语》兼称

---

[1]《太平御览》卷七九引《河图握矩》:"黄帝名轩……母地祇之女附宝。"

焉。""受国于有熊,居轩辕之丘[1],故因以为名,又以为号。"《白虎通》:"黄者,中和之色,自然之性,万世不易。黄帝始作制度,得其中和,万世常存,故称黄帝也。""黄帝龙颜,得天匡阳,上法中宿,取象文昌。"《史记·天官书》:"轩辕,黄龙体。"《尸子》:"黄帝四面。"《论衡·吉验》:"传言黄帝妊二十月而生,生而神灵,弱而能言。"《太平御览》卷六引《天文录》:"阴阳交感,震为雷,激为电,和为雨,怒为风,乱为雾,凝为霜,散为露,聚为云气立为虹霓,离为背矞,分为抱珥。此十四变,皆轩辕主之。"《山海经·海内经》中提到轩辕之国,说其"人面蛇身,尾交首上"。洪承畴补引《春秋合诚图》说:"轩辕,主雷雨之神。"这些记述中的黄帝形象既鲜明又丰富。《淮南子·说林训》高注:"黄帝,古天神也,始造人之时,化生阴阳。"这样一个大神,威震天下。《路史·发挥二》所引《程子》云:"黄帝之治天下也,百神出而受职于明堂之庭。"《列仙传》说:"黄帝者号曰轩辕,能劾百神,朝而使之,弱而能言,圣而预知,知物之纪。"这里的黄帝活脱脱是一个指点江山的盖世英雄大神。

第一节 铸鼎中原与战争神话

黄帝的功绩首推铸鼎。鼎在我国历史上是权力的象征物。《史记·封禅书》:"黄帝作宝鼎三,象天、地、人。"《云笈七签》卷一〇〇《轩辕本纪》云:"黄帝修兴封禅礼毕,采首山之铜,将铸九鼎于荆山之下,以象太一于雍州。是鼎神质文精也,知吉知凶,知存知亡,能轻能重,能息能行,不灼而沸,不汲自满,中生五味,真神物也。"《鼎录》:"金华山,黄帝作一鼎,高一丈三尺,大如十石瓮,象龙腾云,百神螭兽满其中。"《太平御览》卷六六五引《东乡序》:"轩辕采首山之铜以铸鼎,虎豹百禽为之视火。"

---

[1] 关于黄帝生地,目前可知河南新郑为其故里。山东寿丘说,为孔安国作伪。

鼎是权力的符号，铸鼎就是立国、治世。《国语·晋语》："凡黄帝之子，二十五宗，其得姓者十四人，为十二姓：姬、酉、祁、己、滕、箴、任、荀、僖、姞、儇、依是也。"在《史记·五帝本纪》和《路史·国名记甲》等文献中，记载颇详。《山海经》中所述黄帝谱系更加详细，其后可分为五大系：禹貌、禹京系，昌意、韩流、颛顼系，骆明、白马系，苗龙、融吾、弄明、白犬系，始均、北狄系。其中，昌意、韩流、颛顼系最为繁盛，内分伯服系、淑土系、老童系、三面系、叔歜系、驩头与苗民系。老童一系又分祝融——长琴系、重系、黎——噎系。其次数骆明、白马系为盛，白马即鲧，其内分炎融——驩头系、禹——均国——役采——修鞈——绰人系。戴德《大戴礼记·帝系》云："少典产轩辕是为黄帝。黄帝产玄嚣，玄嚣产蛴极，蛴极产高辛，是为帝喾；帝喾产放勋，是为帝尧。黄帝产昌意，昌意产高阳，是为帝颛顼；颛顼产穷蝉，穷蝉产敬康，敬康产句芒，句芒产蛴牛，蛴牛产瞽瞍，瞽瞍产重华，是为帝舜，及产象敖；颛顼产鲧，鲧产文命，是为禹。"李延寿在《北史·魏本纪》中指出"魏之先祖出自黄帝轩辕氏"，司马迁在《史记·匈奴传》中指出匈奴出自夏后氏（今蒙古族为匈奴后代，为黄帝后裔)，房玄龄在《晋书·载记十六》中也提到羌人为有虞氏舜之后（今藏族为羌之后，亦当为黄帝苗裔）。《春秋命历序》对黄帝时代进行总结，说："黄帝传十世，一千五百二十岁。"此诚如《庄子·盗跖》所言："世之所高，莫若黄帝。"

黄帝政治集团的形成决定了黄帝是各部落的统治者。《邓析子·无厚》："百战百胜，黄帝之师。"《艺文类聚》卷十一引《帝王世纪》："凡五十二战，而天下大服。"《太平御览》卷七九引《万机论》："黄帝之初，养性爱民，不好战伐，而四帝各以方色称号，交共谋之。边城日惊，介胄不释。黄帝叹曰：夫君危于上，民安于下，主失其国，其臣再嫁。厥病之由，非养寇也。今处民萌之上，而四盗亢衡，递震于师。于是遂即营垒，以灭四帝。"不论《万机论》是否在为黄帝发动战争作合理性解说，都可以清楚地看到，战争神话表现出黄帝政治集团日益强大后统一天下的必然趋势。

第六章　黄帝时代

战争神话主要有两种,一是黄帝与炎帝争夺帝位,一是黄帝对蚩尤的平伐。前者是黄帝"代神农氏而立"的具体描述,后者是黄帝为稳固政权而做出的艰苦努力。

炎黄之争的战场有两处,一是阪泉,一是涿鹿。《国语·晋语》《吕氏春秋·孟秋纪·荡兵》和《淮南子·兵略训》以炎帝为火,与黄帝相异德来解释战争的缘由。《论衡·率性》中直接指明黄帝与炎帝争为天子。《大戴礼记·五帝德》:"教熊罴貔豹虎,以与赤帝战于阪泉之野,三战,然后得行其志。"《太平御览》卷七九引《帝王世纪》:"神农氏衰,黄帝修德化民,诸侯归之。黄帝于是乃扰驯猛兽,与神农氏战于阪泉之野,三战而克之。"《史记·五帝本纪》:"炎帝欲侵陵诸侯,诸侯咸归轩辕。轩辕……教熊、罴、貔、貅、䝙、虎,以与炎帝战于阪泉之野,三战,然后得其志。"《列子·黄帝》:"黄帝与炎帝战于阪泉之野,帅熊、罴、狼、豹、䝙、虎为前驱,雕、鹖、鹰、鸢为旗帜。"阪泉作为地名,《晋太康地志》说即河北涿鹿,《梦溪笔谈》说在山西运城。笔者以为阪泉与涿鹿二者是有别的,炎黄之争的战场当为多处才符合实际。明确指出战场是涿鹿之野的是《新书·益壤》:"黄帝者,炎帝之兄也。炎帝无道,黄帝伐之涿鹿之野,血流漂杵,诛炎帝而兼其地,天下乃治。"《新书·制不定》:"炎帝者,黄帝同父母弟也,各有天下之半。黄帝行道,而炎帝不听,故战涿鹿之野,血流漂杵。"两处战争神话,后者突出的是"道"与"无道"之争,而前者突出的是以动物为标志的黄帝军事联盟与炎帝的悬殊对比,在"三战,然后得行其志"中隐现着残酷的争斗,其间曾经过多次搏杀。

与黄帝相抗衡的另一支力量是蚩尤族。这则战争神话在文献中的描述更为出色。《路史·后纪》罗注引《龙鱼河图》:"黄帝之初,有蚩尤氏,兄弟七十二人。"《竹书纪年》沈注:"属于蚩尤之各族,有熊氏、罴氏、虎氏、豹氏。"由此可知,蚩尤集团作为军事力量应当是异常强大的,很可能对黄帝集团构成威胁。《太平御览》卷七四引《龙鱼河图》:"蚩尤兄弟八十一人,并兽身人语,铜头铁额,食沙石。"《管子·地数》:"葛卢之山发而出水,金从之,蚩尤受而制之,以为剑、铠、矛、戟,是岁相兼者诸侯九;雍狐之山发而出水,金从之,蚩尤受而制之,以为雍狐之戟、芮戈,是岁相兼者诸侯十二。"《太平御览》卷三三九引《尚书》:"蚩尤之时,烁金为兵,割革为甲,始制五兵。"《路史·后纪》罗注引《龙鱼河图》:"蚩尤制五兵之器,变化云雾。"蚩尤集团不但人员众多,而且掌握了较为先进的军事技术,黄帝欲统一天下,就必须平伐蚩尤。蚩尤是"九黎之君",《逸周书·尝麦解》说昔天之初"命蚩尤宇于少昊,以临四方"。《初学记》卷九所引《归藏·启筮》说他"八肱、八趾、疏首"。《述异记》说他"能作云雾","人身、牛蹄、四目、六首","齿长二寸,坚不可碎"。《管子·五行》称蚩尤"明乎天道"。《文选·西京赋》称"蚩尤秉钺,奋鬣被般,禁御不若,以知神奸,魑魅魍魉,莫能逢旃"。在这些材料中,并未见到他引起黄帝征伐的直接原因。在《国语·楚语》中,看到了战争引发的踪影,即"九黎乱德"。《大戴礼·用兵》说他"昏欲而无厌",这就颇有点"何患无辞"了。在《鹖冠子·世兵》中看到"蚩尤七十(战)"。《逸周书·尝麦解》说:"蚩尤乃逐帝,争于涿鹿之阿,九隅无逸。"《路史·后纪四》:"阪泉氏蚩尤,姜姓,炎帝之裔也……好兵而喜乱……逐帝而居于涿鹿。"《太平御览》卷五六引《帝王世纪》:"蚩尤氏强,与榆罔争王于涿鹿之阿。"于是,才有《庄子·盗跖》中的"榆罔与黄帝合谋"和《逸周书·尝麦解》中的"赤帝大慑,乃说于黄帝"。应该说,这才是黄帝讨伐蚩尤的直接原因。

蚩尤是不屈不挠的抗争英雄。《述异记·上》说:"蚩尤氏耳鬓如剑戟,头有角,与轩辕斗,以角抵人,人不能向。"《太平御览》卷十五引《黄帝元女战法》:"黄帝与蚩尤九战九不胜。"由此可见战争的激烈。《帝王世纪》说:"黄帝征师诸侯,使力牧、神皇直讨蚩尤氏。"在《黄帝内传》和《事物纪原》等文献中又有黄帝采首阳之金"铸为鸣鸿刀","制甲胄以备身","设八阵之形","教熊罴貔貅䝙虎,制阵法,设五旗五麾","铸钲、铙以拟霆击之声","弦木为弧,剡木为矢",甚至"使岐伯所作(《鼓吹》),以扬德建武",两军"战涿鹿之野,流血百里"。尽管如此,黄帝一时还是不能制服蚩尤。《山海经·大荒北经》的一段描述最为生动："蚩尤作兵伐黄帝,黄帝乃令应龙攻之冀州之野,应龙畜水。蚩尤请风伯雨师纵大风雨。黄帝乃下天女曰魃,雨止,遂杀蚩尤。"《山海经·大荒北经》吴注引《广成子传》："蚩尤铜头啖石,飞空走险。以馗牛皮为鼓,九击止之。尤不能飞走,遂杀之。"《太平御览》卷十五引《志林》："黄帝与蚩尤战于涿鹿之野,蚩尤作大雾,弥三日,军人皆惑。黄帝乃令风后法斗机作指南车以别四方,遂擒蚩尤。"《通典·乐典》："蚩尤氏帅魑魅以与黄帝战于涿鹿。帝令吹角作龙吟以御之。"最后,黄帝征服了蚩尤,《山海经·大荒南经》郭璞注："蚩尤为黄帝所得,械而杀之,已摘弃其械,化而为树也。"《事类赋注》卷十一引《帝王世纪》："黄帝杀蚩尤,以其皮为鼓,声闻百里。"蚩尤被黄帝杀了,他的血变成了"解州盐泽",人称这"卤色正赤"的血为"蚩尤血"(《梦溪笔谈》)。

但蚩尤并没有完全销声匿迹,九黎苗裔仍在尊崇他,《史记·封禅书》中的"祠蚩尤"、《史记·天官书》中的"蚩尤之旗"和《述异记》中的"蚩尤戏",以及《东国岁时记》中的"蚩尤之神"赤符,还有《刀剑录》中的"蚩尤剑"等,都成为人们对蚩尤怀念的标志。《艺文类聚》卷十一引《龙鱼河图》："制伏蚩尤,帝因使之主兵,以制八方。蚩尤没后,天下复扰乱。黄帝遂画蚩尤形象以威天下。天下咸谓蚩尤不死,八方万邦皆为弭服。"《韩非子·十过》："昔者黄帝合鬼神于西泰山之上,驾象车而六蛟龙,毕方并辖,蚩尤居前,风伯进扫,雨师洒道,虎狼在前,鬼神在后,腾蛇伏地,凤凰覆上。大合鬼神,作为《清角》。"《拾遗记》："轩辕去蚩尤之凶,迁其民善者于邹屠之地,迁恶者于有北之乡。"总之,完成了对蚩尤族的平伐,黄帝集团的地位才得以从根本上确立和巩固,同时也标志着统一天下的大业基本完成。

文献中对黄帝时代的战争有许多描述,直到今天仍然在流传:

阪泉之战

很早以前,传说黄帝长大成人后,他的父亲少典看他很聪明,有才干,能成大器,就将有熊国的君位传给了他。黄帝接替君位后,在风后、常先、大鸿等大臣的辅佐下,发愤图强,励精图治。他一方面发展农桑,种植五谷,饲养畜禽,使百姓安居乐业;一方面演兵习武,以防其他部族入侵。黄帝把有熊国治理得到处是一派兴旺发达的景象。原先居住在有熊国南部的一些部落首长,见神农部落强大,又惧怕他的势力,就到神农部落国都陈丘(今河南省淮阳县)对炎帝榆罔俯首称臣,请求保护。现在见黄帝宽厚仁慈,年轻能干,把有熊国治理得百姓富庶,天下太平,就纷纷来归服黄帝。炎帝见状,以为一定是轩辕黄帝从中使坏,就兴师北上,讨伐黄帝。

这一日,黄帝和嫘祖正在郊野察看农桑,忽有来报,说是炎帝榆罔兴兵犯境。黄帝和嫘祖立即回朝,同风后、常先等大臣商议对策。风后说:"主公,有为臣带兵即可,无须主公圣驾亲征。"黄帝说:"炎帝是我兄长,我若前去说明真情,晓之以理,兄长定会谅解,化干戈为玉帛!"大臣们也都同意黄帝去试一试。于是黄帝由常先、大鸿护驾,点精兵五千、将百员、战车三百辆,浩浩荡荡直奔阪泉(今河南省扶沟县境)。

黄帝在阪泉东南一个高台地上安营扎寨,设兵师为五营,中军营由百辆战车组成,左前营、右前营、左后营、右后营各由五十辆战车组成,每个营全将战车连接起来,围成一个圈,前方留一个辕门。各营辕门前插上一面彩旗,左前营为蓝色的青龙旗,右前营为红色的朱雀旗,左后营为黑色的玄武旗,右后营为白色的白虎旗,中军营为黄色的腾蛇旗,这五营之前竖立一面绘有"熊"象的紫色大旗。黄帝安营扎寨完毕,令将士休息待命,带领常先、大鸿去见炎帝。

炎帝听说黄帝求见,也由祝融、刑天跟从,走出营盘,会见黄帝说:"来此做甚?"黄帝说:"哥哥,多日不见,身体尚可安好?"炎帝一听就恼上火来说:"休要贫嘴,还不快快受降!"说着,举起一把长柄石斧就朝黄帝砍来。黄帝不慌不忙,举起降龙杵相架,说:"请问哥哥,你不在陈丘,为何攻打为弟?"炎帝说:"你有两款大罪当诛,一是煽动我神农部落百姓投奔于你;二是你篡夺父亲君位,自称天子。若要赦你,除非你将君位交予我,送还我神农部落百姓。不然,莫怪兄长无情!"黄帝说:"兄长,神农部落百姓,只要他们愿意回去,悉听尊便。只是这君位,本是父亲所赐,我若让位于你,不仅有违父命,恐怕天理难容,是万万使不得的!"炎帝听罢大怒说:"休要多言,拿命来!"说着又挥动石斧朝黄帝劈了过来,祝融、刑天也都跃跃欲试,急于动手。黄帝见劝说不成,也不迎战了,将手一招,就带领常先、大鸿回军营。

黄帝在同炎帝答话时,已观察了炎帝兵营阵势,回到中军营中,立于战车之上,手持黄色旗帜,在空中挥了一个圈。只见左右前后四营分为四路,各执彩旗冲入炎帝阵地,眨眼间,对炎帝士兵形成包围,或用石斧、石刀,或用木杵、弓箭向炎帝士兵杀去。这时,黄帝也率中军杀向敌阵。只见阵地上刀斧锵锵,杀声震天,尸体遍野,从早上一直杀到中午。黄帝到底年轻气盛,才勇过人,不到百十个回合,就杀得炎帝气力不济,招架不住。炎帝见损兵折将无数,不能取胜,只好下令挥旗收兵,对黄帝说:"今日暂且饶你,来日再战!"常先、大鸿带领士兵追杀,黄帝挥手说:"不用再追了。他终归是我哥哥,会有后悔之日!"说罢将黄旗在空中左右挥摆三下,收兵回营。

采录整理:刘文学

流传地:河南省扶沟县大李庄

记录时间:1983 年 5 月

力牧驯兽战炎帝

传说,炎帝与弟弟黄帝两次在阪泉打仗,都被黄帝打败了,心中很是恼恨,想报大仇,可是眼下负了重伤,只好带残兵败将先回陈丘。黄帝见哥哥炎帝撤了兵,也传令常先、大鸿回到都城。

黄帝回到国都后,全国上下庆贺,大臣们也都前来问候。风后说:"主公,我昨晚仰观天象,那轩辕星座,四周晴朗,星光灿烂;那火星座,四周昏昏,云气笼罩,星光暗淡。我想,这短时间内,炎帝是不会再来了。只是他日后必定前来报复,还望主公早做准备。"黄帝说:"不知有何法,可使哥哥永不来犯?"力牧接过话说:"臣有一言,不知当讲不当讲。"黄帝说:"讲来我听。"力牧说:"多年来,我与熊罴虎豹常在一起,慢慢摸透了它们的秉性。它们都是通性灵的东西,只要训练有方,就能把它们训练成一支能打仗的军队。"力牧说罢,大臣们都哄堂大笑。黄帝也哈哈大笑起来,说:"有这等奇事?我倒要看看。"说罢,黄帝和嫘祖坐上华盖车,大臣们骑上马,离开都城,直奔西南具茨山下的一条大深沟。原来,这条沟叫葫芦沟,自从力牧在这条沟里训练虎豹后,当地人都叫它千虎沟。这千虎沟有一座十多丈高、一两亩大的高台。

这天,黄帝、嫘祖和风后等大臣就坐在这个台上观看训熊虎。力牧和常先就去具茨山东姬水河北岸一个叫老虎洞的地方,调集熊虎。这里有许多窑洞,力牧、常先在这里养了几千只老虎和熊罴,因为老虎最多,所以当地人就把这地方叫作老虎洞。力牧、常先来到老虎洞,常先将各个洞门打开,"嘟——嘟——嘟——"三声牛角号响过,洞里熊、罴、虎、貔、貅、貙等六种野兽,全都齐刷刷地立在洞口前。常先命六个饲训员各执一面上边绘有这六兽的旗帜,站在六兽前面。这时,常先又吹了三声牛角号,力牧挥动一丈多长的长鞭在空中甩了一下,这六兽便整整齐齐地跟着前面的旗帜往前走起来。观兽台上和千虎沟的两边站满了看稀罕的人,挤挤扛扛、热热闹闹的。六兽进了千虎沟,人群一阵骚动、欢呼。人们只见,先是力牧手持鼓槌,擂了三通鼓,那六兽便齐刷刷地往前走了三步;然后力牧又敲了三下鼓圈,六兽又齐刷刷地向后倒退了三步。观兽台和沟两边的人又是一阵鼓掌喝彩。黄帝招手对力牧说:"如何使它向前进攻?"力牧又擂起鼓来,这时只见那六兽随着鼓声扬头撅尾,四蹄蹬地,一直向沟东冲去……大约跑了半里路,力牧又吹起牛角号。六兽听到号声,便立即掉转回头来,齐刷刷地跑了回来。待六兽跑到观兽台前时,力牧又"啪"的在空中甩了一下长鞭,六兽便整齐地站在那里。这时,观兽台上和沟两边又是一片喝彩。

炎帝回到陈丘,调集人马,操练兵士,屯集粮草,三个月后,又带领三万精兵,开到阪泉,要与黄帝决一死战。黄帝闻报,就与风后、常先、大鸿、力牧等率一万精兵来到阪泉,仍在那个高地上安营扎寨。第二日,炎帝布好阵,让祝融、刑天叫阵,黄帝和风后立于高地最高处,观看炎帝阵法。黄帝说:"我看兄长这次布阵很是威严,不知是何阵法?"风后说:"这叫'鱼丽阵'。分为三军,按倒'品'字形列队,各军十人一组,百人一伍,千人一编,万人一军,打起仗来前后左右照应,向前进攻似排山倒海,围剿敌人迅雷不及掩耳,十分厉害。"黄帝说:"可有破法?"风后说:"我军兵少将寡,不可与他硬拼。如将训练好的虎豹埋伏于沟壑,诱他深入,或许可胜。"黄帝点头称是,于是立即命令力牧等回国调遣六兽,任凭祝融、刑天如何叫骂,也不出战。第三日,祝融、刑天又来叫骂,常先、大鸿率八个兵士出战。炎帝见黄帝终于出战,将牛旗一挥,三军将士排山倒海似的向前推进。而常先、大鸿与炎帝将士只打了几个回合,就装作败阵后撤。这样打打停停,停停打打,慢慢将炎帝将士引入一条丘岗之下。炎帝兵士以为黄帝军队吓破了胆,正在志得意满,突然听见从岗的背后传来牛角号声,不一会儿,远远看见一个士卒手举"熊"旗,带领一群大黑熊奔了过来。炎帝士卒以为是黄帝兵士所扮,也不理会,只管向前推进。待大熊到跟前,张着血盆大口,撕的撕,咬的咬,前面将士倒在血泊之中,才知道这是真的大熊,可是已来不及后退了。前面将士被大熊扑倒在地,后面将士登时大喊"后退"。那大熊穷追不舍,疯狂般乱撕乱咬。这时,炎帝在后面高岗上指挥打仗,阵上情景看得一清二楚,待他想亲自去拼一死活时,突然又见一面虎旗出现。虎旗后面,是一群斑斓猛虎。炎帝登时想起当年下凡时,太白金星所言"遇虎则和"的话,心想天意不可违,就立即命令挥动白旗。这边黄帝、风后正在观战,见炎帝那边挥动白旗,就立即传令停止六兽进攻。这时,只听雨点似的擂鼓圈声响,那正在往前撕咬的熊、虎,立即调回头来。这时,炎帝手持白旗,来到黄帝面前,说:"哥哥与你三次交战,皆输于你,想是天意。而今我已年老,不如弟弟宽厚仁慈,才干非凡。我把这神农部落也交付于你,你就做他们的天子吧!"黄帝感动得掉下泪来,说:"哥哥,兄弟我也有不是,将这神农部落交与为弟,实难从命。不如咱两个部落合二为一,咱兄弟俩共同治理吧!"炎帝听了甚是感动,拉着黄帝的手说:"就依兄弟所言。"说罢,炎帝和黄帝同坐一辆华盖车,回到有熊国都。

采录整理:刘文学

记录时间:1983年2月

记录地点:河南省新密山刘寨

双龙寨的传说

炎帝与黄帝在阪泉(今河南省扶县境内)打仗,本想一举取胜,逼兄弟黄帝让位,自己做有熊国天子。谁知,这第一仗就被打败了,心中很是烦恼。祝融说:"主公,你弟弟年轻力壮,血气方刚,与他刀械相斗,恐难取胜。主公善于使火,何不用火攻战?"炎帝听了,叹了口气,点头说:"他到底是我的弟弟,不忍使火伤害于他。现在看来,也只有如此了。"炎帝命将士休整三日。第四天早晨,祝融、刑天为先锋,带领士兵叫阵。常先、大鸿身佩弓箭,手握刀斧,也率士兵出战相迎。这时,黄帝站在大熊旗下,手持黄色令旗;炎帝立于大牛旗下,手持红旗,指挥两军厮杀。两军约战了一个时辰,祝融、刑天招架不住,将要败退。这时,突然天空一声霹雳,霎时间,只见乌云翻滚,天昏地暗,一条红色蛟龙腾飞而起,口若血盆,吐着数丈火焰,直奔黄帝军中而来。黄帝士兵见此情景,大惊呼叫,东奔西跑,争相逃命,跑得慢的,有的被烧伤,有的被烧死。黄帝知是兄长炎帝所为,也立即化作一条黄色蛟龙腾飞入天空,昂首摆尾,口中喷出滔滔白水,直奔红龙。红龙见黄龙游来,就掉转龙头,直奔黄龙。这时,只见红龙喷出红色火焰,黄龙喷出滔滔白水,一来一往,一上一下,左右盘旋,前后追击。两军将士先是吓得目瞪口呆,继而都仰脸观看二龙相斗,挥臂呐喊,为自己主公助威。二龙相斗约两个时辰,黄龙渐渐失势,化作黄帝,败回军中。红龙见黄龙现出本相,也收住火焰,化作炎帝,凯旋回营。

再说,有熊国中,嫘祖这一日心中烦躁,坐立不安,晚上久久不能入睡,刚合上眼,只见夫君黄帝遍体鳞伤,来到跟前,说:"夫人,我与兄长相斗,被他喷火烧伤,明日再战,我把他引到咱这都城东边洧水深潭之中,进行一场恶战。到时,你们见黄龙就投蒸饭馒头,见到红龙就投石头瓦块,切记切记……"说罢就不见了。嫘祖大呼:"夫君!夫君!"宫女唤醒嫘祖。啊,原来是一场噩梦。嫘祖急令招来风后,详说梦中情景。风后说:"近日,我观天象,天上轩辕星为火星所犯,必有火灾,听你梦中情景,正好应验!明日,可依主公梦中嘱托,仔细安排就是。"第二日一早,风后调集两千壮士,一千壮士抬了八千八百八十九个馒头,一千壮士抬了八千八百八十九块石头瓦块,运到城东洧水潭上一个土寨子里。这两队壮士,一队手持黄色小旗,将馒头摆在面前;一队手持黑色小旗,将石头摆在面前,等待黄龙、红龙到来。

炎帝因昨日取胜,心中很是高兴,早早就令祝融、刑天到黄帝营前叫阵,不然就杀进营去。黄帝只得出阵相迎。炎帝使用石斧,黄帝使用降龙杵。二人战到二十多个回合,炎帝突然又化作一条红色蛟龙腾空而起,喷着火焰,直扑黄帝。黄帝也立即化作一条黄色蛟龙,喷着滔滔大水,去冲那火焰。二龙在空中左右盘旋了几个来回,黄龙像是招架不住,向北而去,潜入洧水。红龙以为黄帝败北,也追了上去,跟着潜入洧水。黄龙与红龙在水中边斗边游,一直游到有熊国都城东洧水深潭。在深水潭中,黄龙如鱼得水,时而喷着大水,时而以口相咬,时而以尾相击,而那火龙在水中却喷不出火来,只好口咬尾击。两巨龙将一个巨大的河水深潭搅得天翻地覆,白浪滔天。正在二龙相斗之时,潭上寨子里,两队壮士摇旗呐喊,见黄龙腾上水面,一队壮士手摇黄旗,投着馒头,高喊"黄龙胜";见红龙翻上水面时,一队壮士手摇黑旗,投掷石头,高喊"红龙败"。从早上投到日过午,再投到日西落,潭中河水混浊不堪,成了红色。这时,只见红龙腾空而起,身上滴着红血,呼啸一声,向东南逃窜。那黄龙也腾空飞起,身上滴着血,向两队壮士点了头,像是道谢,又潜入水中,顺洧水而下。后来,当地人把二龙相斗的洧水潭叫作双龙潭,把扔馒头和石头瓦块的那个寨子叫作双龙寨。

采录整理:刘文学

记录时间:1983年3月

记录地点:河南省新密山刘寨

炎黄二帝石

嵩山少室山西边的当阳山巅,山石嶙峋,突出两大巨石,远望似两尊人像,坐西北,面东南。前者挺胸而坐,束发、宽衣、眉目慈善,左臂下摆,右手按膝,两腿屈膝,两脚点地,似有艰苦跋涉之后暂栖山头观望山下之势。后者并肩而坐,威严庄重,也同样目视前方。这两个石人像被称为炎黄二帝石像,前者为黄帝,后者为炎帝,据传是他们当年在此观阵时,山石感应而形成的。

远古时代的原始社会末期,少典之子炎帝、黄帝是同父异母的兄弟,炎帝居淮阳一带,黄帝居新郑一带,两个部落联盟之后,共同抗御从涿鹿一带兴起并来侵犯的九黎部落首领蚩尤。蚩尤自恃强大,人身牛首,四目六手,铜头铁额,并生有锋利的触角,鬓发硬如剑戟,率领八十一个弟兄,个个人面兽身,吃石头铁块,操各种兵器,喷云吐雾,向炎、黄二帝冲击,见人就杀,见房屋就烧,杀得血流成河,可漂起丢弃的狼牙棒来。黄帝讲仁义,劝说不听,反击又多次不能胜利。炎、黄二帝联合后,发挥风后、常先等各大臣的智慧,调动各部落的力量,尤其是风后发明了指南车,使黄帝在作战中能冲出重围;他们又在东海流波山上捉到一只野兽"夔",剥下皮,做成一面鼓,用雷兽的骨头制成槌,擂鼓前进,声震五百里外,吓得蚩尤胆战心惊,并在涿鹿被杀死。

这两大巨人石就是炎、黄二帝在大战蚩尤于嵩山时,忙中偷闲、稍加喘息、观阵时化为石像的。

记录人:赵国起

记录时间:1983年5月

记录地点:河南省登封城郊

炎黄和睦草

在具茨山的山坡上,到处生长着这样一种草,春天,枝头开两朵并蒂花,花败结两根一手长的棒角,像山羊的两个角一样又开着,秋天长老了,棒角就自己拧在一起,薅也薅不开。传说这象征着炎黄兄弟的亲密、和睦。

相传,炎、黄二帝是同父异母兄弟,兄弟手足,和睦相亲,自从他们的父亲少典死了以后,兄弟间失去了和睦。炎帝带一些亲近部族离开有熊氏部落,到南方游牧。南方有个九黎族,首领叫蚩尤,很强暴,兄弟八十一个,都长得高大魁梧,铜头铁额,头上长角,能抵死人。蚩尤驱逐炎帝族,直追到黄河北的涿鹿。炎帝不能战胜蚩尤,只得请黄帝来救援。黄帝率兵与蚩尤在涿鹿大战,擒杀了蚩尤。黄帝劝炎帝归顺,炎帝不从,炎、黄三战阪泉山野。后来,黄帝看着一时也难分胜负,就派太乙氏再去劝说炎帝,自己率众回到了轩辕丘。

一天,黄帝正在具茨山避暑洞歇息,忽报风后上山来见黄帝。风后说他昨天夜里做了一个梦,梦见炎帝率众到具茨山来言和归顺。黄帝听罢,长出一口气:"唉!也不能强人所难啊,我本想同他们言归于好,联盟结邦,消除部族间的侵扰征伐,过几天太平日子,可他就是想不通这个理。我们到底还是亲兄弟,不想强人所难。"正在这时,太乙氏一路风尘,来到具茨山避暑洞,说他磨破嘴皮,炎帝终于看清了情势,想通了道理,答应炎黄和睦,永结友好。现今炎帝已带部族到达黄河北岸。

黄帝、风后听得炎帝归来的消息,都喜不自胜。黄帝即命风后下山准备迎接事宜,并叫太乙氏去请来了常先、力牧、女魃等大将,亲自率众到黄河边去迎接。当黄帝率众来到黄河南岸的邙山口时,炎帝已渡过了黄河,兄弟二人久别重逢,分外亲热。他们携手登上邙山山顶,接受众臣朝贺。

当时正是盛夏时节,天气炎热异常。邙山不宜久停,他们即率众回具茨山避暑洞叙旧。炎、黄二帝携手登上具茨山,回首东望,一下子看到了他们的父亲少典的坟墓。往事件件涌上心头,二人都悔愧当初兄弟间不当失去和睦。兄弟俩声泪俱下,抱头痛哭在一起,泪水滴湿了脚下的泥土。

二帝回避暑洞去了,一只山雀从这里飞过,看见了那片泪湿的泥土,就衔来一粒种子种下。第二年春天,种子萌发,长出一棵草来,枝头开两朵并蒂花,花败结两根羊角样的棒角,秋天棒角老了,就自己拧在一起。慢慢地,这种草长满了具茨山。俺山上人都管这种草叫"炎黄和睦草"。

讲述人:郭大山

采录人:张永林

记录时间:1982 年 3 月

记录地点:河南省新密城郊

轩辕故里

郑州附近的新郑县,城北门外,有一座古色古香的庙宇,庙前竖着一通石碑,上面镌刻着"轩辕故里"四个大字。相传,轩辕黄帝就出生在这里。

第六章　黄帝时代

古时候,我国黄河、长江流域住着许多氏族和部落,他们拿着磨制的石器和粗糙的棍棒,终年东奔西跑追捕野兽,生活十分艰苦。遇到风雨雷电、冰雪霜雹等灾害,更是难以熬过。这种情景被天上的轩辕星看见了,他心里很难受,就暗下决心,要到人间来,帮助穷苦的百姓改变这种状况。在"戊己"这一天,新郑北门外有一个叫吴枢的妇女正要分娩,他便降生来到人间。

因为轩辕星的位置在天空的正中央,新郑县的位置在地面的正中心,天上地下刚好相对应,所以,轩辕星便诞生在这里。"戊己"既表示中央,又是土德。这"土"是黄色,"黄"是土地生辉,农业的象征,因而轩辕星又称"黄星","黄帝"的名字就起源于此。轩辕星是由十七个小星星组成的,整个看去,有头有身,气魄宏伟,像条翻滚着的长龙,所以,黄帝以后的历代国君,都把"龙"作为自己的代称。他们身上穿的袍子称为"滚龙袍",他们坐的大殿称为"龙廷",他们乘坐的车子称为"龙辇"。就连宫室里的雕梁画栋,也都是用滚龙作为图案。

黄帝到了人间,非常能干,又关心民众,不久,大家就一致推选他为部落的首领。

有天晚上,他做了一个梦,梦见狂风大作,把天下的尘垢全部刮跑了;又梦见了一个膀大腰圆的彪形大汉,手里握着千钧重的弓弩,驱赶着万群牛羊。黄帝醒来后,自己解起梦来。他想:风为号令,是指执政的人,这个人姓"风";"垢"字去了土字旁,是个"后"字,名字叫"后"。天下难道有姓"风"名"后"的人吗?又想:能握得动千钧之弩,必然力大无穷,这个人姓"力";能够驱赶牛羊万群,一定是个很会放牧的人,这人叫"牧"。天下难道会有姓"力"名"牧"的人吗?于是黄帝就开始寻找"风后"和"力牧"起来。不知找了多少天,翻了多少山,渡了多少河,吃了多少苦,有天,在襄城的野地里,遇上了风雪天,他迷失了方向,又冻又饿,非常焦急。幸好有个小孩儿牵着一匹马走过来,他就上前问路。那小孩儿不光知道路怎样走,还知道风后所在的地方。黄帝按照小孩指的方向,终于来到了东海边上,找到了风后,黄帝让他当了宰相。后来又在云梦泽畔,找到了力牧,叫他当了大将。这一将一相密切配合,成了黄帝的得力臂膀。黄帝本来就体贴手下的人,又很会用他们,所以愿意跟他的人越来越多,他带领的部落也就越来越兴旺。

和黄帝同时期的还有一个叫九黎族的部落,首领叫蚩尤,十分强悍。蚩尤有八十一个兄弟,都是兽身人面,铜头铁额,非常凶猛。他们经常侵害别的部落。其他部落都无力抵抗,无不叫苦连天。有一次,蚩尤侵犯黄帝的近亲炎帝的部落,炎帝被打得一败涂地,无奈之下,只好向黄帝求助。黄帝是个很有本事的人,他早就想着要尽快除掉蚩尤这个祸害。他除了加紧训练士兵之外,更重视和其他部落的联合。他们共同准备人马,制造兵器。同时,黄帝还驯养了熊、罴、貔、貅、虎、䝙六种野兽,在打仗的时候,就把这些野兽放出来助战。

黄帝和蚩尤终于在涿鹿展开了一场决战。蚩尤的军队虽然凶猛,但遇到黄帝的军队也抵挡不住,纷纷败逃。黄帝的士兵英勇追杀,蚩尤着急了,就施展妖术制造了一场大雾,使追兵迷失了方向。黄帝沉着指挥,还精心制造了一辆"指南车",这指南车指引着方向,使士兵们终于捉住了蚩尤,把他杀了。

因为大战蚩尤中,风后的功劳很大,黄帝就把新郑县西的具茨山改名为"风后岭",封给了风后。后来,黄帝还在这里建立了避暑宫,开设了个小花园。山下有黄帝的饮马泉,再往东不远,还有黄帝口,都是黄帝常去的地方。

黄帝打败蚩尤以后,各个部落都很高兴,对他十分拥护,大家一致推选他为中原地区的部落联盟首领。从此,他就带领大家在中原一带定居下来,建都于新郑,国号为有熊。

蚩尤被打败以后,天下太平了,可百姓们还过着苦日子。黄帝每天忧虑着,怎样才能把国家治理好?他起早贪黑,走遍天下,进行查访,累病了还不肯休息。大家再三催促他,他才勉强到风后岭避暑宫养病。

这天,他从避暑宫走出来,到山脚下游走,发现沟底有一个牧羊人,就走了过去,想向他请教治国方面的道理。当他走到那人跟前时,见是个头发花白的老人,却长着一副小孩儿的面容。他就上前拜道:"长老啊,我想治理好天下,统一为一家,有什么好方法吗?"那鹤发童颜的老人把他上下打量了一番说:"你是真心实意,还是光在这儿说说?"黄帝说:"我是真心向你求教!"那鹤发老人说:"好,若是真心实意,你需要斋戒七日,然后,独个儿步行,到翠妫河边,就可以得到宝书一本、神图一张。"老人说罢,便赶着羊走了。

黄帝按照老人交代的话,斋戒七天,虽然病还没好,仍然坚持着出发了。一路上他翻山越岭,终于来到翠妫河边。只见一条大鱼逆流而上,一翻身就不见了。河边上出现了一张绿底红字的图画和一本红皮书。黄帝赶紧走上前,正要去拿,从空中飞来一只仙鹤,衔住图和红皮书,顺着黄帝的来路翩翩而去。黄帝不顾一切,直追过去。仙鹤好像故意在逗他,飞得又低又慢,一直不离黄帝。黄帝的鞋也不知啥时候跑掉了,光着两只脚,踩着树杈子、野蒺藜,鲜血直往外流,衣服也早刮破了,披头散发,满脸灰尘。这一切,他一点也不放在心上,还是一个劲地追呀,追呀。直到第二天黎明,他累得头晕眼花,腿痛腰酸,定神看时,仙鹤没影了,只有那位鹤发童颜的牧羊人站在风后岭的顶上,满脸笑容地说:"这是王母让我送给你的礼物。"说罢,把图和红皮书递给了黄帝。

黄帝接过来一看,原来是《神芝图》,那图上画着一棵草,有九片叶子,闪闪发光。这时,他才明白过来,这九片叶子,指的是九州;这红皮书,原来是治国之道。黄帝正要拜谢,那老人却走了。黄帝从书中得知,这鹤发童颜的老人原来是华盖童子,这书是王母娘娘让华盖童子送给他的。为了纪念王母,黄帝在风后岭东坡半山腰建了个王母娘娘庙,直到今天还保存着。

自从得到了宝书,黄帝便确定以农业为本,鼓励老百姓劳动,建造房屋。在力牧、风后等人的帮助下,还研究了历法、医学,制定了法令,使国家很快太平了。当时,当官的不徇私,老百姓和睦相处,路不拾遗,夜不闭户。

黄帝活了一百一十一岁,有两个孩子继承了他的王位,一个叫昌意,一个叫玄嚣。昌意生颛顼,玄嚣生蛲极,蛲极生帝喾,帝喾生放勋,放勋就是帝尧。后边的舜、禹、启都是黄帝的后代子孙。因为黄帝做的好事太多了,他死后,人们就把他当成神来敬,为了纪念他,就在他诞生的地方建起了祖师庙,庙前还立了通石碑。至今,城里黉学内还有一块石碑,上面镌刻着"新郑是轩辕故里,文明肇始之地"。

采录整理:蔡拍顺

记录时间:1983年2月

黄帝战蚩尤

黄帝打败了炎帝,炎帝被黄帝的大将力牧活捉。黄帝念炎帝是他的手足,没有杀他。从此,炎帝对黄帝的仇气更深了。黄帝回到云崖宫以后,风后与力牧建议黄帝要发展农牧业生产,加强兵丁训练。炎帝战败以后,一定不会甘心,还会作乱攻打中原。要让自己兵强马壮,将来就是炎帝再来攻打,也可以打败他。

黄帝听了两个大臣的意见,号召全部落人民垦荒种植,兴修水利。力牧是牧马人出身,对放牧牲畜很有门道,黄帝就叫他负责发展农牧业生产。风后有勇有谋,办事很有办法,黄帝就叫他掌管部落中的内外事务。

风后和力牧的建议很正确。炎帝被打败以后,很不死心。他终日闷闷不乐,日子一长竟染上了重病。炎帝有九九八十一个孩子,在他快死的时候,将孩子们都叫到跟前,伤心地说:"孩子们,爹患了重病,活不长了。我这病是气出来的,这气是咋来的,爹不说,你们都清楚。爹如今是报不了这个仇了,不知在我的孩子们中间,有谁能为爹爹报这个仇。"

炎帝说罢,面前没一个人吭声。停了一会儿,只见一个身高一丈、脸色黝黑、十分凶野的人站出来跪在炎帝面前,哭着说:"孩儿蚩尤愿为爹爹报仇雪恨,一定将轩辕捉到爹爹面前,千刀万剐!"

炎帝见站在面前的是大儿子蚩尤,高兴地点点头,说:"我儿虽然有雄心大志,不知你有啥本领可以打败那凶恶的轩辕。"

蚩尤把双眼一瞪,咬牙切齿地说:"孩儿曾拜六玄龙为师。他教孩儿变化长身和呼风唤雨的本领。不信的话,就让孩儿变来给您看看!"

蚩尤说着就在他爹面前念咒作法。不一会儿工夫,蚩尤竟变得身高两三丈,脸像一个和面盆,眼和灯盏差不多,血盆大嘴里露出两个獠牙,样子十分怕人。蚩尤大喊一声,震得弟兄们耳朵都发蒙。他将手中拿的那把钢叉一抡,风"呜呜"叫,把在场的弟兄吓了一跳。然后,他又作了个法术,本来是晴天,一会儿工夫就阴了,又是刮风,又是打雷,风婆雷公都来了,只吓得众兄弟们躲的躲、藏的藏。炎帝忙让蚩尤收了法相。他见蚩尤如此有本领,十分高兴,就当着众儿子的面,封蚩尤为姜氏部落的接替头人。蚩尤听了他爹的分封,更是高兴得很。

不久,炎帝就死了。

炎帝死后,蚩尤当上了姜氏部落的首领。他为了反攻中原,在冀州涿鹿一带招兵买马,准备随时攻打中原。

黄帝在风后和力牧的帮助下,经过十几年的发展,中原一带成了鱼米之乡,到处一派欣欣向荣的景象。

有一天晚上,黄帝做了一个噩梦,梦见一只秃鹰自北方天空飞来,在云崖宫的上空盘旋了一阵后,突然一个猛冲向下扑来,要叼黄帝的双眼。黄帝吓得一边用衣袖扑打,一边赶快躲藏。正在这时,他身后出现了四个巨人,各持弓箭一起向那凶恶的老鹰射去。那老鹰的身上同时中了四只利箭,惨叫了一声,从天上掉了下来。黄帝从梦中惊醒,吓了一身冷汗。

黄帝将梦中的事对风后和力牧说了一遍,风后与力牧想了想说:"这个梦是个不祥之兆。不久炎帝的孩子蚩尤可能要从北方发兵攻打我们,必须早做准备。如今我和力牧年岁都高了,不能征战疆场。梦中那四个巨人,定是四员贤人强将,也正是可以制服蚩尤的人,您还是早些查访他们才是。"

黄帝听了连连说好,第二天他就离开部落上路了。

黄帝历尽了千辛万苦,终于访到了大鸿、大隗、具茨、武定四员贤臣良将。这四个人能文能武,还有变化的本领。黄帝非常高兴,就将他们一块带回云崖宫,封他们四个人为迎战大将军,封风后和力牧为后营总参军。不久,蚩尤果然发兵攻打中原。因为黄帝对蚩尤早有提防,已根据风后和力牧的建议,早令大鸿、大隗率兵在黄河以北的朝歌一带设下了埋伏。蚩尤刚一发兵,就遭到了一场猛烈的痛击,蚩尤的士气大丧。然后,大鸿、大隗装着被打败,连夜撤过黄河,在黄河南岸各大渡口布防。黄帝又将具茨、武定的大兵埋伏在邙山上的树林子里。蚩尤一觉醒来,见阵前轩辕的兵马全部撤退,过了黄河,心中十分高兴,认为大鸿和大隗害怕他,怯战而退了。于是,就让他的兵帅们南渡黄河,直捣中原。

当蚩尤的人马全部投入渡河之后,黄帝、风后、力牧见时候到了,就鼓乐一齐奏响,杀声震天,军士们精神大振,弓箭齐发。蚩尤的兵士都在滔滔的大河之中,上不着天,下不着地,有劲使不上,结果兵士们还没登上黄河南岸就死伤了大半,只好急忙后退。黄帝乘胜追击,一直追到蚩尤的老巢冀州涿鹿一带。蚩尤知道自己再没退路了,就拼死一战。他将残兵败将又收拾到一块,反扑过来。穷凶极恶的蚩尤不顾部下的死活,死命拼杀,不肯投降,黄帝与蚩尤在涿鹿一带苦战了七七四十九天,只杀得天昏地暗,血流成河,尸骨遍野。最后蚩尤见自己大势已去,就念起咒语,现出法相来,并呼风唤雨,请来了风伯、雨婆和雷公,下起大雨来,想用水淹退黄帝。黄帝让大鸿和大隗也现出法相与蚩尤决斗,并叫具茨和武定请来

第六章 黄帝时代

天女旱魃相助,制住了风伯、雨婆和雷公的大雨。最后,在大鸿、大隗、武定、具茨的奋力厮杀下,蚩尤终于被活捉。黄帝叫大隗将蚩尤斩杀于涿鹿之野。黄帝又一次平息了炎帝后裔的叛乱,胜利了。

黄帝回到中原后,为了奖赏和犒劳讨伐蚩尤有功的人,根据广成子的指点,将中原(河南大部、河北、山东、安徽的一部分)分为六大部州,分别让风后、力牧、大鸿、大隗、具茨、武定掌管。从此,天下太平,老百姓安居乐业。

后人为了纪念黄帝和他部下六位大臣的功绩,曾留诗于云崖宫的讲武门:"战败蚩尤犒旅徒,云岩深宫葬兵符;千秋永罢干戈事,蔓草寒烟锁阵图。"后人还将密县、新郑、禹县交界处的几座险要山峰,以黄帝的六位大臣的名字封了号。如今的大鸿寨、石牛山、七固堆、风后岭,就是以大鸿、具茨、大隗、风后之名命名的。云崖宫前的泉源河是以黄帝的第六位大臣武定命名,叫武定河。云崖宫东南五里处的台岗又叫力牧台,是以黄帝的第二大臣力牧命名的。

【附录】

云岩宫

南京到北京,

不如云岩宫。

三柏(百)二石(十)一所庙,

王母娘娘坐空中。

石头缝里长柏树,

老龙叫唤不绝声。

这是对云岩宫的赞颂,云岩宫是黄帝活动最集中的地方。宫前有山门,左有轩辕门,右有讲武门,内有点兵台(后成为戏楼),西有饮马泉,西南有马脊岭(黄帝遛马处)。东南有黄陵坡(一作黄路坡,黄帝出征时经过的地方),东有力牧台,又名讲武台。台上有摩旗穴,这是黄帝讲武、练兵插旗处。北有养马庄、马场沟。另有仓王——黄帝屯粮处。

黄帝第一次被炎帝打败以后，回到云岩宫，白天在力牧台练兵，晚上在云岩宫中讲武，制出奇妙阵法。再战，打败了炎帝。

据说，黄帝是从新郑轩辕丘迁居到云岩宫的。因为云岩宫这地方风景好，背风向阳。宫前有泉水流过，又很隐蔽，是个练兵讲武的好地方。黄帝访广成子后得大将军风后和力牧，战胜了炎帝。后来炎帝的儿子蚩尤又反叛作乱，黄帝又访得大鸿、大隗、具茨、武定四员大将，才打败了蚩尤。从此天下安定了下来。

后人为了纪念黄帝和他手下的几员大将，就把新郑、密县、禹县境内的几座大山，以黄帝的大将命名。

大隗山、风后岭属新郑。山上有祖师、包孝肃、孔子、父王庙。大鸿寨上有靳于中来密县修大鸿寨时坐的石椅子。在山西头有黄帝避暑洞和御花园。如今的石牛山就是具茨山，山上有个小石寨，很陡峭，难以攀登上去。云岩宫前的泉源河又名武定河，长年流水不断，如今成了云岩宫水库的水源。

讲述人：张造

采录人：高力升

记录时间：1983 年 3 月

记录地点：河南省新密城关镇

黄帝初战蚩尤

蚩尤是九黎族的首领，手下有八十一个弟兄，长得人面兽身，头上两只角，脚腿像牛蹄，耳鬓如剑戟，吃沙子，吃石头面，打起仗来，一上阵就用角抵，凶猛得很。他到处侵犯，杀烧掳掠。许多部落深受其害，叫苦连天，纷纷逃亡到黄帝部落里，向黄帝诉苦，请求除害。

黄帝下决心要为民除害。他让两个大将连明彻夜赶制兵器，挑出百十个青壮男子,每人给骏马一匹、长矛一支、弓弩一把,起早睡晚,加紧操练。

正当黄帝抓紧备战的时候,蚩尤的兵侵略来了。黄帝的兵将摆开阵势,准备迎战。蚩尤的弟兄们吼叫着,排成一排,用两只角抵着冲了过来。

两军交锋,蚩尤和兄弟们十分勇猛,战到五六个回合,黄帝的士兵被逼得只有招架之功,没有还手之力。又战了几个回合,黄帝的士兵节节败退,情况十分紧急。黄帝突然想起应龙临走时给他丢下的一个香囊,交代他:"如遇危急,需要求助,就抽一支香,放在具茨山顶上点着,我闻到香味,便知道你有了急事。"黄帝命常伯取香点燃,放在具茨山顶,只见一股青烟升起,直入云端。不多会儿,只听见风声呼呼,雷声隆隆,半空中,一只带翅膀的飞龙穿云破雾,火速飞来。黄帝一看是应龙来到,精神大振,向前冲去。应龙即刻从口中吐出一条水柱,朝着蚩尤的兵士喷去,喷得他们摇摇晃晃,步步后退。蚩尤一看情况紧急,忙从怀中摸出一个竹筒,朝空中连吹了三口气,不一会儿,雷电交加,风伯、雨师从空中赶来。风伯用剑一指,顿时狂风大作,把应龙喷的水又刮了回来,刮到黄帝的阵里。黄帝的士兵冷不防被水喷住,纷纷后退,蚩尤的士兵趁机又冲了过来。正在危险之时,只见黄龙双翅一展,尾巴一摆,口朝下直喷起来,那水柱就像一条小河,不一会儿聚成了一个大水潭,拦住了蚩尤的来路。雨师挥剑一指,只见乌云翻滚,大雨汇集成一条江河,照着水潭冲了过来,不一会儿,冲破了应龙的水阵,蚩尤的士兵趁势又冲了过来。

黄帝令常伯放出驯养的熊、罴、貔、貅、虎,只见这些猛兽吼叫着,向着蚩尤的军阵飞速冲了过去。蚩尤命他的士兵全用角抵。双方都不示弱,战了十几个回合,仍不分胜负。蚩尤命他的兵士出短剑,准备暗刺。黄帝一看,忙发号令收回群兽,蚩尤又趁势攻了上来。黄帝忙命士兵集中弹丸,摆开阵势,再战,应龙再次喷水配合,双方又混战了一阵儿,只打得天歪地斜,日月星辰移位。

黄帝趁混战之时,选了个时机,使尽平生力气,连发几颗铜弹丸,照着蚩尤头上砸去,蚩尤只见"嗖"的一声,把头一摆,又听"叭"一声,左角被打掉一个豁子。他只觉得头晕了下,定了定神,眼冒火星,大吼一声,让风伯、雨师又作起怪来。他也趁机喷吐浓雾,一会儿,搅得天昏地暗,混混沌沌。

黄帝的士兵被迷雾遮眼,晕头转向,辨不清方向,蚩尤的士兵又是一阵冲杀。在这危急关头,只见应龙腾空而起,也朝半空中喷了口雾气,立刻出现一道彩霞,只见天女魃站在云头,飘飘而来。应龙向她诉说了蚩尤作怪的经过,女魃不慌不忙,从袖筒里取出一个小宝扇,只轻轻扇了几下,雾气便慢慢散去。

黄帝与蚩尤久战不胜,又衡量了一下力量,眼下战胜蚩尤还有困难,趁大雾散去,决定迅速收兵。蚩尤虽占了优势,也觉得筋疲力尽,再加上头有点疼,也决定撤兵。他想,往次出来,无论抢什么东西,总是顺手而得,今天偏遇黄帝对抗,只顾厮杀,也顾不上抢东西了。仔细想想,不能空手,趁黄帝收兵之时,又把靠边的猪羊抢了,得住东西,拔腿就跑。

受过蚩尤害的部落,听说黄帝带兵抵抗蚩尤,有的来庆贺,有的来求援。黄帝当众挥刀砍断一棵大树,向众人发誓,不灭蚩尤,誓不罢休。

讲述人:蔡英生,75岁,教师

采录整理:蔡柏顺

记录时间:1983年3月

记录地点:河南省新郑城关镇

黄帝大战涿鹿

在涿鹿原野,黄帝和蚩尤摆开了阵势,要在这里决一死战。黄帝左有风后,右有常伯,后有力牧。风后管着指南车,常伯操纵夔牛鼓,力牧驾驶记里鼓车,大军分队编伍,整整齐齐,六种野兽经过训练也带去了,随在后面。队伍浩浩荡荡,十分威武。

蚩尤把八十一个弟兄分为九组,每组九人又分别带领着成队的士兵,阵容威严,来势凶猛。

一开始,蚩尤的八十一个弟兄横成一排,凭着铁头铜额、犀利的双角,猛冲过来。黄帝不慌不忙,打开笼子,让熊、罴、貔、貅、䝙、虎一齐冲了出去。蚩尤的弟兄们一看,根本不在乎。谁知这六种野兽经过训练,前扑后跳,互相配合,逼得蚩尤的士兵飞空走险,跳上翻下,缠搅了好长时间。这六种兽毕竟不是蚩尤的对手,渐渐败下阵来。

黄帝这才令常伯击夔牛鼓。常伯一声号令,几十个鼓槌一齐擂下去,"轰隆隆"如巨雷,惊天动地,声震五百里,连擂几槌,震了三千八百里,蚩尤的士兵被震得心惊胆战,头晕耳聋。蚩尤定了定神,又施展妖术,喷起浓雾。霎时间,灰蒙蒙,雾腾腾,啥也看不清了。蚩尤洋洋自得,他的士兵趁势向前冲去。他没料到,风后操纵指南车,带领士兵,拨开云雾,径直冲了上来。蚩尤一看黄帝又冲上来了,再施妖术,刮起阴风,顿时飞沙走石,遮天盖地。这时黄帝头顶出现五色祥云,形成各式各样的美丽花朵,金枝玉叶,十分好看,只见女魃站在云头,用扇子一拍,沙石纷纷落地。黄帝这才看出女魃又来助战了。蚩尤一看此术被破,忙施出最后一招,摆起迷魂阵来。黄帝忙掏出玄女给的飞刀,说:"飞!"只见那飞刀如火龙一般,向蚩尤阵中飞去。这时,风后也摆开阵势,常伯再擂夔牛鼓,又命士兵把野兽放出,集中全部兵力,趁蚩尤士兵慌乱,一下子冲了过去,冲破了蚩尤的迷魂阵。蚩尤听见夔牛鼓,只觉得天崩地裂,看见飞刀在自己弟兄头上,一刀一个,躲闪不及,这才觉得招架不住了,仓皇逃跑。黄帝在后边紧追,直追到黎山之中,风后亲自刺杀了蚩尤。蚩尤的士兵一看蚩尤被杀,把手中武器丢在黎山之中。因为这些器械上都有士兵的血,后来就化成了枫树林。

黄帝奖惩严明,在战场上立功的人都给予嘉奖。因风后勇立战功,亲自刺杀蚩尤,黄帝封他为天老,位置仅次于他,并把具茨山改名为"风后岭",封给风后。

讲述人:蔡英生,75岁,教师

采录整理:蔡柏顺

记录时间:1983年3月

记录地点:河南省新郑城关镇

魑魅、魍魉

传说黄帝与蚩尤在涿鹿大战,用指南车破了蚩尤大雾,大获全胜。蚩尤又请来了魑魅、魍魉为他助战。

传说魑魅原是屎壳郎所化,魍魉是蜘蛛所化。它们在东泰山(今山东泰山)一个深谷洞穴中居住,修炼了九百九十九年,再有一年就要修成正果,入班仙界。一日,魑魅与魍魉正在洞中吸那山川密林阴气,突然一只小蜘蛛前来通报,说是蚩尤大王前来拜访。他们停止作法,说:"快快有请!"蚩尤进入洞中,只见洞府深幽,若明若暗,从深处出来一股泉水,绕着长满青苔的嶙峋怪石,曲折回环,"叮咚"作响,流出洞外。抬头看那洞壁,有很多石乳、石花、石棒等,隐隐间洞中透出一股森森的阴气。魑魅、魍魉请蚩尤在一张石桌旁坐下,说:"听说大王正在涿鹿征讨轩辕,不知为何来此。"蚩尤说:"我与轩辕对阵,连连受挫,今特请二位仙师助阵,不知仙师肯否。"魑魅说:"承蒙大王器重,只是我与魍魉再有一年就要修成正果,若到世间厮杀,只怕我们的千年修炼要付诸东流。"蚩尤说:"先师修炼,无非是想到仙界享受荣华富贵,如能助我打败轩辕,取得天下,人间荣华富贵,自然尽你享用。再说,仙界又有许多清规戒律,甚是遥远,而在人间却是逍遥自在。谅先师不会舍其近而求其远。"魑魅说:"师兄,大王说得有理,人间何等逍遥!再说,也好趁此试一试你我道行。"魑魅、魍魉到底不是善类,经不起三言两语引诱,就答应了蚩尤的请求。

第六章　黄帝时代

　　一日,黄帝正令风后操练士兵,又闻夸父前来叫阵,就令常先、大鸿率领士兵迎战。两军在涿鹿城外杀了几个回合,夸父佯装战败而退,常先、大鸿紧追不舍。夸父边杀边退,渐渐将常先、大鸿等士兵引入涿鹿山中。夸父的士兵时而出现在山坡,时而出现在谷底。常先、大鸿追至一个山坳里,只见这里树林茂密,藤草丛生,虎狼奔走,鸟飞蛇行,只是不见了蚩尤军队,心想上了夸父的当,就急找出口撤兵。正在这时,突然传来哈哈大笑声,常先抬头望去,只见山头站着两个怪:一个身有碾盘大小,形状似屎壳郎;一个身有门扇大小,形状像蜘蛛。这就是前面说的魑魅、魍魉。魑魅见黄帝军队,便撅起屁股放出一股烟雾似的黑气来,那黑气一团一团地打着旋向黄帝的士兵冲来;魍魉两手捧着碗口粗的竹筒吹出一阵阵哀乐,那声音在山谷深林中回响。霎时间,整个山中到处都是悲凉凄苦的哀声。常先、大鸿的一些兵士先是闻到黑气,个个呛得咳嗽不止,喘不过气来,跟跟跄跄扑倒在地,继而听到哀乐声,似乎觉得魂灵像缕缕青烟飞出窍外。有的士兵顺着哀乐声跑进了那竹筒之中,只有常先、大鸿因为平时练武,功力深厚,才没有被毒气、哀乐吸走。他们急忙冲出阵来,带领后进的兵士逃出山来。蚩尤军大胜,为魑魅、魍魉设宴庆功并封为军师。

　　黄帝军大败,每日紧闭城门,不敢出战。一日,有一道长手持拂尘要见黄帝,一个士兵将道长引入宫内。黄帝一见是大隗真人,高兴地说:"原来是先师驾临,有失远迎,还望恕罪!"大隗真人坐下说:"我近观天象,主公有兵血之灾,特来指点迷津。"黄帝说:"先师快讲。"大隗真人说:"臣闻魑魅、魍魉最怕龙吟。咱们有熊国五指岭山以东、西泰山(今新郑西北)以北有梅山,此处梅树遍地,羚羊、梅花鹿成群,可取那羚羊角作号。那号角吹起来酷似龙叫,不愁妖术不破。"黄帝闻言大喜,令设宴招待。大隗真人说:"贫道不再打扰了,望主公速速筹划。"说罢告别而去。黄帝送走大隗真人,即命大鸿回有熊国梅山。大鸿骑着火龙驹,九日即返

183

了个来回,带来五十个羚羊号角。一日,夸父又来叫阵,黄帝令常先、力牧出战。两军先是在涿鹿之野厮杀,后来夸父又要作前次故事,引黄帝军入山。力牧将计就计,分出一队人马令大鸿带领深入山中埋伏,令大队人马紧追夸父。魑魅、魍魉见黄帝军又入圈套,立即撅起屁股施放毒气,捧起竹筒吹那哀乐。力牧、常先指挥士兵抢占山头,个个手捧羚羊号角吹了起来。五十把号角一齐吹奏,声音低沉,回环婉转,似闷雷响彻天空,似龙吟震荡山谷。魑魅、魍魉闻声,心如锤击,肝胆俱裂,魂出七窍。力牧见状,跳上前去杀那妖魔,又指挥兵士追杀蚩尤军队。夸父见事不好,带领一支人马往深山逃去,被大鸿拦住去路,两支人马又是一阵厮杀。夸父带领七八个残兵逃之夭夭。这次黄蚩之战,蚩尤用魑魅、魍魉所放的毒气,就像后来军事上的细菌战和化学战。黄帝用羚羊角吹作龙吟,就是后来军队用的军号。

采录整理:刘文学

记录时间:1983年2月

记录地点:河南省新郑城关镇

女魃战雨师

蚩尤攻打黄帝,被风后的八卦阵法打得惨败,因而终日一筹莫展,命将士死守蚩尤寨,一连数月不敢出战。一日夸父进言说:"主公,臣闻听人言,说东泰山之上有风伯、雨师二位先师,能呼风唤雨,道行极深,何不请来助一臂之力?"蚩尤闻听大喜,连说:"好好好,快快请来。"据说夸父有追日本领,涿鹿与东泰山不过千里之遥,不到一日,就将风伯、雨师请到,蚩尤一见两个怪人,心想必会妖术,就待为上宾。第二日,蚩尤命夸父打开门,领一队人马,前往涿鹿城前叫阵。黄帝一见蚩尤叫阵,即令力牧、常先、大鸿也带领一支人马出战迎敌。两军就在涿鹿之野排开战场,直杀得天昏地暗,日月无光,血流成河。两军正在酣战,突然云端出现两个怪人:一个雀头人身蛇尾,手持一把芭蕉大扇,在空中扇来摆去,顿时狂风大作,飞沙走石,树倒屋塌;一个蚕头人身大虫,躬着身腰,张着黑洞似的大嘴,对着黄帝军队吹气,顿时乌云翻滚,电闪雷鸣,大雨滂沱。你道这两个怪人是谁?就是蚩尤请的风伯、雨师。那风伯,名叫飞廉;雨师,名叫萍号。二人采天地之阴气,经千年练成妖术。

力牧、常先、大鸿等正在与夸父等鏖战,突然被狂风吹得东倒西歪,有的被大风卷走,一会又被倾盆大雨浇得晕头转向,有的被大水冲走。力牧立即呼叫撤兵。说来也怪,黄帝军队跑到哪里,那风雨就追到哪里。蚩尤见黄帝兵败,立即命乘胜追击。黄帝军队大败而归。

黄帝被风伯、雨师打败,即命祝融回中原有熊国都(今河南新郑),请应龙助战。这应龙也是黄帝身旁一员大将,传说是天上管雨水之神,有蓄水本领。应龙得到黄帝传令,立即奔赴涿鹿。三日之后,夸父又来叫阵,黄帝仍命力牧、常先、大鸿率军队迎战。两军正在酣杀之时,风伯、雨师又站立云端使用妖术,刮起狂风,倾下暴雨。这时,应龙化作一条巨大的黑龙,在乌云中昂首摆尾,张开门扇似的大口,将那倾盆暴雨吸入口中。风伯、雨师见一条巨龙将那大水吸去,又加大妖术。大风将巨龙刮得摇摇晃晃,难以在云端停立,大雨似江河决口,使巨龙难以尽收。应龙与风伯、雨师相持一个时辰,渐渐支持不住,耗尽功力,不能归天,逃到南方去了。传说,南方多雨,就是因为应龙被风伯、雨师打败后,居住在那里的缘故。

应龙被雨师、风伯打败,力牧、常先等也被风雨吹打得溃不成军。黄帝在涿鹿城头,立即命令风后挥旗撤兵。正在这时,突然从远处传来呼叫声:"爹爹且慢!"黄帝、风后正要挥旗,抬头循声望去,只见从西北天空飞来一位女郎,头似金鸡,面如月盘,身似青蛇,两翼如孔雀开屏,两脚似凤爪,倏然落在黄帝身边,说:"爹爹,勿忧,待我破他妖术!"说罢,从翅膀上拔出一根羽毛,放在手掌之上,用嘴一吹,变成一根火棍。霎时间,那火棍由细变粗,发出一道巨光射向风伯、雨师。那风伯、雨师正在得意作法，突然见一道红光射来，顿时手抖嘴颤，扇落口闭，风雨消逝。那正在追杀黄帝士兵的夸父将士，也顿时感到浑身酥软，大汗淋漓，口干舌燥，步履难行。这时，风后在城头之上，急挥熊旗。力牧、常先见熊旗挥舞，立即命令军队调头向蚩尤军杀去。蚩尤军见黄帝军杀来，立即回头奔逃，跑得慢的死于刀下。力牧、常先凯旋入城，黄帝设宴庆贺，令乐师、舞师演奏《枫鼓曲》庆祝胜利。

传说，这位女郎名叫女魃，乃是天上一位灶神，是黄帝的女儿，居住在有熊国西南一个叫昆仑山（今禹县西南）的地方，在山中采集日月之光，练就赶雨驱风之术，曾云游各地，驱赶暴风淫雨，拯救百姓。这次从昆仑山上赶来，帮助黄帝攻打风伯、雨师，也耗尽身上功力，再也飞不上天空，只好留在人间。传说她居住在北方，所以北方经常缺雨少水，人们称她为"旱魃"。

采录整理：刘文学

记录时间：1983 年 2 月

记录地点：河南省新郑城关镇

东海捉夔牛

很早以前，有一次蚩尤同黄帝打仗，请来魈魅、魍魉施放毒气，被黄帝用羚羊角作龙吟，打败了。蚩尤又从东泰山请来毕方鸟神攻打黄帝。传说，这毕方鸟神头如人面，形状像鹤，长有四肢，手脚如爪，长有两个翅膀，两目如电，叫声如狼嚎，在东泰山深谷密林之中，采阴阳之气，炼就千年仙丹，谁人服了，便能腾云驾雾，在空中飞行。蚩尤这次将毕方鸟神请到蚩尤寨中，叫它训练士兵，训练了三个月，决心与黄帝再决一死战。

这时，已是黄帝与蚩尤作战的第九年，打了五十次仗了，至今未见胜负。这年初夏的一天，蚩尤又令夸父到涿鹿城外叫阵，力牧、常先领兵出城迎战。两军正在涿鹿之野酣战，突然蚩尤寨上传来一阵"咚咚咚"的鼓声。顿时,蚩尤士兵唰唰唰地从背上张开两只翅膀,腾空而起,飞向天空,两只脚变作两只利爪,在黄帝军头上乱抓,两只手挥舞刀、斧、锤等,朝黄帝军乱砍乱砸。力牧见势不妙,立即命令士兵开弓放箭。那乱箭如飞蝗射向空中的蚩尤士兵,可惜蚩尤将士都身穿铜制盔甲,飞箭触身,都纷纷落地。力牧见弓箭不行,只好命令撤兵回城。

黄帝被蚩尤的空中飞人打败,一筹莫展。风后说:"主公,臣闻用东海流坡山夔牛皮做鼓,用雷泽的神兽骨做鼓槌,可败蚩尤空中飞人。"黄帝听罢大喜,当天就和力牧骑了马匹,向东海走去。他们一路上晓行夜宿,走过一道山,又是一道山,蹲过一条河,又是一条河,走到第八天,这日傍晚,才来到丸山脚下。抬头望去,只见山势险峻,树林茂盛,千鸟翔集。黄帝对力牧说:"看山中群鸟飞之处,必有人家,天色不早,今晚就在这山中借宿吧!"说着,又催马扬鞭,顺着一条小道,向山中走去。行了二三里,隐隐传来一阵琴声,再看那空中飞鸟,像是依琴声而舞。他们循着琴声,又走了三四里路程,见在一个山弯朝阳处,有户人家。这家院落颇大,有几间茅舍,周围用竹篱环绕,一股清泉"哗哗哗"从房屋背后流出,绕过篱笆,深入山涧。听那琴声是从这茅屋传出。黄帝和力牧下马,上前敲门,琴声停止。一会儿,从院中走出一个孩童。黄帝告诉那孩童,说是到东海去,路过此地,天色已晚,请求借上一宿,那孩童说:"老爷外出,家中只有夫人,恐有不便……"力牧说:"我们是从有熊国而来,人地两生。再说天色已晚,山野之中又多虎狼出没,我们实在别无去处!"那孩童只是摇头,就要关门。黄帝说:"小兄弟,你去禀告夫人,她若应允,我们就借宿一晚;她若不允,我们只好另想办法。"那孩童说:"那好吧,请暂且稍等。"说罢又将门关上。停了一会儿,那孩童又来开门,说:"二位客官有请。"黄帝和力牧牵了马匹,进入大院,那孩童随即将门关上。黄帝和力牧在院中两棵大树上拴了马匹,跟随那孩童走进客厅。只见厅内坐着一位妇人,五十来岁年纪,穿着青裙素衫,气质高雅,像是一位高贵家庭的夫人,只是脸上带有愁云。那孩童说:"这是夫人。"黄帝、力牧立马上前,打躬施礼。夫人说:"快快请坐!"黄帝、力牧坐了。

夫人叫丫头端来两杯香茶,又叫端来许多山珍海味,请黄帝、力牧饮食。黄帝、力牧只顾走路,行走了一天,又饥又渴,狼吞虎咽,将食物吃下。夫人问说:"不知客官到此做甚。"黄帝说:"我们是有熊国人,我叫轩辕。"黄帝说到这里用手指着力牧说:"他叫力牧,是我的伙伴。我们同蚩尤在涿鹿打仗,近日,蚩尤请了毕方鸟神教他的士兵在空中飞行,我们斗他不过。听说这东海流坡山下海中有种夔牛,以夔牛皮做鼓,可制服那空中飞人。我们这是前往东海,行走至此,多有打扰!"夫人一听高兴起来,说:"早先听老爷说过,中原有个有熊国,国君叫轩辕,忠厚仁德,武功盖世,深得万民敬仰!不想今日得见,实是上天安排。我们这是玄鸟国,老爷是部落酋长。蚩尤原先在济水时,时常派人前来,抓我族人,抢夺财物。这次在涿鹿打仗,还强迫老爷带领族人为他卖命,至今未归。你们要去东海捉夔牛,那畜生十分厉害,况在海中,不比小河、池渠。我女儿有些本领,不如叫她一同前往,或许可成!"黄帝、力牧闻听连声道谢。夫人随即叫丫环唤来她的女儿。不一会儿,一个身段苗条,头发乌黑,面似桃花,两眼如星,身着素衣的女子,像一只仙鹤落在客厅。夫人指着黄帝说:"玄女,这就是你爹常讲的那个有熊国的国君轩辕,快上前拜见!"玄女平时听爹讲黄帝是个神人,今见其人,果然年轻英俊,相貌非凡,就上前施礼说:"小女子拜见有熊国君!"黄帝急忙站起还礼,说:"使不得,使不得。"夫人说:"玄女,轩辕君去东海捉夔牛,你可助他一臂之力。早日打败蚩尤,你也可早日与家人团聚。不知你可愿意。"玄女又看了黄帝一眼说:"但凭母亲吩咐。"夫人说:"这就好,你下去吧。回去做些准备,明早只怕二位客官还要早早赶路!"玄女应声而起。夫人吩咐那孩童将黄帝、力牧引入一所房屋,送上干净被褥,给两匹马喂些草料。次日,鸡叫三遍,天色黎明,黄帝、力牧起程,玄女骑了一匹玉兔马,带上一把琴,跟随上路。夫人倚立门口,目送他们下山而去。

　　一路上,少不得又是风餐露宿,不几日便见大海。放眼望去,只见大海一旁,隐隐约约有一座山。黄帝问当地人,说那就是流坡山。他们一行三人,快马加鞭,又走了一阵,才来到这流坡山下,拴上马匹,放下行装,看那大海,无边无际。黄帝、力牧正在寻那夔牛,玄女突然惊叫起来,指着海面说:"牛,牛!"黄帝、力牧顺着玄女手指望去,只见远方有一个庞然大物,漂浮在海面上,忙问玄女:"那可是夔牛?"玄女说:"确是夔牛!"黄帝摇了摇头,叹气说:"这夔牛如此庞大,远离海岸,只怕是难以捉它!"力牧也点头说:"这可如何是好?就是游过去,三五个人也奈何不得;用弓箭射,也射它不着!"玄女笑着说:"二位不必发愁,小女子自有办法!"说着,从袋中取出那把琴来,坐在一块石头上,将琴放在两腿上,就拨了起来。那琴声十分悠扬,时而如轻风徐徐吹过,时而如春雨滴滴入土,时而如清泉叮咚作响,时而犹如千鸟飞翔歌唱……弹着,弹着,飞来的鸟儿在空中歌唱,跑来的禽兽在地上跳舞,海中的鱼虾也游过来……不一会儿,远处那庞然大物成百上千地游了过来。只见那夔牛身体特别庞大,形状像牛,苍色无角,长有一足,两只眼睛像太阳一样明亮。力牧一见,就要下海去捉。玄女以手示意,叫他不要下海。那夔牛在海中听到琴声,先是随琴声用足"啪啦、啪啦"拍打水面,后来琴声像一阵阵催眠曲,夔牛就越拍越慢,渐渐睡着了,一个个就像一堆堆漂浮物漂浮在岸边。黄帝、力牧大喜,立即跳下海去,用尽气力,往海滩上拖夔牛,一气拖了八十来只。玄女见夔牛已捉够,就停了拨琴。一会儿,空中鸟儿散去,地上禽兽走开,海面一切如常。那没有被捉的夔牛在海中吼叫一声,似打雷一样,山摇地动,有只夔牛翻腾一下,掀起阵阵海啸,降起一阵大雨。它们又向深海游去。再说那被捉上岸的夔牛,如鱼儿一般,甫看它们在海中力大无比,一旦离开大海,时间一长,就如死物一样,任人宰割。黄帝、力牧和玄女立即将夔牛皮剥了,放在力牧的马上。力牧和黄帝合骑一马,玄女仍骑自己那匹玉兔马,一路上晓行夜宿,赶回有熊国。

采录整理:刘文学

记录时间:1983年2月

记录地点:河南省新郑城关镇

夔鼓败蚩尤

黄帝与蚩尤一连打了九年仗,还没把蚩尤打败。一日,独自在军帐闷坐,心想这样下去如何得了,兵士死伤无数,老百姓啥时才能过上太平日子?想来想去,很伤心。正在这时,风后来了,对黄帝说:"主公,昨晚我观天象,看那东方岁星座,与以往不一样。往次星座周围不过是一团灰气笼罩,这次却为一团黑气所裹,且星座无光,看来蚩尤的气数已尽。"黄帝说:"蚩尤是个大英雄,如果能擒住他就好了。"风后说:"主公放心,我看这次打败蚩尤不难。一是咱们有了夔牛鼓;二是有玄女助阵;三是听说蚩尤那边人心涣散,有不少士兵逃走。"黄帝说:"咱们还是好好谋划谋划这次如何打吧!"

黄帝与风后正在商量这次如何战败蚩尤,突然军卒来报,说是蚩尤军又在城外叫骂,如不出战,就要攻城。黄帝与风后谋划完毕,就令风后排兵布阵。黄帝坐在涿鹿城头华盖伞下,左有风后,手持黄色令旗;右有玄女,面前放一把琴。左右之外,各摆四十面夔牛鼓,八十名精壮兵士手持神兽骨鼓槌立于鼓旁。一杆黄色大熊旗,在城头上迎风招展。城墙其他地方,也都布置士兵把守,刀斧林立。风后布置停当,将手中令旗一挥,城门大开。力牧、常先、大鸿、祝融等将率领士兵出城,向西南蚩尤寨奔去。

他们走了一里多路,来到一个叫蚩尤泉的地方,夸父和他的六十九个弟兄带领士兵迎上前来厮杀。两军正在激烈战斗,忽闻"通通通"三声鼓响,力牧、常先、大鸿知道是蚩尤又在擂鼓用空中飞人,也不管他,只管带领士兵厮杀。蚩尤士兵闻听鼓响,又是个个张开翅膀腾空而起,在空中行走,如走平地,砍杀黄帝士兵。风后闻听蚩尤寨上三通鼓响,立即将令旗一挥,玄女当即用力拨动琴弦。只听那琴声"铮铮"几声响,如翻江倒海,万马奔腾。霎时间,从东方黑压压地铺天而来一群雄鹰。雄鹰听那琴声变化,飞往战场。力牧、常先一见雄鹰飞来,立即脸面朝下,伏在地上。雄鹰在空中与蚩尤士兵搏斗,有的啄眼,有的叼头,有的用爪乱抓。蚩尤士兵用手中刀斧乱砍乱杀,有的被啄伤从空中掉了下来,有的招架不住,纷纷后退。

这时,蚩尤见势不妙,又急擂了几下进军鼓,也鼓动起两只翅膀,手提铜锤,杀上阵来,号令夸父和他的弟兄督战,只许进攻,后退者杀。蚩尤士兵见蚩尤亲自上阵,也增添了勇气,强忍疼痛向前厮杀,雄鹰纷纷坠地。风后一见阵势有变,立即挥动令旗。玄女见风后令旗,立即改拨琴弦。这时只听琴声如大潮回落,缓缓而流。无数雄鹰先是冲向云霄,继而在空中打了一个旋,又飞向东方。蚩尤见雄鹰飞去,在空中哈哈大笑起来,说:"轩辕败了,轩辕败了!"蚩尤士兵一阵欢呼。正在这时,只听从涿鹿城头传来"咚咚咚"一阵鼓声。蚩尤士兵听见鼓响,只觉天旋地转,山河震荡,如击心肺。传说,那夔牛鼓一震五百里,连震三千八百里。这四十面大鼓一连擂了九下,只吓得蚩尤士兵魂飞天外,肝胆俱裂,纷纷从空中坠地,叫苦连天。力牧、常先一声口哨,令士兵起来,围杀蚩尤士兵。力牧高喊:"投降者活,抵抗者死!"士兵们也都随着高喊:"投降者活,抵抗者死!"夸父的六十多个弟兄和士兵见大势已去,都纷纷投降,唯独蚩尤、夸父还在拼死抵抗。力牧、常先、大鸿将蚩尤、夸父团团包围。夸父往外突围,被力牧拦住,一刀下去,结果了性命。蚩尤见寡不敌众,张开翅膀,腾空而起,逃往荤粥(居住在今内蒙古自治区的古荤粥族)。蚩尤往前飞行,来到这凶黎之山,正要收敛翅膀,休息一下,突然从树林中传来喊声:"还不快快投降,你往哪里逃!"蚩尤一看是应龙在此,立即张开翅膀,飞向天空。应龙穿有素女所赐的草鞋,也腾空而起,手拿金斧追赶过去,和蚩尤在空中一来一往交战。两人战了一个时辰,蚩尤身负有伤,战应龙不过,就想逃走。这时,应龙抛出一条锁链,套在蚩尤脖子上,将蚩尤拿住,押解回涿鹿城。

黄帝听说蚩尤被擒,大开城门,带领群臣相迎。黄帝上前亲自为蚩尤解下锁链,连声称赞:"英雄,英雄!"蚩尤跪倒在地,羞愧地说:"主公才是真正的大英雄。蚩尤自愧不如,甘愿在主公帐下称臣。"黄帝大笑说:"有蚩尤辅佐,天下何愁不宁。"即封蚩尤为上将军。黄帝战败蚩尤之后,又在釜山(今涿鹿县西北)会合各路诸侯,庆祝胜利,令各个诸侯交出兵符和兵器。黄帝会诸侯之后,令各诸侯同士兵回归自己部落,自己也率领有熊部落士兵回到有熊国,将运回的兵器、兵符藏于云岩宫(在今新郑西北)中。为此诗人钱青筒作《讲武门》诗云:"战败蚩尤犒旅徒,云岩深宫葬兵符;千秋永罢干戈事,蔓草寒烟锁阵图。"

采录整理:刘文学

记录时间:1983年2月

记录地点:河南省新郑城关镇

玄女救黄帝

远古时候人烟稀少,到处野草丛生,林茂树密,虎狼成群,交通十分不便。当年轩辕黄帝常从有熊国都前往具茨山北的云崖宫讲武练兵。

一个严冬季节,黄帝从国都出发时已经是下午了,天又阴得很重。走到半路上,下起大雪来,返回去吧,路已经走了一半,与其走回头路,不如赶到云崖宫,于是他顶风冒雪继续往前走。风雪越来越大,没多大会儿,荒草岗上就下了一尺多厚的积雪。

轩辕黄帝走啊,走啊,直到天黑也没走出那片荒草岗。原来风雪太大,到处一片白茫茫的,他迷失了方向。天黑以后,雪下得更大了,四周被白雪映照得明晃晃的,几步之外都看不清楚。远处不断传来狼嚎声。轩辕黄帝顾不了这些,紧握宝剑,壮着胆子,迎着风雪继续往前走。他也不知走了多长时间,后来发现又走回到了原来那棵大松树下。黄帝实在太累了,就靠在松树上喘气,想暂且休息一下,找找昔日走过的路径再开始走。这条道尽管轩辕黄帝走过无数遍,如今暴风雪把四周的景物全部覆盖,昔日记忆中的景物和道路怎么也找不着了。此时他只觉饥肠辘辘,又冷又累,浑身没一点力气,真想找个背风挡雪的地方歇下来,等暴风雪停了再走。可是在这荒岗野岭上,除了沟壑、树林、石头、荒草外,就是打得人睁不开眼的暴风雪,哪有可供人休息的地方?轩辕黄帝只好靠在松树上歇了一会儿,又强打精神往前走。他走着,走着,只觉得足下一步踏空,滚进一个雪窟窿里。雪很松软,他没有跌伤,也没有摔痛,可是这个雪窟窿很深,他扒呀,爬呀,就是上不去。轩辕黄帝想这下算完了,在这荒无人烟的地方,又掉进了雪窟窿里,冻死荒野连知道的人都没有。他虽然这么想,可是仍然继续往上扒呀爬的……后来,他终因又饥又冷又累,就昏死在雪窟窿里了。

不知过了多长时间,轩辕黄帝觉得有股热气扑向他的脸,还有一股烤肉的香味直往鼻子里钻。他慢慢地睁开眼睛,恍惚中看见一个少女端着一瓢热汤正往他嘴里灌。几口热汤下肚后,轩辕黄帝醒过来了。他发现自己躺在一堆松软、温暖的草上。灌他热汤的少女见他醒过来,高兴地说:"可醒了,可醒了!"

轩辕黄帝急忙起身问道:"请问姑娘,你是何人?我怎么会在这里?"少女说:"我是谁并不重要,重要的是你能死里逃生才是万幸。"

那少女又把轩辕黄帝按到草铺上,给他递过来一只烤得喷香流油的烧兔子。黄帝饿急了,接过烤兔就大吃起来。黄帝吃罢又喝了热汤之后有了精神,起身跪在草铺上要给那少女叩头。少女急忙制止说:"黄帝不必给我行礼叩头,你要谢该谢西天王母才是。"黄帝不解地望着她。少女笑着说:"我是西天王母的大徒弟,名叫玄女,人称九天玄女的就是我。

昨晚我师父做了一个梦,梦见有贵人有难在此,特差遣我前来相救。我来到这里,果然发现了你在雪窟窿之中,就把你救到这个洞中。"

轩辕黄帝听罢,急忙下跪给仙姑叩头:"既然您是西天王母遣来救我的,就拜托仙姑代我谢谢西天王母了。"玄女急忙把轩辕黄帝扶起来说:"我来此救你之前,师父曾交代我说,不久北方有蚩尤将进犯中原,你有大难一劫。为了战胜蚩尤,消除此患,师父让我协助你在具茨山下设四十五里军马营和供军马营所需之草料场。只有你的部落兵强马壮,草足粮丰,才能最后战胜蚩尤,安定中原,统一天下。"

轩辕黄帝问玄女如何设四十五里军马营和草料场。玄女说:"这个地方林茂草盛,又地近都城,就在这个荒岗上设一个草料场,在具茨山东再设一座四十五里军马营,把你的军马兵丁调集于此养精蓄锐,等蚩尤的兵力不济时,再调军马营的兵马反攻,蚩尤定会失败。"

黄帝听罢,不住点头称是。事后他遵照玄女言,从国都和养马场调来大批人丁和战马,会集于四十五里军马营中,派强将力牧、常先指挥操演训练。又在国都西北那片荒岗密林中,兴建了一座大型草料场,屯足了粮草。后来果然应玄女之言,黄帝打败蚩尤,安定了中原。

记录人:高力升

记录时间:1983年2月

记录地点:河南省新密城关镇

黄帝巧摆八卦阵

黄帝与蚩尤战了好多年,也制服不了到处吃人行凶的祸害精蚩尤,愁得他吃不下饭,睡不好觉。

一天,他忽然想起有一次交战时,蚩尤装败逃跑,自己率兵闯入迷魂阵,转得晕头转向的事,心里一亮,想出一个打败蚩尤的办法。打这以后,黄帝假说要去北方打荤粥,不和蚩尤打仗了,天天教士兵们练兵习阵,按乾、坎、艮、震、巽、离、坤、兑八个方位,将部卒依方位穿插变化阵势,一变一样,共能变八八六十四种不同阵势。每一种阵势都能攻能守,能互相支援。这就是兵书上流传的有名的"八卦阵"。

阵法练好了,黄帝便率领这支军队回到了黄帝城。蚩尤得到这个消息,心中大喜,立刻请来一批野人助战,带领九黎族全部士卒耀武扬威地杀向黄帝城。到了城前一看,城门紧闭,任他叫骂,站在城头上的军士有耳只当听不见,就是不出城交战。气得蚩尤两眼冒火,"嗷嗷"怪叫,命令士兵去四野割柴草、砍树木,来个放火烧城。

就在这当儿,黄帝的大臣风后领着兵杀出城来了。蚩尤一见,连忙把他的兵卒叫回来,挥动石斧、棍棒,将风后团团包围住。

风后不慌不忙,先指挥兵卒往黄帝城里撤。蚩尤赶紧带着兵阻拦风后进城的去路。风后把令旗一挥,兵将就改变方向,向城东北的平川冲去,沿源水河岸跑。蚩尤心想,这回可该打胜仗了,指挥部下没命地追赶,一股劲就追出十几里。眼看就要追上了,蚩尤心里正得意,没想到黄帝率着伏兵突然从田野里、竹林中杀出来,一下子就把蚩尤的兵马全部给围住了。蚩尤知道上了黄帝的当,马上命令士卒突围。可是,他往哪里冲,黄帝的旗子就往哪里指,怎么也冲不出这个八卦阵去。黄帝的兵卒这一队杀出来,那一队杀过去,把蚩尤的兵马杀得七零八散,死了好多好多。

蚩尤在八卦阵中也迷失了方向,心慌意乱,不知该怎么办好,只好瞎打乱拼。他仗着自己武艺高强,力大无穷,最后总算免遭一死,带着伤冲出来。这也是瞎猫碰见死老鼠,撞对了。他闯的那个阵口正好是卦阵的"巽"字阵,八卦阵中,只有这个阵口能活命。他出了阵,就没命地钻进山沟里,逃跑了。后来,人们便认为八卦中"巽"字方位吉利。直到现在,有人盖房圈院,还总要留个"巽"字门不可,说这种门出入能顺,迎喜接福。

当年黄帝摆八卦阵的地方,后来住上了人家,为了纪念这件事,就取名叫"八卦村"。

采录整理：李怀全

（选自涿鹿县志编纂委员会编《涿鹿县志》，河北人民出版社1994年版）

风后八卦阵

传说，黄帝与炎帝在阪泉（今河南省扶沟县境）打了三次仗。炎帝服输，与黄帝讲和，将神农部落合到有熊国。这有熊国在黄帝、炎帝的治理下，国家更加强盛，百姓更加富裕，人口迅速增多，成为中原最强大的部落联盟。

不久，居住在有熊国以东（今河南东部）和居住在黄河以北的许多部落纷纷前来有熊国求援，说是济水（今山东省西部）一带有个九黎部落，他的首领叫蚩尤，手下有八十一个弟兄，个个长得凶神恶煞，到处侵占土地，抢夺财物，杀人如麻。许多部落一听说蚩尤来了，不是归降，就是逃跑。如果有哪个部落稍有抵抗，就被杀个孩娃不掉。那些来请求帮助的人说："都说有熊国强大，首领黄帝宽厚仁慈，乐于扶危解困，只有他才能解救我们！"黄帝听了，命令安排好这些来求援的人，立即召集风后、常先、大鸿、力牧、祝融、刑天等商议此事。祝融说："那些来的人所说一点不假，几年前我们神农部落曾与蚩尤打过一次仗，被打得一败涂地，我们的士兵一听说蚩尤来了，吓得直打哆嗦，不要说打仗了。我看蚩尤离我们甚远，还是不要惹他。惹了他，他要专给我们作对，恐怕我们就不得安宁了。"风后接着说："这话就不对了，我们同那些来求援的部落亲如兄弟，兄弟有难不去相救，谓之不义。蚩尤作恶，我仍不敢惩讨恶人，谓之不武。这不义不武之人，谁还敢信赖？再说，如果今天我们不去征讨蚩尤，来日蚩尤必定会找上门来，倒不如现在趁他羽翼未丰，我们团结兄弟部落，共同对敌，或许能取胜！"风后说罢，其他大臣也都议论纷纷。黄帝说："大家不要再争论了，风后所言极是，兄弟有难我们应当相帮。只是蚩尤厉害，我们要十分小心才是！"于是命风后调集军队，连日北上，直达涿鹿

(今河北省涿鹿县),在涿鹿附近(今矾山镇西)召集北方各部落首领,商量如何对敌。

可是许多部落酋长却说他们害怕蚩尤,不敢与他打仗。无论黄帝怎样给他们打气鼓劲,他们还是直摇头,说是除非天神下来,地上没有人是他的对手。黄帝无奈,只好叫自己的将士在前面攻打蚩尤,其他部落在后面助威。一日,蚩尤听说有熊国的轩辕黄帝来到涿鹿救援这里的部落,对他的八十一个弟兄说:"我正想去中原,攻打黄帝做天子,不想他倒送上门来,这下保管叫他有来无回!"说罢,就令夸父等人做好准备。三日后,夸父率军来到黄帝军营前叫阵,黄帝就命常先、大鸿、力牧出战。两军在一座叫矾山的地方排开战场。

这时,只见蚩尤在一个山岗高处,像一尊天神似的坐在那里,身旁竖着一面青色蚩旗。夸父等人带领的兵士个个长得人身牛首,四只眼睛,六只手,鬓发像剑,头上长着两只角,手里举着明晃晃的刀,向常先、大鸿冲来。黄帝的军队过去只是听人说过蚩尤的军队铜头铁额,刀枪不入,现在看了这般模样,不由得心口"怦怦"乱跳,两腿发软,两条胳臂发抖。蚩尤的军队冲了过来,有的用角抵,有的用脚踢,有的用刀砍。黄帝的兵士轻者伤残,重者被抵死。刀砍在黄帝兵士的头上,像切西瓜似的,头在地上乱滚;砍在身上,不是胳膊腿折,就是劈作两截。而黄帝军队用的是石刀、石斧、木棍,砍在蚩尤兵士身上连道白印都不留,只有用棍还能打死几个。双方没打上几个回合,常先、大鸿就被打得落花流水,逃回军营。

黄帝军队第一次与蚩尤打仗,被打得惨败。黄帝终日愁眉苦脸,吃不下饭,睡不好觉。风后是有心人,命人到战场上捡回蚩尤士兵的衣帽和刀枪叫黄帝看。原来,蚩尤士兵穿的都是牛皮做成的盔甲,头上的两只角是两把刀子,鞋上是带尖的骨头,用的武器是铜做成的,难怪蚩尤军队这么厉害。风后说:"看来我们低估了蚩尤。我们要想战胜他,要赶快做好几件事:一是我们与蚩尤的战争必定是持久战,眼下要赶修一座城堡,以防蚩尤偷袭进攻；二是要尽快找到铜，赶制刀枪、弓箭；三是也要仿制盔甲；四是要学习阵法。"黄帝听了连连点头称是，立即命令祝融回有熊国（今河南新郑一带），组织工匠到首阳山（今河南偃师县西北）采挖黄铜，铸造刀枪；在国都缝制盔甲战衣。又令力牧、常先组织当地部落连夜修建作战城堡——涿鹿城（又叫轩辕城）。令风后教军队演习阵法。黄帝还传令，各将士务必坚守营盘，不管蚩尤如何叫阵，未得军令不得出战，违令者斩。

三个月后，黄帝准备停当。一日，蚩尤又令夸父来叫阵。黄帝坐在涿鹿城城头华盖伞下，身旁站有几位士兵，城头上插一面熊旗。这时，城门大开，风后站在战车上率军队潮水般涌出。士兵个个盔甲明亮，刀枪耀眼，又经过风后训练，斗志旺盛。风后率三万军队，在涿鹿城东一个山坡处（今八卦村），按照乾、坎、艮、震、巽、离、坤、兑八个方位布阵。蚩尤闻听黄帝军队出城，就亲自率大军从蚩尤寨（今砚山镇西南），浩浩荡荡冲了过来。蚩尤将士以为黄帝军队根本不是自己对手，不管什么阵法就冲了进去。风后先布的是天履阵，只见他立于八卦阵中央战车之上，手持黄色旗帜，在空中摆来摆去。随着黄旗变换，阵势一会儿变为地载阵，一会儿变为风扬阵，一会儿变为龙飞阵，一会儿变为垂云阵，一会儿又变为虎翼阵，又一会儿变为鸟翔阵。蚩尤士兵在阵中，先是恃强好勇，管你什么阵法，只管乱杀乱砍，砍了一时就丧失了锐气，时而像包馅饼似的被包围，时而像夹层蒸馍似的被层层相夹。有时看见前面有个缺口，想冲出去，可是待要往外冲时，突然面前又像是堵厚墙，被围了起来。有时突然看见前面出现几条街道，正顺着街道跑时，忽然街道不见了，眼前又出现遍地龙蛇飞舞，张牙舞爪地扑过来。蚩尤军队像没头蚂蚱似的在阵中乱碰乱撞。风后最后变作蛇蟠阵时，也是蚩尤命不该绝，才从巽门逃了出来，回头看看八十一个弟兄，死了十二个，手下士兵也损失了十之七八，只得没命似的逃回蚩尤寨。

传说，黄帝战胜蚩尤后，风后回到自己的封地风后岭（今河南省新郑市西南具茨山上）将这八卦阵势写作《握奇经》。到了唐代，大军事家独孤及在具茨山北一个叫云岩宫的地方立碑刻作《风后八阵图记》。河南新郑人还把风后的《握奇经》收录进《新郑县志》，使之流传至今。

采录整理：刘文学

记录时间：1983年1月

记录地点：河南省新郑城关镇

指南车破雾

传说上古时候，蚩尤与黄帝在涿鹿大战，有一次请来风伯、雨师助战，将黄帝打败了。正在这时，黄帝的女儿女魃来了，施展法术，将风伯、雨师打败，黄帝又打了个大胜仗。蚩尤兵败之后，终日吃不下饭，睡不着觉，抓耳挠腮，坐立不宁，心想，这可怎么办？打不败黄帝，不要说做天子了，就是自己的部落也保不住。他想啊想啊，突然拍了一下腰，这一拍不打紧，蚩尤高兴得差点跳起来，说："啊呀！我真晕，我不是有'雾母'吗？"立即唤来夸父，叫他带领那六十九个弟兄（另外十二个在风后八卦阵中死亡）去涿鹿城叫阵决战。这涿鹿城就在涿鹿山东北一个高土丘上。

蚩尤就在涿鹿城西南二三里地的一个黄土崖上，中间是一片凹地。黄帝见蚩尤军又来叫阵，就又令常先、大鸿、力牧率领将士出城迎战。两军先是在涿鹿城下厮杀，打了一个时辰，夸父假装败退，将常先、大鸿、力牧等引入蚩尤寨下，两军正在激战之时，突然战场上起了满天大雾，向黄帝军中冲来。这时，黄帝和风后正在涿鹿城头观阵，大吃一惊，朝着起雾方向望去，只见蚩尤和一个兵士站立蚩尤寨上，两手撑着一只大口袋，正对着黄帝军队喷雾。

传说，蚩尤曾取先天纯阴之气练成雾，将它储藏在一个山洞里，待要用时,将雾装在一个袋里。这个袋子名叫"雾母",长八尺,宽二尺,能展能卷,形状似一块帘幕,因此人们又叫它"雾幕"。若是打开袋口,就从袋中喷出炊烟似的大雾;若是将它展尽,就喷出弥天大雾,对面不能见人;若是将袋口卷起,则天地渐渐复明。黄帝军队在大雾之中不辨东西南北。常先、大鸿见势,高声呼喊:"冲出去!冲出去!"士兵听到呼唤声,也高声呼叫:"冲出去!冲出去!"说来也怪,不论黄帝的军队冲到哪里,那大雾就跟到哪里。过了大约一个时辰,黄帝的军队仍然被大雾包围着。蚩尤听不见呼叫声,就将"雾母"口袋收起。一会儿,战场上渐渐复明,只见尸体遍野,黄帝的军队只有部分将士逃回涿鹿城去。

这次战斗,黄帝军大败,又是数月紧闭城门,不敢出战。黄帝无计,只好带领风后,回有熊国另想良策。一日,黄帝来到西太山(今河南新郑西北)行宫,刚刚坐下休息,突然有一人头鸟身的女子从天空飞来,落在黄帝跟前。黄帝立即站起,跪在那女子面前,连连叩头说:"不知上仙驾到,请恕罪。"那女子宛然一笑说:"不必客气。我是天上的九天玄女,知你有难,特来帮你,只是不知你想叫我怎样帮你。"黄帝不敢抬头,回答说:"我与蚩尤已经九战,到现在还没有打败他,眼下蚩尤的大雾很厉害,我实在想不出更好的办法制服他,请上仙赐教。"玄女从怀里掏出一张图交给黄帝,说:"你依此图仿造一指南车,可破蚩尤大雾。"玄女说罢,展开翅膀向天空飞去,黄帝再三拜谢。正在此时,忽听有人呼唤:"主公,主公!"黄帝被风后呼叫惊醒,睁眼一看说:"哎呀!刚才我做了一个梦。"说着看手上真有一张图,就把刚才梦中之事向风后说了一遍。风后看罢图,高兴地说:"这下可好了!"

黄帝命风后立即回有熊国都,依图制造了二十辆指南车。一日,蚩尤军又到涿鹿城前叫阵,黄帝叫大开城门,令常先、大鸿率领军队出城门。只见军队前面一辆战车有四匹马拉着,车上有一赶车人,另有一人扛着一面黄色熊旗。战车之后又有二十辆两轮木车,每辆都有一人在后面推着,车上站着一个木人,向前伸着手指,无论那车朝着何方,车上木人都手指南方。这二十辆指南车之后,又有一辆四轮木车,由熊、黑、虎、豹拉着,车上坐着黄帝。黄帝背后插着一根黄色木棍,棍顶有一把黄色大伞。这黄伞周围有五色云气萦绕,像是金枝玉叶,其上有花葩之象,因此,人们都叫它"华盖"。传说,这华盖是黄帝制作的,行到哪里,哪里就会呈现吉祥。黄帝乘坐的华盖车之后,是二十队士兵。蚩尤见黄帝军队到来,又在蚩尤寨上张开"雾母",施放大雾,战场被大雾笼罩。黄帝因有指南车指示方向,任凭蚩尤作雾再大,也不会迷失方向。那大雾冲到黄帝华盖之上,顿时化为缕缕青烟消失不见。蚩尤见施放大雾无效,立即收回"雾母",命令撤兵回寨。

黄帝见蚩尤撤兵,也传令常先等收兵回城。黄帝想,这指南车虽能辨别方向,破蚩尤大雾,但总不能每次打仗都带指南车,彻底破除蚩尤法术才是根本。黄帝正在苦思冥想,突然见奢龙踩着云朵从天空而来,说:"主公,臣听说涿鹿山中有一深洞,有蚩尤练成的大雾,如将此洞打开,尽放洞中雾气,蚩尤也就无法施雾了。"黄帝听罢很是高兴,说:"你可知道此洞在何处?"奢龙说:"近日,我在天宫看得清清楚楚。"说罢,黄帝便骑上奢龙,由一团黄色云气笼罩,奔向涿鹿山。奢龙在山中盘旋了一会儿,落到一个深谷悬崖之上,用一前肢指着一个洞说:"就是这个洞。"黄帝走上前去,见是用石块垒着,外面涂有泥巴,伸手将泥巴揭掉,从石缝中透出一缕雾来。黄帝又将石块搬开,突然从洞中冲出团团大雾。奢龙说:"主公快走!"黄帝立即骑上奢龙腾空而去。这时只见涿鹿山一带被浓烟似的大雾笼罩,整整持续了七七四十九天,大雾方才消失。从此,蚩尤再也无法施雾了。

采录整理:刘文学

记录时间:1983年3月

记录地点:河南省新郑城关镇

摩旗山

在有熊国都西北四十多里的地方(今新密市东北白寨镇境内),有一座山叫摩旗山,山上有个碗口大的洞穴,有四五尺深,当地人都叫它摩旗穴。传说,这个洞穴就是当年黄帝战蚩尤时,与风后演习八卦阵时插令旗的地方。

传说,很早以前,蚩尤从河北涿鹿南下攻打中原,一直打到黄河边上,占领了有熊国北部不少地方。黄帝当初因为兵少将寡打不过蚩尤,就把军队撤到摩旗山一带,想凭险据守。风后说:"主公啊,我看咱们打不过蚩尤有以下原因:一是咱缺少良将,二是打法不行。咱不能与蚩尤硬打硬拼,咱将少,他将多,咱兵少,他兵多,这样打还是要吃败仗,咱给他斗阵法,这兴许能打败他。"黄帝听了说:"好好好!那我去访求贤将,你就安排演习阵法吧。"风后说:"中啊。"

黄帝出去访求良将去了,风后把他多年研究的八卦阵战法图拿了出来,给将士们讲解。讲了两个月,黄帝将访得的良将力牧、具茨、大隗、大鸿、常先、武定、应龙、太山稽等也带到了摩旗山。

黄帝有了众多的良将,又有了风后的八阵法,就封风后为帅,叫他担任八阵战法的总指挥。封力牧、大隗、常先、具茨等为将,各带一队人马,按阵法操练。原来打仗主要是将对将、兵对兵厮杀,现在呢,按风后八阵图打仗,必须统一指挥,统一部署,统一号令,该进则进,该退则退,各个作战队伍必须配合,方能百战百胜。如有一个作战单位在配合上出了问题,就可能造成全军覆没,但是用啥号令去统一指挥呢?大家想啊,想啊,有的说用号,有的说用鼓。大家都说不行,用号用鼓,只是叫军队前进或后退,要是按照八卦阵法打仗,千变万化的,打得又很激烈,谁能听准吹了几下号,敲了几下鼓?突然黄帝说:"看这样行不行,用几样东西染上不同的颜色,把东西插到山顶上,很远都能看到,我们的将士只要看见插的东西变了颜色,阵法就随着变。该进则进,该退则退,该左则左,该右则右,这样不就方便了吗?"风后说:"这倒是个好办法,不过用什么东西染色呢?"黄帝想想说:"不知用做衣服的丝绸咋样。"风后说:"丝绸结实,用它统一号令保险,中。"黄帝说:"咱给这东西起个啥名字呢?"风后想了一会儿说:"你不是用它统一号令吗?咱干脆就叫它令旗好了。我们再在令旗上穿一根长竿,将它插到这座山的最高处,你看咋样?"黄帝说:"中,这老中。"

黄帝让嫘祖做了七面又长又大的令旗,染成红、黄、蓝、黑、白、紫、绿七种颜色。令旗做好了,黄帝把众将召集到山上,对他们说:"现在制成了七面不同颜色的大旗。作战时,风后把黄旗插到山坡上,大家看见黄旗就摆虎翼、风扬阵,看见黑旗就变蛇蟠、地载阵,看见绿旗就变鸟翔、云垂阵,看见白旗就变龙飞、云覆阵,看见红旗各队就一齐奋勇向前拼杀,看见蓝旗各队就围剿蚩尤士兵,看见紫旗各队就撤兵。"黄帝说到什么旗,就举起什么旗叫大家看。大家看了看都说:"棒极了!看旗就知道啥打法。"

众将回兵营后,黄帝让人砍了七根长竹竿,把各色令旗穿好,然后又让人在山顶上凿了一个四五尺深的穴,叫风后把这些令旗插到这个洞穴里指挥练兵。风后按照八卦阵,整整练了三个月,就把军队开到黄河北,把蚩尤给活捉了。

后来,当地人就把黄帝与风后插旗练兵的这座山叫作摩旗山,把插旗的那个洞穴叫摩旗穴。现在摩旗山上那个摩旗穴仍然可见。

采录整理:高力升

记录时间:1983年2月

记录地点:河南省新密城关镇

绵羊救驾

在有熊国都西北的云岩宫附近,有个村庄叫石羊庄。村外有两只坐北朝南的大石羊。这两石羊身躯高大,犄角高耸,双目有神,十分可爱。

当地老百姓叫这俩石羊为"石羊大仙",初一、十五有不少人为它们烧香摆供。据说,当年黄帝战蚩尤时这两只石羊救过驾,因此受到人们尊敬。

很久以前,蚩尤为占领中原,与轩辕黄帝在河北摆开了战场。蚩尤指挥他的大军猛攻黄帝的防线。黄帝麾下的将士们坚守自卫,双方打得十分激烈。蚩尤胜战心切,见前线硬攻一时很难取胜,就心生一计,悄悄地派麾下得力干将震蒙氏带领三千精兵强将,偷偷窜到黄帝的军事大本营具茨山一带,妄图发动突然袭击。

这天,黄帝正与风后研究如何打败蚩尤。风后把他在具茨山潜心研练的八卦阵图详细地告诉了黄帝。黄帝对风后的八卦图十分赞赏,决定第二天调兵在具茨山北的台儿岗上演习阵法。两人看天色已晚,将八卦阵图藏好,正要休息,忽然听山下喊杀声震天,不知发生了啥事情。这时,一个守宫的士兵急急忙忙地跑来禀报说:蚩尤派兵偷袭具茨山来了,守卫的士兵顶不住蚩尤兵的冲杀,已经败退下来。

黄帝与风后一听可着了急,因为大将力牧、大隗、常先、武定都在前方作战,只有很少一部分士兵由大鸿带领,留守在具茨山一带。黄帝吩咐来报士兵传信给大鸿,让他拼死也要抵挡住蚩尤的进攻。

传信的士兵走后不久,蚩尤士兵的喊杀声更近了。黄帝与风后站到具茨山顶朝风后岭一看,大吃一惊,只见蚩尤士兵高举火把,一路大杀大砍,"啾啾"号叫着向具茨山逼来。大鸿招架不住,就要退到具茨山下。黄帝与风后见情势万分紧急,急忙下山接应大鸿。

黄帝与风后都有超凡武艺,从二更杀到三更时分,只杀得蚩尤士兵尸横遍野血流成河。可是蚩尤士兵仍拼命厮杀。黄帝的士兵也死伤大半,大鸿早已杀成了一个血人。黄帝看看实在抵挡不住蚩尤士兵,不得不边杀边退,正要退到山脚下时忽然见蚩尤士兵大乱,以为是自己的援兵到了,就带领士兵,向后撤的蚩尤士兵追杀了回去。追杀到阵前,只见两位神仙正指挥成千上万只大绵羊围攻蚩尤士兵。这些绵羊蹄蹚角抵,横冲直撞,十分凶猛。蚩尤士兵有的被羊群蹬倒站不起身,有的被羊角抵伤,有的被锐角刺入胸膛,血染黄沙。黄帝与风后见此情景,带领士兵们一边高喊,一边猛杀猛砍。不到一个时辰,震蒙氏招架不住,带残兵逃窜。黄帝大获全胜,来到两位神仙面前叩头拜谢。二位神仙急忙将黄帝扶起,说:"请黄帝、风后不必多礼,快快请起。"接着说起了救驾的根由。

原来这两位神人是摩旗山山神爷的两个护山大仙,是千年修炼成人形的一对大绵羊,掌管摩旗山下金磨坊里那对金马驹、银马驹,专为上天玉皇大帝磨金豆子。这天下午,山神爷往玉皇大帝那里赴宴去了,他们卸磨后,拴好金马驹、银马驹,出外游玩散心,正巧遇上蚩尤士兵偷袭黄帝兵营。这两个绵羊大仙早就听说黄帝是个仁义之君,有心助他一臂之力,今天正好碰上,就念动真言,施用法力,招来万只绵羊与震蒙氏摆开了群羊阵。

黄帝听罢十分感动,为了答谢两位绵羊大仙的救驾之功,请他俩去具茨山做客。两位大仙说:"不打扰了。我们五更鸡叫前必须赶回摩旗山。"黄帝与风后听罢不便强留。正在这时,远处鸡鸣,两位大仙大惊,急忙腾云而去。可是晚了,只见天空一道闪电,一声雷鸣,两位绵羊大仙被打下云头,落在凡尘,化作两只大石羊,再也动弹不了啦。

后来,这两只大石羊旁边慢慢地形成了一个村庄,人们叫它"石羊庄"。

采录整理:高力升

记录时间:1983 年 2 月

记录地点:河南省新密城关镇

撤兵岭

在新密市西南平陌镇附近,有一条长满皂角树的沟,人们叫它"皂角树沟"。在这条沟的南面,有一道东西绵亘的山梁。山上长满了老槐树,人们称它"槐树岭"。相传当年黄帝与蚩尤在这里打过仗,蚩尤吃了败仗,要跑,人们便称这道岭叫撤兵岭。

据传,在这以前,先是黄帝吃了败仗,带领兵将退到了皂角树沟。黄帝打败仗的原因是,蚩尤除了发动大规模的正面攻击外,还派手下得力干将震蒙氏带领兵将深入到黄帝后方,制造混乱,进行骚扰,弄得黄帝防不胜防。

黄帝退守皂角树沟后,就与风后、力牧等将领商量对敌良策,商量了很久也没商量出个子丑寅卯来。黄帝闷闷不乐地走出营寨,来到一棵大皂角树下。这时,风后追了出来,说道:"我有办法了,我有办法了。"黄帝忙问他想出了什么办法。风后说:"让自己的兵和百姓都暗暗戴上标记,没有标记的就是敌兵。"黄帝听罢,认为这倒是个好办法。可用什么做标记呢,一时又为难起来。

正在这时,一片肥厚、青绿的皂角树叶飘落到黄帝面前,他顺手拎起树叶,一边撕着,一边沉思着。撕着撕着,黄帝紧皱的眉头突然展开了,笑着对风后说:"有了!有了!"接着他给风后说了他的想法:"皂角树的叶肥厚、青绿,不怕太阳,即使干了也不脱胶,用它做标记,插在士兵和老百姓的发结上不是很好吗?"风后听罢,也认为是个好办法。第二天,黄帝就暗中下了一道命令:凡本部落人马,不管男女老少,一律在发结上插一片皂角树叶。

从这以后,震蒙氏带来的兵一出现就被黄帝捉住了,不几天,震蒙氏的兵将损失了大半。震蒙氏很纳闷,不知黄帝用了什么办法,能那么快认出他的兵士。没办法,震蒙氏只得带着剩下的兵士撤退回去。

后来,震蒙氏终于打探到了黄帝的秘密,赶快报给了蚩尤。可他们驻扎的地方没有皂角树,蚩尤说:"没有皂角树,就插上槐树叶吧,槐树叶也是叶!"

第二天,蚩尤就命令他的兵士都插上槐树叶,向黄帝发动了大规模的进攻。蚩尤本想来个将计就计,鱼目混珠,万没想到,他士兵头上的槐树叶经太阳一晒,就脱落了。黄帝命风后、力牧带领士兵奋勇杀敌,凡头上没皂角叶的就杀头或活捉,结果打得蚩尤大败而逃。

后人为了纪念黄帝这次获得的胜利,就把蚩尤战败逃跑的这道槐树岭,改名叫撤兵岭。

采录整理:高力升

记录时间:1983年2月

记录地点:河南省新密城关镇

蚂蚁山和蚁蜂店

在确山县胡庙乡与蚁蜂乡的交界处,有座大山叫蚂蚁山,山西南就是蚁蜂乡政府所在地蚁蜂店。据说这山峰和地名与黄帝战蚩尤有关。

相传远古时候,黄帝与蚩尤在中原大战,双方安营扎寨,在桐柏山北摆开战场相持不下。起初,蚩尤战不过黄帝,吃了败仗,就请来一位大力神。这神神通广大,力大无穷,不怕火烧雷劈,不怕干渴水淹,如果打起仗来,赤手空拳抓住对手就能摔死。黄帝派众将对敌,结果死伤无数,就连素以勇猛著称的应龙也被摔伤败下阵来。黄帝看难以取胜,就派军师风后去长白山请来蚂蚁神,去百花山请来蜜蜂神,定下计策,让二神联合作战,杀死大力神。

这一天,应龙带伤上阵,把大力神引到东北面的山上。早已埋伏在这里的蚂蚁神连忙放出无数不怕摔的大蚂蚁,成群结队地围住大力神乱咬。大力神神力虽大,对无数的蚂蚁却没有啥法,只好手拍脚踩,但也无济于事。此时,蜜蜂神也放出无数有毒的蜜蜂,遮天盖地飞来,从空中袭击。大力神手脚不能相顾,被成千上万的蜜蜂蛰得鼻青脸肿,昏倒在地。无数的蚂蚁一拥而上,把他吃得只剩一架白骨。大力神一死,蚩尤没有了主将,黄帝指挥将士乘胜出击,大获全胜,就把蚂蚁咬死大力神的那座山取名"蚂蚁山",把蚂蚁神和蜜蜂神住过的村庄取名"蚁蜂店"。

讲述人:张天义,男,汉族,73岁,上过私塾,蚁蜂乡彭楼村第四村民

组农民

  采录人：彭永先,男,汉族,32 岁,高中毕业,蚁蜂乡文化干部

  采录时间：1988 年 4 月 3 日

  采录地点：蚁蜂乡彭楼村

黄帝避难上七旗

  炎帝被黄帝打败,回南方后,蚩尤非常不服气。他不听炎帝的劝阻,带领大队人马又杀回涿鹿来,与黄帝展开连年大战。

  蚩尤不光力大凶猛,还会兴妖作怪。每回交战,他都要喷云吐雾,飞沙走石,弄得天昏地暗。你打他时看不见,他打你时防不了,黄帝的人马连吃败仗,陷入进不能进、退不能退的困境,损兵折将,伤亡惨重。

  这一天,蚩尤又施用"长法",放出了满天大雾。黄帝的人马被困在一片黑暗中。大将力牧按指南车指的方向好不容易才杀出重围,奔回了涿鹿城,可是一清点人数,哪里也找不到黄帝了。原来他们跑时被蚩尤发现了,蚩尤谁也不截,单单拦住了黄帝的去路。黄帝一看蚩尤人多势众,闯不过去了,拨转马头就朝西南方向的上七旗跑去。

  上七旗村的男男女女正站在村口土疙瘩上观战哩,看见黄帝单人独马慌慌张张跑过来,齐声喊："轩辕,轩辕！快上来,这儿有土洞！"黄帝跳下马,一边向乡亲们拱手致谢,一边向土疙瘩跑去。两个年轻的小伙子迎上去,一个帮牵马,一个搀扶着黄帝的胳膊,急急忙忙上了土疙瘩,钻进了那个土洞里。乡亲们七手八脚一块动手,堵住了黄帝藏身的洞口,就离开土疙瘩回家了。

  乡亲们刚走,蚩尤就带着人马追到了土疙瘩前了。他东瞧瞧、西看看,围着土疙瘩转了好几圈,也找不到黄帝的影子,心里很纳闷,明明看见他冲这土疙瘩跑来了,咋无影无踪了？又让人到村里找,还是没有黄帝。他想,重赏之下必有勇夫,就冲村里人喊道："老乡们,谁能捉住轩辕,告

诉他藏的地方,赏肉一车!"乡亲们没有一个人理他,蚩尤讨了个没趣,只好带着人马走了。

走到半路上,蚩尤后悔了,带领人马又返回上七旗,想趁人们不备,生擒黄帝,抢些粮食和牛羊。他这点鬼心眼,早被黄帝算出来了。蚩尤一走,黄帝就叫人们把牲畜、财物藏了起来。蚩尤回来了,他搜来搜去,还是两手空空,啥也没捞着,只好垂头丧气地又走了。人们见蚩尤走了,天也黑了,就把黄帝从洞里请出来了。

黄帝消灭了蚩尤,统一了天下,每年都来上七旗村看望乡亲们,感谢救命之恩。上七旗村的老乡们知道黄帝是个明主,都让儿女跟着他治理天下。

采录整理:李怀全

(选自涿鹿县志编纂委员会编《涿鹿县志》,河北人民出版社1994年版)

黄帝平魔的传说

很久以前,有熊国的西部山多、岭多、沟多、石头多,到处是茂密的大树林。野兽、妖魔经常出现,闹得百姓不得安宁。黄帝为使百姓安居乐业,就派大将力牧把山林里的狼、虫、虎、豹捉起来,交给驯兽大王巨灵氏驯养。巨灵氏把这些野兽弄到一个地方,把它们圈起来喂养。传说当年圈养老虎等野兽的地方就是如今下牛村的养虎圈和辛店的老虎洞。

后来,在㳚水河上游、荟翠山一带,不知从哪里窜来一头魔怪。它的样子很像老虎,但是头上却长着两只角。两眼像手电筒,口像血盆,獠牙有二三尺长。它在树林里窜一圈,树林里能刮起一阵大风;站在荟翠山上吼一声,能使满山石头往下滚。它的两只犄角能把一搂粗的大树拦腰抵断,见人吃人,见兽吃兽。荟翠山一带本来就人烟稀少,这样一来,弄得路断人稀。黄帝知道了这件事,先是发兵前往荟翠山一带围剿。那魔怪十分凶猛,没等黄帝的人马到,就在半路上给拦住了。那魔怪站在荟翠山上一声吼叫,吓得黄帝士兵都不敢前进,接着又跑下山来,在人群中横冲直撞,用角抵、用口咬、用蹄子踢。一会儿黄帝的数百名士兵被抵伤的抵伤,踢伤的踢伤,咬死的咬死。其他没有死伤的士兵,吓得逃回有熊国都,去禀告黄帝。黄帝听了禀报后,十分气恼,就和风后商量平魔办法。风后说:"不如先让力牧和巨灵氏带领圈养的狼、虫、虎、豹去打头阵,等魔怪被野兽斗困了,再叫士兵用火去攻。"黄帝说:"这倒是个好办法,就择个吉日出兵平魔吧。"

三天后,力牧和巨灵氏驱赶着被驯服的狼、虫、虎、豹共五百只在前面开路,黄帝和风后带领精兵在后面跟着,向荟翠山开去。

力牧和巨灵氏将驯兽赶到荟翠山东坡,那魔怪又来迎战。巨灵氏见魔怪出现,一声呼哨,将那五百只野兽驱赶了上去。众兽围着魔怪撕咬,那魔怪并不害怕,也奋力撕咬野兽,结果不到半个时辰,将野兽咬伤过半。黄帝见势不好,就叫士兵击鼓,呐喊助威,又让风后点火。霎时间大火烧了起来,不一会儿就烧成了一个火圈,把那魔怪围在了中间,烧了它的皮毛,烧伤了它的蹄子。那魔怪被烧得嗷嗷直叫,逃往荟翠山上,却不知黄帝早将一些人马埋伏山中。这些士兵见魔怪奔来,就在山上点燃了火种。那魔怪见山上到处是熊熊大火,浓烟翻滚,不知往何处逃跑。力牧和巨灵氏又驱赶驯兽围截撕咬魔怪。黄帝与风后也命士兵放箭、投石、掷标,终于把魔怪打伤在地。黄帝走到跟前,那魔怪喘着粗气,趴在地上不住给黄帝磕头求饶。黄帝见魔怪有悔改之意,就说:"只要你今后不再祸害百姓,可以留你一条性命!"那魔怪连连点头。黄帝令士兵闪开一条道路,让那魔怪逃生而去。

后来,先人们就给黄帝平魔怪这个地方取名"平魔地"。由于除了魔怪,荟翠山一带人烟逐渐增多起来,不久就在平魔怪这个地方形成了一个村庄。为了纪念黄帝平魔有功,就把这个村庄叫"平魔村"。天长地久,人们又把"平魔"念成了"平陌",一直沿袭至今。

再说那魔怪被黄帝放生之后,由于伤势过重,没逃多远就死了。传说它死后变作一座小山岭,人们叫这座小山岭为"虎岭",将黄帝用火烧魔怪的地方叫作"火门山",这座山就在荟翠山的东侧。

讲述人:韩殿臣

记录人:高帆

记录时间:1983年3月

记录地点:河南省新密城关镇

八大酋长比武

轩辕星自来到人间后,人称"轩辕氏"。由于他才智过人,又处处为百姓着想,后来被推举为部落酋长。当时,天下有许多氏族部落,经过比武较量,只剩下八大部落。这八个部落的首长分别是轩辕氏、有鸶氏、武豸氏、太乙氏、蜀山氏、白龙氏、空桑氏、大隗氏。这八个部落都吃过孤独生存的苦头,懂得合起来才有力量的道理。经过多次协商之后,一致同意建立部落联盟。可这部落联盟的盟长又由谁来担任呢?按照惯例,八大酋长要搞一次大比武,谁最后获胜,谁就是部落盟长。

比武场设在具茨山东南的一片开阔地上。比武那天,天气很好,前一天还下过一场雨,大地显得十分清新。一大早,高举自己部落图腾的民众从四面八方的山路上一道吆喝,奔驰而来,聚集在高大的祭台前。不一会儿,台下人山人海,八面部落的图腾旗帜在最前边,熊、黑、蛇、鱼、虎、豹、雕、鸶的雄姿在半空中摇动。隶属八个部落的人成千上万,他们大声呼喊着自己酋长的名字,一个个昂首挺胸,神气活现,显示着自己部落的威风。具茨山下的吼声惊天动地,热闹异常。

比武前要搞祭典仪式,祭司是从这八个部落中推选出来的最有声望的老太婆。她穿着新制作的鹿皮祭服,肩披用血染成了红色的头发,在呼喊中走上祭台。当她拿着龟壳占卜时,台下顿时鸦雀无声,无数双眼睛望着她那神秘的举动。只见她摆弄了一阵之后,仰脸朝天,嘴念咒语。过了一会儿,她突然站了起来,绕台子转了一周,然后站在祭台前大声吆喝:"按照八卦,比武的要求是,在百步之外,射下一百个活人头上的红缨子,不能有所中伤,不能有所失误。"

当祭司宣布完后,八大部落长都在掂量着那话的分量,衡量着自己的本领,心里都有些紧张,台下一片沉寂。

这八大部落长,数太乙氏最为活跃。他瞅瞅这个,看看那个,眼神里流露出傲慢与自信。他想,等你们一个个吓得都不敢登台时,我再上台去。他正得意时,不料轩辕氏已从人群里走出来,顺着台阶,拾级而上,第一个走上祭台,并郑重而有礼貌地说:"我来试试!"轩辕氏捷足先登,使太乙氏妒火中烧,他没上台就大声吆喝:"我也要试试。"说着奔上台去。其余六个酋长见轩辕氏、太乙氏上了祭台,也不甘落后,便一个接一个地走上台去。

祭司让酋长们抽签之后,庄重地宣布了出场顺序。第一个上场的是武豸氏。他身材高大,膀宽腰粗,像一头公牛。他把狼皮武服缠在腰间,光着一只臂膀,显得很壮实。他虽然武艺高强,可这百步之外射活人头上的红缨还从没干过,这得万无一失。他毕竟是出手不凡的酋长,竭力抑制着自己的情绪,迈着从容的步子,走到指定的地点。他轻轻地从箭囊里抽出一支箭,又慢慢地搭上弓弦。众目睽睽,人们都在替他捏着一把冷汗。

那一百个活靶子个个心神不安,生怕射中自己。武豸氏瞄准第一支红缨,使劲拉了一下弓,只听见"嗖"的一声,循声望去,只见箭离那红缨足有半人高,最后落在远远的草地上。众人这才松了口气。武豸氏又搭上一支箭。他想,我就是箭箭落空,也不能把人伤了。只见他又一拉弓,只听"哇"的一声,那箭射中了第一个活靶的左耳,顿时鲜血直流。还好只削掉一小块。武豸氏面红耳赤地自动退了下来。

轮到有鸢氏了,他斜披豹皮武服,英姿勃勃。他不慌不忙,第一箭射成功了,红缨被射落在地上,人们不由得欢呼起来。第二箭又成功了。人们的欢呼声更加热烈,预祝他第三箭成功。结果,第三、四支箭都远远地飞了出去。他只好退了下来。刚才激动欢呼的人群又收敛喜色,沉默下来。

轮到太乙氏了。只见他身着一身崭新的虎皮武服,右臂裸露在外,袖子缠在腰际,宽宽的皮条带子扎在腰间,左肩斜挎长弓,后边挎着箭囊,一身英武之气。再看他颈上挂着一根皮条,皮条上穿着几颗老虎的门牙。大家默默地数着,不多不少整整八颗,众人不由得肃然起敬。英雄,真正的英雄,这意味着有八只虎死在他手中。

太乙氏大摇大摆地走到指定地点。只见他稳扎脚步,紧握弓箭,使劲一拉,随着箭声,那人头上的红缨"噗"的一声坠了地。

人们并没过早地欢呼,都屏着气等待第二支。

太乙氏脸色铁青,全神贯注地射出第二支箭,红缨照样坠地。第三支、第四支、第五支……箭无虚发。人们再也按捺不住激动的情绪了。顿时,欢呼声响成一片。太乙氏听到欢呼声,仍很沉着,一气射下九十支红缨。观望的人们惊呆了,齐吼:"神箭!神箭!"也有人喊起来:"太乙氏万岁!"

就在这欢呼声中,箭到九十二支时不听使唤了,从活靶子头上飞了过去,九十三、九十四也都落了空。太乙氏在渐渐减弱的赞扬声中退了下来。

轮到轩辕氏了。只见他头上戴着一顶斑鹿皮套,周围插满天鹅和鹰鸢的翎羽;一件牛皮武服从左肩斜披下来,腰间束着一条宽宽的虎皮腰带,长弓斜挎,箭囊挂在腰间。再看那颈下的皮条上,虎、狮的门牙一颗挨着一颗,光胸前就已十六颗了。后边还有多少,尚看不清。再仔细一瞅,那牛皮武服上还缠了一圈熊、黑、豹、狼的尾巴,从胸前斜叉一个十字,又在腰间缠了一圈,数也数不清。人们一看这装束,就惊叹不已。

轩辕氏神态自若地走到指定的位置上。他佩服太乙氏的箭法,更相信自己。他的箭囊里不多不少,整整装了一百支。他告诫自己,只能射好,不能失误。

他全神贯注,摆开架势,一支接一支地把箭射出去。只听飞箭"嗖嗖"作响,只见红缨"噗噗"落地。观望的人们只顾观看,一个个被场面惊呆了。当他们从惊恐迷惑中清醒过来时,都发狂似的吼叫道:"真正的神箭!真正的神箭!"人们吼声未止,一百个红缨已全部坠地,整整齐齐排在活靶子的左侧,人们又是一阵沸腾:"轩辕氏万岁!轩辕氏万岁!"

轩辕氏被狂呼的人们高高擎起,人们为有这样的盟长而高兴。其余五位酋长见轩辕氏如此神功,也就自动退让了。

轩辕氏被推举为盟长后,把七大部落酋长邀来,并把八个部落的图腾旗帜融合兼并。轩辕氏提出,以蛇为主体,以鱼鳞为蛇鳞,以鱼尾为蛇尾,用马头、鹿角、鹰爪组成一个新的图腾,叫作"龙"。根据酋长们的建议,具茨山为地之正中心,部落联盟称为"中国",建都于有熊(今河南新郑)。

记录人:蔡柏顺

记录时间:1983年2月

记录地点:河南省新郑城关镇

黄帝西泰山会诸侯

传说,黄帝在涿鹿与蚩尤整整打了九年,打了五十二次仗,才俘获(一说杀了)蚩尤,带领军队回到有熊国都。回国之后,风后对黄帝说:"蚩尤是被打败了,但天下太平只是暂时的。现在最要紧的是要建立一个统一的国家,制定一套法律法规,要大家都去遵循,不然几年后,说不定各诸侯国为争夺土地、财物又要打仗了。"黄帝说:"这正是我所忧虑的。你看如何是好?"风后说:"不如昭告天下,请各诸侯联盟酋长来开个会,共同商量一下,最后大家再签个盟约。"黄帝说:"你说的极是,你看选择何日、在哪开会?"风后说:"我观天象,又叫巫师进行了占卜,三月三是黄道吉日;开会地点,来人甚多,国都甚小,不如在西泰山(今河南新郑市西北)。那里前临黄水,后有梅山,现在正是梅花盛开的季节,以便祭祀山川。"黄帝说:"很好,那就安排吧!"

黄帝按风后的建议,先是颁诏天下,后又斋戒三日,准备三月三日赴西泰山会诸侯。各诸侯国的酋长,特别是东夷、南蛮、西戎、北狄的诸侯国酋长,接到诏书之后,因为路途遥远,都提前来到有熊国。他们登具茨山,观黄河,游国都,赏梅花……尤其是看到有熊国人个个衣着华贵,言谈举止彬彬有礼,都赞不绝口。三月三日这一天,西泰山更是壮观,山上无数黄色旗帜飘扬。山下,东方青旗、西方白旗、南方红旗、北方黑旗,迎风招展;山上,明堂坐北朝南,明堂之前,各诸侯盟国的旗帜如林。太阳升到一竿高时,各诸侯国首长已经到齐。这时,黄帝坐着华盖车向西泰山缓缓而来。只见那华盖车上,黄帝坐在中央,身着黄袍,头戴黄冠,脚登黄靴。车有四个轮子,车上竖起一根黄色柱子,撑起一顶黄色大伞,伞的四沿围有二尺半长的黄色丝绸围屏。围屏之上,缀有五彩飘带,风一吹,华盖之上似有五色云气萦绕,金枝玉叶浮动。华盖车的最前面是风伯、雨师。风伯在前面扇着扇子,清除道路上的尘土,雨师在后面洒水,使道路干净清爽。风伯、雨师之后是蚩尤带领一群头戴虎、狼等假面具的壮士在前面开路,其后是毕方鸟驾着车,大象在前面拉着。车的后面有很多化装成神鬼样的人,有的龙头鸟身,有的马身人面,有的蛇身猪尾,有的牛头象身,举着刀、斧、戟、锤等跟随。车的两边有六个人装扮成长有翅膀的神蛇护驾。车的上空,还有九只凤凰鸟随着飞行。黄帝来到西泰山,见山河壮丽,旌旗蔽日,诸侯群集,车马喧闹,很是激动,随即作乐曲《清角》。

黄帝登上西泰山,见诸侯到齐,就先命祭祀天地山川。风后、祝融、后土在东山头设方圆祭坛。祭坛之上,放着天、地、人三鼎和猪、羊、鸡、鸭,以及鲜果鲜花等,祭坛后面铺着地毯。祭祀开始,男、女两队乐师奏黄帝所作《清角》乐曲。随着舒缓的乐曲,黄帝身穿黄袍,头戴黄冠,脚登黄靴,登上祭坛,先在鼎内进香火,接着手举三杯酒,在空中转了三圈,倾洒在地,而后又接过巫师呈上来的一盘干净黄土,绕祭坛一周,将黄土撒在祭坛之上。

最后,由风后宣读祭文:"天啊,您是我们的父亲!地啊,您是我们的母亲!山啊,您是我们的脊梁!河啊,您是我们的乳汁!是您,创造了万物;是您,创造了子民;是您,给这个世界带来光明;是您,给这个世界带来繁荣。请您,保佑天下平安!请您,保佑多子多孙!请您,保佑免生灾疫!请您,保佑永远昌盛!"祝文宣读完毕,黄帝带领群众、诸侯,又对天地跪拜!

祭天地山川之后,黄帝登明堂,坐在大厅之上,风后坐在黄帝的右边,其下是蚩尤、常先、大鸿、力牧、太山稽、祝融、刑天、后土、仓颉、伶伦、大挠、玄女、素女等武将文臣。再往下是四方诸侯,按东西南北排序,席地而坐。风后见大家坐定,就说:"赖皇天保佑,天下总算太平了。现在大家就是一个大家庭的人了。为了永远太平,国家繁荣昌盛,主公把大家请来,共同商量国家大事。要商量的大事很多,咱们一个一个来。第一件事是咱们这么大一个国家,这么多部落,总该有一个总的首领,不然就会成一盘散沙。"风后说到这里,下面的文武大臣和各诸侯酋长,同时振臂高呼:"天子轩辕!天子轩辕!"风后说:"轩辕只是主公天子的名字,要不要给起个号?"蚩尤说:"这有熊国有黄水,这里的土都是黄色,天子轩辕有土德,居天下之中。帝为大,为天,咱们尊他为黄帝吧!"大臣和诸侯一阵欢呼:"天子黄帝!天子黄帝!"祝融说:"那咱们就是黄帝王朝了!"又是一阵欢呼。风后说:"咱们是黄帝王朝,那咱们的国号叫什么?"会场一阵沉寂,一会儿刑天高声说:"过去部落林立,诸侯万千,今天你夺我的土地,明天我夺你的人财。是有熊国给大家带来和平与安定,咱就仍叫有熊国吧!"玄女说:"要是还叫有熊国,那这个国家就很大很大,怎么与原来的有熊国相区别呢?我看咱不妨叫作有熊帝国,这样既用了原来有熊国的名字,又与原来的有熊国有所不同。"不等玄女把话说完,诸侯们又是同声呼喊:"有熊帝国!有熊帝国!"风后说:"咱们叫有熊帝国,咱们的国都定在何处?"又是一阵激烈的争论。西戎人桥国的首长说:"我看把国都设在我们桥国吧,那里山高林密,可以打猎采果!"北狄族的薰粥国首长说:

第六章 黄帝时代

"不如设在涿鹿,那里有现成的城邑,那里有山有水,有大草原。"东夷族蚩尤部落的一个酋长说:"定在东泰山下的济水吧,那里虽然水多了点,可是地很平的,不用一出门就爬山。"后土说:"各位酋长讲的都有道理,但是要从有熊帝国的整体看。桥国、涿鹿虽然山多可以打猎采果,但是那地方毕竟很荒,且又处在有熊帝国的边境上,国都怎么能设在那里呢?再说东方的济水一带倒是地势很平坦,种田、捕鱼都很方便,可是每年一遇洪水,那里就成了水乡泽国,大家又不得不搬家。我看还是有熊国这地方好,西边有嵩山,北边有大河,南边有淮水,东边是大平原,气候适中,且居天下之中,天子幸临四方,也很方便,还是把国都定在这里最好!"诸侯同声振臂高呼:"都有熊!都有熊!"

国都定过之后,风后说:"过去,咱们各个部落都有自己的旗帜。现在呢,咱们成了有熊帝国了,除了各部族仍保留自己的旗帜外,还需要一面能号令有熊帝国各部落的旗帜,这面旗帜该做成什么样?"祝融说:"过去我们神农部落和黄帝部落都是从有熊国的少典部落出来的,原来是把熊作为旗帜的,现在是否仍用熊做旗帜?"力牧说:"我不赞成。熊旗只是原来有熊部落的旗帜,怎么可能用一个部落的旗帜,代替咱们有熊帝国的旗帜呢?况且有熊部落还要保留自己的旗帜,这样必然相混!"大鸿好久没话,突然站起来说:"大家看这样行不行,不如挑选一些有代表性的部落旗帜,把它们集中到一面旗帜上,不就代表有熊帝国的旗帜了吗?"又是一阵欢呼。有的说用牛做旗帜,牛踏实;有的说用马做旗帜,马跑得快;有的说用鸟做旗帜,鸟飞得高远;有的说用羊做旗帜,羊最温顺;有的说用鹿做旗帜,鹿最善良;有的说用虎做旗帜,虎最勇猛;有的说用鱼做旗帜,象征咱有熊帝国富裕……黄帝见大家争得脸红脖子粗的,很是兴奋,说:"这样吧,根据大家的意思,咱们不妨用马的头、鹿的角、蛇的身、鱼的鳞、虎的掌、鹰的爪怎么样?"大家又是一阵欢呼。常先说:"这么多,咱们叫它什么旗帜呢?"仓颉说:"我想好啦,叫它'龙'吧。龙是天上的神,很厉害,管天地,我们叫它'龙旗'吧!"会场一阵沸腾,同声高呼:"龙旗!龙旗!"玄女说:"龙旗应为黄色,叫它黄龙旗。"黄帝满意地点头说:"对,叫黄龙旗,以后我们的子孙,就是龙的子孙了!"

定了国旗之后,风后说:"现在咱们是有熊帝国,黄帝王朝,是否也该有个纪年?"大挠说:"咱们是黄帝王朝,干脆就叫黄帝纪年,称作黄帝历,今年(公元前二千六百九十七年)是甲子的第一年!"群臣和诸侯酋长商讨之后,黄帝又设职、封官。封风后为相,封太山稽为右太监、祝融为左太监;封力牧、常先、大鸿、刑天、应龙、玄女、女魃为将;封蚩尤管铸造,后土管农司,仓颉为右史官,沮涌为左史官;封羲和、尚仪为管天文气象的天官,伶伦、素女为乐官,宁封为陶正(管烧陶业),赤将为木正(管建筑业),马师皇为牧正(管畜牧),岐伯为医正(管医药),嫘祖、嫫姆为蚕娘(管纺织业),风伯、雨师等也各有封赏。封官之后,风后又宣读有熊帝国法规,要求各诸侯国分疆而治,诸侯国内封野分州,实行井田制度和邻里邑州编制。还要求各诸侯国必须遵守有熊帝国法规,诸侯国之间要亲善和睦,如有争端,由黄帝判定是非或裁决。风后宣读法规之后,各诸侯国在协约上签字。

最后,举行开国大典。这时,伶伦带领一组身着黄色男装的乐队,带着鼓、磬、钟、锣、铙、号;玄女带领一组身着绿色女装的乐队,带着琴、瑟、笛、箫、笙、埙,进入会场,站在明堂两边。后面是素女带领几百人组成的舞蹈队,进入明堂前的中央。这次庆典表演的乐曲是黄帝创作的《枫鼓曲》。穿着奇形怪状服装的舞蹈表演队员,不断变化队形,一会儿像猛虎下山,一会儿像蛟龙出海,一会儿像万马奔腾,一会儿像鹰雕搏击。随着表演,队员们发出阵阵吼声,惊天动地,传遍四方。就这样,在有熊国(今河南新郑),中华民族的第一个王朝诞生了。

采录整理:刘文学

记录时间:1983 年 3 月

记录地点:河南省新郑城关镇

神话战争的描绘方式多种多样,相应的文献有许多,诸如:"昔日者,黄帝合鬼神于西泰山上,驾象车而六蛟龙,毕方并辖,蚩尤居前,风伯进扫,雨师洒道,虎狼在前,鬼神在后,螣蛇伏地,凤凰覆上,大合鬼神,作为《清角》。"(《韩非子·十过》)"风后,伏羲之裔,黄帝臣三公之一也。善伏羲之道,因八卦设九宫,以安营垒,定万民之窨。蚩尤之灭,多出其徽猷。"(清乾隆四十一年《新郑县志》)"黄帝梦大风吹天下之尘垢皆去。……帝寤而叹曰:'风为号令,执政者也,垢去土,后在也。天下岂有姓风名后者哉。……'于是依占而求之,得风后于海隅,登以为相。……且善伏羲之道,因八卦设九宫,以安营垒,定万民之窨。蚩尤之灭,多出其徽猷。"(《帝王世纪》)"东海中有流波山,入海七千里。其上有兽,状如牛,苍身而无角,一足,出入水则必风雨,其光如日月,其声如雷,其名曰夔。黄帝得之,以其皮为鼓,橛以雷兽之骨,声闻五百里,以威天下。"(《山海经·大荒东经》)"大荒之中,有山名曰不句,海水北入焉。有系昆之山者,有共工之台,射者不敢北向。有人衣青衣,名曰黄帝女魃。蚩尤作兵伐黄帝,黄帝乃令应龙攻之冀州之野。应龙蓄(畜)水,蚩尤请风伯雨师,纵(从)大风雨。黄帝乃下天女曰魃。雨止,遂杀蚩尤。魃不得复上,所居不雨。叔均言之帝,后置之赤水之北,叔均乃为田祖。魃时亡之,所欲逐之者,令曰:'神北行!'先除水道,决通沟渎。"(《山海经·大荒北经》)

第二节 治世神话

在中国古典神话中,神农炎帝和轩辕黄帝都在自己的时代建立了国家。这是一个十分漫长的过程。所以,中华民族称自己为"炎黄子孙"。

黄帝完成统一大业后,最重要的任务是延揽四方贤能之士,保持国家的长治久安。《太平御览》卷三七引《帝王世纪》:"黄帝梦大风,吹天下尘垢皆去。又梦人执千钧之弩,驱羊数万群。帝叹曰:'风为号令垢去土,后在也。

岂有姓风名后者哉？千钧之弩,异力;能远驱羊数万群,牧民为善。天下岂有姓力名牧者哉？'得风后于海隅,得力牧于大泽。"姓名制度的出现是更晚的事情,显然,这是后人借黄帝寻贤所抒发的政治情怀。

在黄帝神话中,力牧、常鸿、大隗、风后等能臣的延揽,确实表现了原始先民的政治观念。访寻贤能是后世政治家的理想行为,黄帝作为理想中的政治大神,他头顶上的光环更为夺目。《路史·发挥二》引《程子》"黄帝之治天下也,百神出而受职于明堂之庭",就是指此。《庄子·徐无鬼》:"黄帝将见大隗乎具茨之山,方明为御,昌寓骖乘,张若、謵朋前马,昆阍、滑稽后车。至于襄城之野,七圣皆迷,无所问途。适遇牧马童子,问途焉,曰:'若知具茨之山乎？'曰:'然。''若知大隗之所存乎？'曰:'然。'黄帝曰:'异哉小童！非徒知具茨之山,又知大隗之所存,请问为天下。'小童曰:'夫为天下者,亦若此而已矣,又奚事焉！予少而自游于六合之内,予适有瞀病,有长者教予曰:若乘日之车而游于襄城之野。今予病少痊,予又且复游于六合之外。夫为天下亦若此而已,予又奚事焉！'黄帝曰:'夫为天下者,则诚非吾子之事。虽然,请问为天下。'小童辞,黄帝又问。小童曰:'夫为天下者,亦奚以异乎牧马者哉！亦去其害马者而已矣。'黄帝再拜稽首,称天师而退。"《庄子·在宥》:"黄帝立为天子十九年,令行天下,闻广成子在于空同之山,故往见之,曰:'我闻吾子达于至道,敢问至道之精。吾欲取天地之精以佐五谷,以养民人。吾又欲官阴阳以遂群生,为之奈何？'广成子曰:'而所欲问者,物之质也;而所欲官者,物之残也。自而治天下,云气不待族而雨,草木不待黄而落,日月之光益以荒矣。而佞人之心翦翦者,又奚足以语至道！'黄帝退,捐天下,筑特室,席白茅,闲居三月,复往邀之。广成子南首而卧,黄帝顺下风膝行而进,再拜稽首而问曰:'闻吾子达于至道,敢问:治身奈何而可以长久？'广成子蹶然而起,曰:'善哉问乎。来！吾语汝至道……'"这两段传说是历来为政治家所推崇的政治神话。《庄子》背后所表现的无为情结是另外一回事,这里所传达的是黄帝的治世,是与黄帝"四面"相一致的。《太平御览》卷七九引《帝王世纪》:"力牧、常先、大鸿、神农、皇直、封钜、人镇、大山稽、鬼臾区、封胡、孔甲等,或以为师,或以为将,分掌四方,各如已视,故号曰'黄帝四目'。"这固然是神话历史化的表现,它所传达的黄帝擢用贤能则确实表现出古代政治理想的信息。在此种政治神话的传播中,黄帝的神性面目越来越黯淡,诸如黄帝"苍色,大肩"(《轩辕本纪》),"身逾九尺,附函挺朵,修髯花瘤"(《路史·后纪五》),"河目而隆颡"(《孔丛子·嘉言》),"兑颐"(《河图》)等,完全成为一副帝王打扮。黄帝神话的治世立国主题,更多地为世俗性诠释所隐没。如《开元占经》卷一一六引《瑞应图》:"黄帝巡于东海,白泽出,能言语,达知万物之情,以戒于民,为除灾害。"《绎史》卷五引《易林》:"黄帝出游,乘龙驾凤,东上太山,南游齐鲁,邦国咸喜。"《云笈七签》卷一〇〇《轩辕本纪》:"有巨蛇害人,黄帝以雄黄却逐之。"《抱朴子·登涉》:"昔圆丘多大蛇,又生好药。黄帝将登焉,广成子教之佩雄黄,而众蛇皆去。"《绎史》卷五引《新书》:"故黄帝……济东海,入江内,取绿图,而西济积石,涉流沙,登于昆仑,于是还归中国,以平天下。"最能对黄帝治世立国业绩做出全面评价的是《淮南子·览冥篇》:"昔者黄帝治天下,而力牧、太山稽辅之,以治日月之行律,治阴阳之气,节四时之度,正律历之数,别男女,异雌雄,明上下,等贵贱,使强不掩弱,众不暴寡,人民保命而不夭,岁时熟而不凶,百官正而无私,上下调而无尤,法令明而不暗,辅佐公而不阿,田者不侵畔,渔者不争隈,道不拾遗,市不豫贾,城郭不关,邑无盗贼,鄙旅之人相让以财,狗彘吐菽粟于路,而无忿争之心。于是日月精明,星辰不失其行,风雨时节,五谷登熟,虎狼不妄噬,鸷鸟不妄搏,凤凰翔于庭,麒麟游于郊,青龙进驾,飞黄伏皁,诸北、儋耳之国,莫不献其贡献。"

除了铸鼎和寻贤外,黄帝还确立了各种制度。如《路史·后纪五》罗泌注引《晋志》:"黄帝作律,以玉为琯,长尺六寸,为十二月。"《隋志》:"昔黄帝创观漏水,制器取则,以分昼夜。"《续汉书·天文志》注:"黄帝分星次,凡中外宫常明者百二十四,可名者三百二十,微星万一千五百二十。""星官之书,自黄帝始。"《世本》注:"黄帝始制嫁娶。"《帝王世纪》:"帝吹律定姓。"《路史·后纪一》罗注:"黄帝始分土建国。"《尚书大传·略说》:"黄帝始……礼文法度,兴事创业。"《通典·礼》:"黄帝始制法度,得道之中,万代不易。"在《轩辕本纪》中,黄帝"定百物之名","定药性之善恶","作八卦之说"。《通鉴外纪》卷一讲得更详细:"(黄帝)经土设井,以塞争端;立步制亩,以防不足。使八家为井,井开四道而分八宅,凿井于中,一则不泄地气,二则无费一家,三则同风俗,四则齐巧拙,五则通财货,六则存亡更守,七则出入相司,八则嫁娶相媒,九则有无相贷,十则疾病相救,是以情性可得而亲,生产可得而均,欺陵之路塞,斗讼之心弭。井一为邻,邻三为朋,朋三为里,里五为邑,邑十为都,都十为师,师十为州。"《汉书·王莽传》:"黄帝定天下,将兵为上将军,建华盖,立斗献。"《事物纪原》卷七说:"凡技术皆自轩辕始。"其中技术也包括制度的应用。

总之,黄帝创造了以制度为表征的国家,使一切都井然有序。这些内容尽管包含着许多附会,尤其是仙化的成分,但是却不能不说其中包融着很多原始信仰,它在总体上体现出先民所具有的政治观、国家观、伦理观等痕迹。

轩辕黄帝成为国家意识的典型代表,国家意识也表现为社会治理,同时体现为英雄化、神圣化乃至宗教化。这是社会历史文化发展的自然体现,在民间社会的神话传说中也有大量叙说。如:

黄帝治国

黄帝战败蚩尤之后,定都于有熊(河南新郑),建国于中原。接着,给山川河流定名。具茨山西部的一座山定为大隗山,再往西北有尖山。那座最高的山定为嵩山,旁边的叫少室山、太室山,北边的那条大河叫黄河,从此万物有序。

为了寻求富国之道,黄帝每天起早贪黑,走遍天下,进行察访,农夫女工,无所不问。由于长期奔波,费心操劳,他面黄肌瘦,口舌生疮,终于累病了,可是,还不肯休息。文武百官跪地求他养病,他才勉强到风后岭上找了一处地方准备休息一段时间。这天,他刚闭上眼睛,就梦到弇州西边,台州北边,不知距此几千万里的华胥氏之国。这华胥氏国的老百姓没有私欲,对亲属,对别人,不疏不近,都一个样儿;还不被财物吸引,人人勤劳,财产共有,过着非常富裕的日子。这里的人心地善良,互相尊重,相亲相爱。黄帝对此十分羡慕。他想,既然梦中有这样的好地方,我也得把天下治理得和华胥氏国一样美好。

病情略有好转,他便下山,想继续寻找治国之道。这天,他从山上往下一瞅,发现沟底下有一位牧羊老人,就前去拜见,说:"长老啊,我想富国强民,可有什么好办法呢?"老丈上下打量着他说:"想治好国家有办法,可是不容易,不知你有无真心。"黄帝说:"是真心实意啊!"老人说:"现在跟过去不一样了,你成了一国之主,不必再受那么大的罪了。"黄帝说:"民为父母,替百姓操劳是天经地义的,吃点苦算啥!"老人说:"好!若有真心实意,你需要斋戒七日,然后独个儿步行,到翠妫河边,就可以得到宝书一本、神图一张,上边记的全是治国之道。"老人说罢,赶着羊走了。

黄帝按照老人的交代,斋戒七日,病还没好,就出发了。黄帝来到翠妫河边,只见一条大鱼逆流而上,一翻身就不见了,河面上出现了一张绿底红字的图画和一本红皮书。黄帝赶紧上前,正要去拿,从空中飞来一只仙鹤,衔住绿图和红皮书,顺着黄帝的来路飞去。黄帝不顾一切,直追过去。仙鹤像故意在逗他,飞得又慢又低,一直不离开黄帝的来路。黄帝的鞋子也不知啥时候跑掉了,光着两只脚,踩着树杈子、野蒺藜,鲜血直往外流;衣服也刮破了,披头散发,满面尘灰。这一切,他一点也不放在心上,还是一个劲儿地追呀追呀。直到第二天黎明,他累得头晕眼花,腰疼腿酸,定神看时,仙鹤没影了,只有鹤发童颜的牧羊人在风后岭上。牧羊人满脸笑容地说:"这是王母让我送给你的礼物。"说罢,把绿图和红皮书送给了黄帝。

黄帝接过来一看,原来是《神芝图》,那图上画着一棵草,有九片叶子,闪闪发光。这时,他才明白过来,这九片叶子指的是九州,这红皮书是治国之道。黄帝正要拜谢,那老人不见了。黄帝从书中得知,这鹤发老人就是华盖童子。

黄帝获宝书后,更提倡以农业为根本,又请来学问家岐伯、吏官仓颉,和他们共同整理文字,制定法令,使当官的不徇私,老百姓和睦相处,路不拾遗,夜不闭户,百姓越来越富裕,国家越来越强盛。

讲述人:蔡英生,75岁,教师

采录整理:蔡柏顺

采录时间:1983年3月

讲述地点:河南省新郑城关镇

双洎河的传说

新郑县城南关外,有条滚滚东去的河流,人们称它"双洎河"。

相传,黄帝活到一百岁那年,想到自己已年迈,必须选定贤能的人接替自己的位子。这一天,他把风后、岐伯、力牧等老臣叫到一块,说:"咱们都是土埋住脖子的人了,体力、精力都跟不上了,得选拔接替的人呐!"众大臣也都有这种想法。

岐伯说:"你身边有二十五个儿子,挑选一个好的就行了。"

力牧也说:"你终日为众人费心操劳,功高如山,恩深似海,创下大业,选个孩子接住王位,是合乎情理的事,你就挑选一个吧。"

黄帝说:"老子有了功业,不能代替儿子。为了保住这千秋功业,咱们就得把这天下交给有真本事的人。要找到有真本事的人,就得测试,就要挑选。"

于是,黄帝下令,公开张榜,天下有贤能的人都可以应试。测试分文、武、德三科。文的要求做到在限定时间内著文百篇;武的要求做到能握千钧弓弩,百步之外,射断吊着的丝线;最后再用一种特别的办法,测试他们的德行。谁能做到这些,谁就接替王位。

测试的日期一到,从四面八方来的人成千上万。黄帝、风后、岐伯等亲自监试。演武场上,英雄会聚,奇才辈出。有的刀枪剑戟、弓弩梭镖样样精通;有的出口成章,对答如流。可惜的是,文的只会文,武的只能武。为了不埋没人才,黄帝一个个都详细记录下来,根据他们的能力,准备加以分封。

整整测试了十天,从千万人中选得只剩下百十个,百十个又剩下十几个,最后只剩下两个,都是黄帝的儿子,一个叫玄嚣,一个叫昌意。论文,两个人三日之内都能著文百篇,内容不重;试武,百步之外,都能连着射断三根悬空的丝线。为了比个高低,又给他们增加了几个科目,可是经过一番刀枪对打,棍棒拼搏,仍然不分上下。

在场观看的人都不住地叫好,也都议论着,两人本事一样大,到底应该让谁接替王位呢?大家商量后,把他们交给黄帝,以最后测试他们的德行,哪个占了上风就让哪个占主位。

黄帝把玄嚣和昌意叫来,交给他们每人一个珍藏多年的宝葫芦,说:"这是两个宝葫芦,只要一打开,就能流出三丈宽、一人深的水来,一直流二百里才能流干。从嵩山南坡到东边的颍水是三百里远,你们每人拿一个葫芦,从嵩山脚下放出水来,水量不准减小,看谁能让这二百里的水量流三百里那么远,谁就接替王位。"

玄嚣和昌意都是很有心劲的人,谁也不肯示弱,都暗下决心,非让这葫芦里的水流到颍水不可。他们二人都带着葫芦来到嵩山脚下,一个站在山崖南边,一个站在北边,各自都把葫芦打开,放出水来,只见那清清的水从山坡上飞流直下,就像两条大河,滚滚往东流去。这两股水只流了二百里就干涸了。他们俩都焦急地抱着葫芦摇了几摇,还是不见一滴水。

没办法，只得按照黄帝交代的秘诀，又把水收到葫芦里，再次试验，一次、两次、三次……一日之内试了十几次，仍和头几回一样，流不到地方就干涸了。晚上，他们躺在床上想：长这么大，无论跟谁较量，还不曾失败过，再大的困难，没有难倒过，今天竟然让这葫芦难住了。可是父亲大人明明交代，只要掌握要领，这两个只能容二百里水量的葫芦定能流三百里路程。这要领到底在哪里呢？这一夜，他们两个谁也没睡好觉。

两天过去了，他们仍没有成功。

第三天清早，玄嚣高高兴兴地来找昌意。他说："弟弟，我想出来一个妙法，一试准成。"昌意想，既然你一试就成，怎么还会对我说呢？就问："哥哥，你有什么办法？"

玄嚣说："你可记得，父亲大人曾说过，只要掌握要领，这两个能容下二百里水量的葫芦能流三百里远，这要领还在两个葫芦上。你想，这一个葫芦单独能流二百里，要是合到一块儿，就是四百里，既然能流四百里，从嵩山脚下到颍水才三百里，何愁流不到呢？"

昌意一听，伸手抱住哥哥连声说："妙！真妙！"

当即，兄弟二人一齐上山，同时打开葫芦，水流有百十里路，两股便汇在一起，直入颍河，颍河水量骤时增大，向东流去，从此永不枯竭。

玄嚣、昌意兄弟二人这才把黄帝和众前辈请来。黄帝和臣僚们一看，都高兴地连声称赞："好，好，真是后生可畏。"

黄帝把他俩叫到一块儿说："从这里可以悟出一个道理。两股水汇流一处，水量就越来越大，永不枯竭；两股水一分开，就没多大劲儿了。百条江河能汇成大海。这和治国一样，人心不齐，百事无成，万众一心，上下一致，国家才能越来越强大。你们弟兄二人，无论谁接替王位，都要带领百姓，同心协力，把国家治理好。"

玄嚣和昌意听了父亲的教诲，互相谦让。最后昌意说："这是哥哥先出的主意，应该由他接替父亲的王位。"玄嚣说："弟弟年轻能干，还是让弟弟干吧！"两个人让了半晌，黄帝看他们都有诚意，就说让玄嚣接王位，昌意做副职。以后玄嚣就把昌意留在身边，共商国家大事。

传说，黄帝把玄嚣葫芦里流出的那段河叫溱水，把昌意葫芦里流出的那段河叫洧水，两河汇流后流经新郑南关的那一段叫"双洎河"。

讲述人：孙大离，68岁，农民

采录整理：蔡柏顺

采录时间：1983年3月

采录地点：河南省新郑城关镇

与之相应的文献如："黄帝居代，总一百一十一年，在位一百年。自上仙后，升天为太一君。其神为轩辕之宿，在南宫。"（《云笈七签·轩辕本纪》）"元妃嫘祖生二子：玄器、昌意，并居帝位，玄器得道为北方水神，昌意居弱水。"（《轩辕黄帝传》）

玄嚣执法的传说

玄嚣继黄帝而立，号青阳氏，称为少昊。他的弟弟昌意辅佐他治理国家。

玄嚣和昌意先奖励农桑，使百姓勤勤恳恳务农为本，并制定约法，凡荒废田园者罚，凡庄稼丰收者奖。千家万户，急传相告，桑田和禾苗茁壮，农家一片兴旺。

一日，昌意说："兄长可知，遥遥边陲，又有盗贼骚乱。我发现，太平日子过得久了，军容不整，人心涣散，万一有什么变故，怎样对付？必须整好队伍，以保天下平安。"

玄嚣说："弟弟说得有理，正合我意。"他们把老者请来，制定了严明的军纪，拟定军法数章，并经群臣议定，庄严地向部下宣告，其中有两条最为重要，即军令如山，无论何故，违者惩处；点将阅兵，招之即来，来之即报,若有延误或不报者,格杀勿论。

这天,黄帝忽听有人来报,点兵场上,玄嚣令卫士将常伯父子绳捆索绑,要处斩刑,请黄帝快去解救。

黄帝听罢,大惊说:"常伯乃我生死患难的大臣,跟我多年,忠心耿耿,功勋卓著,何故要将他处死?"情况紧急,他便骑上一匹赤色大马,急速奔赶点兵场。

点兵场上军旗飘飘,军容整齐,万千士卒,鸦雀无声,威严之状,令人生畏。

黄帝一眼就看见常伯父子果然被捆着跪在地上,执刀者饮酒以祭。黄帝边催马急驰,边大声道:"刀下留人!"

众人一见黄帝驾到,台下顿时哗然。他们也为老臣常伯痛惜。

常伯一见黄帝来到,止不住老泪横流。

黄帝问玄嚣为何杀到老臣身上来了。

玄嚣说:"军令下达之后,将士无一人不服从命令。唯独身为伍长的常挂,在集合令下达之后,迟迟不到。我派人寻找他,他却在欺辱民女,有恃无恐。今日,军纪已颁发,他仍肆无忌惮,不从军纪。按军法处置,违者诛杀。"

黄帝听罢,无以为对,又问道:"常伯又有何罪,为何株连于他?"

玄嚣说:"他为其子讲情庇护,暂且不提,不该私闯点兵场。军法明明规定:'点将阅兵,招之即来,来之即报,若有延误或不报者,格杀勿论。'今常伯大叔,私闯军营,又无申报,按军法论处,可否诛杀?这并非株连。"

黄帝听罢,思绪万千。心想若不按军法办事,没有律条,如何管理千军万马?如若要杀常伯,如杀心腹,怎能忍心?

玄嚣说:"我将宣布,执法处治。"黄帝说:"且慢!待我再思。"稍停片刻,黄帝掉着眼泪说:"你常伯大叔并非一般大臣,自幼和我一道,为济天下百姓脱苦难,足迹踏遍全国,血汗洒在疆土,功高如山,万民敬仰,若杀他,如同杀我。看我情面,还是饶他这一次吧!"

玄嚣说:"先辈功业,后生铭记在心,有功论功,有过论过,若功过不分,何以执行法律?无论庶民,无论高官,法律既定,都应执行。若为官者违法不究,为民者如何服气?无法可依,何以治国?既然父尊把治国之权交予儿子,我只能顾全大局,执法如山,才能使万民拥戴。"

黄帝听他讲得句句有理,又舍不得爱臣,还是讲情不止。

玄嚣也甚感为难,父尊大人和常伯大叔都是功勋齐天之人,万民敬仰,如诛杀常伯,实在于心不忍。若不诛杀,以后这军纪律条还咋执行?思前想后,为保江山,为千秋大计,还是要执法的。想到此,他对黄帝说:"按公理,人人都得执法,为千秋大业,使天下民众有法可依,我只得处治常伯大叔他们父子了。"

黄帝再次讲情,问是否能从轻处理。玄嚣、昌意双双跪在他面前说:"父尊大人若再为他们讲情,我们愿辞去职位,请父尊另选高明。"

黄帝万没料到,两个后生如此果断。静下来又一想,他们顾全大局,以法示众为保千秋大业,确有深远意义。要国还是要情?自然以保国护法为重。想到此,他只好掉着眼泪把二人请起,然后走到常伯跟前说:"怨我们老者教子不严,又想庇护,才落到这等地步。"

常伯流着眼泪说:"二位后生言之有理,我虽身死,杀一儆百,不使律法受践踏,治国治军都有益处,请莫为我过于悲痛。"

常伯言罢,他们父子被处斩。台上台下无不哭泣,黄帝、玄嚣、昌意也同样流泪不止。玄嚣命人将常伯安葬,并令仓颉撰文,把其功绩镌刻在石碑上,功过分明。

处治罢常伯父子,玄嚣又说:"父尊大人匆匆闯入练兵场,正当点兵之时,也无禀报。以我之见,将您所骑赤色老马斩首示众,意下如何?"

黄帝先是震惊,后是高兴。王子犯法,一律同罪,只有这样扶正祛邪,上下同心，人人执法，国家才能治理好。黄帝只好忍痛割爱，把跟他多年的老马砍头示众。

众将士一看玄嚣、昌意铁面无私，执法如山，哪里还有敢违抗者。此事传遍天下，万民称颂，赞我中华，后继有人。从此，国泰民安，路不拾遗，夜不闭户，盗贼匪徒隐踪匿迹，出现了真正的太平盛世。

记录人：蔡柏顺

记录时间：1983 年 2 月

记录地点：河南省新郑城关镇

风后岭

新郑县西南四十里，有一座险峻挺拔的圆顶山，人们叫它"风后岭"。据说，它原叫具茨山，因帮助轩辕黄帝开发中原的宰相风后曾在这山上修炼，才改了名。

风后本来是天上的金川星。黄帝来到人间后，王母娘娘怕他只身孤单，治理天下有困难，便派金川星下来做他的助手。风后降生在具茨山一个农夫家里。他长到七八岁时，农夫见他十分聪明，村里的孩子没一个比得上，想让他成为一个有出息的人，便叫他跟道人华盖童子在具茨山顶修炼。这华盖童子身材高大，鹤发童颜，对人十分严厉。风后来到山上，华盖童子把他从上到下打量一番，见他一副聪明相，暗自高兴，先把他带到藏书室，指着一大堆书册说："要想成道，得把这万卷书读完，特别要精通用兵之法。"随后又把他带到练功场，指着一块大石头说："还得练就一身武艺，举动这千钧之石。"风后一看，场上摆着百十来块石头，最大的足有三人高。华盖童子说："修炼之道，贵在专心致志，持之以恒。若存丝毫邪念，便会半途而废。"风后牢记华盖童子的教诲，每天鸡叫头遍，就起身练武，天亮便诵读书文。

不知不觉半年过去了。风后看那么一大堆书册，自己连一个角也没看完。再看看那一堆石头,才只能举到第五块,心想:照华盖童子交代的,真不知要练到何年何月呢!我何必吃这么大苦?这天,他趁华盖童子不在家,就偷偷从东坡走下山来。走到山半坡,看见一个老太婆抱着一根大石条在一下一下地磨。他上前问道:"你磨这石条干啥?"老太婆说:"给俺孙女儿磨根针。"风后又问:"这么大的石头条子,啥时候才会磨成针啊?"那老太婆又说:"功到自然成嘛!"说罢,又认真地磨起来。风后见此情景,只觉得脸上热辣辣的,心想:自己身强力壮,竟不如一个老人。于是折回山上,发誓不把功夫练成,决不再下山。从此,他每天专心致志,勤学苦练。不知过了多少年,他把华盖童子交代的书全部熟记在心中,不费多大劲就能把那千钧之石举起来。华盖童子见他功夫练成了,就放他下山,向东去了。

那时刚好黄帝治理天下,急需得力助手。他听说风后文武双全,神通广大,就跋山涉水,历尽艰辛,在东海之滨找到了风后,把他请回到中原。

有一年,蚩尤带领四方盗贼突然向黄帝发起进攻。黄帝就让风后挂帅迎敌。风后让士兵在山上扎营寨,在水上造战船,平地摆开连环阵,布下了天罗地网。他作战时常施展华盖童子传授的法术,让空中飘满五色云气,射出万道霞光,形成"华盖"。这霞光使蚩尤的士兵眼花缭乱,心惊胆战。风后带领轻骑,一马当先,亲自击杀了蚩尤。从此,黄帝对他极为赏识。因为风后生在具茨山,早年又曾在这里修道,黄帝就把具茨山改名为风后岭,并把山岭和周围的土地封给了他。为了和风后议事方便,黄帝还在风后岭上设了避暑宫、种花处,每年都要到这里住一段时间。后来,风后从黄帝的《神芝图》中得知,那磨针老太婆是王母娘娘所变,是特意来开导他的。为了纪念王母娘娘,他便在岭东见到她的地方,建了一座庙,叫作王母娘娘庙。直到今日,该庙还保存在风后岭上。

讲述人:蔡英生,75岁,教师

采录整理:蔡柏顺

记录时间：1983 年 4 月

记录地点：河南省新郑城关镇

力牧台

有熊国都西北有一座岗，岗坡上有一座高约十五米、长宽约一百二十米的土台。传说这个台是轩辕黄帝当年拜力牧为征讨大将军的拜将台，当地老百姓称它为"力牧台"，也叫"熊台"。

原先黄帝曾到崆峒山（新郑西南具茨山西）拜见广成子，得到指点，先后访得了大隗、大鸿、常先、具茨、武定几员大将。尽管这些大将个个武艺高强，有带兵打仗的本领，但是要从根本上对付蚩尤还缺乏统领将士的帅才。

黄帝又去拜访广成子。广成子说："东海有力牧，此人可担大任。"于是黄帝去东海大泽访得了力牧。力牧自幼放牧牛羊，有一手养马驯兽的本领。他身躯高大，力气超人，单手能将大牛摔个筋斗，双手能举起一只大黑熊。但是，他皮肤黝黑，相貌丑陋，寡言少语，一些人对黄帝一开始就封他为中路大将军很不服气。因此，在战场上有人不听力牧调遣，致使多次失去打败蚩尤的机会。有一次，蚩尤把常先的一千多个士兵围在摩旗山上，断绝了常先的粮草和水源。常先的许多士兵和马匹饿得站都站不起来。为解救常先和一千多号人马，力牧命黄帝的长子昌意和大鸿带领五千人马前往解救。昌意和大鸿对力牧的调遣置若罔闻。力牧只得亲自带领人马，冲出蚩尤的重重包围圈，杀开一条血路，将困在山上的常先和士兵解救下来。黄帝知道了这件事很生气，决心严惩儿子昌意和大鸿，以正军纪。黄帝从兵营中抽调五百名士兵，在具茨山北云岩宫附近的练兵岗上修建一座大土台，在台顶上立了一块"拜将台"大石匾，在石匾下又摆了个将墩，然后又调集兵将集合在台下。待各路兵将到齐后，黄帝登上拜将台，先封常先接替力牧为中路大将军，再封武定、具茨为左右大将军，又封风后与大隗为左右军师。最后，黄帝把脸一沉说："昌意和大鸿抗命不遵,不服力牧调遣,应以严惩,推出斩首示众。"黄帝即令侍卫将昌意、大鸿绑了,拉出去斩首。众将士大惊,急忙给黄帝跪下,为昌意、大鸿求情。力牧也急忙请求黄帝赦免昌意、大鸿,要他们二人将功补过。昌意和大鸿也悔恨自己违抗军令,昌意说:"儿子已知罪不可赎,父亲快动手吧!不杀子无以正军纪,不正军纪无以安天下!"

黄帝见全体将士都跪下求情,又见昌意、大鸿有悔改之意,再说如今蚩尤大兵压境,正是用人之际,就把众将扶起,然后对昌意、大鸿说:"昌意与大鸿这次违抗军令本应斩首示众,以正军纪,然念其初犯,过去又曾立过战功,就暂将二人之罪记下。今后不管什么人,只要抗令不遵,一律斩杀不饶!"黄帝让侍卫为昌意、大鸿松了绑,然后宣布道:"力牧指挥有方,有勇有谋,屡立战功,今封力牧为征讨大将军,统率全军。昌意居功自傲,打仗不力,降为兵勇;大鸿降为末将,留守具茨山。"黄帝宣布后,请力牧坐到将墩上,亲自跪拜授印。其他将官、士兵见黄帝给力牧跪拜,也都纷纷跪下。力牧见此情景,急忙从将墩上下来,给黄帝和众臣将跪倒下拜。黄帝又把他扶起,推到将墩上。力牧说啥也不往将墩上坐,来到台前说:"我力牧本是个平常牧羊人,如今得到天下仁义之君轩辕黄帝厚爱,委以征讨大将军,我誓与全军将士一起奋勇杀敌,不平定蚩尤,决不回还!"

将官们见黄帝如此器重力牧,一致表示今后在征讨大将军的指挥下,齐心杀敌,早日打败蚩尤,收复失地。从此,黄帝军营精诚团结,上下齐心,加上力牧作战指挥又十分得力,很快就把蚩尤赶回黄河以北。在涿鹿大战中,力牧又生擒了蚩尤。后人为了纪念力牧的功绩,把轩辕黄帝拜力牧为征讨大将军的拜将台称为"力牧台",把力牧的练兵场叫作"台儿岗"。

讲述人:李老四

采录整理:高力升

记录时间:1983年3月

记录地点:河南省新密城关镇

鸟 柏

相传,很早以前,具茨山上轩辕庙里有一棵鸟柏。所谓鸟柏,就是说若将树干、树枝锯开,板材上的纹理呈有规则排列的鸟形。若问这棵柏树的树纹为什么会是鸟形呢?这里有一个爱情故事。

还是在轩辕庙未建以前,山门里那地方就有一棵合抱粗的大柏树,柏树的北边是一个很大的墓冢,据说那是轩辕黄帝的大将常伯的坟。后来人们怀念轩辕黄帝肇造中华文明的功绩,就在这里建了轩辕庙。庙里除了供奉有轩辕黄帝的塑像外,还有他的大臣和将军们,也有玄女。自从这庙建成以后,庙周围十里八村的百姓都知道,每天晚上有一只金丝鸟飞到那棵大柏树上唱歌,歌声十分欢乐,长夜不息。人们都说那棵大柏树是常伯的血肉长成的,而那金丝鸟则是庙里玄女的魂灵所化,他们夫妻趁夜间在谈情说爱呢。金丝鸟在这棵柏树上也不知唱了多少年月的歌,后来一天不见了。这天早上,有人看见一只大雕撞死在柏树上。据说那夜雕来捕捉金丝鸟,被常伯一枪扎死了。常伯拥玄女入怀,夫妻二人融成一体。

说起常伯和玄女成夫妻,还是轩辕黄帝做的月老,那是涿鹿大战以后的事。

涿鹿大战中,玄女使出飞刀,刺瞎了蚩尤的双眼,为战胜蚩尤、统一华夏出了大力。轩辕黄帝十分赞赏玄女,就将玄女的形象画下来,贴在宫室。常伯是轩辕黄帝宫中的常客,看见玄女画像,不知不觉产生了爱慕之心。有一天,常伯又到轩辕黄帝那里去,轩辕黄帝说:"昨天夜里做了个梦,梦见玄女,常伯你去召她来见见我。"凑巧的是,这天夜里常伯也梦见了玄女,他又不明白轩辕黄帝说梦中事的用意,就问黄帝:"莫非你要娶玄女为妾吗?"黄帝笑笑说:"哪里的话,玄女说过要认我为干爹呢,况且我有嫘祖贤妻!"说罢,看看常伯,心里好像也明白了些什么,又觉得常伯跟随自己多年,南征北战,功高如山,至今尚未娶妻,就说:"我要叫你和玄女成亲……"没等黄帝说完,常伯就拱手谢恩了。黄帝说:"那好,你召她来,我做月老。"

就这样,常伯和玄女结成了夫妻。

后来,有一年的三月三,轩辕黄帝庙大会,来赶会拜祖的人很多。几个卖席子的人用席子围住那棵柏树,高声叫卖。第二天,那棵柏树不见了。这时人们才恍然大悟:盗宝贼把柏树盗走了!

采录整理:王雅湘

记录时间:1983年3月

记录地点:河南省新密城关镇

素女与大鸿

轩辕黄帝有个妹子,名叫素女,她嫁给了黄帝的大臣大鸿(其实,那时候还是群婚制,成年的男子一批批地到别的部落,与那里的女人结婚,这里是为了叙述方便)。大鸿跟随黄帝到涿鹿去灭蚩尤,一去三年不回。素女日夜思念着自己的丈夫。她用尖底瓶去提水,猛然看到河水中晃动的不光是自己美丽而忧伤的影子,还有大鸿手提石斧,十分威武地站在自己身边。回到屋里,部落每天分给她的肉食果子什么的,她总留着些,想等大鸿回来吃。晚上她总做噩梦,常常从梦中惊醒,呆坐着说胡话:"这一仗败了,大鸿叫蚩尤杀了。"只有一次的梦她很满意,她正在梳着自己黑油油的头发,大鸿走来,悄悄地站在她身后,看着这个山花一样好看的姑娘……素女日思夜想,只盼着黄帝早日战胜蚩尤,使天下人都能过上安宁日子,也盼着大鸿早日回来团聚。她盼呀,想呀,不知流了多少相思泪。

这一天总算盼到了!黄帝骑在高头大马上,气宇轩昂,很多士兵扛着金戈、金斧,握着金刀,神气十足。素女挤在欢迎的人群里,急切地在队伍中搜寻着大鸿。风后、力牧、应龙都回来了,唯独不见大鸿。素女急了,好像有些发疯,拦住走向大屋的黄帝,问大鸿哪里去了。黄帝低下头,停了一会儿说:"大鸿到别的地方执行任务去了,随后就回来。"但是素女总忍不住心"扑扑"地跳,她觉得哥哥在哄她。

原来,大鸿跟随黄帝去作战,一直十分勇敢,每次上阵都挥舞着石斧左右砍杀,蚩尤的人马无人敢抵挡。这一天,天下着大雨,双方还在交战。黄帝命应龙借助水力摆一个水阵,抵挡蚩尤的进攻,谁知蚩尤的士兵全是南方人,他们水性好,一个个冲过了水阵。大鸿看到这种情形,抢起石斧就和蚩尤战在了一起。应龙、力牧也各和蚩尤的一个大将拼杀。这时,蚩尤的两个大将风伯、雨师也冲过来围住大鸿血战。大鸿十分勇敢地挥舞着石斧,以一当十,左砍右挡,不退一步。黄帝率领大军呐喊着冲过来。忽然,风伯的金刀削过大鸿的肩头,大鸿负伤了!可是他仍然拼力砍杀。风声、雷声,雨越下越大,大鸿一斧下去,蚩尤不及招架,滚了开去。大鸿转身架住雨师的全斧,冷不防,蚩尤从背后砍来……

黄帝告诉了素女大鸿牺牲的情况。素女哭泣着,声音哀婉悲凄,谁听了都要跟着落泪。

举行葬礼的这天,素女没有哭。天近黄昏,部落前面的空地上,燃起了三堆大火。素女双膝跪在大鸿的尸体旁,双手抱成拳贴在额前,虔诚地替丈夫祈祷。来到墓地,人们把死者头西脚东安放进土坑里,一个人把陶壶里的酒倒在手上,向死者身上弹酒。素女噙着泪把自己亲手做的食物,连同平时为大鸿留下的果子一个个装进陶罐,放在大鸿的右手边。黄帝从身上取下自己的长梢大弓,轻轻地放在大鸿的左手旁……

回到屋里,素女才想起了哭。她双肩抽动着,哭呀,哭呀,声音细细的、长长的,一钩残月挂在夜空,素女凄凄切切的哭声传得很远。

黄帝用铜造了二十面大镜,送给素女安慰她。素女对着镜子,更感到自己形单影只。她的眼睛明显地凹了进去,目光也呆滞了,脸色发黄。

伶伦造出乐器后,黄帝要求每个女人都得学会演奏。轮到素女了,她披散着头发,穿一身白色衣服,鼓瑟。那声音哀不自胜,在座的人都跟着瑟声流泪。素女越弹越悲伤,黄帝也觉得太悲哀了,就将五十根弦的瑟破为二十五弦。

素女怀念大鸿,眼泪流干了,声音哭哑了。一天,她高兴地对看她的人讲,她梦见大鸿活了,在南山替黄帝放马,大鸿叫她去哩。素女终于随大鸿而去了。黄帝为了纪念素女的钟情和大鸿的功绩,就模仿素女的哭声,亲自制作了一种乐器,因为是两根弦、一张弓,就取名为"二胡"。以后,每到夜晚,无论谁拉响二胡,人们听到那凄凄婉婉的声音,都说是素女在哭大鸿哩。

采录整理:李延军

(选自《袖珍陕西名胜故事丛书·轩辕黄帝传说故事》,陕西人民美术出版社1986年版)

黄帝修城(一)

云岩宫每年二月二有大会,香客很多。有一句话说:"南京到北京,都不如云岩宫。一百(柏)一十(石)一所庙(河中间有松柏树,石上一所庙三间房),老龙叫唤不绝声(上面叫扬水台,"哗哗"作响),王母娘娘坐空中(东面有王母洞)。"

以前,轩辕黄帝准备扎京都,周围有四个土堆:庙岗、大岗、台儿岗、西南黄路坡。黄帝用麻秆挑两箩头土,遇上一个妇女,妇女看见说:"麻秆能挑动?"她一说,黄帝挑的土"扑哧"掉地下了。这就是庙岗、大岗,还有破鞋岗(倒鞋里的土,成后两土堆)。城也没修成。

云岩宫有三门,东边是轩辕门,西边是讲武门。有钟鼓楼,初一、十五老道击鼓撞钟。庙后有老道坟。有人说是轩辕黄帝坟,圆坟,不叫道士坟。实际上是黄帝坟最早,叫圆坟。后来,埋道士,叫道士坟。

黄岭坡(黄陵寨有黄帝墓),也叫黄路坡,黄帝出云岩宫走这里。力牧台(台儿岗)也叫熊台寺(雄台寺),原有寺院。养马庄,黄帝喂马。(南)场沟,养马。草场岗,储藏牲口饲草。仓王,黄帝放粮处。

云岩宫山门东边有三皇庙。三间房。天皇、地皇、人皇,身披葫叶。

黄路坡、马骥岭中间有武定河。禹治水后,蚩尤出来了。一说关爷破蚩尤。

讲述人:周河,77岁,私塾师

录音:张振犁、程健君

采录时间:1983年12月1日

采录地点:河南省新密养马庄

黄帝修城(二)

传说,黄帝打败了炎帝,很想在一个既隐蔽又容易守的地方再修一座城,以防蚩尤来攻打。一日,黄帝一个人坐在宫中想心事,想着想着,就昏昏入睡了。突然有一个身子像狗,头脸像人,披着长发,两只耳朵上挂着两条蛇当耳环的怪物来到黄帝面前,说:"都城,都城,跟我西行!"黄帝说:"你不是屠龙吗?不在天宫看守门户,到这里干什么?"屠龙点点头,又说:"都城,都城,跟我西行。"说罢,趴下身子让黄帝骑。黄帝骑在屠龙身上,见屠龙昂首翘尾,四蹄踩着一片红云,奋力西行。黄帝只觉两耳生风,"呼呼"作响,向下观看,下边的轩辕丘、黄水河、双岭岗、桑园沟等眨眼即过,不一会儿在一个岗丘四环的地方,徐徐降下。黄帝一看,连声称赞说:"中!中!中!这真是一个好地方。"黄帝再看看四周,只见这里依山傍水,四面岗丘耸立,中间恰似一个盆地。这盆地的正中央隆起一块高地,这高地的周围有一条河水环绕。远看山岩,瀑布飞流,"淙淙"震桑林;近看岛上,松柏成荫,群鸟飞翔。黄帝看着连声喊叫:"好!好!"嫘祖听到黄帝大声喊叫,急忙走过来叫黄帝,说:"主公醒来,主公醒来!"黄帝听见有人呼喊,立即揉眼一看,见是嫘祖在自己身边,再看看周围,原来刚才是做了一个梦。

　　黄帝高兴得不得了,嘴里不住地说:"好地方!好地方!"螺祖感到莫名其妙,说:"你怎么啦?"黄帝也不答话,只是说:"好地方!好地方!"就走出宫去,骑上马向西奔去,跑了四十多里路,就来到他梦中的境地。黄帝跳下马来,还是连声说:"对!对!就是这儿,跟我梦中见到的一模一样!"说着,就将马拴在东北角一棵大树上,看见周围有许多荆棘,随手折了些荆条,编了两个筐。有了筐,可是没有挑筐的扁担。黄帝转了几个圈,见地上有根小拇指头粗的麻秆,就拿起来折了折,没折断,心里说,就用麻秆挑吧!可是挑哪里的土呢?看北边,不是山地,就是石头。黄帝往南走了走,见有一个黄土台,蹲下用手刨刨,就用麻秆挑荆筐,挑起土来。挑啊!挑啊!大约挑了一个时辰。这时,有一位仙姑从外地巡游回来,看见黄帝在用麻秆挑荆筐,运土修城,心里说:"不能叫他在这修城,要是把城修在这里,那我们这些仙家往哪住?"这位仙姑就住在这北边不远的仙姑洞里,她已有五百年道行。仙姑想了想,心里说就给黄帝个信吧,于是变成了一只花山鸡,站在山头上对着黄帝叫:"麻秆挑筐,不折也伤!麻秆挑筐,不折也伤!"黄帝听见有人说话,扭头一看是只山鸡,心想真晦气,放下筐,随手在地上捡了个土坷垃,投那山鸡。那山鸡在山头上跳来跳去,一直叫:"麻秆挑筐,不折也伤!"黄帝见撵不走山鸡,心里说:"我只管挑,看你把我怎么样!"于是就又挑起来。仙姑见用这办法不灵,就又变成一个送饭的妇女,向黄帝走来,问黄帝说:"这位壮汉挑土做什么?"黄帝说:"我想在这修座城!"妇女说:"那你用什么挑土啊?"黄帝拍了拍麻秆说:"你看看,就用这!"妇女故作大惊地说:"啊呀,你怎么用麻秆挑土呀?"那妇女的话音刚落,只听"咔"一声,麻秆断成两截,两筐土也落到地上。黄帝泄了气,一屁股坐在地上,再也站不起来。那妇女朝黄帝笑了笑,就不见了。

　　黄帝骑马跑出来快一天了,朝中大臣谁也不知道他去哪儿了,很着急。风后听嫘祖说黄帝骑马往西走了,也骑马往西找,正往前走,听见有马叫声,就循着声音往前继续走,在一个山坳里见到黄帝骑的黄骠马拴在一棵大树上,就将自己骑的马拴在黄帝的马的西边。风后下得岗来,见黄帝一个人垂头丧气地坐在那里,就上前将黄帝扶起来,问他来这干什么。黄帝把修城的事前前后后说了一遍。风后又看了看这周围的地形,说:"我说主公,在这没修成都城也甭后悔。这里美是美,这是仙家居住之地,不是帝王建都立业之所。你没看,这里到处是仙气,一点帝王气都没有。你看,西边山岩上那个山洞,白云缭绕,很是神秘,当地人都叫它'云岩宫',就是仙家居住的地方。你说的那个妇女,恐怕就是仙人,点化你不要在这修城。咱要建立都城,还是另选圣地吧。"

黄帝在云岩宫修城失败了。

传说,他和风后拴马的两个地方,就是后来的东马庄、西马店。黄帝最后挑的那两筐土,西边的那堆,就是现在的庙岗;东边的那堆,就是现在的台儿岗。黄帝气得一屁股坐在地上,从鞋子里倒出来的那两堆土,就成了后来的破鞋岗。黄帝在东南边挖土的那个土台子,人们都叫它"黄帝岗"。当地人说话图省事,干脆叫它"黄台(儿)"。

采录整理:刘素洁

采录时间:1983年2月

采录地点:河南省新密城关镇

黄帝修城(三)

黄帝没有防备弟弟会攻打他,结果被弟弟打败了,很不甘心。他决心重整旗鼓,从头干起,一定要打败炎帝。为此,他想找一个既隐蔽又能屯粮蓄兵的风水宝地。有一天,他从新郑轩辕丘出发往西巡游,意外地来到云岩宫。黄帝见云岩宫依山傍水,山清水秀,是个屯兵讲武的好地方。这里地势险要,十分隐蔽,真是个再好不过的风水宝地了。于是,黄帝就打算在这地方建一座城，屯粮聚兵，传道讲武，积蓄力量准备讨伐炎帝。可是，云岩宫这地方，地势险要，高低不平，要建成一座城，可不容易。黄帝带领人马大干了一年多，连个城角也没弄成，很不高兴。为这事，他吃饭不香，睡觉不甜，成天愁眉苦脸。这件事不知咋让老天爷知道了。老天爷很可怜黄帝，就在天上召集各路天神，问道："下界轩辕黄帝叫他弟弟打败了，现在想在云岩宫修一座城，他要在这里练兵讲武。我想帮助他，你们谁愿意替我前去？"

老天爷话音一落，只见在众天神中站出来一员身材高大、脸上长着三只眼的大汉，说："我杨戬愿替玉帝前去，请您恩准。"

老天爷见杨戬威风凛凛，身体健康，一定力大无比，就批准他到人间帮助黄帝修城。杨戬离开南天门，驾着云来到了下界。当时正是人间半夜时分。杨戬降落云头，站在五指岭上往东南云岩宫方向一看，果然那地方真是人间一块宝地。杨戬睁大三只眼在身边搜寻了一会儿，顺手在脚下拔了一根荆条，穿在两个小山丘中间，担在肩上，一溜小跑地向云岩宫奔来，不巧鸡叫天亮，路边有一个起早犁地的老头，他见杨戬汗流满面，用荆条挑着两座小山丘往前急跑，心中很奇怪，就说："这个小伙子力真大，用一根荆条，就能把两个小山担起来！"老头这句话道破了天机，杨戬泄了元气，再也挑不动了。他不高兴地坐在路边长叹一口气，倒了倒鞋里的土，然后架着云回天上了。可是，他担的两个小山，却留在了离云岩宫不远的路上，后人称它们"庙岗"和"大岗"。杨戬从鞋中倒出的土，也化成了一个小山岗，就是今天的破鞋岗。

讲述人：周河，曾为私塾先生，73岁，养马庄人

整理：高力升

采录时间：1983年4月

黄帝城(一)

自从轩辕黄帝决定把国都建在有熊之后,就亲自在轩辕丘上实地考察,决定把黄帝城筑在轩辕丘的东段。为了方便用水,把双洎河围在城中,东西约二十里地长,南北约十里地宽,也就是在原来建国有熊的旧址上扩建城池。

正当黄帝划定地点,开始动工建城时,一天夜里,人们都已入睡,突然轩辕丘上灯火通明,山神领着山鬼、虎精、黑怪、猴妖等,成群结队;地神领着小鬼、小判等,熙熙攘攘;河伯领着鱼鳖虾蟹、蛤蟆、长虫等各路精气,都一起来到这里。各路精鬼都变作人形,各持工具,挖的挖,抬的抬,推的推,拉的拉,整的整,打的打,好像蚂蚁一样,密密麻麻,你呼我叫,喧喧闹闹,号子声和打夯声响成一片,"叽里咣啷"。到天色微明,鸡子一叫,神鬼悄然离去,一切归于平静。人们起来一看,一座巍峨的城池拔地而起,非常壮观。城墙正好是按黄帝规划所建的,方圆五十多里,"天心石"在城的中央。从此,人们代代传说是鬼打黄帝城,只因天明鸡叫,没有来得及干完,使城的西南角缺了一个豁子。现在看来,是河谷宽,城墙接不起来的缘故。

再说,黄帝城建成以后,轩辕大帝心想:国都位居天心地央,四方归顺,地利人和,于是,就正式把名字定为"中国"。从此,黄帝专心领导大家开辟荒原,种植农桑,养蚕抽丝,织帛做裳,学文造字,占卜吉凶,并判测阴阳、日月,整音律以作歌乐,又染五色服以定贵贱,制帽袍以尊朝仪……如此,朝野有序,人民安居乐业。氏族制彻底改变,形成了各个家庭,人类开始出现了伦常道德,开创了天地间独具文明的繁华之地。人们都自豪地把自己看作是日光月华独钟的民族,所以称自身为"华人"。

从此,"华人"的后代皆称自己是炎黄子孙,代代相传。

讲述人:薛文灿,55岁,干部;赵国异,53岁,干部

采录整理:李新明

黄帝城（二）

现在新郑的郑韩故城,过去当地人叫它"黄帝城"。说起这座城,在新郑一带流传着一个天上九龙下凡修黄城的故事。传说,黄帝打败炎帝之后,为防蚩尤进攻,就想修一座大的都城,因为把地址选错了,没修成。黄帝打败蚩尤之后,心想,现在天下统一了,不修一座大的都城,普天下的诸侯和臣民来朝贺怎么办？一天上午,黄帝正在想心事,风后来了。黄帝把这个想法告诉风后,风后说:"这件事咱俩想到一块了。咱还是出去看看把城址选在何处好！"说罢,风后前头带路,黄帝随后,就出有熊国都向西北的轩辕丘走去。他们站在轩辕丘上,四下观看,风后指着说:"主公你看,这里整个地势是西高东低,南边、西边、西北边有陉山、具茨山、西太山和梅山环绕,中部丘陵起伏,沟壑纵横,东边是大平原。臣近观天象,咱这头上天空,位居中宫的轩辕星（北斗星）最亮,而咱站的这个地方也正好位居地的中心。真是上有轩辕星,下有轩辕丘,天地合一。这里帝王之气蒸蒸日上！"黄帝听着看着,连声称是。

第二天,黄帝带领群臣,在轩辕丘东,洧水和黄水交汇处上边设立了个祭坛,摆下供品、香案,还在这里竖立了一通四尺高、三尺宽的青石碑,上刻龟纹形"天心石"几个大字。黄帝在前,群臣在后,跪拜天地。风后在香案前用手在空中比画来比画去,嘴里念念有词,说:"玉帝,玉帝,请听仔细。天下一统,定都有熊。具茨山下,天地正中。肉鱼香烟,供你享用。保佑子民,万世昌盛！"风后说罢,黄帝和群臣也都同声呼喊:"保佑子民,万世昌盛！保佑子民,万世昌盛！"这祭祀玉帝的香火,化作一缕青烟,直上云天,到达天庭。玉帝和天上的各路神仙正在朝议,突然,闻到从凡间传来的一股香烟味,就拨开云头往下看,见是黄帝正和大臣们祭罢天地,要修黄城。玉帝说:"我们不能光受人间香火,今夜大家是不是也帮帮轩辕修起这座城？"大家早就想到人间看看,自然都很高兴。

这天晚上,玉帝看凡间人脚已定,就悄悄带上太白星、紫微星、南极星、太微星、金川星和文昌星等化作八条龙下凡。他们刚离开天宫,王母娘娘追来了,说:"你们下去修城,也不言一声,谁给你们烧水做饭?"说着也化作龙形下凡了。这九条龙徐徐降落到轩辕丘的东端。土地爷知道了,不敢怠慢,立马通知四方的仙家、鬼神前来修城。只见天上的神和地上的仙家及鬼,有的挖土,有的担土,有的推土,有的往木板斗里装土,有的用木柱子打夯,像蚂蚁一样,忙忙碌碌,热热闹闹,高高兴兴地修城。

地上修城的喧闹声传到了天庭,惊动了岁星。他往人间一看,啊呀!原来是玉帝带领各路神仙为黄帝修城,顿时火冒三丈。这岁星为啥这样恼火?原来,当年他曾化作苍龙下凡做了蚩尤部落的首领,被黄帝杀了。现在见玉帝帮黄帝修城,岂不恼火?于是,岁星立马叫来他手下的小神句芒说:"你快去凡间,要想个法子将他们赶走,不能叫他们帮助黄帝修这座城。"句芒听了,立即下凡。句芒也是天上一位十分了得的神。他的样子是鸟身人面,身上长着红羽毛,头上和脖子上的羽毛整天像公鸡斗架时的样子抖擞着,两只翅膀传说能遮住半拉天,腰间以下缠得像女人的裙子,露出两只长长的腿,看上去像一只大红公鸡。行走时,老是脚踩着两条小龙。句芒在天空飞来飞去,最后落在有熊国的南边(今信阳地区)的一座山上,伸长脖子,学起公鸡叫。玉帝和各路神仙正忙着修城,隐隐约约听到有鸡叫声,就着了慌。太白金星说:"您别慌,让我去看看。"说着驾起云头来到西南具茨山北边的一个岭上,四方环视,见南边很远处有一个山上立着一只大红公鸡,正伸脖叫。太白金星说:"大事不好!"就要回去禀报,可是已经来不及了。他还没离开山头,那只大红公鸡又叫出声来。这公鸡一叫,整个中原大地所有的公鸡都叫了起来。太白金星来不及去见玉帝,就只好先回天宫了。再说玉帝和各路神仙,听到公鸡叫,以为天快亮了,就丢下手中的工具,慌忙地回了天宫。可是,这城墙还有西南角没修成。传说玉帝走时,气得掉下两滴眼泪,还说:"这个该杀的鸡。"王母娘娘刚给各路神仙做好玉米蜀黍面疙瘩,气得将锅一掀,面疙瘩滚了一地,也说:"这个该杀的鸡。"

　　玉帝和天上的神仙、地上的鬼怪都归了位。天亮时,黄帝和群臣来到轩辕丘东,准备要修城,一看,城已经修好了,只缺西南一个角。黄帝和大臣围绕城墙转了一圈,连声称赞说:"了不起,了不起,整整四十五里见方,样子像个牛角,咱就叫它四十五里牛角城吧!"

　　传说,黄帝和大臣们以及当地老百姓知道是天上的玉皇大帝和王母娘娘修的这座城,为了纪念他们的功德,就在城南关给他们修了一座天爷庙和一座娘娘庙。因为这座城是天上的玉帝和娘娘等九位天神化作龙下凡来人间修的,当地人就把这个地方叫作九龙口或九龙滩。太白金星到具茨山北,看鸡叫的那个岭,当地人叫作太白岭。句芒在信阳山头学鸡叫的那座山,人们都叫它鸡公山。传说,玉帝给黄帝修城的那天晚上是农历腊月二十七。因为鸡叫,气得玉帝和娘娘都说"该杀的鸡",所以当地人流传说:"二十七,杀小鸡!"每年腊月二十七日,家家户户杀公鸡以泄心头恨。当地人还传说,当年玉皇大帝为黄帝修城还缺一个角,鸡就叫了,气得掉下两滴眼泪,当时这两滴泪滚到一座青龙桥的两条青龙的口中,成了两颗夜明珠。因为这里有夜明珠,每年冬天下大雪,其他地方下几尺厚,唯这青龙桥上不见一片雪。因此,这里成了新郑一景,人们称为"南桥风雪"。后来,南蛮子来新郑盗宝,趁五月十三城南关古会,用竹竿将青龙桥围起来,将青龙口中的两颗夜明珠盗走了。从此,人们再也看不到"南桥风雪"这一景致了。还传说,王母娘娘掀掉的那一锅饭,滚了一地,变成了烈礓,从此南关那个地方就叫烈礓坡。还传说,后来郑国要往东边迁,请人看了风水。风水先生说黄帝城这个地方有帝王之气,于是郑国就在黄帝城的遗址上又修了郑国城。以后这国灭了那国,也把国都迁到这里,现在,官方都称这座城为郑韩故城,可是当地老百姓说这座城最早是老祖宗黄帝修的,所以仍叫它"黄帝城"。

　　采录整理:刘文学

采录时间：1983年5月

采录地点：河南省新郑城关镇

黄帝城的来历

相传，黄帝刚到涿鹿的时候没有城，住在一个大土丘上。但过了不久，炎帝和蚩尤也来到这个地方。他们一来，就和黄帝争地盘。这样，双方就打起来了。黄帝和手下的人住在大土丘上，说不清人家什么时候来攻，就日夜防守着。牲口还得打个盹呢，何况人呢？时间一长，黄帝手下的人就顶不住劲了。黄帝一看这个样子，可上愁了，再叫人没明没夜地防着，别说人家来攻，就是不来攻，自己也拖垮了。怎么办呢？他走里磨外，就是想不出个办法来。一天，黄帝闷闷不乐地来到竹鹿山上，想着散散心，可登到山顶往四下里一瞧，压在心头的愁云顿时散开了。为啥呢？有养兵御敌的办法了。啥办法？就是筑一座城。这办法从哪里来的？就是在竹鹿山顶上看风景看出来的。啥风景呢？这就有讲头了。

竹鹿这地方，四周高，都是山，中间洼，是块盆地。黄帝看了这景，就琢磨开了：如果把手下人放到各个山口上，住在盆地里的人就安全了，还可以休息。可他手下没有那么多人，支撑不了这么大的场面，怎么办呢？俗话说，心有灵犀一点通。他从这风景和地形上悟出一个道理：那就是世上的事以小比大，反过来也可以以大比小。如果搬石挖土，也照这形状垒个去处，不就也可以养兵防敌了吗？主意一定，他景也不看了，心也不散了，就下山回到他自己住的那个大土丘上了。把众人一召集，大家都说主意好。可谁也没见过这东西，墙垒多厚，修多高，在哪留口，又上起愁来了。

这时候就看出黄帝的本事了，要不咋叫他当头呢？他听大家七嘴八舌地议论了一顿，就又琢磨开了。别看现在一说修城，觉得很容易，可世上没有城的时候，第一个修城的人可就难了。他想呀想呀，不知想了多少天,最后决定照着神仙赠给他的行兵布阵图修城。

那图分天、地、风、云、龙、虎、鸟、蛇八个阵。天、地、风、云为外四阵,虎、龙、鸟、蛇修成各式各样的营盘,这就是现在街和院的来历。为了进出方便,黄帝还在四个土墙相接的角上留四个门,这样做是为了出门迎敌方便,两个门出去的人马好互相接应。

有了这座去处,黄帝的人马能接替着休息,不久就把炎帝和蚩尤打败了。因为修建这些建筑都是用土垒成的,黄帝就给它起了名叫"城"。

采录整理:李怀全

(选自涿鹿县志编纂委员会编《涿鹿县志》,河北人民出版社1994年出版)

类似的神话传说还有许多。它们集中表现出一种情感,即轩辕黄帝代表着社会发展的大趋势,顺应着历史演进的逻辑。

第三节 发明创造神话

黄帝不但统一了各部落,建立了国家,而且推动了物质文明的发展,这是黄帝神话的另一个重要主题。这种发明创造共两种类型,一是以黄帝为名所列,一是以黄帝之臣或黄帝之族为名所列。

首先,黄帝时代发明创造了众多衣食住行所依赖的生活用具和生活方式。民以食为天,饮食方式的变化标志着社会发展的变迁。《太平御览》卷八四七引《古史考》:"始有燔炙,人裹肉烧之,曰炮,故食取名焉。及神农时,民食谷,释米,加于烧石之上而食。及黄帝始有釜甑,火食之道成。"所引《周书》载有"黄帝始蒸谷为饭"和"黄帝始烹谷为粥",这都表明黄帝时代饮食方式所发生的重大变化,即彻底告别了茹毛饮血的蒙昧阶段。《云笈七签》卷一〇〇《轩辕本纪》"帝作灶",即指此种意义。《管子·轻重戊》:"黄帝作,钻燧生火,以熟荤臊。民食之,无兹胃之病,而天下化之。"《世本》:"黄帝造火食。"

接着是房屋和衣服的制造。《风俗通义·皇霸》:"黄帝始制冠冕,垂衣裳,上栋下宇,以避风雨。"《新语》:"天下人民野居穴处,未有室屋,则与禽兽同域。于是,黄帝乃伐木构材,筑作宫室,上栋下宇,以避风雨。"《尚书大传·略说》和《春秋内事》也都提及"上栋下宇,以避风雨"之事。《史记·五帝本纪》正义:"黄帝之前,未有衣裳屋宇;及黄帝造屋宇,制衣服,营殡葬,万民故免存亡之难。""食""住""衣"是日常生活的最基本需要,"行"作为神话表现的方式,所描述的是车船等交通工具的发明创造。《周易·系辞下》:"刳木为舟,剡木为楫,舟楫之利以济不通,致远以利天下……服牛乘马,引重致远,以利天下。"《路史·前纪七》:"轩辕氏作于空桑之北,绍物开智,见转风之蓬不已者,于是作制乘车,桕轮璞较,横木为轩,直木为辕,以尊太上,故号曰轩辕氏。"《文选·东都赋》:"作舟舆,造器械,斯乃轩辕氏之所以开帝功也。"因此,不得不把这样一个时代看作一个根本上改变生活方式的转折时代,看作人类从蒙昧、野蛮走向文明的一个分水岭。

其次,黄帝不但教会人民避开风雨、获取食物,而且教会了人民享受生活,创造更多的欢乐和文明,使生活日益丰富。《世本》:"黄帝作旃。"《路史·后纪五》:"黄帝造车服为之屏蔽也。""制金刀,立五币,设九棘之利,而为轻重之法。""黄帝受地形,象天文以制官,盖至是名位乃具。""棺椁之作自黄帝始。""黄帝作律,以玉为琯,长尺六寸,为十二月。""迎日推策,造六十神历。"《事物纪原》卷一:"黄帝立子丑十二辰以名月,又以十二名兽属之。""黄帝造星历,正闰除。"《事物纪原》卷七:"凡创始自黄帝也。""占岁起于黄帝。"《后汉书·郡国志》注引《帝王世纪》:"黄帝推分星次,以定律度。""凡天有十二次,日月之所躔也;地有十二分,王侯之所国也。"其他还有"蹴鞠,黄帝所造"(《别录》),"镜始于轩辕"(《黄帝内传》),"黄帝以其缓急作五声以政五钟","五声既调,然后作立五行以正天时,五官以正人位；人与天调，然后天地之美生"（《管子·五行》），以及"黄帝始作陶"，"黄帝始儴"，"黄帝作《归藏》"（《路史》）等，都展现出黄帝时代的盛景。值得注意的还有《绎史》卷五引《黄帝内传》所述："帝既与王母会于王屋，乃铸大镜十二面，随月用之。"在黄帝的周围，各种创造发明伴随着众多神系，使这个时代耀眼烁目。

黄帝时代的文明不独黄帝所创造。嫘祖在传说中是黄帝的"元妃"，以"蚕神"身份受到后世祭祀。《史记·五帝本纪》："黄帝居轩辕之丘，而娶于西陵之女，是为嫘祖。"《通鉴外纪》卷一："西陵氏之女嫘祖，为黄帝元妃，始教民育蚕，治丝茧以供衣服，而天下无皴瘃之患，后世祀为先蚕。"《后汉书·礼仪志上》中提到，每年的三月，人们"祠先蚕，礼以少牢"，祭祀这位女神。

又如仓颉造字，在古籍中也颇多记载。《论衡·骨相》："仓颉四目，为黄帝史。"《路史·前纪六》："创文字，形位成，文声具，以相生为字；以正君臣之分，以严父子之仪，以肃尊卑之序；法度以出，礼乐以兴，刑罚以著；为政立教，领事辨官，一成不外，于是而天地之蕴尽矣。天为雨粟，鬼为夜哭，龙乃潜藏。"仓颉的形象在神话中被描述为"四目"，在《荀子》《淮南子》《春秋演孔图》《春秋元命苞》和《世本》所引汉代《仓颉庙碑》等文献中，都极力张扬仓颉"四目灵光""通于神明"的神性形象。在《论衡》《说文》中，都述说仓颉"依类象形"而"创字"。《文脉》说："仓颉制字，泄太极之秘，六书象形居多。"《封氏闻见记·文字》："仓颉观鸟兽之迹以作文字。"《援神契》："仓颉视龟而作书。"《春秋元命苞》中说："穷天地之变，仰观奎星圆曲之势，俯察龟文鸟羽，山川指掌，而创文字。"这颇类于《易·爻辞》中关于伏羲作卦的神话描述。诚然，此类神话都表明祖先经历了漫长的岁月，他们的业绩是何等艰辛。像仓颉造字这样"天雨粟，鬼夜哭"，表现出"通神明之德"的情节，都反映了后世子孙对祖先的崇仰和怀念。

不但仓颉和嫘祖，还有很多贤能之士以"黄帝臣"的名义做出了惊世的贡献。他们聚集在黄帝周围，形成众星拱月的景象。如《云笈七》卷一〇〇《轩辕本纪》载黄帝时"有臣曹胡造衣，臣伯余造裳""有共鼓、化狄二臣助作舟楫""有臣胲作服牛以用之""有臣黄雍父始作舂""有臣挥始作弓，臣夷牟作矢""臣伶伦作权量""有臣史王造画""扁鹊、俞附二臣定脉经，疗万姓""有宁子为陶正""令孔甲始作盘盂，以代凹尊坏饮之朴""令风后演河图法而为式用之，创十八局，名曰遁甲，以推主客胜负之术"。《辨正论》注一载："黄帝佐官有七人：仓颉造书字，大桡造甲子，隶首造算数，容成造日历，岐伯造医方，鬼臾区占候，奚仲造车作律管，兴坛埒礼也。"《世本》载"黄帝使羲和作占日，常仪作占月，臾区占星气，伶伦造律吕"，"后益作占岁"。《吕氏春秋·仲夏纪·古乐》载："黄帝又令伶伦与荣将，铸十二钟以和五音，以施英韶。"《路史·后纪五》载："命竖亥通道路，正里候。"这些记载将所有的霞彩都作为黄帝身后的屏障，从而让后人仰望到黄帝时代空前的众神狂欢场景。这是中国神话时代最耀眼的篇章，令无数黄帝子孙深深感到自豪和光荣。尽管中国神话步入一个又一个阶段，但从未有任何一个时代能与黄帝时代媲美。

黄帝神话被后世的方家术士所钟情，他们极力借黄帝编造成仙、炼丹、封禅的故事以增加信众，而百姓并未为他们所支配。在神州大地上，迄今仍保存着许多关于黄帝的神话遗址，表现出华夏子孙对自己祖先的崇仰之情。如陕西黄陵县的黄帝陵，每年清明时节都有海内外华人来此拜谒；甘肃天水有黄帝出生的轩辕谷；河北涿鹿有传说黄帝战炎帝蚩尤的黄帝城、黄帝泉；河南有新郑黄帝故里、黄帝岭，以及新密风后岭、大隗山和黄帝宫。《路史·后纪五》罗注引张氏《土地记》说："东阳永康南四里石城山上有石城，黄帝游此；而黄山、皖公、缙云、衡山、衡之云阳山，皆有黄帝踪迹焉。"更有数不清的地方保存着丰富的黄帝神话传说，民间百姓把家乡的山山水水、一草一木都同黄帝联系在一起。特别是河南的中西部地区新郑、新密、登封、临汝、灵宝和陕西东部的潼关一带，分布着相当密集的黄帝神话遗址。同时,陕西白水有仓颉造字台,河南的开封、内黄、虞城也有仓颉神话遗址,诸如仓颉墓、仓颉造字台、仓颉城等,许多地方还有庙会敬祀仓颉,甚至把仓颉作为家仙,请求这位传说中的黄帝大臣保佑一方平安。一些姓氏如侯氏、仓氏、夷门氏奉仓颉为自己的祖先。黄帝神话迄今仍然系统、完整地保存在民间,这绝不是偶然的。

轩辕黄帝时代的大创造、大繁荣,成为中华民族文明的赞歌。这些传说故事广泛流传,诸如:

黄帝造车轮

大家都知道,黄帝战蚩尤时,造了破雾指方向的指南车,可这车轮是咋造的呢?这还得打王母娘娘点化黄帝那儿说起。

传说那天玉帝和王母娘娘云游中天时,远远看见黄帝一个人闷坐在风后岭的山坡上。玉帝问:"夫人,你看那不是贤弟吗?"王母道:"正是,他正在为指南车跑得慢上愁呢,待我点化点化他吧。"说着,王母娘娘冲着风后岭方向打起哈欠,吹起仙气来。

的确,黄帝和蚩尤交战时,眼看快胜了。蚩尤喷出漫天雾气,使黄帝的兵马迷失了方向,乱了阵营。黄帝想法儿造了个指方向的车,就是后来人们所说的指南车。说是车,当时形状是一块长方形木板,上面有一木人,右手总指南方。打仗时,这木板绑在一只训练好的熊精身上驮着跑。有了这器械,黄帝就不怕蚩尤喷雾了,接连打了两次大胜仗。可就在第三次交锋时,驮着指南人的熊精被敌方乱石打死了,几个兵士抬着木板急跑时,你拥我挤太慢了,使这次战役失利。黄帝正为这事大伤脑筋。所以一个人坐在那儿,闷着头想啊想啊,也没想出个好办法来,急得他出了一身汗。

这时,黄帝忽觉背后凉风呼呼地吹来,怪舒服哩。风越来越大,"嗖"的一下,黄帝戴着的那树枝扎成的帽子被吹落在地上,顺着风,骨骨碌碌地朝山下滚去。黄帝一看,急忙追过去,帽子越滚越快,如同精灵的飞环,比人跑得要快得多,黄帝怎么撵也撵不上。撵着撵着,黄帝顿时开窍了:"这圆圆的帽子滚得这么快,要是在指南人的板下也安上两个轮环转动起来,不也跑得快了吗?对!"想到这里,帽子也不追了,他急忙跑回营寨,马上命令工匠截了两个木轱辘,加工设置,安在板下。果真人推也好,兽拉也好,灵活方便,跑得又快,黄帝站在上面,顺向指挥,一时军威大振,再和蚩尤交锋时,这指南车立了大功。

后来,人们模仿指南车的轱辘,安在其他木板上,就有了最原始的车。

讲述人:杨周氏,86 岁,女,苏张村人

记录整理:侯松平

记录时间:1983 年 8 月

记录地点:河南省新郑城关镇

轩辕黄帝是众多物品与制度的发明者,甚至创造了生命的奇迹,发明了各种药草。又如:

黄帝的长寿秘方

史书上说,轩辕黄帝活到一百一十一岁。他能如此长寿,据说是他得了崆峒山仙人的长寿秘方。

相传,轩辕十岁那一年,得了一种很厉害的传染病,吃了许多草药也没治好,身体十分虚弱,全身的毛发全脱落了,手指脚趾也变了形,眼看病情越来越重,都快要不行了。一天,他对家人说:"我恐怕要死了,你们不如趁我还有一口气,把我送到野外去,免得死在家里,再传染别人。"

他的家人知道这种病的厉害,又觉得轩辕说得有理,就准备了些吃的东西和用具,把他送到了具茨山西的一个山洞里。轩辕一个人住在山洞里,不见父母和兄弟姐妹,又想着自己活不长了,情绪非常低落,整天流泪不止。

一天,有一位崆峒山的仙人从这里经过,听到哭泣声,走进轩辕住的山洞。仙人看见轩辕这个样子,很是可怜他,就问他为什么一个人住在这里。轩辕看看进来的老人,心里想,虽然他年纪很大了,头发胡子都白了,可他红光满面,精神抖擞,走路说话如同年轻人,一定不是个普通人,于是,就把自己一个人住在山洞里的原因,一五一十地告诉了老人,最后,还哀求老人能搭救自己。

仙人听说轩辕病成这个样子,心里还想着别人,觉得他这个人心眼很好。好人应当得到好报。于是,仙人就从怀里掏出一个葫芦,打开盖,倒出许多药丸送给轩辕,又交代了每种药丸的吃法,就走了。轩辕想说句感谢的话都没来得及说。

轩辕按照仙人的指点,服完了仙人所送的药丸,身上的病便不见了:毛发慢慢地长了出来,脸上泛出了红润,皮肤也恢复了原来的平滑和光泽,像常人一样了。

轩辕刚想要回家,仙人又来到了他住的那个山洞里。轩辕叩谢了仙人的救命大恩,又乞求仙人说:"我住的那边山上,还有这种病人,你要是能传给我这种药丸的配方,我就可以自己配制,再去救别人的性命,而不必再麻烦你老人家了。"

仙人非常赏识轩辕小小年纪总想着别人的为人,就对他说:"这药丸是松脂炼成的。这一带的山里松树很多,松脂很容易得到。你把它采回来经过提炼,就能治病。松树越老,树脂越少;树脂越少,药效越好。井、泉、河水服药只能治病,不能收到长生不老的药效,要长生不老,得用黑龙涎送服……"然后,那位仙人又教给他提炼松脂的方法,最后还再三嘱咐不得外传。

轩辕谨记仙人的嘱咐,进山采了一些松脂,便离开了山洞,回到家里,谁知这一去竟是十年。他的父母都已过世,哥哥榆罔也远走他乡。村人都以为他已经死了,见他站在面前,以为是鬼,都惊讶得说不出话来。

他把得到仙人搭救的经过告诉了大家,村人才转惊为喜。

此后,轩辕把带回的松脂进行提炼服用,从不间断。他到什么地方,只要有害他这种病的人,便送药去医治。提炼的松脂用完了,他就再到山上去采,再提炼,自己吃,也给别人医病。

轩辕服药的日子长了,感到自己的身体越来越轻,力气越来越大,爬山过岭,连着走三五天的路,不吃不睡,一点也不觉得劳累。七十岁时,头发不白,牙齿不落;九十岁时,耳朵不聋,眼睛不花;过了一百岁生日,面无皱纹,白里透红,像孩子样;直到一百一十一岁那年九月,一条黄龙才驮他上了天宫,人们都说轩辕成仙了。据说,轩辕在涿鹿大战擒杀蚩尤之后,一天在具茨山避暑洞闲暇无事,想起了崆峒山仙人的话来:"井、泉、河水服药只能治病,不能长生不老;要长生不老,须得用'黑龙涎'送服。"这"黑龙涎"到哪里去找呢?他想着想着就睡着了。

其实他在具茨山上每天所饮用的水,都是从黑龙潭里吸取来的。人们都说这黑龙潭里的水都是从黑龙嘴里吐出来的,他不知道这黑龙潭里的水就是黑龙涎。

采录整理:张永林

搜集地点:河南省新郑城关镇

记录时间:1983年3月

常先造鼓

传说,黄帝身边有一个大臣名叫常先,他在实践中不但发明了很多狩猎工具,而且还发明了第一面战鼓。

常先一生英勇善战。他不但打仗勇猛,而且喜爱在森林里打猎。他常常能捕猎到很多野牛、野猪等非常凶猛的动物。他把猎回来的野兽肉吃了以后,就把这些兽皮蒙在木墩上晒,一些空心的木墩上的兽皮被太阳晒干后,紧紧地抱在木墩上,坐在上边有弹性,很舒服。有次部落打了大胜仗，回来庆祝，跳呀唱呀，不知是谁用木棍擂了一下这木墩，木墩便发出雄浑的声音，令人振奋。大伙都来擂，跳呀唱呀非常痛快。常先觉得这个声音能催人奋进，就找来一个磨盘大的空心树桩，制成了第一面战鼓。

传说，在涿鹿大战开始时，黄帝在阵前准备了八十面战鼓。凶猛的蚩尤攻到阵前，八十面战鼓一齐擂响，震得山崩地裂，震得蚩尤军队人仰马翻，耳聋眼花，溃不成军。而黄帝的军队则在战鼓声中奋勇向前乘胜追击，打败了蚩尤。从此，鼓就成为我国古代战争中不可缺少的用具，人们称之为"战鼓"。

（选自任化民、王谦编《荆山黄帝陵》，1994年印）

兄弟献弓

相传，很久很久以前，黄水河北岸有个刘庄。庄上有一户人家，兄弟二人和母亲相依为命。哥哥刘忠和弟弟刘勇都是当地有名的猎手，还制得一手好弓。后来，在西山打野猪时，哥哥刘忠被野猪咬断了一条腿，使得本来不富裕的家庭，从此生活越发艰难起来。

哥哥刘忠每看到弟弟刘勇拖着疲倦的身体打猎回来就心里难受，背地里不知流了多少眼泪。一日，哥哥对弟弟说："弟弟呀，我的腿不能走路啦，可我的手还能干活呀。黄水河边有柳树，你伐些柳橡来，咱家有兽皮，让我张些大弓，换点野物和食物补助下生活吧！"第二天，刘勇就到河边伐了些柳橡扛回家交给哥哥。哥哥刘忠就把兽皮制成弓弦，将柳橡进行修整、熏烤，制成弓背，造出好多弓来。天长日久，刘忠的弓在附近十里八村出了名。

这一年，黄帝在具茨山下拜风后为将练兵，要开往涿鹿去打蚩尤。消息一传十，十传百，也传到了刘庄。弟弟刘勇决心赶赴战场去杀蚩尤，哥哥刘忠因一条腿残废不能上战场，十分懊丧。弟弟见哥哥伤心落泪，就对哥哥说："哥呀，现在轩辕在具茨山下练兵，准备去同蚩尤打仗，打仗是要用弓箭的。你做的弓远近有名,咱咋不多做些弓,献给轩辕,不也算是为战蚩尤出了一份力量?"弟弟的一席话,拨开了满天乌云,兄弟二人立即动手,制造强弓,献给轩辕。

刘忠、刘勇兄弟很快制成了强弓三百把。送弓这天,刘家母亲特别高兴,从地里采来野花缚在弓上。乡亲们套起三辆牛车,分装了那三百把大弓。刘忠、刘勇带着三辆大车和村上要参战的青年人,浩浩荡荡向具茨山走来。

轩辕正站在高岗上看风后指挥将士们练习阵法,忽听报说有人献弓,就亲自下山迎见刘忠、刘勇兄弟。轩辕询问家庭情况,刘忠一五一十作了禀报,并说要送弟弟刘勇参战。黄帝听了非常感动,说道:"为保咱有熊国安危,你们千辛万苦制了这么多弓献来,还要送弟弟刘勇参战,足见你一片爱国忠心。但刘忠一腿残废,尚有年迈老母,我看刘勇就不要上阵打仗了吧,留在家里,一来照顾母亲和刘忠,二来多制造些弓,供应战场使用。今奖赏你兄弟黄牛十头,皮可制弓,肉可补充家里食物。你们兄弟也可将制弓之法教给乡民,让他们制出更多的弓供应战场。"刘忠、刘勇兄弟听罢,再三叩首拜谢而去。

在涿鹿大战中,刘家兄弟供应了许多强弓硬弩,刘庄弓也从此闻名于世了。

采录整理:袁玉生

记录时间:1983 年 4 月

记录地点:河南省新郑城关镇

陶正宁封

远古的时候,人们没有锅碗盆盘这些炊具,打来的野兽只能架在火上烧着吃,收获的谷物也只能放在石片上烤着吃。人们常常吃生、硬的食物,胃肠大都患有疾病。人们也没有打水的器具,只能依水而居,一到天旱的时候,人们可就惨了,往往要跑到很远的地方才能喝到水。据说到了

第六章 黄帝时代

黄帝做中央天帝时才发明了烧陶的技术,解决了这些生活难题。

有的书上说是黄帝发明了烧陶技术,也有的说是宁封发明的。宁封原是隐居在蜀地青城山中的仙人。青城山是由五座高峰组成,五座高峰连绵起伏,像一座天然的大屏风。宁封修炼得道,擅长龙蹻飞行之术。黄帝曾专程到青城山向宁封请教龙蹻飞行之术。交谈中还提到了烧陶的事情,原来他们都已经在长期使用火的实践中发现了黄泥用火烧过会变得非常坚硬的特性,并且不约而同地想借黄泥的这个特性烧制各种器皿。黄帝非常高兴,就邀请宁封到他朝中做了陶正,并封青城山为"五岳丈人",宁封后来也就自然成了宁封丈人。

陶正就是专门负责烧陶的官吏。宁封做了陶正之后,就日夜琢磨、试验,可是总掌握不好火候,不是火急了,就是火小了;不是时间长了,就是烧的时间不够;烧出的陶器不是裂了缝,就是一层层地爆皮掉渣。宁封急得坐卧不安,日夜守在窑边。这一天,宁封朦朦胧胧看见一个长得非常奇特的人向他走来,向他一五一十地讲述烧窑的方法,并亲自替他掌管炉火。炉灶中居然慢慢地冒出五色烟雾来,烧出的陶器又光滑又结实。宁封惊喜万分,回头再看那位仙人,早已不知去向。宁封从此就按照那位仙人所教的方法烧窑,烧出许多精美的陶器,也教会了许多徒弟,但他还总是亲自掌火。有一次,架火烧陶,宁封仍像往日一样跳进火中随着五色烟雾飘飞上下察看火候。但火熄灭之后,宁封早已不见了。人们在柴火的灰烬中发现了几块宁封的骨头,就将宁封的骨灰安葬在宁北山中。人们说"宁封"这个名字就是由此而来。宁封,就是埋葬在宁北山中的意思。这显然是在宁封去世后人们给他起的名字。人们又在宁封原来隐居的青城山下为他修建了一座丈人观,每年人们都来祭祀为了烧陶而献身的"宁封丈人"。

也有的说,不是宁封自己跳进火中,而是宁封上窑顶添柴火,窑顶忽然塌下,宁封落在火中。宁封并没有被烧死,因为他会龙蹻飞行术,人们看见宁封随着五色烟火升上天去了。

（选自马清福主编《秦汉神异》，辽宁大学出版社1991年版）

从文献中可以看出，这些故事来自后人讲述。如"乃命宁封为陶正，赤将为木正，以利器用。命挥作盖弓，夷牟造矢，以备四方"（《路史》卷十四），"宁封子者，黄帝时人也。世传为黄帝陶正。有人过之，为其掌火，能出五色烟，久则以教封子。封子积火自烧，而随烟气上下，视其灰烬，犹有其骨。时人共葬于宁北山中，故谓之宁封子焉"（《列仙传》卷上）。

又如：

来集与牛集

黄帝打败蚩尤之后，国家统一，天下太平，百姓安居乐业。黄帝在风后、力牧等大臣的辅佐下，把国家分为九州，州下设师、都、邑、里、朋、邻、井等，分派官员去进行管理。同时，要求地方官员带领百姓开荒耕田，种植五谷，植桑养蚕，饲养家畜，发展石、陶手工业。黄帝还把战争年代使用的马匹、牛驴及驯养的野兽分给缺少耕畜的部落。这样，不到十年，有熊帝国是粮满仓，畜满圈，衣服穿不完，石陶工具用不尽，真个像人们说的路不拾遗，夜不闭户。

有一年的一天，黄帝和风后、力牧等从国都出来，顺着洧水河往西走，一路查看民情，来到一个离国都三十里的地方。老百姓听说黄帝和风后来了，都从几里远的地方跑来，想看看黄帝、风后到底是啥样。他们见了黄帝又是磕头，又是作揖，感谢黄帝给他们带来好日子。黄帝和风后问老百姓还有啥要求，其中一个种粮食的村民说："阵者儿[1]这日子啥都好，就是有一点儿不方便，比如说，我是种田的，打的粮食多，可是缺肉吃。"

---

[1] 阵者儿：土语，"现在"的意思。

另一个男的接着说:"是哩,我们住在山里,有的是禽畜,可是少粮食。"又一个男子说:"我也是山里的,山上多的是石头,我打了许多石斧、石铲、石镰……要是有个地方,把它换成粮食、布匹该多好。"旁边一个女子接着说:"中,中,我们家织的布穿都穿不完,要是拿出多余的换成粮食呀、鸡呀、鸭呀,那我们就啥都不缺了。"大家你一言我一语,七嘴八舌地说得很热闹。黄帝听了说:"这直巴老中!"他扭回头对风后说:"你看是不是在这儿给他们找俩得劲地方。为不耽误生产是不是每天日出采集、日午而散?"黄帝说罢,把风后留下建集,就同力牧又西巡去了。

黄帝、力牧走后,风后让百姓叫来里、朋、邻、井的头头,在一起商量划地方的事。大家商量半天,就在附近划了两个地势较为广阔平坦的地方(今新密市来集村和牛集村)。从此,人们每日天不明,推车的推车,挑担的挑担,手提的手提,背的背,拉的拉,鞭赶的鞭赶,从四面八方来到这两个地方交换粮食、牛、马、驴、羊、猪、兔、石铲、石斧、陶器等,非常热闹。这件事在有熊帝国传开了,一些州、师、都、邑等也都仿照这里的弄法,兴起"集"来。

上古时候,人烟稀少,居住分散,那些住得离"集"远的往往误集。当他们带着粮食,或牵着牲畜赶到集时,天早已大半晌了,还没卖着东西,天已经中午了,落个白跑腿。风后把这情况反映给了黄帝,黄帝又下令把半晌集改为全天集,也就是两天一集。这样大大方便了百姓。黄帝叫给这两"集"起个名字,风后想了好久,就把首先兴起的这两个集点叫"来集"。意思是"大家都来赶集"。天长日久,赶集的人们常把两个"来集"弄混淆。风后就又把东"来集"定为牲畜主要交换点,而牲畜又以耕牛最多,所以人们干脆叫它"牛集"。而西"来集"主要是交换五谷杂粮、生产和生活用具,所以人们仍叫它"来集"。

集日兴得久了,赶集的越来越多,慢慢地出现了一些专门给交换双方牵线搭桥的经纪人。他们干脆就在这两"集"点修房盖屋,长久地住了下来。这样,就逐渐形成了村庄。

由于东"来集"主要交换牛、驴等牲畜,取名为"牛集",所以住在这里的人也就随了牛姓,传说这就是后世牛姓的来源。而居住在西"来集"的人就以"来"字为姓。至今,"牛集"居住的大多数人仍为牛姓,"来集"居住的多数人仍为来姓。传说这两个"集",就是中国几千年历史上农村集日的开始。

采录整理:高力升

流传地点:河南省新密城关镇

记录时间:1983年2月

牛庄与马庄的故事

新郑山包嶂山的西北角,有两个小村,一个叫牛庄,一个叫马庄。关于这两个小村村名的来历,还得从人文初祖轩辕黄帝讲起。

相传,轩辕黄帝被尊为天子后,正逢盛世,百业俱兴。那时,山包嶂山有一支狩猎队很是有名。他们的首领叫辛勤,带领着四五十人的队伍,活动在山包嶂山、黄水河一带的山丘河谷之间。这辛勤性情直率,办事公道,很受众人尊敬。他们每天得到的猎物,总是当天剥皮分肉,每人一份,辛勤从不多分。

有一天,他们所获猎物很多,还捉到了一只小牛崽。因为当日天已经很晚了,来不及宰杀分肉,就交给了辛良、辛善兄弟看管。辛良辛善兄弟把猎物都搬到屋里,将牛崽拴到门前,就睡觉了。第二天起来一看,不知从哪里跑来一只大母牛,安详地站在小牛身边,正给小牛喂奶,见了人也不离去。过了一会儿,众人都来杀兽分肉。辛良、辛善兄弟说:"勤叔,这头小牛无奶吃,叫声实在可怜;这头母牛不顾生死跑来给小牛喂奶,可见野物也有母子亲情。我们兄弟二人情愿这次不分肉,将这两头牛领回喂养。小牛会长大,母牛明年会再下崽的。"辛勤想了想,对大伙说:"反正我们每天猎到的野物也不少,若每次都杀死分肉,肉吃不完也会烂掉的。捉到活的养起来,到哪一天猎物少时再杀分肉,也是个好办法。辛家兄弟愿意养这两头牛，就牵回去养着吧，以后再捉到活马活牛，也给你们养起来，肉仍一人一份分给他们。"众人也都很愿意。

从此以后，辛家二兄弟就在门前搭起栅栏，养起牛马来。他们春天给牛马拔来青草，夏日为牛马搭起凉棚，秋天为牛马驱赶蚊蝇，冬天为牛马垒墙御寒。他们棚圈里的牛马越来越多，还个个长得体壮膘肥。

再说始祖爷黄帝虽被尊为天子，从不坐享其成，仍然经常亲事农桑，外出狩猎，深入民间，体察民情。有一天，黄帝带人狩猎，来到山包嶂山下，远远就听到一阵牛哞马叫声。黄帝等人寻声来到辛家兄弟门前，见一大群牛马被圈在栅栏中，还有两个中年汉子带领几个妇女、儿童正给牛马棚里分放青草，十分惊奇。黄帝问那两个汉子："你叫什么名字？是怎样得到这么多牛马的？这些牛马为何能这样驯服？"辛家兄弟认出是黄帝，就忙叩首下拜，回话说："我们叫辛良、辛善，是兄弟二人。我们捉到活牛、活马都喂养起来；母牛、母马还不断下崽生子，不断繁衍，所以现在有这么大一群。它们受人喂养，与人共处，时间长了，性情就慢慢温顺起来。"黄帝听了，当即夸奖说："这种办法太好了。我要告诉各部落，以后凡是猎到活牛、活马，或是幼牛、幼马，都不要当即杀死，要喂养起来，叫它们繁衍生息。"又对辛家兄弟说："你们看，这牛马虽然都吃草，它们所吃的草又不尽然相同，马牛的性情也不一样，你们不如将牛马分开喂养。一个饲牛，一个喂马，慢慢驯化。牛可耕地拉车，马可供人骑坐。"黄帝说完，又命从人将他们猎到的一匹母马也留给辛家兄弟喂养。

黄帝走后，辛家兄弟感到黄帝说的有道理，就将牛马分开来喂养。辛良立一栅栏饲牛，辛善在不远处另立一栅栏养马。随着时间的推移，人口繁衍，慢慢就发展成了两个村庄，饲牛的那个叫牛庄，养马的那个叫马庄。

采录整理：袁玉生

记录时间：1982 年 10 月

记录地点：河南省新郑山区

娄底村的来历

阳平镇有个娄底村,过去不这样叫,而是叫"漏底村",时间长了,人们便把它演变成"娄底村"。

传说在很早很早以前,这一带山穷地薄,十年九旱,民不聊生,又有瘟疫疾病的传染,百姓常家破人亡,妻离子散。在昆仑山上修炼的黄帝听说后,赶来这儿解救百姓,准备在荆山铸炼仙丹为民治病。他从首阳山弄来了铜,一切就绪,但没有水。有天,黄帝提着一个高五尺、粗三尺的罐子,到离荆山很远的西湖去汲水。据说西湖水清澈见底,甘甜如蜜,人喝了不但可以治百病,而且养人。在汲水回来的途中,走到一个只有几户人家的小村,碰见一个白发白胡须的老翁坐在一块大青石上,手握一根长杆烟袋吸烟。这烟袋大得出奇,烟袋杆长五尺有余,烟锅大似小碗,烟嘴像小娃胳膊。他吸烟的样式很特别,对着天一袋接一袋,吐出的烟雾也很特别,直直地升到天上。

白发老翁看着劳累的黄帝很热情地说:"歇歇吧!来吸吸烟提提神。"黄帝见盛情难却,便放下罐子走到白发老翁跟前。老翁边给他递烟袋边说:"你吸这烟啥味道?"黄帝接过烟袋抓了一把又黄又亮的烟叶按在烟锅上,又拿起火草点燃,然后长长吸了一口说:"不错不错。"黄帝边吸烟边和老翁攀谈,谈的全是天上的事。黄帝手中的烟吸呀吸呀,不知吸了有多少时候。

黄帝吸完烟走的时候,提罐子时才发觉底已经掉了,罐里水也已漏尽,就随口说了一句"漏底",长长叹了口气,待他转过身来,那白发老翁已不见踪影,黄帝很是诧异。正纳闷时,从罐子曾经放过的地方喷出一股清泉,清泉像桶那么粗往上涌。这时黄帝便想起他和老翁说话时老翁一个劲在地上敲,原来老翁是来点化的。

从此以后,这个村便叫作"漏底村",后来又被叫成"娄底村"。

(选自任化民、王谦编《荆山黄帝陵》,1994年印)

造物神种玉荄

盘古有四个儿子，一个女儿。他开天辟地后，叫他的大儿子司管九霄，为万神之尊，人称"玉帝"；叫他的二儿子司管九州，为人间始祖，人称"黄帝"；三儿子司管物种走兽，人称"造物神"；四儿子司管水族，人称"龙王"；小女儿司管百花，人称"花神"。

盘古开天辟地劳累过度，伤了元气，将死的时候，他把三儿子叫到跟前说："你生性懒惰，至今大地荒凉，草木不生，禽兽无影。我死后希望你勤奋起来，使草木茂盛，禽飞兽走……"

盘古死后，造物神遵照父亲的遗嘱，很快使草木生长起来。有了草木，鸟兽也活跃了，大地一派生机。这时，造物神又懒惰了，整天待在他的安乐宫中，啥也不管了。

一天，黄帝来到安乐宫，对造物神说："人类急需食物，赶快去造。"

造物神懒洋洋地说："野果足够人吃了。"

黄帝说："人越来越多，野果已经不够吃了。你必须马上再造一种食物，供人食用。"

黄帝走后，造物神想到了父亲盘古的话：往南走四万四千四百四十四里有座藏种山，山上有一个藏种洞，洞里有四粒种子。两粒是白色的种子，一粒可生长成白玉石，一粒可生长成高大的白玉荄树。另两粒是黄色的种子，一粒可生长成金属，一粒可生长成高大的黄玉荄树。白玉荄树和黄玉荄树结的果实，都可供人食用。

造物神坐上麒麟车，从五月到八月，走了三个月，才到了藏种山，取出两粒玉荄树种。所以现在的玉荄，五月种上，到八月才熟。金和玉的种子，造物神懒得拿，仍留在山中。所以现在金和玉只有从山里才能找到。

有了玉荄树种子，要培育成高大的玉荄树还很麻烦。首先要把种子播种在净土里，而这净土只有净土园里才有。净土园在北方，需走三万三千三百三十三里才能找到。其次要浇生长水，而生长水在东方二万二千二百二十二里的"生长泉"中。还要浇千穗水,而千穗水在西方一万一千一百一十一里的"千穗潭"里。玉荌树的种子只有埋在净土里,发芽后浇上生长水,开花后再浇上千穗水,才能长成高大的玉荌树,树上结满累累的果实。造物神很懒,他取回种子后,顺手埋在垃圾堆上。发芽后没浇生长水,开花后没浇千穗水。结果玉荌又小又矮,没有长成高大的树,上边只结一两个玉荌棒子。

采录人:冯胜利

记录时间:1983年2月

记录地点:河南省灵宝、新密等地

显然,这是文化附会的结果。讲述人可能不知道有一些物种传入中国的时间非常晚,却演绎为古代神话的一部分。这是中国民间文艺箭垛化的普遍现象。

黄帝与节节草

仓颉受人祖爷黄帝指派,在造字台造字多年了。老仓颉年事已高,积劳成疾,总感到身体不适,胸闷气喘,头晕恶心,胸口像压了一块大石头,有时候还如刀绞一样疼痛。人祖爷黄帝听说了,就同风后、常先等一起,带着鹿脑、鲜果等物来看望他。人祖爷详细地询问了老仓颉的病情,决心治好他的病,让他好好造字。

人祖爷从老仓颉那里回来以后,总留心寻求治老仓颉病的药草和方法,每有所得,就送给老仓颉。可是,一月过去,送去的草药没治好仓颉的病;一年过去了,送去的草药没治好仓颉的病。人祖爷非常焦虑。一天,人祖爷西巡走到一座大山下,看见山上走下一位老人,鹤发童颜,健步如飞,边走边歌。歌曰:"无叶草,真神奇,能治胸痛气闷疾。"人祖爷黄帝立即赶上前去,施礼问道:"老人家,何处有这种无叶草?"老人停住脚,看到眼前的汉子十分诚恳,就说:"这种无叶草只生长在黄河源头的一个深涧里,山口还有一条独眼恶蛇看守。此前去采无叶草的人,多被这恶蛇吞食。你莫去白白搭上一条性命!"老人说完就下山去了。人祖爷黄帝目送老人下山,自己暗下决心:山高路远我不怕,一条恶蛇有何惧,我要斩蛇取草,拯救百姓。

人祖爷黄帝背上他的千年藤弓、竹竿鱼骨箭,不分昼夜向黄河源头那个深涧走去。他走了九天九夜,翻过了九座大山,涉过了九条大河,终于走到了黄河源头,找到了长有无叶草的那条深涧。黄帝伸手就要去采无叶草,那条独眼恶蛇向黄帝扑来。黄帝一个箭步,躲闪到一块巨石后边,搭上竹竿鱼骨箭,拉开千年藤弓,射向恶蛇,正中独眼。恶蛇喷出毒雾,正待逃跑,黄帝腾身骑上蛇身,两手死死卡住蛇脖,任恶蛇左右上下翻滚,只是不放。大约一个时辰,恶蛇终于气绝身亡。人祖爷这才松了一口气。

人祖爷黄帝看看地上的无叶草,被恶蛇拍打得一节一节散落在地上,感到实在可惜,就把它一节一节地捡起来放到背篓里。他想到老仓颉的病就要治好了,心里非常高兴!他又想,独眼恶蛇虽然被我杀死了,但这里距中原路途遥远,山高水阻,再来采集,实在不易。他就尽量多采集一些,带回去。

人祖爷黄帝回到具茨山,把无叶草配成药方,很快治好了老仓颉的病。余下的,他就细心地一节一节地接起来,栽植到姬水河边、沟沿、山坡上,让它繁衍生长,如果百姓们有谁再得了仓颉这种病,便可随处采摘医治。不信,你到河边、沟沿、荒坡上去找找,随处都生长着这种人祖爷栽植的无叶草。由于这种无叶草是人祖爷一节一节接起来栽种成活的,百姓们都叫它"节节草"。

采录整理:袁玉生

记录时间:1982 年 12 月

记录地点:河南省新密城关镇

山药改名

在神农坛百草洼西南不远的地方,有一条山谷,名叫山药沟。关于这个名称,还得从黄帝说起。

古时候,黄帝和蚩尤打了很多年仗,费了好大劲,最后总算把蚩尤逮住杀了。然而由于劳累过度,自己也得了大病,浑身肿胀,虚弱不堪。医官虽百般调治,仍不见效。后来,黄帝到太行山疗养,就住在神农坛的百草洼附近。黄帝吃饭不香,睡觉不稳,成了一块心病。有一天,他去后山转悠,碰到一位砍柴老汉。老汉看看黄帝脸色,问问病情,然后把他领到一个山沟里,指着一种野生草药说:"你把这草根刨出来,煮煮吃试试看咋样。"

黄帝找来工具一刨,见这草药根根茎膨大,扁翅凹腰,形状各异,掰开一看,白腻腻的,黏糊糊的。放在锅里煮熟,面面的,甜生生,麻酥酥,怪可口。一碗吃下,顿觉周身清爽,力量倍增。于是,他就每天到山沟里刨些煮熟吃。不到一个月工夫,黄帝的身体就复原了。他去问老汉这是啥药,老汉说不知道。黄帝又问老汉叫啥名,老汉说叫"薯蓣",于是黄帝就把这草药叫薯蓣。

到了唐朝,因为唐太宗名叫豫,"蓣"和"豫"同音,为了避讳,就改名"薯药"。宋朝宋英宗名曙,因"薯"与"曙"谐音,薯药只得再次改名。又因为这种药草产在山里,就改称"山药",盛产山药的那条沟,也就称"山药沟"了。

在这当儿,医圣孙思邈到太行山采药,教怀川人把山药刨下来种植,能提高产量。随后,怀山药成了著名的四大怀药之一。

采录人:秦祥军、王新成

记录时间:1983年12月

记录地点:河南省沁阳城关镇

历史上的仓颉造字与轩辕黄帝联系非常密切。仓颉的业绩,成为轩辕黄帝神话传说的一部分。文献记述道："仓帝史皇氏，名颉，姓侯冈，龙颜侈哆，四目灵光，实有睿德，生而能书，及受河图绿字，于是穷天地之变，仰观奎星圆曲之势，俯察龟文鸟羽，山川指掌，而创文字。天为雨粟，鬼为夜哭，龙乃潜藏。"（《春秋元命苞》）"仓颉墓，在城东北二十里时和保，俗呼仓王冢。旁有仓王城，世传仓颉所筑。"（清周城著《宋东京考》）"今开封之祥符，故浚义县，即春秋之阳武高阳乡也，或曰利乡。"（《路史·史皇氏》）"开封县东北二十有仓垣城及庙墓。"（《地记》）

民间社会的讲述又如：

仓颉造字（一）

新郑县城南关有座凤台寺，寺塔高耸。相传，古时候的仓颉就是在这里造字的。

古时候的人，用结绳记事。大事打个大结，小事打个小结：横绳表物，竖绳记数。轩辕黄帝在统一中华之后，感到这种记事方法不够用了，就命令大臣仓颉造字。仓颉不敢怠慢，就在洧水河南岸的一个高台上造屋住下，专心造字。可他造了好长时间，也没造出字来。

一天，黄帝和常先等大臣来看他，见他愁眉苦脸，闷闷不语，就安慰他，要他不要着急，慢慢造，只要有恒心，终究是会造出字来的。黄帝走了，仓颉坐在茅屋前，两眼望着天空出神。忽然，他看见天空飞来一只凤凰，到头顶上鸣叫一声，飞过去了。凤凰嘴里衔着的一片什么东西，飘飘悠悠地落下来。仓颉拾起来看看，见是一片树叶，上面有一个明显的蹄印。他辨不出是什么兽的蹄印，正要扔下时，见台下走上来一个老猎人。这猎人是仓颉的老邻居，伸手接过树叶，看了看说："这是貅的蹄印。熊、罴、貔、貅、虎、豹、豺、狼，它们的蹄印都不一样。我一看蹄印，就知道山上有什么野兽在活动。"

仓颉听了，很受启发。他想：世界上的万事万物都不一样，它们都各有各的特征。如能抓住特征,画出图像,不就是字吗?打这以后,他就注意观察各种事物,日、月、星、云、山、河、湖、海,天上的飞鸟,地上的走兽,取其特征,画出图像,造出许多字来。

黄帝听说仓颉造出字来,就同常先、风后等大臣一起来看他。他见仓颉积劳成疾,卧床不起,就命雷公取来草药,亲手煎熬,治好了仓颉的病。仓颉病好了,拿出他造的图像叫黄帝他们看。黄帝看了非常高兴,说:"你真是聪慧过人,劳苦功高啊!"仓颉把凤凰衔树叶、老猎人辨蹄迹的话说了一遍。黄帝听了说:"这是上天在帮助我们造字呀!"

后来,黄帝就召集各部酋长,把仓颉造的字像传授给他们。这样字像很快就在各地应用起来。后人不忘仓颉造字的功劳,把仓颉造字的高台起名叫"凤凰衔书台"。宋朝人还在这里建了寺,筑了塔,人称"凤台寺"。

采录整理:张永林

记录时间:1983年12月

流传地点:河南省新郑城关镇

仓颉造字(二)

虞城县王集乡有个村庄叫仓颉村。村西北角小学校的后面,有座很大的坟墓。墓周围有十几棵柏树,枝叶茂密,郁郁葱葱。据说坟墓里有一口井,井里悬着一口棺材,棺材里盛殓的就是我们中华民族文字的创始人——仓颉。

传说仓颉一生下来脑袋就特别大,如斗一般,人们都说他是个怪物。他的母亲却视如珍宝,精心养哺。小仓颉很聪明,思维敏捷智慧超群,小伙伴们都听从他的指挥。他长大成人,被推荐给黄帝。黄帝见他记忆力极强,敏锐过人,就让他做主管祭祀的官。

那时候,人们敬天敬地敬神仙,祭祀是一件极重要的事件。春天要举行春祭,夏天要举行夏祭。每逢春节,还要举行一次最隆重的大祭。单凭脑子把这些活动记下来也实在不容易。仓颉就想了个办法：用革拧成绳，打结记事。小祭结个小疙瘩，大祭结个大疙瘩。还在结上涂抹不同的色，用以表示不同的季节。如：冬天发生的事涂上白色，夏天发生的事涂成绿色。但是，时间长了，绳疙瘩越来越多，怎么也搞不准确。仓颉苦苦思索，想找个更好的办法。

一天，他见有人在捉鱼。有一条鱼落在地上，留下了一个印子。他不由灵机一动，心想：如果把鱼的形状画下来，不就可以表达鱼的意思了吗？画个人形代表人，不也是同样的道理吗？

他急忙跑回家，把自己的想法告诉妻子。他妻子也是个聪明人，听仓颉一说很高兴，就帮助仓颉研究起文字来。仓颉又多方听取众人的意见，便把许多象形文字搜集起来，认真作了记录。

仓颉的妻子几乎每天都用各种办法试验他，有时甚至故意画得很复杂，叫仓颉说她写的是什么字。仓颉只要稍一思忖便猜着了，不仅能很快说出是什么字，而且还能讲出它的意思。于是，他的妻子下决心要想个点子难为仓颉。

这一天，仓颉不在家，他的妻子捉了一个屎壳郎，放在一块铺平的沙子上，再用碗盖住。屎壳郎在沙土地上爬了个横七竖八，不像个字形。仓颉回到家，妻子叫他认这是什么字。仓颉左看右看，也看不出个名堂来，急得他满头大汗。他不由伸手擦了一把额头上的汗水。突然，脑门上又长出一对眼睛来。只见他睁大四只眼仔细一瞅，惊喜地说："这原来是屎壳郎爬的！"

仓颉说完这句话，就累死了。要不怎么能说仓颉是四只眼的苍王呢？

他的妻子很悲痛，后悔自己不该出难题难为丈夫。黄帝为了纪念仓颉的大功，就下令挖一口大井，把仓颉厚礼安葬，并封他为苍王。从此以后，我们中华民族便有了自己的文字。

讲述人：王永福，男，50岁，文盲，农民

采录人：陈谷，干部

流传地区：河南省虞城一带

仓颉造字（三）

古时候，有一次黄帝率军和蚩尤军打仗，直战了三天三夜，不分胜负。黄帝准备改变原来的战术，叫仓颉把作战图拿来。仓颉一摸身上，作战图早已丢了，急得黄帝没有办法，只好收兵。

黄帝对仓颉说："你是我手下最精明的一位大臣，为啥在紧要关头把作战图丢失？你这次是多么大的过错啊！"仓颉镇静地说："如今人多事杂，还要打仗，用结绳记事的办法实在是不方便，照这样下去，还会出更大的乱子哩！"黄帝就问仓颉说："你说咋办？"仓颉说："最好造一种图，让天下的人看了，都能知道是什么意思。用这种图把你要说的话画出来，人们都会照你的意思去办。用它记事，再也不会忘了。"黄帝觉得也怪有道理，就说："好吧！今后你不用再随军去打仗了，专门留在家里给咱们画图、造字吧！"

至于图和字到底怎么个造法，这下真把仓颉难住了。他整天苦思冥想，坐立不安。半年过去了，还没有想出造字的办法来。

冬天到了，有天夜里下了一场大雪。仓颉早上起来去散步，突然发现前面山坡上有两只山鸡在雪地上找食吃。当山鸡走过以后，雪地上留下了两行长长的爪印。接着又见一只野鹿从山坡那边出来寻食，雪地上留下了鹿的蹄印来。仓颉看得出神，忘记了寒冷。他把两个足印一对比，发现两个动物的足印不一样。仓颉想：如果把山鸡的爪印画出来叫鸡，把鹿的足印画出来叫鹿，世间的任何东西，按它的形状画出来不就是字吗？他想到这里非常高兴，赶忙回去把造字的想法告诉了黄帝。黄帝听后非常高兴地说："我早说你是个聪明的人，今天果然想出了造字的办法。好吧！你就把天下的山川日月、飞禽走兽，都画出来，我再颁布天下。"从此以后,仓颉每日观察日月星辰、鸟兽山川,创造起字来。不多久,人、手、口、日、月、鸡、羊、犬等这些字都造出来了。

可是象形字越造越多,写到哪呢?写到石头上拿不动,写在木头上太笨重,这事又把仓颉难住了。有一天,有个人在河边捉到一只龟,找仓颉给龟起个名字,造个"龟"字。仓颉仔细看了这个怪物,发现龟背上有很整齐的方块格子,他按形状,造了个"龟"字,又把这个字刻在龟背上的方格里。这只龟由于背上刻字划得很疼,一跃跳进了河水里。三年过后,这只背上刻有字的龟又在另一个地方被人捉住了。人们告诉仓颉,这只背上刻有字的龟,上面的字不但没有被水冲掉,还长大了,字迹更明显了。仓颉从这件事上得到了启示,命人大量捉龟,把龟盖取下来刻字,把自己创造的象形字都刻在龟盖上的方格里,送给黄帝看。黄帝看了很满意,就命人把龟盖用绳子全部穿起来,好好保存,并且给仓颉记了一大功。可见,我们中华民族的象形字和甲骨文从黄帝时期就开始了。

讲述人:苏国安,男,38 岁,项城县贾岭乡文化站干部

采录人:凡凤翔,河南省项城县贾岭乡马店村

采录时间:1986 年 5 月

采录地点:河南省项城县贾岭乡文化站

仓颉造字(四)

很久很久以前,我国的华夏族在中原地区的黄河两岸,过着刀耕火种的部落生活。他们的首领是黄帝,仓颉就是黄帝部下的一名史官。有一年,华夏族和异族之间发生了一场战争,黄帝派仓颉去向敌方下表。不料仓颉却被异族当作人质给扣押在一个土洞里。战事紧急,立待复命,仓颉心急如焚。他在阴暗的土洞里苦思冥想着:怎么才能逃出去呢?用什么办法将眼前的情况告知黄帝呢?眼看时已过午,也没有想出什么办法,就靠在一棵树干上陷入昏睡之中……突然他感觉有谁在碰他的手,猛睁眼

一看,原来是他随行的爱犬,不知啥时候也钻进洞来。仓颉轻轻抚摸着它的脖颈,顿时心生一念:何不让这条犬去报信呢?可是转眼又想,它不懂人语,又如何传送信息呢?仓颉一时又愁闷起来……这时,天都快黑了,如果时间再拖,必将延误战机。想到此,仓颉急得搓手顿足,用拳头捶着树干。只听"啪"的一声,一块树皮脱落在地。仓颉凝视着那块树皮,急中生智,想出了一个绝妙的主意。只见他从地上拾起树皮和一根炭木,飞快地在树皮背面描画起来,"嚓"的一声又撕下一条衣襟,将那树皮捆在爱犬的脖子上,引着它趁机从洞口栅门间钻了出去……当天深夜,异族营寨突然大火遍布,杀声四起。一场夜袭大功告成,仓颉也被营救出洞。

这究竟是怎么回事呢?原来,是多智的仓颉,用能表达人意的图像,将"我被敌禁,深夜来袭"的机密情报画在树皮上,让他的爱犬带到了黄帝面前。黄帝识图解意,及时出兵,连夜偷袭了敌寨,取得了战斗的胜利。

从此以后,仓颉深切地感到,用文字表达人们的思想、感情和意图是多么重要。于是他下决心一定要创造出一批文字。他不辞劳苦,跋山涉水,四处奔波,处处留心,反复琢磨大自然和各种生物的种种现象、变化,用图像记载下来。不知花费了多少心血,用了多少个日日夜夜,终于在造字台上,勾画出能用于表达人意的文字来。所以,后人都称他为造书之祖、史皇。

据说,今开封北郊刘庄林场所在地,有一高台基,上有殿堂建筑的遗墟,那就是仓颉当年的造字台。距台一里多路,有一大土冢,那就是仓颉的墓。在三四十年前,还有不少文人游客曾在仓颉墓前的两座碑上拓片描迹。可惜这块石碑如今不知丢置何处了,但有关仓颉造字的故事,一直流传至今。

讲述人:曹文芳,男,48岁,汉族,河南省开封市龙亭区文化馆干部

采录人:韩顺发,男,46岁,汉族,大学毕业,河南省开封市博物馆陈列部主任

采录时间：1979年夏

采录地点：河南省开封市延庆观

仓颉造字（五）

黄帝杀了蚩尤，功绩昭彰。为了让后代知道自己的丰功伟绩，就叫仓颉当史官，给他记载下来。可是当时没有文字，怎么记载呢？仓颉感到十分为难。黄帝说："什么不是人创造的？没有文字，你不会创造文字吗？"

仓颉听了黄帝的旨意，就创造起文字来。他仿造物的形象，造的都是象形文字，如日、月，就仿照太阳、月亮造成。没几天，他造了许许多多文字，天被惊得下起米面，狼虫虎豹也被吓得咆哮嚎叫。

仓颉把黄帝的丰功伟绩用造的字刻在骨头上，当刻"蚩尤"两个字时，因为蚩尤是人，没有形象可仿，字造不出来，他作了难。黄帝说："蚩尤虽是人，但脸似黑炭团，右颊上还长了个肉瘤，左腿短，没脚，右腿长，脚还往上翘，狰狞丑陋，像条虫。我杀了他，把他压在太行山下了。你根据这个意思，不会给他造两个字吗？"

仓颉听了顿时大彻大悟，根据黄帝所说的意思，就造出了"蚩尤"这两个字。"蚩"字，不就是山下压一条虫吗？"尤"字，不就是一个脸颊长个肉瘤，左腿短，没脚，右腿长，脚还往上翘的人吗？

讲述人：王百贞

采录整理：王广先

采录时间：1983年2月

采录地点：河南省武陟县城关镇

仓颉造错字

仓颉为了造福于人类，呕心沥血，费尽毕生精力，制造出十万八千字。这些字无论是以字形还是字义上说，字字在理。于是，普天下人们都为此兴高采烈,赞叹不止。正在这时,却有人向仓颉提出了异议,说他造错四个字。一是"好"字,一女一男(子)合为一个"好"字,不确切,应该念为"姦"字;二是"姦"字,三个女人在一起,怎能成"姦"? 应该念成"好"字,不应该念"姦";三是"出"字,山本来就是很重的,却又加上个"山",应念成"重"字,不应念"出";四是"重"字,它是由"千里"两字组成的,出外离家千里之遥,应该念为"出"字较切,不应念"重"。仓颉听了,恍然大悟,连连说道:"有理呀,有理!"认识到自己确实造错了四个字。

尽管仓颉嘴里说错了、错了,可是心里却很有气。他认为自己费尽千辛万苦造出了十万八千字,字字在理,功劳很大,唯独这四字有错,让人们提出了异议,很是生气,几乎要把肚皮气崩。

后来,人们认为仓颉造字著书,功绩很大,于是,就盖庙塑像纪念他。庙里的仓颉塑像肚子特别大,还箍有三道铁箍子,这是人们怕把他的肚皮气崩了,才在他肚皮上箍了三道箍子。

讲述人:付孟经,男,55 岁,汉族,高中毕业,河南省清丰县政协干部

采录人:仪朝江,高中毕业,河南省清丰县政协主席

采录时间:1987 年 3 月

采录地点:河南省清丰县政协办公室

仓颉四只眼

传说,中华民族开始造字的人 —— 仓颉原是天上文曲星投胎凡间。

当年,玉皇大帝为帮助轩辕黄帝治国安邦,想派文曲星下到凡间。这个消息被蟠桃园一个仙女知晓。这仙女对文曲星早有爱慕之心。为表别离之情,她摘下一对并蒂仙桃来给文曲星送行。正在这时,玉皇大帝又传来圣旨,令仙女归园。文曲星慌忙将并蒂仙桃往嘴中一填,算是藏入脑壳,就下凡人间了。

这文曲星踏破九重处,正是轩辕丘砚池之地。这里一户姓侯冈的农

家夫人正要分娩。当时只见砚池上空一道金光"咔"一闪,一男孩儿在侯冈氏家呱呱落地,侯冈一家人欢喜异常,祭天,祭地,遂取名叫仓颉。

原来这侯冈家和洧水河湾渔家早订有约,要作"胎里媒"。今侯冈家先生一男,只等着渔家能生一女,好做亲家。事有巧,也是老天有眼,正当人们议论纷纷的时候,忽然报来喜讯:洧河湾渔家与侯冈家同日同时生下一女孩儿,赛若天仙,遂取名"仙姑"。

人间怎知天上事,哪知那天蟠桃仙女摘桃送别文曲星的事被王母看在眼里,说她触犯天规,打下凡世。

侯冈家男,渔家女,胎里有媒约,又是同年同日生,真是前世姻缘,天生一对。

仓颉天生一副怪相,头大如斗,大耳方面,天庭饱满。少年聪慧,成人后思维敏捷,智慧超群。黄帝看中他的才华,封为史官,主管祭祀。

那时候世上还没文字,是用结绳记事的。每年的春夏秋冬都要祭天、祭地、祭神仙,得打出许多的绳结来。仓颉想,时间长了,谁能记得这许许多多的绳结来?

"我得想个更好的办法代替这种记事的方法。"他把这个想法告诉给妻子仙姑,仙姑很赞成他的想法,并答应帮助他。

一天,仓颉经过洧水河边,见一渔夫正挑两篓鱼回家。忽一条鱼跃出鱼篓,落在沙滩上。渔夫走过去了,鱼在沙地上蹦跳,留下许多鱼样的模印儿。仓颉心想:若将鱼的形状画下来,人们看到不就知道了这是"鱼"的意思吗?要是能知道,这不就是一种记事方法吗?回到家里,他先在地上画出个鱼的形状,问妻子这是什么,妻子说那是一条鱼。仓颉高兴得跳了起来:"我找到新的记事方法啦!"随后他把他的想法告诉了妻子,夫妻俩不一会儿,造出许多字来。

仓颉在造字过程中,意识到世上的事物千种百样,不能都用"象形"的办法来表达,还得有别的方法造字。他把这个想法告诉仙姑,仙姑当即

在地上画出三个字样："人"在"一"上为"上","人"在"一"下为"下",
"人"在"口"中为"囚"。仓颉看罢,这三个字正属指事一类,心中大喜,
连声夸赞妻子聪慧!

仙姑在家每天都造字。有些字样画得很繁杂,可仓颉回来一看,都能认出是什么字来,于是想出个点子难为他一下。

这一天,仓颉不在家,仙姑从南河湾掏了一只螃蟹回来,放到平铺的沙土上,用盆盖住。螃蟹在盆里的沙土上左右横爬,爬出乱七八糟的许多爪迹来。仓颉回到家,仙姑问他这是什么字,仓颉上看下看,右看左看,说不出什么名堂来。一会儿,急得头上汗如泉涌,肌肉乱跳。他伸手去擦额上汗珠,突然,脑门上又长出两只眼睛来!四只眼睛盯住地面,大声说道:"哎呀,这是螃蟹留下的爪迹!"

原来,仓颉生下来就头大如斗,正是因为里面藏有两个并蒂仙桃。脑门上突生的这两只大眼睛,正是显仙桃之灵而生。

所以,后世传说:仓颉四只眼,站着不动就能上观奎星圆曲,下察龟文、鸟羽、山川、指掌而造文字。

采录整理:王耀斌

采录时间:1983年2月

采录地点:河南省新郑城关镇

仓颉奶奶

传说,仓颉造字废寝忘食一生辛苦,却连一个妻子也没讨上,但在他的庙后殿楼中,为何又塑着一位品貌端正的仓颉奶奶呢?

传说在盛夏的一天,吴村村里的数名姑娘在田间挖菜,骄阳当空,酷热难当,于是就躲进庙内乘凉。其中一名少女名叫玉秀,独自望着仓颉塑像出神,想仓颉立下这么大的功劳,为人类做下这么大的贡献,现在却这样凄凉孤单,无人陪伴,不禁深表痛惜。此时有的姑娘提议说,用菜篮子

往仓颉头上套,谁套中,谁为仓颉妻子。结果半天无一人投中。最后玉秀一投,正套中仓颉脖子。大家一阵嬉笑,齐称玉秀为"仓颉奶奶"。

大家欢笑一阵就回家了。事后也都忘了,谁知玉秀回家后一病不起,终日昏昏沉沉,百医无效。父母问起发病原因,玉秀就把庙中戏言说了一遍。父母好言解劝,仍请医生治疗,但终没治好,玉秀就死了。全村人就筹措钱款在大殿后盖了座楼阁,为玉秀塑了金身,并敲锣打鼓张灯结彩,让玉秀与仓颉成亲,葬于庙东仓颉陵。

玉秀怀念这一方百姓,凡是缺吃少用的人家,只要在前一天夜里祷告一番,把筐放到庙院中井内,第二天清晨提出,筐内就应有尽有了。特别是婚丧嫁娶需用的碗、碟之类,器具精巧,令人爱不释手。时间久了,取多还少,慢慢地仓颉奶奶就不借给他们了。

讲述人:任占,男,65岁,河南省南乐县文化馆馆长

采录人:魏发军,大专毕业,干部

采录时间:1989年9月

采录地点:河南省南乐县城关镇

仓颉造字如此,嫘祖造衣也是如此。民间社会讲述其发明创造,也是依附于轩辕黄帝。与众多神话传说不同的是,这些传说故事越来越仙话化,如:

黄帝修德问道的传说

很早以前,在有熊国都以西四十多里的地方有个观寨村。观寨村里有个修道观,修道观里塑有黄帝和嫘祖像。传说黄帝和嫘祖当年曾在这里修过道。

黄帝打败蚩尤之后,天下太平,百姓也都过上了安居乐业的日子。黄帝想,自己征战、操劳了大半辈子,现在老了,身体和心力都不济了,应该早早叫年轻人干。于是他就把国君的位置传给儿子昌意,与妻子嫘祖周

游天下,求仙访道去了。

黄帝与嫘祖离开有熊国都往西走。当时正是五黄六月天,天空的太阳像一团熊熊烈火,大地热得像一个大火盆。黄帝和嫘祖走啊,走啊,从早上一直走到正午,走得浑身直流汗,饿得肚子咕噜噜响,渴得张口喘粗气。在太阳偏西时候,他们爬上了一座小山头,见小山头上有一块平地,平地上长着一株大兀树,大兀树的下边有一块大石头,大石头上一个白胡子老头和一个灰胡子老头正专心致志在下棋,他们的旁边放着两碗茶。黄帝和嫘祖怕惊扰他们,就蹑手蹑脚地来到他们跟前,想等他们下完这盘棋再打扰他们。黄帝和嫘祖等啊,等啊,足足等了两个时辰,眼看太阳快落山了,那两个老头还在一个劲地下。黄帝和嫘祖又饥又渴,实在忍不住了,向两位老头作了个揖说:"老人家,打扰你们了,天气老热,我和妻子嫘祖实在口渴得慌,想向两位老人讨口水喝,还想问问这离神仙洞有多远,怎么个走法?"

那白胡子老头抬头看了下黄帝和嫘祖,没有说话,只管下棋。那灰胡子老头连头也没抬。黄帝见他们不搭理,只好再打躬作揖讨扰。这一次那个灰胡子老头抬头看了他们。嫘祖有些按捺不住了,想数落他们几句。黄帝急忙拦住她,就又上前打躬作揖,说:"实在对不起,不该打扰您老人家下棋,向您赔礼了。"说完,拉着嫘祖就往回走。

黄帝与嫘祖走出二三十步远时,身后有人喊:"那不是轩辕和嫘祖吗?既然来访道,为何又要走呀?"

黄帝听见身后有人,就扭回头来看,只见那个下棋的灰胡子老头捻着胡须对着他们笑。

黄帝与嫘祖见喊他们,就急忙拐回来,再次打躬作揖说:"轩辕、嫘祖给您老人家施礼了。"那白胡子老头把手中的棋子放到棋盘上,说:"你们不是老渴吗?这里有两碗清茶,你们喝吧。"那灰胡子老头将两碗清茶端过来,黄帝和嫘祖接过来一饮而尽。灰胡子老头从怀中掏出两个又大又红的桃子给他们吃,黄帝与嫘祖有些难为情。白胡子老头说:"吃吧,这是你们俩的造化。"黄帝与嫘祖实在太饿了,也顾不了许多,将桃子在身上蹭了两下,就大口大口地吃了起来,几口就把桃子吃完了。说也奇怪,黄帝和嫘祖一吃下桃子也不渴了,也不累了,觉得浑身清爽、有劲,似乎有种说不出来的飘飘然感觉。

那白胡子老头说:"你们俩不是想去神仙洞吗?这里是鸡山,由此往西,顺小河走二里地,前面那架山脚下,风景最优美的那个地方就是神仙洞。"

黄帝和嫘祖按照白胡子老头指的路,顺着小河往西走,大约走了半个时辰,来到一座山脚下,果然这里百花盛开,洞府清幽。黄帝见洞外草坪上有两个道童在玩耍,就作揖说:"请问道童,这可是神仙洞?你家洞主可曾在府?"其中大一点的道童点点头说:"请跟我来。"说着将黄帝与嫘祖往洞中引去。黄帝与嫘祖跟着那道童,走过一个个又窄又矮的石洞门,跨过一条条哗哗流淌的小溪,绕过一块块巨石,穿过一道道小径,终于来到一个人间仙境。只见这里春光明媚,万紫千红,乳燕啾啾,龙飞凤舞,尤其是道旁,各种花草树木,叶黄叶绿,花开花落,像一个万花筒,使人眼花缭乱。黄帝、嫘祖无心观景,紧跟道童来到一座殿前。那道童让黄帝、嫘祖稍等,先进内通禀。一会儿那道童出来向他们招手,引黄帝与嫘祖走进殿内,只见殿中几案上,香烟缭绕,一个老道手执拂尘,坐在一个金光闪闪的蒲团上说:"人仙各异,互无理通。意薄之人,求仙难成。人间至尊,富贵幸荣。仙界清淡,终生平庸。劝你速归,莫误前程。回去吧,回去吧,送客!"那老道又说了些什么,黄帝与嫘祖没有听清。二人正在发愣,只听那道童催促说:"施主请吧,洞主送客了。"黄帝和嫘祖无奈,只得跟着道童走出洞来。他二人又顺着来路走到鸡山那棵大冗树下棋盘石前,忽然听见空中传来一个声音:"心诚则灵。求道并不难,就怕志不坚!"抬头看时,却不见人影,黄帝无奈,只好顺着原路回有熊国都。

黄帝与嫘祖回到国都,哪知有熊国君君位已传给孙子颛顼。黄帝与嫘祖这才想起在神仙洞内所见树叶黄绿变化和花开花落的情景,原来那就是年代的更替,感叹人生是多么短暂。

黄帝与嫘祖在宫中休息了三日,不顾子孙劝留,就又离开了国都,往西行四十里,在一处风景幽美的地方,搭起一座庵棚,每日在这个庵棚里修身、静心、养性,反省一生中的功过得失。三年以后,黄帝与嫘祖又到神仙洞求道,终于被神仙收为门徒,修成了正果。

宋真宗咸平三年(1000),当地官绅为纪念黄帝功德,就在黄帝和嫘祖搭庵棚修德问道的地方建了一座观,取名"修德观"。金代,密县县令刘文饶重修道观,亲自撰写的《修德观问道碑记》流传至今。

采录整理:高力升、李高强

采录时间:1983年2月

记录地点:河南省新密城关镇

黄帝炼仙丹

传说黄帝在具茨山西麓的神仙洞跟广成子修道三年。有一天,广成子对轩辕黄帝说:"轩辕氏,你在这里整整三年了,已经修成正果,可以回去了。"

黄帝说:"先师,我已修成正果,可是我有熊国百姓,虽然丰衣足食,但是经常发生疾病,不知先师有何灵丹妙药解救百姓疾苦。"

广成子说:"这也不难,你可到密岵山采来晶洁玉花,将它放进炼丹炉,用你丹田之气,向丹炉发功九九八十一天,将那玉花炼成仙丹,不仅可治百姓病,还可益寿延年。"

黄帝又问:"请问尊师,不知丹炉在何处,那密岵山又在何方?"

广成子说:"那丹炉你可到银汞峪藏宝洞去,那里自会有人指点于你。由此往南二十里,过马岭山,再过洧水河,就见一座山,那就是密岵山。"

黄帝拜谢广成子,向南而去,一路春风拂面,脚下飘然生风,不到两个时辰,就来到密岵山下。黄帝抬头仰望,只见这里山势陡峭,林木葱郁,

第六章 黄帝时代

杂草丛生,百鸟飞鸣,果然是一座奇山。黄帝想快点采得玉花,爬过一座峰又一座峰,越过一道涧又一道涧,只见满山红的岩、青的石、绿的水、黄的花,就是不见那晶洁的玉花。他顺着山峰找啊找啊,发现一条石缝,那石缝中白光闪烁,对!那就是玉花。黄帝心情特别激动,他不顾山高峰险,只管手抓藤条,脚蹬石板,一步一步地往山上爬。手被藤条磨破了,鲜血直流;脚被石棱划伤了,疼痛难忍。一百丈、五十丈、三十丈、十丈、五丈……眼看就要爬到山顶时,他突然踩掉一块石头,一步踏空,就轱轱辘辘地滚下山去,一下失去知觉。大约过了半个时辰,他醒了过来,只见摔得遍体是伤,腿上还往外渗血。他想爬起来,再去爬那座山峰,可是身子刚一动,就痛得昏了过去。黄帝在恍惚中看见一匹背上生翼的黄鬃烈马,"咳咳"叫着朝他跑来。那马边叫、边跑,还对他说话。黄帝心想:"这是哪来的怪物?马怎么会说人话?"

突然那黄鬃烈马来到他的身边,对黄帝说:"轩辕莫怕,我是玉皇大帝的天马,玉皇大帝见你在受苦,叫我帮你采那密岵山上的玉花。"说罢就卧在黄帝面前。黄帝就爬起来,骑在天马的背上。说也奇怪,黄帝一坐上马背,身上的疼痛一下子全消失了。那天马站起身来,就地一跳,飞上了半空,眨眼间就到了密岵山的顶峰。黄帝在石缝中采了一袋晶洁玉花,背在身上,又骑上天马,下山而去。这时,黄帝闭上双眼,只觉得耳边生风,突然间那天马尥了个蹶子,自己从马背上掀了下来,在空中翻了几个筋斗,跌落在平地。黄帝心想:这下可完了。大叫一声,原来是个梦。可是黄帝觉得背上沉甸甸的,用手一摸,袋子鼓囊囊的,装着东西,取出来一看,正是晶洁玉花。黄帝抬起头来一看,他跌落的这个地方,正是广成子指的那个藏宝洞——银汞峪。这时从峪口走来一个道童,将黄帝带到炼丹炉前。

炼丹炉中烈火熊熊。黄帝从袋中取出晶洁玉花,投入炉中,然后按照广成子的指教,面对炼丹炉,将那丹田之气注入炉内。黄帝在炼丹炉旁,

281

整整发功九九八十一天,终于炼成了仙丹。

黄帝带着仙丹又回到神仙洞,去见广成子。广成子见仙丹炼成,十分高兴,就问:"这仙丹有多少?"黄帝说:"整整八十一粒!"广成子又问:"这些仙丹,你如何使用?"黄帝说:"全部发给有病生灾的黎民百姓,不知先师有何指教。"广成子点点头说:"善哉,善哉!你真是一代仁君。不过这仙丹,你可留两粒,你和嫘祖服用,其他七十九粒交给你子昌意。你和嫘祖吃了仙丹,那时,自有人前来接你。那七十九粒,每遇疾病流行,将它放于水中一粒,病人一饮丹水,病即可愈!"黄帝听罢广成子教诲,又是打躬又是作揖,再三感谢先师之恩,就辞别广成子,带着仙丹,下山回国都而去。

黄帝走到一个叫鸡山的地方,正好碰上嫘祖、昌意和风后一班大臣赶来寻找黄帝回都。黄帝说:"我离开宫中已经三年了,在广成子先师那里修道炼丹。这仙丹共九九八十一粒,按照先师吩咐,我与嫘祖各服一粒,其余七十九粒由昌意保管,若有疾病流行,可取一粒投入水中,得病之人饮丹水,即可病愈。"黄帝说罢,臣民齐呼黄帝圣德。

黄帝与嫘祖服下仙丹。这时嫘祖从怀中取出一个石匣说:"这石匣乃是人间珍宝,可容纳天下每日发生的大小事情。今后大家不管有什么要求,只需敲击石匣,就可以如愿以偿。"嫘祖还没把话说完,忽听响起阵阵天鼓声。人们抬头望去,只见一朵五彩祥云自西天飘来,云端站着南极仙翁,手持拂尘说:"轩辕星君与锦衣公主,赶快启程到玉帝那里领旨去吧!"南极仙翁话音刚落,又听见东边具茨山处一声巨响,只见从黑龙潭中腾起一条"八翼黑龙",慢慢地飞到黄帝和嫘祖身边。黄帝与嫘祖骑到黑龙背上,那黑龙腾空而起。嫘祖趁机将她的上衣脱掉,投下山坡。黑龙驮着黄帝与嫘祖越过鸡山山峰,向东而去。

古人认为黄帝骑龙升天,曾在神仙洞留下诗章:"一别鸡山再徘徊,八翼腾飞去复来。轩辕乘龙陟王屋,广成信步卧龙台。"

且说嫘祖抛下的上衣,飘啊飘啊,最后,飘落在神仙洞顶的山梁上。

当臣民们赶到时,那上衣早化成两个形似双乳的山峰。在那山峰上有两股淡乳色的泉水,从乳头流出,真像两股乳汁,在山下汇成一条潺潺小溪流进洧水河中。从此,人们就将嫘祖上衣化成的两个山头叫"奶头山",把嫘祖留在奶头山坡上的那个六角八棱石匣叫作"灵石"。直到如今,那些寻求爱情的青年男女,求子求孙的爸爸妈妈、爷爷奶奶,仍不辞劳苦地爬上奶头山,去敲击"灵石",乞求得到满足。

讲述人:慎广建

采录整理:高力升、高帆

采录时间:1983 年 3 月

采录地点:河南省新密城关镇

玉皇大帝强占修道洞

轩辕黄帝的大太子轩武,在封地风后岭深受老百姓的爱戴,黄帝决定让位给他。黄帝先派赵、王二令官召轩武下山,轩武婉言谢绝了。后来,黄帝又亲自出马,轩武还执意不肯继位。为了避开父亲,轩武决定出家修道,脱离凡俗。他在风后岭东侧半山腰,凿了一个山洞,还在洞下开了一块平地,白天在洞外诵经修行,夜里在洞内歇息。

这件事传到玉皇大帝的耳朵里,他觉得轩武人才难得,凡间的天下应该让轩武掌管。这天,玉皇大帝借出游的机会,带着王母娘娘来到风后岭,想会会轩武。正巧,轩武访友不在家。玉皇大帝望着石洞,计上心来,对王母娘娘说:"你看这地方咋样呀?"王母娘娘站在洞口,向东望去,沃野千里,直至东海,非常高兴,说:"这洞真好,我要有这样一个行宫,闲时住住,就心满意足了。"玉皇大帝大喜,立即宣旨:"往后,这洞就叫王母娘娘洞吧!"并传令在洞外建一座玉皇宫,作为自己的行宫。其实呢,他们夫妇强占轩武洞,是为了挤走轩武,让他乖乖地接住黄帝的帝位。

轩武云游归来,见玉皇大帝和王母娘娘占了自己的洞,非常生气,可又不能说什么,只得离开山洞。去哪儿呢?找父亲去,黄帝必然还让他继位,他说啥也不想下山。无奈何,只好来到风后岭山顶,另建修道住处。在山顶搬石头时,由于心里生气,狠狠地跺了一脚,吐了一口唾沫。巧啦,这一脚正好踩在原来修道的山洞顶上。洞的上方立刻裂开了一条长缝,唾沫顺着裂缝直淌到洞里。

后来,人们只得把轩武原来修道的山洞,改叫王母娘娘洞;洞外那座宫殿,叫老天爷庙。王母娘娘洞顶上至今还有那条裂缝,不管雨天还是晴天大日头,裂缝经常往下淌水,人们说那是轩武的唾沫。

讲述人:史丙辰,46岁,干部

采录整理:张宝锁

讲述时间:1982年3月

讲述地点:河南省新郑风后岭

黄帝寻访大隗真人

传说大隗真人有智有谋,神通广大,是黄帝战蚩尤时的一员名将。

当年,蚩尤占领中原大片土地。黄帝与他作战屡战不胜,一筹莫展,后来为寻求击败蚩尤之策,到崆峒山(今新郑西南具茨山西麓)拜访广成子。广成子叫他上具茨山拜访大隗真人。

黄帝从崆峒山回来,一天,来到一座松柏成林、花草茂盛、翠竹蔽天的山前,正往山上攀登,突然被一块巨石挡住。黄帝觉得奇怪,就左绕右转,可是转来转去,总是被那巨石在前面挡着路。黄帝正在为难,忽然听到巨石背后传来歌声:"天皇皇,地皇皇,行路之人莫慌张,大隗真人在此候,专等轩辕求安邦。"

黄帝听到歌声,就坐在草坪上,闭目小憩。大约过了半个时辰,睁开眼睛一看,大吃一惊:眼前的巨石不见了,自己坐在一个松软的蒲团上,四周金碧辉煌,香烟缭绕。黄帝不知这是来到哪家神仙的洞天府地。他正

第六章　黄帝时代

在莫名其妙,见一个身着黄色锦衣、眉清目秀的童子,手托茶盘来到他的面前,轻声说:"请先用茶。"说着将一杯香茶递了过来。黄帝又饥又渴,接过香茶,一饮而尽,然后用衣袖擦了擦下巴问道:"请问仙童,不知这是哪家神仙的洞府。"

锦衣童子笑了笑,也不作答,只是说:"师父知道今天轩辕君到此,令我在此候迎。"

说话间,一个黑发披肩、容光焕发、手持拂尘的中年汉子走进厅来施礼说:"贵客可是轩辕君?"

黄帝答道:"在下正是有熊氏轩辕。遵照广成子指教,前来这具茨山寻访圣仙大隗真人,不料迷路到此。请问仙道尊姓大名?"

那汉子用拂尘指了指黄帝身后,笑着说:"我是何人,请看看背后便知。"

黄帝扭转脸去,只见身后一块木板上写着"大隗真人修道洞"。黄帝一看,眼前这位就是自己要寻访的大隗真人,就忙起身施礼说:"在下不知真人在前,恕罪恕罪!"大隗真人请黄帝坐下,自己坐在黄帝对面一个蒲团上,问黄帝:"不知轩辕君来此有何贵干。"

黄帝说:"我与蚩尤作战,眼看几载,屡不能胜,今日奉广成子指教,特来寻访圣仙,求战胜蚩尤之策,请圣仙赐教。"大隗真人想了想说:"蚩尤作乱,骚扰天下,违反天意,理应剪除。只是那蚩尤异常勇猛,且又善施法术,变化无常。要想战胜蚩尤,必须到东海捉住夔牛,抽筋、剥皮、剔骨。将其皮制成大鼓,用其骨做成鼓槌,擂鼓助威,方可擒获蚩尤。"

黄帝听了十分高兴,说:"多谢圣仙指教!前日我在崆峒山受广成子指点,让我求访真人和风后、力牧。今日有幸得到圣仙真言,还求圣仙出山,助我一臂之力!"

大隗真人说:"既是广成君所言,我当义不容辞。不过要想彻底平除蚩尤,还需拜求三个人。"

黄帝问:"哪三个人?"

大隗真人说:"这三个人就是大鸿氏、武定和常先。轩辕君再得此三人,将是如虎添翼!"说到这里,大隗真人对锦衣童子说:"黄盖童子,将我《神芝图》拿来,交于轩辕君。"

黄帝如梦初醒,原来身边那身着锦衣的童子就是久闻大名的仙道——黄盖童子。黄帝起来要给黄盖童子施礼,大隗真人制止说:"轩辕君是一代明君,既然我等辅佐于你,就不必客气了!"

黄盖童子将《神芝图》取来。大隗真人交给轩辕黄帝说:"这《神芝图》是我集百年日月星辰精华、生死轮回奥秘,写成的文韬武略,对今后治国平天下大有用场!"黄帝接过《神芝图》,心中更是高兴,又是一番道谢,遂告别大隗真人,回有熊国去了。

传说,黄帝平定蚩尤之后,封赏众将,将具茨山北一片地封给了大隗真人。那大隗真人拒绝黄帝分封,只求有一块净土,继续修仙行道。黄帝只好在这里为他修了一道观,作为修仙行道之所。这个地方,就是后来的大隗镇,大隗真人原来修道的具茨山,当地人又称为"大隗山"。

讲述人:许鹤亭

整理:高力升、李高强

记录时间:1983年3月

讲述地点:河南省新密城关镇

相应的文献记录,同样扑朔迷离。如"大隗氏见于南密,记谓大隗氏之居,即具茨也,或曰泰隗。昔黄帝访泰隗于具茨"(《路史》卷三),"又东三十里,曰大隗山。又次十一,有大隗山"(《山海经·中山经》),"河南郡有大隗山,盖压禹、密、新三县也"(《汉书·地理志》),"黄帝将见大隗于具茨山"(《庄子·徐无鬼》),"大隗即具茨山也"(《水经注》),"在县东南四十五里,溱水出其阿。流为陂,谓之玉女池。今其山有轩辕避暑洞。巅有风谷,下有白龙湫,每旱致祷辄应"(《河南通志》),"大隗山在县东南五十里,本具茨山,黄帝见大隗于具茨之山,故亦谓大隗山,溱水出于此"(唐李吉甫《元和郡县志》),"具茨有大隗者,即上世之泰隗氏也,能设于无垓之宇,而游于泰清"(清乾隆《新郑县志》)。

黄帝传说的宗教化,一方面使得中国古典神话越来越丰富,另一方面形成文化主体的变异。这应该是中国文化发展变化的普遍规律,也是其绵延不绝的主要原因。又如:

轩辕黄帝拜三皇

黄帝战败蚩尤,平定中原以后,建都有熊。他政务有暇,就与妻子住在云岩宫。

他和嫘祖每月逢三、六、九,都要去距云岩宫四十里洧水河谷的天爷洞(灵崖山)祈天拜祖。

当黄帝带嫘祖头一次去天爷洞时,因为路不熟,沿着洧水河走到一个岔路口时,不知道走哪条路。正迟疑时,忽然水边飞来一只白鹅,边飞边叫,给黄帝、嫘祖引路,黄帝很高兴。后来人们就把这里叫"鹅沟",以后就又叫成"莪沟"了。

当时,黄帝和嫘祖走了几里地,又遇上了一个岔路口。正当二人犹疑观望时,从旁边山坡上跑来一只山羊,边跑边叫给黄帝引路。

黄帝和嫘祖走到洧水河上游的空桐山(也叫栳栳山)天爷洞,这里有山有水,景色很美。他们兴致勃勃地爬上天梯,钻过龙眼洞,穿过层层悬岩,最后登上天爷洞的峰顶"三皇殿"。

三皇殿里敬的是天皇伏羲、地皇神农、人皇女娲。三皇是炎、黄二帝的先祖。

黄帝和嫘祖祈天拜祖之后,当天就又回云岩宫去了。

天爷洞的祭祀活动一直持续了五六千年,就是从黄帝拜三皇开始的。至今每年的正月初九天爷生日、暑伏会时的庙会,人山人海,十分热闹,人们都要来敬天拜祖。

讲述人：李富裕，男，62岁，河南省新密县文化馆馆长

采录时间：1990年11月29日

采录地点：河南省新密县县委招待所

黄帝拜三皇

有熊国的洧水河上游有一个嵩林山，这里有个"龙泉"村（在今新密市境）。在村南面的崖壁上，有排溶洞群，人称"天爷洞"。传说这里是黄帝拜天祭地的地方。

很久以前，黄帝与蚩尤为争夺中原这块宝地打起仗来。

蚩尤是天上黑牛星下凡，身高丈八，头如柳斗，脸似火盆，眼如灯盏，头上还长着一双大犄角，说起话来瓮声瓮气好像打雷，性格凶狠残暴。开始黄帝与蚩尤打仗，由于准备不足连吃败仗。蚩尤旗开得胜，自以为得计，就向中原长驱直入。眼看着黄河以南大片土地沦于蚩尤之手，黄帝十分着急。有一日，他在国都召集谋士和大将们商议反攻蚩尤、收复失地的良策。大臣们纷纷献计献策，意见各不相同。最后，大臣风后说："以前几仗失败的原因，是对付不了蚩尤的邪门妖法。要想打败蚩尤，除了访求有神法的武将外，还得求助于上天神人。"

黄帝说："我也是这么想，只是不知道去什么地方祈祷上天的帮助。"

风后说："过去您曾求助崆峒山神人广成子大法师指点帮助，何不再去拜见他，让他再给咱们指点迷津。"

黄帝说："我已经去过崆峒山，听道童说广成子去云游四海了，半年以后才能回来。到那时候，我们一切都完了。"

风后想了想说："听说洧水河上游有一个天爷洞，那里是玉皇大帝在人间的行宫。我们不妨去朝拜一次，也许老天爷会帮助我们。"

黄帝点点头，决定到天爷洞去拜天。

第二天正好五月初一,天气晴朗,万里无云。黄帝一大早就与嫘祖、风后以及手下几位文臣武将,离开国都,顺洧水河寻天爷洞去了。

古时候,这个地方人烟稀少,到处是森林和沼泽。黄帝带领手下一群人,披荆斩棘,一路西行,走了二十多里,见一条深沟出现在面前。沟内河水潺潺,杂树丛生。黄帝一伙人发愁找不着道路,忽然听到芦苇丛中传出扑棱棱一阵响声,一会儿见一对白鹅来到黄帝面前,一边摇摆着长脖颈,一边"嗯啊、嗯啊"地大叫。那白鹅用嘴叼住黄帝的衣服,向芦苇丛中走,大伙就跟着白鹅分开芦苇丛往前走去。

大家跟着白鹅走了一个时辰,见河岸边有一条弯弯曲曲的小道,就顺着小道一直走到一个山势陡峭、绿树成荫、河水清澈的地方。来到这里,只见那对大白鹅向崖壁上甩着头,叫个不停,然后顺原路展翅飞去。黄帝抬头向崖壁上望去,只见洧水南岸的石壁上烟云缭绕,洞穴精致,果然是一处神仙居住的洞天福地。黄帝回头看,那对大白鹅已飞向蓝天。黄帝为感谢这对大白鹅的带路之功,就把白鹅引路的那条沟封为"鹅沟",就是现今超化镇的茭沟村。

黄帝目送白鹅飞走后,就带领大家沿石阶而上,对每座洞穴中的神仙一一跪拜,最后登上岩壁最高处那座岩洞。只见这座岩洞中有香烟云雾飘出,迎门坐着三位神仙。左边那尊神仙穿着兽皮兽衣,手托日、月、星、辰;中间一尊身披"胡叶",头上生角,手中握着人间众生;右边坐着一尊女神,乌发披肩,人首蛇身,左手拿块闪闪发光的五色石,右手掌中站着肤色各异的小人儿。黄帝进洞跪下就拜,其他文臣武将也都一一跪拜。黄帝、嫘祖、风后一边磕头,一边祈祷,请求玉皇大帝和诸位神仙保佑黄帝部落人丁兴旺,战胜蚩尤。祈祷完毕,黄帝正要起身,忽听左边那尊神仙开口说:"面前跪的可是有熊氏轩辕黄帝?"

黄帝一惊,说:"正是轩辕。"

那神仙又说:"都起来吧,我是天皇,是玉皇大帝跟前的护法神,分管日月星辰。人间的每个大人物都有一个星辰照耀,只要照耀他的星辰一落,他也就不久于世了。"

接着中间那位神仙说:"我是替玉皇大帝掌管地上人间各种灵性生辰寿日、生老病死轮回的星官,人们叫我'地皇'。"

最后那位人首蛇身的女神说:"我是补天的女娲娘娘,专替老天爷繁衍生灵,人们叫我'人皇奶奶'。"

他们三个一起说:"轩辕带领你的妻子和群臣前来朝拜,一定是遇到了什么不顺心的事吧?"

黄帝急忙说:"感谢天皇、地皇爷爷和人皇奶奶恩德,弟子轩辕与蚩尤作战失利,中原被侵占,部落黎民百姓遭蚩尤涂炭。我身为部落首长,不能平蚩尤救黎民实在惭愧,特来拜求众神灵传授克敌之策。"

三位神仙听罢,哈哈一笑说:"这乃是小事一桩,现在就可教你克敌之策。"

天皇爷说:"我送你天书三卷、《八阵图》一张,你等可回去细心研读,照此法布阵用兵,自可取胜。"

地皇爷说:"我将蚩尤魂灵迷住,不久他的星辰就可陨落。"

人皇奶奶说:"我将蚩尤部落人丁收去一半,再将你黄帝部落人丁增长一半。"

黄帝听罢三尊神仙的指点后,跪拜再三,方才离开天爷洞。黄帝与风后采用八阵兵法与蚩尤作战,果然连连取胜。不久又将蚩尤赶回涿鹿,困在八卦阵中,将他活捉斩首。

平定蚩尤叛乱之后,天下太平,黄帝部落日渐兴旺。为了感谢三位神仙的帮助,黄帝下令每年农历三月三、六月六、九月九为朝拜"三皇祖"的盛日。黄帝每逢这一日都要带领妻子和文臣武将到天爷洞朝拜。这一风俗沿袭至今,每逢农历三月三、六月六、九月九,前来天爷洞拜祭的人络绎不绝,香火极盛。

讲述人:魏洪基,58岁,小学毕业,河南省新密龙泉村人

采录整理:高力升

记录时间:1983年2月

记录地点:河南省新密龙泉村

黄帝登嵩山拜华盖

嵩山太室最高峰峻极峰西北有一山峰,叫华盖峰。传说黄帝曾经来游,并拜华盖为师,制订历法。

华盖,传为居住在那个峰上的一个能人。因为他经常观测天象,了解日月星辰的运转规律,琢磨出春夏秋冬的四季变化,对人类生活和植物生长有很大帮助,所以远近闻名。后来,人们根据天文四象中天宫华盖星名,就叫他居住的山峰为"华盖峰"了。

黄帝战败蚩尤以后,为了部族人民的生活,为了在炎帝教人种植五谷的基础上,发展农业生产,他亲自率领大臣登上嵩山拜访华盖。当时山上树木茂密,狼虫虎豹很多。他们一边用弓箭扎枪驱逐野兽开路前进,一边互相呼喊在林中采集各种果实。他们往返周转好多峰峦沟壑,最后找到了华盖老人。那是个鹤发童颜的百多岁的老人,非常健谈,听说黄帝到来,荣幸之至,把长期观察到的日、月与金、木、水、火、土星的七政和二十八宿、四象、三垣、十二次分野等分别加以叙述,并说到它们和人们生活以及植物生长的关系。黄帝听得津津有味,并不时插话提问,或提些自己的看法。他让随去的大臣仓颉将重要的都记下来。华盖老人非常高兴,黄帝也非常满意,再三拜谢,下山而去。

黄帝回到有熊国都,立刻安排制订历法的事,让羲和占日,让常羲占月,让臾区占星气,让大挠作甲子,以干支记日,让容成综六律而制订历法,将一年分为春夏秋冬四季,再分十二个月,再分二十四节气。这样,根据四季、气温、降雨和物候的变化,进行植物种植,发展农业生产,对人民

生活的改善和提高起了很大作用。

　　采录整理：耿直

　　采录地点：河南省登封城关镇

　　采录时间：1983年2月

　　可比较文献中的记录："北到洪堤，上具茨山，见大隗君。又见黄盖童子，受《神芝图》七十二卷。"（《云笈七签·轩辕本纪》）

　　民间社会又有记述：

黄帝访广成子

　　黄帝在云崖宫建城的想法没有成功，心里结了个疙瘩。但是他打败炎帝重整河山的决心没有改变。为了国富民强，黄帝叫全部落的百姓垦荒种地，发展畜牧。还在云崖宫南的台岗上，挖了一个摩旗穴，竖起了招兵大旗。十年以后，黄帝存了不少粮草，就在云崖宫西北五六里的地方建了个大粮仓。后来这地方成了一个大村庄，就是如今的刘寨乡仓王村。在云崖宫东边，又建了养育军用马匹的大马场，就是今天的养马庄村。为了储备草料，黄帝在离养马场不远的地方，建了个草料场，就是现在的草场岗。黄帝见兵强马壮、草足粮多，可以打败炎帝了。

　　正要出兵去打炎帝，一位白胡子老道云游来到云崖宫，对黄帝说："听说你要打炎帝？"黄帝点点头说："不错，我要报他打我的仇！"

　　老道士笑了笑说："如今你虽然兵强马壮，可是你手下兵多将少，兵没良将，怎么会打胜仗？"

　　黄帝见这个老道容光焕发，一脸正气，讲话很有道理，就问他："以老道长的意思，我可以到啥地方求将呢？"

　　老道士用拂尘朝南一指说："从这里往南有个崆峒山，山上有个道观，叫逍遥观。观里有人指点你。"老道士说完话，一阵清风不见了。黄帝这才知道,原来这是仙人指点他。于是,他就打点了行装,前往崆峒山访道去了。

崆峒山风景很美。山清水秀,紫气盈盈,逍遥河源出崆峒山的半山腰,飞流直泻,好像一道帘子,从空中降下来,好看极了。逍遥峰悬崖峭壁,怪石成行成林。逍遥峰顶上有一片树林,在树林的绿叶枝蔓中,可以看到一个红墙绿瓦的道观。观门上写着三个大字"逍遥观"。黄帝来到观门口,被两个小道童拦住了。黄帝说明来意之后,一个道童忙进观中禀报。停了一会,那报信的道童出来把黄帝领进观内。经过九曲十八转,绕过太极殿、大雄宝殿,在一个写着"养心斋"的小殿门前停住。黄帝偷偷往养心斋里观看,见屋里灯烛明亮,香火冒着股股青烟。一个鹤发童颜的老道双手在胸前合掌打禅。他两眼塌蒙着对门外说:"门外站的可是轩辕有熊氏吗?还不赶快进屋来,愣着干什么?"

身边的小道童拉了拉黄帝的衣襟,说:"师父让你进屋哩,快去吧!"

黄帝赶忙进屋。老道抬起头来,指了指身边的一个蒲团说:"请坐!"

黄帝坐下后忙问:"请问道长尊姓大名,道号怎么称呼?"

老道说:"吾乃广成子是也。"

黄帝闻听广成子的名字,急忙跪拜说:"久闻道长大名,今日才得见面,受弟子一拜!"黄帝给广成子作了个揖,磕了个头,又说:"这次,我承蒙一位仙人指点,前来求教老道长,指点打败姜氏炎帝的办法,望您示教。"

广成子听罢,微微睁开双眼,从眼缝里看了看黄帝。然后点了点头,慢慢地说:"炎帝姜氏与你本是一母同胞。弟兄之情亲如手足,本应该和睦相处,不可乱动杀机。不过炎帝不讲仁义先打了你,应该得到惩罚。这样吧,你把手伸过来。"

黄帝将左手伸给广成子,广成子看了看,然后在他手掌心里划了个八卦,说:"炎帝有九九八十一个孩子,手下良将不下数十人。你要想打败他,必得风后、力牧相助。我在你手掌心里划了个八卦,今后可保你免祸去灾,你就大胆地去吧!"

黄帝听罢很高兴,又礼拜了一番,问道:"这风后、力牧二将现在什么地方?让我到啥地方去找哇?"

广成子说:"东海边上有风后,北楚云梦泽畔有力牧。铁梁磨成针,不负有志人,你就去吧!"广成子说罢,一甩拂尘回静心轩而去……

道童将黄帝送出观外,他只好回云崖宫来。为了求得这两个大将,黄帝第二天就上路了。他风餐露宿,历尽了千难万苦,步行了七七四百九十个日日夜夜,终于找到了风后和力牧。

黄帝将风后与力牧请到了云崖宫中。封风后为宰相,力牧为大将。将过去的练兵场又扩大了很多,把摩旗台命名为力牧台。黄帝又将云崖宫改建了一番,增盖了殿堂和山门。东边山门称轩辕门,西边山门叫讲武门。从此,黄帝、风后、力牧白天在台岗(力牧台)练兵习武,晚上在云崖宫中讲兵法,又制出了"风后八阵图"阵法。经过几年的苦心经营准备,黄帝下令讨伐炎帝。这次炎帝遭到了惨败,又逃回到冀州阪泉去了。从此,中原的老百姓又过上了太平日子,男耕女织,繁衍子孙,使中原地带成了中华民族的摇篮。

讲述人:张造

采录整理:高力升

记录时间:1983 年 2 月

记录地点:河南省新密城关镇

文献有许多相应记载,如《庄子·在宥》:"黄帝立为天子十九年,令行天下。闻广成子在于空同之上,故往见之。"《路史》卷十四:"《抱朴子》真源云:黄帝以地皇九年正月上寅,诣首阳山,宰牧从焉。次驾东行诣青丘,紫府先生授三皇箓及天文大字;次西入空桐礼广成子;回驾王屋,启石函,发玉笈,得九鼎、飞灵神丹诀。"民国二十三年(1934)《河南省汝州府志》:"崆崆山,州西六十里,上有丹霞院,即广成子修道之处。今有墓存山下,有峒。相传洞中有白犬常常外游。故号小冢为玉狗峰。上有广成庙及崆峒观。下鹤山有广成城。"《禹县志》民国二十八年(1939)刻本:"火门山东八里曰崆峒山,一名大仙山,逍遥河出焉。《庄子》:黄帝为天下十九年,令行天下,闻广成子在崆峒之上,往见之,即是山也。溯逍遥河盘旋而上,中有逍遥观,一名大仙观,清雍正十年敕修。河北悬崖有洞,为黄帝问道处,额曰'得道庵'。"

黄帝时代不仅仅是历史的记忆,而且形成了特定的语域。地方社会风俗用生活事项具体述说黄帝的神圣事迹,在方志文献等材料中表达出一方民众对这位祖先英雄的崇敬。如《开封府志》记述:"轩辕庙,在新郑西,黄帝有熊氏,有熊国君少典之子,姓公孙,名曰轩辕,其母附宝,感电光绕北斗而有娠,生帝于轩辕之丘,因名之。后代神农氏有天下,都涿鹿,在位百年。或曰都有熊。"《嵩书》曰:"嵩高何神也?曰中天王也。中天之封何代也?曰唐玄宗天宝五载也。"吕履恒《景冬阳〈说嵩〉序》引《禹贡》称:"嵩山。太室夕黄帝时已有是名,不自虞始矣。"唐韦行俭《新修嵩岳中天王庙记》曰:"太室为九州之险,五岳之观。孕灵生贤,作镇地中。"《水经注异闻录·洛异》:"黄帝东巡河过洛,修坛沉璧,受《龙图》于河,《龟书》于洛,赤文绿字。"《水经注异闻录·玉鸡》:"昔黄帝之时,天大雾三日。帝游洛水之上,见大鱼。杀五牲以醮之。天乃甚雨,七日七夜。鱼流,始得图书,今《河图·视萌篇》是也。"中岳嵩山成为黄帝的神都。光绪《登封县志》引刘定之言曰:"天之顶心,当嵩高山,地以昆仑为中。参差而不相对。此载西北多山言之也。若合东南多水处均平论,则地仍以嵩高山下阳城为中也。中州地形,大抵以嵩高为心,汴京为腹,以汝伊为左右手,河淮为左右足。"其引《中兴天文志》称"中宫黄帝,其精黄龙,为轩辕"。光绪《密县县志》记述:"(大隗山)在县东南四十五里,济水出其阿,流为陂,俗谓之玉女池。今其山有轩辕避暑洞,巅有风后,下有白屯湫,每旱致祷辄应。"景冬阳《说嵩》

引张衡言:"轩辕如龙之体,主雷雨之神。……而皆司于轩辕。故曰:轩辕黄帝之精,下应土宫也。……黄以应中方之色。"又引马端临文:"轩辕降神,而生圣人,有熊以土德王。上合天道,颂为轩辕。"《新唐书·则天皇后记》记述:"垂拱四年,改嵩山为神岳,封其神为天中王,配为天灵妃。万岁通天元年,尊天中王为神岳天中黄帝,天灵妃为天中黄后。"《汉书·地理志》记述:"河南郡密有大騩山,溱水所出。盖压禹密新三县地。西南属禹,东南属新郑,西北属密。"光绪《禹县县志》:"书堂山东曰大鸿寨山。昔黄帝臣大鸿氏屯兵于此,故名。《图书集成》职方典:大鸿山即具茨也。"其引《国语》"史伯谓郑桓公曰:主芣騩而食溱洧",韦昭注"芣騩山名,即大騩山也","郦道元以溱水所出之山为大騩,即具茨。盖据最高之峰言。曹氏《禹州图》以大鸿山为大騩即具茨,据最大之峰言。山统名具茨,不能定其何峰为具茨也。……其上有轩辕庙,其腹有黄帝避暑洞。风后顶……北壁悬崖为轩辕避暑洞。其西山腰峰回处为南岸宫。祀黄帝岐伯雷公。世传黄帝登是山,升于洪堤上,受《神芝图》于黄盖童子,其在是欤!七圣庙。在古窑沟。即共迷襄野之七圣地"。《密县县志》:"峒崆山,在火门山东八里,又名大仙山。黄帝为天下十九年,令行天下。逍遥河上,中有逍遥观,一名大仙观。河北悬崖有洞向离,为黄帝访广成子问道处。颜曰得道处。上有广成子庙及崆峒观。下有广成子墓,即黄帝问道处。"其引《中州杂俎》:"在大騩镇南三里许。古窑沟中,数椽已圮。尝往寻故址。惟阪砾鸣春流耳。然自新郑轩辕丘至此四十余里即可。南走襄城,尚隔五六舍,岂可称襄城之野?纵真迷科,未必迷此。因其古而古之,学士之常也。"《新郑县志》辩证方以智《通雅》所存"芣騩即大騩具茨山也",称"《水经》中溱水出河南密县大騩山",即"黄帝登具茨,升洪堤,受《神芝图》于黄盖童子。史伯答桓公主芣騩而食溱。郑语作主芣騩而食溱洧"云云。

中原地区以河南为中心,西部包括山西、陕西、甘肃,东部包括山东,南部包括湖北的一部分,北部为长城以南的广大地区,到处都能找到黄帝的神话遗迹,这并不是偶然的。除了典籍和方志等文献外,这一地区的碑石所记述的黄帝神话等内容,也应属于黄帝神话时代的一部分。光绪《密县县志》保存有旧碑文,唐独孤及《云岩宫风后八阵图记》:"黄帝受之。始顺杀气以作兵法,文昌而命将。于是乎,征不服,讨不庭,其谁佐命?曰:元老风后。盖戎行之不修,则师律用爽;阴谋之不足,则凶器何恃?故天命圣者,以广战术。俾悬衡于未然,察变于倚数。握机制胜,作为阵图。夫八宫位正,则数不忿,神不忒,故入其阵,所以定位也。衡抗于外,轴布于内。风云附其四维,所以备物也。虎张翼以进,蛇向敌而蟠,飞龙翔鸟。上下其势,所以致用也。至若疑兵以固余地,游军以按其后列。门具将发,然后合战。弛张则二广迭举,掎角则四奇皆出,必使陷坚阵,拔深垒,若星驰天旋,雷动山破。……既而图成樽俎,帝用经略,北逐獯鬻,南平蚩尤,勘黎于阪泉,省方于崆峒,底定万国,旁罗七曜,鼎成龙至,去而上仙。"金代刘文饶《修德观问道碑记》:"《南华真经》云:黄帝闻广成子在崆峒之上,故往见之。又云:黄帝将见大隗于具茨之山。至襄城之野,七圣皆迷。遇牧马童子问途焉。按图考之,密县东南有大隗山。大隗之西,有具茨山,又南有襄城。遇牧马童子其在斯乎!大隗东北有广成,广成子隐居之地。大隗,亦谓之崆峒。见广成子其在斯乎!襄城西北有古废基,俗谓之雕崖观。盖遇牧马童子之处也。广成西有修德观,盖广成子之处也。而俗言唐季移雕崖观于此者,其言无据。郑,有熊之国,黄帝所都。其见广成子宜其往返不一。庄氏之云,随其所遇而言之。或谓黄帝都涿鹿,西至崆峒。而史迁谓其迁徙往来无长处,谓此也。然世之言庄子者,皆谓曰寓言。观此岂虚言哉!……(黄帝修德治兵)教熊罴貔貅䝙虎,与炎帝战于阪泉,与蚩尤战于涿鹿,不顺者往而征之。扳山通道,未尝宁居。举风后、力牧以为相,劳勤心力耳目,节用水火财物,然后万国和。……黄帝于是且战且学,迎日推策,三百八十年,接万灵于明廷。……修德观在崇崖绝壁之上,前瞰大隗,东望广成,黄帝之迹,皎然在目,广成之言,历然在耳。敬即其至道而有德者修之。……念问道之迹不彰,人徒以为雕崖之观,移而置之。殊不知事迹不同,观亦异焉。由是慨然发愤,即其堂立黄帝问道之像,绘遇牧马童子与升仙之像于其壁,使人知其由。"包括《敕建重修修德宫[1]记》:"夫帝王所居曰宫,神仙所居曰观。……黄帝问道之所于是,而修德以为治平之本,……龙虚宫有诗斯以天下之奇观矣。广成子曾隐于大隗之山,……赤松子与黄帝有问答之书传于世。"

中原神话调查组考察新郑北关祖师庙,知悉此处原有轩辕观,可惜宫殿经多次考察也没有找到。地方民众介绍这边有花园和竹园,传说都是黄帝宫娥彩女出来休息游玩的地方。具茨山书院也是黄帝身边读书人休息的地方,花园与竹园相离宫院不会远。他们说碑立在这,轩辕故里是他的家乡。有一个人称五婶的老人讲轩辕故里碑被城里人弄走了,当时叫"槐抱碑"。《重修新郑县文庙碑记》记"新郑为轩辕黄帝故都,文明肇启,有自来矣。春秋之世,神谌,世叔诸贤,彬彬乎称极盛焉。下建元明"等内容。河南与陕西交界处的灵宝市,旧时有阌乡县,分布着许多黄帝神话遗迹,如光绪《阌乡县志》记述:"铸鼎原,在城东南十里。《史记》:黄帝采首山之铜,铸鼎于荆山之阳。……后因其地曰鼎湖,弓曰乌号。铸鼎原。在城南大湖峪中峰真武庙后。现有钟一口,高约丈余。天旱祷雨者,击之即雨,有验。黄帝陵。在城东南十里铸鼎原。汉武帝建宫。黄帝庙。东南十里铸鼎原。铸鼎原在城东南十里。《史记》:黄帝采首山铜,铸鼎于荆山之阳。鼎成,有龙垂胡髯下迎。帝骑龙升天。群臣后宫从者七十余人。小臣不得上,悉持龙髯。髯拔,堕弓,抱弓而号。后因名其地曰鼎湖,弓曰乌号。按:先王治定功成,则铸之鼎彝,以垂不朽。其在位也,则曰时乘六龙以御天。其升遐也,不敢斥言,则曰骑龙升天云尔。然则轩辕鼎功成也,谓骑龙升天者,崩也。天下思其功而号泣。功与弓相近而误也。后世乃传帝得仙术,妄哉!"其保存《唐

---

[1] 修德观,在河南省密县(今新密市)大隗镇西三里,宋代崇宁三年(1104)建。碑石记述有广成子所居,黄帝问道处,门临洧水,古桧双耸如盖云云。此碑石在河南省密县大隗西三里修德宫东小溪沟桥上被发现。

贞元十七年轩辕黄帝铸鼎碑铭》记:"惟天为大,惟帝尧则之。惟道为大,惟黄帝得之,《南华经》曰:道,神鬼神帝,生天生地。黄帝守一,气衍《三坟》,以治人之性命,乃铸鼎兹原。鼎成上升,得神帝之道。原有为谷之变,铭纪铸鼎之神。铭曰:道能神帝,帝在于人,大哉!上古轩辕为君,化人以道,铸鼎自神。汉武秦皇,仙冀徒勤。去道日远,失德及仁。恭惟我唐,玄德为邻。方始昌运,皇天所亲。唐与兹原,名常鼎新。"[1]《阌乡县志》存明黄方《鼎原黄帝庙奎阁记》记:"阌乡县治之东南冈峦一带,若起若伏迤逶而来者,黄帝铸鼎原也。昔黄帝采首山铜铸鼎兹原。载在典籍,可考而知也。……维此有庙创自汉唐,断碑可识也。……殿之前数步为中门,匾曰:骑龙遗踪,夹道而出,为三门,题曰:古荆山,盖黄帝采首山之铜,铸鼎于荆山之阳,即此处也。"其保存明代李服义《重建黄帝庙记》:"鼎原旧有黄帝庙址,世远久湮。前令吉水黄公讳方,为风气重建,庙建之后,阌之人文果稍稍渐振。……阌之风气关乎鼎原形胜,崇德报功仁也。余因曰:培风气以焕人文,此作事者之雅意也。"民国《阌乡县志》存孙叔谦《重修铸鼎原黄帝庙奎星楼记》:"阌乡城东南十里,冈峦起伏,孤峰独秀。土人呼为黄帝陵,盖铸鼎原故址也。古史谓黄帝铸鼎于荆山之下,即为其地。相传汉唐尝立庙于兹。今仅存王颜所为碑铭。又石庙一间。明万历中县令黄方,始为庙三楹以祀黄帝。又于庙后起奎阁与县学奎楼相对,而以其旁为僧舍数间。天启三年,庙毁于火。崇祯初,李服义重修之。明末寇至,又毁焉。国朝康熙中,耿君文蔚复建庙。乾隆丙寅,梁君溥从邑人请,重构奎楼,高六七丈。咸同之际,庙因兵燹被焚,僧舍亦无存。余以己丑秋来莅是邑。时方议修河堤,相度地势,暇日偕邑人循视至此曰:此县城来脉也,胡倾圮若斯。邑人因历述庙楼兴废,以为地据巽方,实为一邑文明所关。今斯邑科名不振,已四十余年,或以此

---

[1]《唐贞元十七年轩辕黄帝铸鼎碑铭》,铭并序一百三十七字。虢州刺史泰原王颜撰,华州刺史兼御史中丞陈郡袁滋籀书唐贞元十七年(801)岁次辛巳正月九日癸卯书。

故。余乃亟思所以培植之。与绅士筹资重修庙宇,并立僧舍六间。旧建奎星楼,亦皆丹垩一新。功甫竣,而余调任武陟。又三年甲午科,刘生必勃举于乡。于是邑人士欣喜相告,以谓风气之转移,科名且自此益盛也。……余谓形法家言,是乌可尽信哉!刘生之获举,果因修楼而后验乎!夫因其废而复修之者,地之有司之事也。为其事而务求其名,施之于政且不可,况于为学。吾愿邑之父老教子弟以修身立行植其基,讲学为文穷其理。黄帝曰:日中必熭。言功效之自至也。诸生慎勿泥风水之说,以扰其精进之功,是则余之所厚望也。夫有志之士,其以余言为信否耶!时光绪二十一年五月。"

20世纪80年代,中原神话调查组考察发现《唐贞元十七年轩辕黄帝铸鼎碑铭》记黄帝铸鼎升天的故事。碑阴记一故事,记述王颜曾在铸鼎原上四尺深地下得一块玉佩,传说为黄帝升天时小臣所遗。这些碑文是更珍贵的神话传说,应该是黄帝神话时代文化遗迹的一部分。

与此相联系的,还应该提到一个特殊的神话时代,即王母神话时代。轩辕黄帝神话是黄帝神话时代的核心内容,《黄帝内传》记述有"帝会嵩山,王母饮以金液"云云。从黄帝与西王母相会的故事可以设想,他们并存于同一个神话时代。

首先,王母神话主要分布在中原视角的"西方"。西方在神话时代中是圣洁而神秘的另一个世界。王母神话形象非常奇特,应该包含着一方人看另外一方人的神秘感。如《山海经·西次三经》:"又西三百五十里,曰玉山,是西王母所居也。西王母,其状如人,豹尾、虎齿而善啸,蓬发戴胜,是司天之厉及五残。"《山海经·大荒西经》记述更为详细:"西海之南,流沙之滨,赤水之后,黑水之前,有大山,名曰昆仑之丘。有神,人面虎身,有文有尾皆白处之。其下有弱水之渊环之,其外有炎火之山,投物辄然。有人戴胜,虎齿,有豹尾,穴处,名曰西王母。此山万物尽有。"《山海经·海内北经》:"西王母梯几而戴胜杖。其南有三青鸟为西王母取食,在昆仑虚北。"后世有《汉学堂丛书》辑《河图括地图》记:"昆仑在弱水中,非乘龙不得至。有三足神乌,为西王母取食。"《博物志·杂说上》:"老子云:万民皆付西王母,唯王、圣人、真人、仙人、道人之命上属九天君耳。"王母娘娘的神话形象从古典神话到仙话化,以万民皆付的身份被确立之后,便无所不在、无所不能。

文献对于神话传说的记忆传承是必不可少的,但是文献又是十分有限的,其不完整性为后世的文化识别制造了许多空间,也制造了很多障碍。但是,仍然可以从神话传说中找到不同神话间的联系。如牛郎织女神话,究竟属于哪一个具体的神话时代呢? 表面上看起来它是独立于各个神话时代之外的,而其大量叙事中都有王母作为织女的外祖母,并直接造成牛郎织女分隔的内容。所以,可以认定其属于王母神话传说系统,在大的归属上属于黄帝时代。牛郎织女在《诗经·小雅·大东》中登场:"维天有汉,监亦有光。跂彼织女,终日七襄。虽则七襄,不成报章。睆彼牵牛,不以服箱。"其后文献更多,如《月令广义·七月令》引《小说》:"天河之东有织女,天帝之子也。年年机杼劳役;织成云锦天衣。帝怜其独处,许嫁河西牵牛郎。嫁后遂废织纴。帝怒,责令归河东,但使一年一度相会。"《岁时广记》卷二六引《淮南子》记述为"乌鹊填河成桥而渡织女",《岁华纪丽》卷三引《风俗通》记述为"织女七夕当渡河,使鹊为桥",《古今注》卷中记述为"鹊一名神女",《星经》卷下记述为"织女三星在天市东端。天女主瓜果丝帛收藏珍宝。及女变明大,天下和平",《尔雅翼》卷十三记述为"涉秋七日,(鹊)首无故皆髡。相传以为是日河鼓与织女会于汉东,役乌鹊为梁以渡,故毛皆脱去"。

牛郎织女融入社会风俗生活,使得神话传说更为丰富。如《荆楚岁时记》记述:"七月七日为牵牛织女聚会之夜。是夕人家妇女结彩缕,穿七孔针,或以金银鍮石为针,陈瓜果于庭中以乞巧。有喜子网于瓜上,则以为符应。"《说郛》卷六十辑《风土记》记述:"七月七日,其夜洒扫于庭,露施几筵,设酒脯、时果,散香粉于筵上,以祈河鼓织女,言此二星神当会。守夜者咸怀私愿。或云见天汉中有奕奕正白气,有耀五色,以此为征应。见者便拜,而愿乞富乞寿,无子乞子,唯得乞一不得兼求。三年乃得言之,颇有受其祚者。"龚明之《中吴纪闻》卷四"黄姑织女"记述宋代牛郎织女神话传说地方化特征更为明显:"昆山县东三十六里,地名黄姑。古老相传云:尝有织女牵牛星,降于此地。织女以金篦划河,河水涌溢,牵牛因不得渡。今庙之西,有水名百沸河,乡人异之,为之立祠。……祠中旧列二像,建炎兵火时,士大夫多避地东冈,有范姓者,经从祠下,题于壁间云:'商飙初至月埋轮,乌鹊桥边绰约身,闻道佳期唯一夕,因何朝暮对斯人?'乡人遂去牵牛像,今独织女存焉。"明清之后,戏曲小说不断繁荣,牛郎织女神话传说融入文学作品更多,神话形象更为饱满。

与文献材料相对的是大量民间传说在当世的流传,成为地方社会的文化风景。如河南省鲁山县有牛郎山村、牛郎坡、牛郎洞和织女村等地名,与牛郎织女神话传说的故事情节对应。那里的孙姓族人众多,自称牛郎的后代,保存着自己的家谱,供奉着牛郎的祖先牌位。山东、河北、山西、江苏、浙江等地,此类传说故事数不胜数。这是中国神话传说的流传规律,也是其不断衍生成为文化"雪球"的重要因素,其中的民族情感具有决定性作用。所有这些内容,都可以看作牛郎织女神话传说的衍生,是黄帝时代神话传说的一部分。

第七章
颛顼帝喾时代

颛顼、帝喾都是黄帝子孙,处于同一时代。《史记·五帝本纪》:"帝喾高辛者,黄帝之曾孙也。高辛父曰蟜极,蟜极父曰玄嚣,玄嚣父曰黄帝。""颛顼崩,而玄嚣之孙高辛立,是为帝喾。"《国语·周语下》:"星与辰之位,皆在北维,颛顼之所建也,帝喾受之。"《山海经·海内经》:"黄帝妻嫘祖,生昌意;昌意降处若水,生韩流;韩流擢首、谨耳、人面、豕喙、麟身、渠股、豚止,取淖子曰阿女,生帝颛顼。"他们因为"星辰之位"而发生帝位的继承。真正使他们联系为一体的是两件事:一是与共工的战争,一是与重、黎的关系。与共工的战争,表明他们两位利益上的一致;而他们与重、黎的联系,则包含着"绝地天通"这样一个文化主题。

第一节 轩辕黄帝的子孙

《山海经·大荒南经》:"有国曰颛顼,生伯服,食黍。"在《大荒南经》和《大荒北经》中,颛顼之子为"季禺之国""淑士之国"和"叔歜之国""中輻之国"等,《大荒西经》中还有一个三面一臂的"不死"之子。这些颛顼之子共同构成了庞大的颛顼氏族神性集团。颛顼是黄帝子孙,以此为背景,他的出生涂上了一层相当神秘的色彩。如《大戴礼记·帝系》:"昌意娶于蜀山氏之子,谓之昌濮氏,产颛顼。""昌意降居若水。"《吕氏春秋·仲夏纪·古乐》:"帝颛顼生自若水,实处空桑,乃登为帝,惟天之合。"《竹书纪年》沈注:"母曰女枢,见瑶光之星,贯月如虹,感己于幽房之宫,生颛顼于若水。"《太平御览》卷七九引《河图》:"瑶光之星,如霓贯月,正白感女枢幽房之宫,生黑帝颛顼。"

颛顼"仗万灵以信顺,监众神以导物,役御百气,召致雷电"(《绎史》卷七引《真诰》),"首戴钩"(《帝王世纪》),"渠头并干,通眉带午"(《路史·后纪八》),"有曳影之剑,腾空而舒。若四方有兵,此剑则飞起指其方,则克伐。未用之时,常于匣里,如龙虎之吟"(《拾遗记》卷一),"上法月参,参集成纪,以理阴阳"(《春秋元命苞》),所以"共工为水害",这位"带午""并干"的高阳帝轻而易举地就诛杀了他。当然,共工亦非等闲之辈。《管子·揆度》:"(共工)乘天势以隘制天下。"《韩非子·五蠹》:"共工之战,铁铦短者及乎敌,铠甲不坚者伤乎体。"最能撼人者,是《列子·汤问》中的"共工氏与颛顼争为帝",其"怒而触不周之山,折天柱,绝地维",使天地都发生了变化。《史记·律书》:"颛顼有共工之阵,以平水害。"《太平御览》卷九〇八引《琐语》:"昔共工之卿曰浮游,既败于颛顼,自没沉淮之渊。"打败共工和共工氏族的,不独颛顼,而且有"伯夷父""老彭"和"大款、赤民、柏亮父",此外还有天下之民谓之"八恺"的"高阳氏才子八人",苍舒、隤敱、梼戭、大临、尨降、庭坚、仲容、叔达(《左传·文公十八年》)。《大唐新语》:"九夷乱德,颛顼征之。"《大戴礼记·五帝德》:"乘龙而至四海,北至于幽陵,南至于交趾,西济于流沙,东至于蟠木,动静之物,大小之神,日月所照,莫不砥砺。"不惟如此,颛顼"死即复苏"(《山海经·大荒西经》),他"以孟春正月为元,其时正朔立春,五星会于天历营室,天曰作时,地曰作昌,人曰作乐,鸟兽万物莫不应和"(《绎史》卷七引《古史考》)。他还"作浑天仪""作《六茎》""礛名冈,倮大泽,制十等之币,以通有亡"(《路史·后纪八》)。最后,他命重、黎绝地天通,使"重献上天",使"黎邛下地"(《山海经·大荒西经》),完成了"绝地天通"(《尚书·吕刑》)的莫大业绩。《国语·楚语下》:"古者民神不杂。""及少昊之衰也,九黎乱德,民神杂糅,不可方物。""祸灾荐臻,莫尽其气。""颛顼受之,乃命南正重司天以属神,命火正黎司地以属民,使复旧常,无相侵渎,是谓绝地天通。"绝地天通的背后是人与神的分野,是巫的角色在颛顼神话中的集中体现。在《山海经》中,有群巫所从上下的"登葆山",太帝所居的"昆仑之丘"和众帝所自上下的"建木""肇山",颛顼正维持着这些登天之途为神所专用,那么他自己这位"其佐玄冥,执权而治冬"(《淮南子·天文训》)的北方水帝也自然是最大的巫。正由他开始,中国神话时代进入了又一个新的阶段,即神性角色巫的成分逐渐加重,从而改变了以往神话角色高居于天庭的局面。在颛顼身上,神性愈来愈淡,以巫为表征的人性成分日益浓重。

帝喾的神性业绩与颛顼大同小异。《大戴礼记·五帝德》中的高阳帝"乘龙而至四海",同书中的高辛氏则"春夏乘龙"。《左传·文公十八年》中,高阳帝"有才子八人",其天下谓之"八恺";高辛氏同样有才子八人,其天下谓之"八元"。所不同者在于"共工氏作乱,帝喾使重、黎诛之而不尽,帝乃以庚寅日诛重黎"(《史记·楚世家》)。《事物纪原》卷二引《通历》:"帝喾平共工之乱,作鼙、鼓、控、埙、篪。"《竹书纪年》沈注:"(帝喾)使瞽人拊鞞鼓,击钟磬,凤凰鼓翼而舞。"由此可见,帝喾对颛顼的继承在神话中异常自然。他们的神性角色日益淡化,为巫或为人所替代,这不仅由于他们共同接受了"绝地天通"的文化背景,而且关于他们后代的描述,不再像他们的前辈那样保持着辉煌的神性。他们的子孙既有"八恺""八元",更有许多不祥者,使人愈来愈失去心中的景仰之情。如《论衡·解除》:"昔颛顼氏有三子,生而皆亡。一居江水为疟鬼,一居若水为魍魉,一居欧隅之间主疫病人。"《后汉书·礼仪志中》注引《汉旧仪》:"颛顼氏有三子,生而亡去为疫鬼。一居江水,是为疟鬼,一居若水,是为魍魉鬼,一居人宫室,善惊人小儿。"[1]《左传·昭

---

[1] 《左传·文公十八年》中也有颛顼"不才子"梼杌的传说,《神异经·西荒经》中的不才子名更多,如"梼杌",一名傲狠,一名难驯。

公元年》："昔高辛氏有二子,伯曰阏伯,季曰实沈,居于旷林,不相能也。日寻干戈,以相征讨。后帝不臧,迁阏伯于商丘,主辰,商人是因,故辰为商星;迁实沈于大夏,主参,唐人是因;以服事夏、商。"这些人鬼之变的神话传说,具体体现出的人神之变的文化替代,意味着巫作为神话中的文化主体,其意义更复杂,也更丰富。神话传说故事形态的世俗化以此为契机,迅速向后世的各种神话系统蔓延开去。

在神话传说的流传和分布上,一方面可以看到高辛氏在南方少数民族中广受崇拜;另一方面,在北方濮阳一带,传说中的附禹之山,颛顼与帝喾渐渐融合成为民间述说对象。颛顼的神性角色除了在屈原的诗篇中展现,在其他地方则越来越暗淡。河南濮阳、内黄、清丰,那里是雷泽的故乡,分布着颛顼、帝喾二帝陵等神话遗迹,民间流传着许多关于颛顼、帝喾绝地天通的神话传说,形成别具特色的文化风景。颛顼、帝喾神话传说的遗迹化作千家万户日夜相伴的建筑物,成为人家房顶上的各种装饰,古典建筑上的鸱吻、古墓中的镇兽等等。

第二节　民间社会的绝地天通

颛顼、帝喾的文化主题是宗教改革,是人间世界与天庭的分离。民间社会在事实上把颛顼看作玉皇大帝的原型。文献记载如:"帝颛顼,高阳氏,黄帝之孙,昌意之子,姬姓也。母曰景仆,蜀山氏女,为昌意正妃,谓之女枢。金天氏之末,女枢生颛顼于若水。昌意虽黄帝之嫡,以德劣,不足绍承大位,降居若水为诸侯。及颛顼生,十年而佐少昊,二十而登帝位。"(《帝王世纪》)"喾,黄帝之曾孙。帝喾年十五岁,佐颛顼有功,封为诸侯,邑于高辛。帝喾卜其四妃之子,皆有天下。元妃有邰氏之女,曰姜嫄,生后稷。次妃有娀氏之女,曰简狄,生契。次妃陈酆氏之女曰庆都,生帝尧。次妃陬訾氏之女曰常仪,生帝挚。"(《绎史》卷八《高辛纪》)

民间讲述颛顼、帝喾的故事如：

二帝陵和硝河的传说

二帝陵在内黄城西南梁庄乡三杨庄村。北靠一个大沙岗，南临干涸的硝河坡，四周是一片树林。二帝陵与硝河的传说，一直在民间流传着。

在四千多年前，这一带住着一个恶魔叫黄水怪，它经常兴风作浪，口吐黄水，淹没农田，冲毁房屋，给百姓带来深重的灾难。颛顼知道后，决心降服它，可是黄水怪神通广大，他俩打了九九八十一天不分胜负。颛顼就上天求女娲神相助。女娲深明大义，不顾违犯天规，偷去天王宝剑交给颛顼，并给他传授剑法。颛顼得了天王宝剑，很快就打跑了黄水怪。为了能给人间更好的生活环境，他用天王剑把一个大沙岗变成一座山，取名鲥鱼禺山。又用剑在山旁划一条河，取名硝河，使这里有山有水，林木茂盛，人们过上了好日子。

不知道过了多少年，黄水怪又偷偷地跑了回来，它恼恨地一口把硝河里的水喝了个干，一尾巴把鲥鱼禺山打碎。从此以后，硝河干涸了，鲥鱼禺山又变成了原来的大沙岗。颛顼听说后，连夜赶来和黄水怪打仗，半路上碰上一位算命先生，就玩一样地问："我会命归何处？"算命先生答："头枕无石山，脚蹬无水河，死在一寇之地。"颛顼来到这里，又和黄水怪打了七七四十九天，终于打死了黄水怪。这时候，他也觉得自己的天年快完了，就问百姓："这是谁家的土地？"老百姓说："这是寇家的土地。"他忽然想起算命先生的话，四下一看，只见硝河干涸，沙丘相连，他哈哈大笑一阵就死了。后来一帝王叫帝喾的死后又埋在这里，这里就叫二帝陵了。

讲述人：寇四妮，男，60岁，小学毕业，河南省内黄县梁庄乡三杨庄农民

采录人：张毅力，男，28岁，高中毕业，河南省内黄县文化局干部

采录时间：1986年7月12日

采录地点：河南省内黄县梁庄乡三杨庄寇四妮家

古帝颛顼

上古黄帝的孙子颛顼,二十岁在(杞县)高阳称天帝了,这是咋回事?说起来才奇怪哩。

颛顼生在高阳,一落地,就会说话,三天就会跑,满月就会腾云驾雾,一竖耳朵就能听千里动静,一睁眼能看清天地间发生的大事。昌意夫妇见儿子有如此神通,格外疼爱,黄帝见孙子如此精奇,视如掌上明珠。

西方天帝少昊是颛顼的叔父,在他的管辖区,妖怪百出,弄得少昊帝和他的百姓非常不安生。黄帝想试试小孙孙的神威,下旨派颛顼到西天去辅佐少昊。

几年光景,西方天地五谷丰登,国泰民安,黄帝和少昊都夸他不愧是天帝的后起之秀,人们都称他是民间的大救星。

有一天,颛顼正帮助凡人管理禾苗,黄帝传旨,令他速速回西天。他离开西天不久,西王母瑶池旁,出来一个十分凶恶的怪物,这怪物一走动,狂风大作,飞沙走石,天地昏暗,它还不断地吃人,糟蹋凡间妇女,闹得地上人不得安生,天上神惶恐不安。少昊无能除妖,忙下书召颛顼归西天除害。颛顼看罢书信,直奔西天王母瑶池旁,忙竖耳睁目,审视天地之间的动静,只见瑶池北边无底洞口冒出一股青烟,随即窜出一个数丈高的怪物,接着那怪物喷出一团烟雾,踪迹立即消失,不多一时又见他喷着烟雾飞回。颛顼透过烟雾,发现怪物腋下夹着一个女子。颛顼立即化成一股青烟,尾追进洞,穿过漫长洞道,现出一片旷野,琼楼玉阁毗连在一起,楼阁里,数百凡女,呻吟哭泣。颛顼紧追怪物,飞上一高楼。那怪物将女子放在床上,颛顼一眼看见,那女子不是别人,正是少昊女儿丽瑶。那怪物伸开双臂,欲要拥抱丽瑶,颛顼哪能容忍,将他化作的一缕青丝,缠在怪物身上,猛一束,怪物恶嚎一声,自觉不妙,立即变成一粒灰尘,仓皇逃出。颛顼放出妖瓶,收住怪物,那怪物忙喷出烈焰,颛顼立即往瓶里吐灭火浆,怪物化作一丝金光飞出,颛顼一张嘴吐出溶金珠,一眨眼,那怪物化为灰烬。至此,西方天地太平无事,神人共颂。颛顼德高望重,功与天齐。

数年后,北方天地,魔怪猖獗,甚嚣尘上,闹得人妖颠倒,神魔不分,特别是高阳地方,生灵涂炭,人毁禾绝,危在旦夕。黄帝心急火燎,三令五申,召回颛顼赴任高阳天帝,降妖灭灾,扭转乾坤。

颛顼被命为北方天帝,坐地高阳,建都帝丘。赴任前,他先察访灾情,派辅佐水神玄冥,分工众神严管所有江河湖海,并在黄河上游截流,以防妖魔借机捣乱,凡是危及的或可能危及的地方,都派大神严守。

颛顼神威早已远震,那些专给人类降灾的魑魅魍魉、妖魔鬼蜮,听说颛顼登上高阳帝位闻风丧胆,有的吓得改邪归正,有的溜之大吉,逃之夭夭,剩下的都是些狂妄自尊的精怪。领头的就是古考鳌,它年已一万八千多岁。它这一生一世中,不知毁灭过几回世界,别说世俗凡人,就是东海龙王也怕他几分。此时此刻他正把剩下的妖魔网罗一块,共谋对策,对付颛顼哩。此间,屎壳郎出主意说:"颛顼的辅佐水神玄冥专管水,咱来个黄水泡天,叫他神人成灾。"古考鳌连称妙计,与众妖魔笑一会,分路行动。

颛顼虽说年轻,却胸有成竹,他料定古考鳌先发制人,拼死挣扎,因此,令玄冥在水南的故道里,变作一汪黄水,自己化作浮云高空探阵,又令嵩尹扮成他的模样赴高阳佯作登基。

古考鳌生怕颛顼洞察他的行迹,离黄水很远,便命令同类化作清风,伏地面行进。虽然妖魔鬼怪变化多端,也没有逃脱颛顼的慧眼灵耳。他见妖魔洋洋自得地进入玄冥设的黄水中,自觉好笑。

古考鳌钻入黄水,一时弄起妖术来。顷刻间巨浪滔天,急流滚滚。水神玄冥使神威,浪长堤长,水落堤落,连续三日,累得古考鳌与他的虾兵蟹将难以支撑,众妖哭爹叫娘,乱作一团。古考鳌大发雷霆:"嚎个屁,快变成针芒往外冲。"颛顼正要兜放收妖囊,忽见妖魔变了妖术,忙收住囊器,抖开贯天地盆,将妖魔和黄水一并装入。他刚刚收住众魔,竖耳一听,喊声:"不好,嵩尹遭难,快去营救!"

原来,嵩尹率众神到了高阳,洞察辛基和丘司隐身于城外,想趁机表露功夫,忙下令众神捉妖。众神说:"没有颛顼帝的御旨,谁敢妄为?"嵩尹说:"我既能替职,怎不能下御旨?"众神无奈,只好听令。

嵩尹刚率众神布开阵势,与众妖对垒,谁料想辛基和丘司早已壁垒森严,施展妖术拼战起来。由于嵩尹失策,被丘司俘虏。众妖误认嵩尹是颛顼,欢喜若狂,它们怕嵩尹逃跑,急忙驾上油鼎,行以油烹。恰在这时,颛顼等驾云来到,众神稳住云头,化作青丝,结结实实将众妖捆绑起来。然后将众妖打入化妖囊内,一时三刻化为脓血。

颛顼除尽妖魔后,整理了天上与凡间,凡是形物各类,都谕封有神操正,凡间世俗皆由人来治理。几年后,高阳天地间各业兴旺,一派葱茏,人富神安,共庆富裕。

黄帝见颛顼德威齐并,自己年高志衰,便让颛顼接替他的帝位,自己到昆仑养老去了。颛顼认为几代天帝均出生于帝丘,高阳是天地中心,便改高阳为中天庭,仍立都为帝丘。后来,他为了人间免受灾难,不断派神巡视除疾降福。人们仍把颛顼颂为福星。据说,他一直是掌管天地的天帝。我们今天看到的虚宿星,就是颛顼天帝的星座。

讲述人:李广平,35岁,男,汉族,河南省杞县农民

采录整理:王怀聚,男,47岁,汉族,中专毕业,河南省杞县文化馆干部

采录时间:1983年2月

采录地点:河南省杞县城关镇

帝喾登天辩理

河南商丘古城南四十五里,有一个以帝喾王高辛氏的名字命名的小集镇——高辛集。集西北约一里处,有一个高大的陵墓,这就是帝喾王高辛氏墓。

传说高辛氏原来并不叫高辛氏,他姓姬名俊。姬俊从小就十分聪明,

遇事很有办法。颛顼在位时，曾经有九股外患齐来争夺中原，造成天下大乱。颛顼起初只知道硬打硬拼，结果老是不能战胜敌人，一时不知道怎样才好。后来，他听说姬俊非常聪明多智，就请姬俊帮助自己出点子。姬俊说："如今九个敌国都来侵犯，咱跟他们硬打硬拼，必然顾此失彼，怎么能取胜呢？"颛顼问："以你之见怎么办？"姬俊说："九国敌人都想独吞我们的地盘，他们彼此之间必然互不相让，我们若能叫敌人互相打起来，不就好平灭了吗？"颛顼一想：对呀！姬俊想的这个办法就是好。于是就派人分别到九国去，挑拨他们的关系，很快使他们彼此之间挑起了战争。后来颛顼没费多大力气，就把几股外患一个一个地平灭了。

颛顼看姬俊很有能耐，就把他封在辛这个地方掌管一切。那时，这儿经常闹水灾。水来了，老百姓就往另一个地方迁徙；待重新迁徙的地方又闹了水灾，老百姓便再迁回来。这样迁来迁去，老是不能安居乐业。姬俊想了一个办法，带领大家把住处的地势加高。但是加高的速度却赶不上水涨的速度，头天加高的，第二天便又被水淹没了。夜里，姬俊睡不着觉，便跑到天上去跟玉皇大帝辩理，说："天既然生人，为什么又故意与人为难，不叫人活下去呢？"玉皇大帝辩不过他，便派天神下来，一下子把辛这个地方的地势抬高到了水面以上。从此，"辛"便被称为"高辛"，姬俊便被颛顼封为"高辛氏"。颛顼见高辛氏的确才高智广，能给人民办好事，就把自己的皇位让给了他。从此，高辛氏代替颛顼做了天子，号称"帝誉王"。

讲述人：李振明、黄炳良

采录整理：刘秀森

采录时间：1983年3月

采录地点：河南省商丘市

商人的来历

传说，"商人"这个名字起源于商丘。

商丘这地方，古时候叫商国。帝喾高辛氏的曾孙相土被封在商国这个地方。相土是个很有才能的人。

相土跑了许多地方，发现商国有不少剩余的东西，别处的人们特别需要，但却没有；同时，别处也有不少好东西是商国人特别需要的。他想：如果商国人能拿自己剩余的东西到外地换回急需的东西，该有多好啊！

相土回到商国，把自己的主意一讲，大家听了都很赞成。于是，他便带领人们肩背着商地特有的产物，到缺的地方去交换。人们换回了一些自己需要的东西，都很喜欢。但每出外一次都需要跑很远的路程，背着东西费很大的力气。人们受不了那么大的劳累，有时能将就着过，就不愿再去吃那么大的苦了。相土看到这种情况，心里很发愁。有什么办法能为人们解除劳累呢？他想啊想啊，终于想出了一个办法。他用一块大木板，下边安上四个轮子，然后让人们拉着试试，非常轻巧。大家给这种东西起个名字，叫作"车"。

从此世上有了车，相土就是车的发明者。

人们把物产放在车上，在车前边套上牲口拉着，一次可以载运好多东西，比人用肩扛背驮轻便得多了。

商国人用自己生产的东西到别处进行交换，不但可以换回自己需要的东西，而且还可以少换多，从中取利。

这种办法是商国人创造的，别处的人们都不会。所以，大家一见拿着物资到处进行交换的人，便说是"商国人"，后来简称为"商人"。

外地的人们见商国人这样搞能从中取利，也慢慢学起来，像商国人那样去搞交换，也被称为"商人"。慢慢地，"商人"成了生意人的统称。世上使用货币之后，凡是做买卖的人便通通被称为"商人"，经商的行业被称为"商业"，买卖东西的店铺被称为"商店"，直到现在。

讲述人：王伟、郭久理

采录整理：刘春正、刘秀森

采录时间：1983年3月

采录地点：河南省商丘市火车站

盘　葫

高辛氏部落里，有一个经常跟随高辛氏的侍女，不知什么时候，也不知什么原因，在她的右鬓角上，长了一个小肉瘤。

小肉瘤起先只像一粒苞谷米那样大，但它会长，经过十六个春秋，小肉瘤长成了大肉瘤，变成了一个比核桃大、比拳头小的肉疙瘩。姑娘嫌长在脸上不好看，就去找高辛氏，让他想办法除掉。

高辛氏看了看，说："除掉可以呀！但不知道是什么东西在里面作怪，需要切开看一看。"于是就命人用刀来切肉瘤子。

谁知不切便罢，手起刀落，刚一切开，只听得"嘚嘣"一声，一个小巧玲珑的生灵，从肉瘤里面蹦了出来！

细瞅这小怪物，不过有知了那么大。它有眼有鼻子有嘴，一根尾巴，四腿俱全。浑身上下光溜溜的，围着人们跳来跳去，谁见了谁喜爱。尤其高辛氏的女儿见它精小乖巧，就亲昵地把它捧在手里，视若珍宝，喂吃喂喝，还把它装在一个葫芦里，放在盘子上，精心喂养，起名叫盘葫。

由于高辛氏女儿的精心喂养，不到两年时间，盘葫就长得体态高大，行动敏捷，一身五色长毛，光泽夺目。更令人惊奇的是，它粗通人性，整天跟着高辛氏形影不离，摇尾乞怜。白天随高辛氏出外狩猎，夜晚便卧在部落门前，看守粮食和畜生，遇着有动静就"汪汪"地叫，所以人们又给它起个名字，叫"狗"。

高辛氏部落附近另有一个小部落，首领叫吴强。他剽悍凶猛，勇力过人，经常带领手下人来高辛氏部落骚扰。高辛氏制服不了他，部落里其他人更不是他的敌手。高辛氏无法，只好悬出重赏，说谁要能取来吴强首级，就能获得三样奖赏：一、部落里的牲畜由他挑，粮食随他拿；二、封他做部落里的头领;三、将自己心爱的女儿许配他。重赏之下,必有勇夫,可是他手下还是没有制服吴强的人。

不料这一天,盘葫嘴里嗡个东西,从外边"呼哧呼哧"跑回来。见了高辛氏,便把嘴里东西"扑通"撂到高辛氏面前。高辛氏一看,哎呀!是个人头。再一细看,是吴强的人头。高辛氏大喜,马上要按约重赏盘葫。

这时部落里的其他头领都来劝阻高辛氏,说盘葫是条狗,给它粮食、牲畜,封它做头领,它都不会享用,大王疼爱女儿,更不能嫁给一条狗了。高辛氏一听,觉得有理,便打算背弃诺言,不再奖赏盘葫。他女儿知道了,十分气愤,说道:"父王,你治理部落,应当言而有信,以信为德。盘葫降服吴强有功,有功就应当受赏。你自己许诺过的事,现在随便反悔,那么,以后谁还听你的话呢?"高辛氏觉得女儿说得有道理,可他又说:"粮食、牲畜和头领都好办,但是,女儿你呢?"女儿说:"只要父王同意,我情愿嫁狗随狗。"父亲同意后,女儿立刻许配给盘葫,二人离开部落,到南边大山里去了。

盘葫和高辛氏的女儿在长满古树和竹藤的大山里住下以后,一共生了八个子女。高辛氏想念自己的女儿,几次派人去看望,走到半山腰,不是刮大风,就是起瘴雾,始终没能见面。盘葫死了以后,高辛氏的女儿才带着八个儿女回到中原。高辛氏很高兴,要留他们长期住下。但这些住惯了深山的儿女们好山恶市,不愿在平地生活,便又跑到西部大山里,在那里繁衍、传续后代,这就形成以后所说的八夷。

因为盘葫的这段故事,以后人们才谦称自己的儿子为"犬子",而"嫁鸡随鸡,嫁狗随狗"的说法,也传延下来。

讲述人:邱海观

采录人:范牧、李明才

采录时间:1984年5月

采录地点:河南省南阳地区群艺馆

颛顼、帝喾时代连接轩辕黄帝与尧舜,成为中国文化的大转折时期,是中国古史的一条重要分界线。

第八章
尧舜时代

尧舜时代是中国古典神话中的理想政治时代,它很自然地使我们想起"致君尧舜上,再使风俗淳"的诗句,几乎所有文士都把这个时代看作时政的理想模式。特别是其中的禅让,构成了尧舜神话的实质内容,从而也成为千古文人投身政治所期待的明君标准,化作"学而优则仕"以济天下的情结。

在百姓视野中,尧舜不但是贤明的君主,而且是横贯人寰的道德和人格理想的典范。"人皆可成尧舜"成为理想社会人人自律、修身养性的崇高境界。与此前神话发生背景不同,尧舜神话在春秋时期为儒墨文士所盛传。如《墨子》中称赞"尧舜禹汤文武之道",《孟子》《论语》等典籍也称赞"尧、舜、禹、汤、文王",《战国策·赵策》把尧、舜二人列于五帝之中,《管子·封禅篇》把尧、舜列为"封泰山、禅梁父"中七十二家中的两家,《吕氏春秋·古乐篇》所列帝王十三家也有尧与舜。在它们的渲染下,尧舜几乎成为理想政治的代名词。在神话流传过程中,尧舜不但在政治上相承接而形成一体,而且有着血缘上的联系,甚至葬在一处,共同受到后人敬祀。如《易·系辞》:"神农氏没,黄帝尧舜氏作,通其变,使民不倦,神而化之,使民宜之。"《史记·秦始皇本纪》中提到"尧女,舜之妻"。《列女传》:"有虞二妃者,帝尧之二女也,长娥皇,次女英。"《山海经·大荒南经》:"帝尧、帝喾、帝舜葬于岳山,爰有文贝、离俞、鸱久、鹰、延维、视肉、熊、罴、虎、豹;朱木,赤枝,青华,玄实。"尧舜时代是继黄帝、颛顼和帝喾之后神话特色尤为卓然的一个时代,在以禅让为表征的文化背景下,具有民主色彩的古典理想政治在神话传说中得到热情颂扬,对于中华民族文化性格的生成、培养和发展,有着不同寻常的意义。尧舜不仅为天下民众的安康而奔走,而且是令人钦佩的文化英雄。

第一节　尧舜成为中国政治的典范

尧和舜在血缘上与黄帝有着直接关系[1],而作为一个新神话时代,他们各自呈现出不同的神性业绩。尧的事迹记述,以《尚书》中的《尧典》和《舜典》最为详备:

> 昔在帝尧,聪明文思,光宅天下。将逊于位,让于虞舜,作《尧典》。
>
> 曰若稽古:帝尧,曰放勋,钦明文思安安,允恭克让,光被四表,格于上下。克明俊德,以亲九族。九族既睦,平章百姓。百姓昭明,协和万邦。黎民于变时雍。
>
> 乃命羲和,钦若昊天,历象日月星辰,敬授民时。分命羲仲,宅嵎夷,曰旸谷。寅宾出日,平秩东作。日中,星鸟,以殷仲春。厥民析,鸟兽孳尾。申命羲叔,宅南交。平秩南讹,敬致。日永,星火,以正仲夏。厥民因,鸟兽希革。分命和仲,宅西,曰昧谷。寅饯纳日,平秩西成。宵中,星虚,以殷仲秋。厥民夷,鸟兽毛毨。申命和叔,宅朔方,曰幽都。平在朔易。日短,星昴,以正仲冬。厥民隩,鸟兽氄毛。帝曰:"咨!汝羲暨和。期三百有六旬有六日,以闰月定四时,成岁。允厘百工,庶绩咸熙。"
>
> 帝曰:"畴咨若时登庸?"放齐曰:"胤子朱启明。"帝曰:"吁!嚚讼,

---

[1] 从《大戴礼·帝系篇》中可以看到,帝喾产放勋,是为帝尧,而帝喾出自蟜极,源于玄嚣一系。帝舜生于瞽叟,源于穷蝉,穷蝉生于颛顼,颛顼出自昌意一系。尧与舜皆出自黄帝,分为两系。

可乎?"

帝曰:"畴咨若予采?"驩兜曰:"都!共工方鸠僝功。"帝曰:"吁!静言庸违,象恭滔天。"

帝曰:"咨!四岳,汤汤洪水方割,荡荡怀山襄陵,浩浩滔天。下民其咨,有能俾乂?"佥曰:"於!鲧哉。"帝曰:"吁!咈哉,方命圮族。"岳曰:"异哉!试可,乃已。"

帝曰:"往,钦哉!"九载,绩用弗成。

帝曰:"咨!四岳。朕在位七十载,汝能庸命,巽朕位?"岳曰:"否德忝帝位。"曰:"明明扬侧陋。"师锡帝曰:"有鳏在下,曰虞舜。"帝曰:"俞,予闻,如何?"岳曰:"瞽子,父顽,母嚚,象傲;克谐,以孝烝烝,乂不格奸。"帝曰:"我其试哉!女于时,观厥刑于二女。"厘降二女于妫汭,嫔于虞。帝曰:"钦哉!"

慎徽五典,五典克从。纳于百揆,百揆时叙。宾于四门,四门穆穆。纳于大麓,烈风雷雨弗迷。

帝曰:"格!汝舜。询事考言,乃言底可绩,三载。汝陟帝位。"

舜让于德,弗嗣。

《史记·五帝本纪》载"帝尧为陶唐",又提到帝尧以唐为号。《世本》:"帝尧为陶唐氏。"《左传·哀公六年》:"惟彼陶唐,帅彼天常,有此冀方。"《说文》:"尧,高也,从垚在兀上,高远也。"颜师古说:"陶丘有尧城,尧尝居之,后居于唐,故尧号陶唐氏。"《左传·襄公二十四年》:"昔匄之祖,自虞以上为陶唐氏。"显然,尧是与土为图腾的文化密切相关的。人们在描述黄帝的图腾时曾提到"中央,土也",从这里可以看到尧与黄帝在图腾上的相近或一致性。

尧的活动范围,从《左传》《国语》《汉书》等文献来看,主要在黄河中下游地区,如山西、河南、山东一带,与黄帝大致相当。特别是山西省汾水流域,尧在民间信仰中地位甚高。《诗谱》:"唐者帝尧旧都,今曰太原晋阳,是尧始居此,后乃迁河东平阳。"《魏土地记》:"平阳城东十里,汾水东原有小台,台上有尧神屋石碑。"《括地志》:"故尧城在濮州鄄城县东北十五里。"在黄河中下游地区,至今仍密集分布着尧庙等神话传说中的文化遗址,这绝不是偶然现象,但并不能以此便断定尧是陶的创造者。

《墨子·尚贤》:"古者舜耕历山陶河濒,渔雷泽。尧得之服泽之阳,举以为天子,与接天下之政,治天下之民。"今天嬗变为《尧王访贤》之类的民间戏曲或传说。在禅让神话的辉映下,尧的业绩还有许多,构成塑造其成为文化英雄的重要内容。如《春秋纬·文耀钩》:"唐尧即位,羲和立浑仪。"民间传说把浑天仪的创制追溯至远古神话时代,附会在尧的身上,其他还有"历象日月,陈剖考功"等。《易纬·乾凿度》:"尧以甲子天元为推术。"《尚书纬·中候》:"陶唐氏尚白,以十二月为正,荐玉以白缯。"《礼纬·稽命征》:"唐虞五庙,亲庙四,始祖庙一。"《尚书纬·璇玑钤》:"帝尧炳焕,隆兴可观,曰载,曰车,曰轩,曰冠,曰冕。作此车服以赐有功。"[1]尧的时代在神话传说中一片祥和,孔子感叹道:"唯天为大,唯尧则之。"这一方面是对尧的神话业绩及尧的人格、道德力量的赞扬,另一方面是对尧时代的向往。《述异记》卷上:"尧为仁君,一日十瑞。"十瑞乃"宫中刍化为禾,凤凰止于庭,神龙见于宫沼,历草生阶,宫禽五色,乌化白神,木生莲,萐蒲生厨,景星耀于天,甘露降于地"。《博物志·异草木》说得更神:"尧时有屈佚草生于庭.佞人入朝,则屈而指之。"《绎史》卷九引《田俅子》:"尧为天子,蓂荚生于庭,为帝成历。"而这一切无疑都是为了衬托尧时的政治清明。在尧的时代,夔、皋陶等一批能臣,或"击石拊石,百兽率舞"(《尚书·尧典》),或"决狱明白,察于人情"(《白虎通·圣人》)。《论衡·是应篇》:"觟𧣾者,一角之

---

[1]《路史·后纪十》中有尧制弈棋等神话传说,与其他神话时代相比,嬗变成为文化主题,这些神话则明显处于弱势。

羊也,性知有罪。皋陶治狱,其罪疑者,令羊触之,有罪则触,无罪则不触。斯盖天生一角圣兽,助狱为验。故皋陶敬羊,起坐事之。"《说苑·君道》:"当尧之时,舜为司徒,契为司马,禹为司空,后稷为田畴,夔为乐正,倕为工师,伯夷为秩宗,皋陶为大理。"几乎所有能臣都聚集在尧的麾下,形成尧时代政治清明的盛景。

然而,这并不是尧神话时代的全部内容。在神话传说中,尧时曾有洪水,有大旱,也有战争,这说明在禅让政治的背后,同样包含着无数血腥。《韩非子·外储》说:"(尧)举兵而诛共工于幽州之都。"《逸周书·史记解》:"久空重位者危。昔有共工自贤,自以无臣,久空大官,下官交乱,民无所附,唐氏伐之,共工以亡。"最著名的《淮南子·本经训》中有尧使羿的一段:"逮至尧之时,十日并出,焦禾稼,杀草木,而民无所食。猰貐、凿齿、九婴、大风、封豨、修蛇皆为民害。尧乃使羿诛凿齿于畴华之野,杀九婴于凶水之上,缴大风于青丘之泽,上射十日而下杀猰貐,断修蛇于洞庭,禽封豨于桑林。"应该说,"为民害"者都是与尧相抗衡的部落,待战争平息后,始有"万民皆喜,置尧以为天子"的局面。如文献中所记述,《书·益稷》曰:"无若丹朱傲,惟慢游是好,傲虐是作。罔昼夜额额,罔水行舟,朋淫于家,用殄厥世。"所以《庄子·盗跖》讲"尧杀长子"。显然,丹朱表面上是他的儿子,其实是称子,是南方民族臣服中央政权的体现,属于原始文明对政权体制的表达,成为又一种形态的神话遗迹。《吕氏春秋·召类》记述更明白:"尧战于丹水之浦,以服南蛮。"《太平御览》卷六三引《尚书逸篇》记述道:"尧子不肖,舜使居丹渊为诸侯,故号曰丹朱。"《昭明文选》辑《六韬》:"尧与有苗战于丹水之浦。"《史记·高祖本纪》正义引《括地志》:"故丹城在邓州内乡县西南百三十里,南去丹水二百步。"《汲冢纪年》云:"后稷放帝子丹朱于丹水是也。"《舆地志》云:"秦为丹水县也。"《地理志》云:"丹水县属弘农郡。"《抱朴子》云:"丹水出丹鱼,先夏至十日夜伺之,鱼浮水侧,赤光上照如火,网而取之,割其血以涂足,可以步行水上,长居川中不溺。"这里都在扑朔迷离中述说父子之争神话传说背后所隐藏的秘密。或者说,这就是中国传统政治的神话表达模式,有意维护中央集权的合理性与神圣性。

神话传说中的战争与历史上真实的战争有多少差别?引人遐想。尧的战争形象和黄帝平蚩尤是同样的,然而文献推重的却不是这些,而是尧统治下的天下繁荣和太平。[1] 也就是说,尧神话的流传被割裂在三个层面之中:一是上层统治者自比于尧的知人善任,以尧时的莺歌凤舞来掩饰自己的内荏;二是中间层的知识分子,他们期待着自己被重用以施展抱负,因而常把尧比作当政者,甚至一厢情愿地吟诵着自己所编造的谄媚之辞;三是下层民众,他们借尧的神话来讴歌自己心中的审美理想,激励自己为美好的未来而奋斗,尧时代也因此千百年来一直为千万民众所向往。所以,《尚书纬·中候》中所说的"尧即政七十载,景星出翼,凤凰止庭,朱草生郊,甘露润泽,醴泉出山,荣光出河,休气四塞",与《春秋纬·合诚图》中所说的"出观河之首,常若有神随之者……赤帝起诚天下宝"相合成一幅神人政治的图画。

在尧的神话时代,也应包含着一连串神话。诸如"后羿射日"与"嫦娥奔月"等,神话背后都有异常复杂的文化交往、文化融合和文化冲突。如《山海经·海内经》:"尧时,十日并出,尧使羿射九日,落为沃焦。""帝俊赐羿彤弓素矰,以扶下国。"《淮南子·本经篇》:"尧之时,十日并出,焦禾稼,……尧乃使羿诛凿齿于畴华之野……上射十日而下杀猰貐,断修蛇于洞庭,禽封豨于桑林。万民皆喜,置尧以为天子。……始有道理。"《淮南子·览冥篇》:"羿请不死之药于西王母,嫦娥窃以奔月。"《淮南子·俶真篇》:"是故虽有羿之知而无所用之。"高诱注云:"是尧时羿,善射,能一日落九乌、缴大风、杀窫窳、斩九婴、射河伯之知巧也,非有穷后羿也。"《全上古三代秦汉三国六朝文》辑《灵宪》记述:"嫦娥,羿妻也,窃西王母不死

---

[1] 在神话传说中,还有尧诛丹朱等内容,其实丹朱并非尧子,当是其他部落首领。后人为推崇尧让贤不让子,才附会成"尧取散宜氏之子……生丹朱"(《世本》张澍稡集补注本)。

之药服之,奔月。将往,枚筮之于有黄,有黄占之,曰:吉。翩翩归妹,独将西行,逢天晦芒,毋惊毋恐,后且大昌:嫦娥遂托身于月,是为蟾蜍。"《酉阳杂俎·天咫》:"旧言月中有桂,有蟾蜍。故异书言:月桂高五百丈,下有一人,常斫之,树创随合。人姓吴名刚,西河人,学仙有过,谪令伐树。"《文选·祭颜光禄文》注引《归藏》:"昔嫦娥以西王母不死之药服之,遂奔月为月精。"《古今图书集成》卷三五引《龙城录》:"开元六年,上皇与申天师道士鸿都客。八月望日夜,因天师作术,三人同在云上游月中,过一大门在玉光中飞浮,宫殿往来无定,寒气逼人,露濡衣袖,皆湿,倾见一大宫府,榜曰:广寒清虚之府","少焉,步向前","下见有素娥十余人","制《霓裳羽衣曲》"云云。伊士珍《嫏嬛记》引《三余帖》:"嫦娥奔月之后,羿昼夜思惟成疾。正月十四夜,忽有童子诣宫求见曰:'臣夫人之使也。夫人知君怀思,无从得降。明日乃月圆之夜,君宜用米粉作丸,团团如月,置室西北方,呼夫人之名,三夕可降耳。'如期果降,复为夫妇如初。今言月中有嫦娥,大谬。盖月中自有主者乃结璘,非嫦娥也。"一切都掩盖在文化变迁之中,以神话传说为表象,形成不同时代的文化遗迹。

舜的事迹在《尚书》中被描述为:

虞舜侧微,尧闻之聪明,将使嗣位,历试诸难,作《舜典》。

曰若稽古,帝舜曰重华,协于帝。濬哲文明,温恭允塞,玄德升闻,乃命以位。慎徽五典,五典克从。纳于百揆,百揆时叙。宾于四门,四门穆穆。纳于大麓,烈风雷雨弗迷。

帝曰:"格!汝舜。询事考言,乃言厎可绩,三载。汝陟帝位。"舜让于德,弗嗣。

正月上日,受终于文祖。在璇玑玉衡,以齐七政。肆类于上帝,禋于六宗,望于山川,遍于群神。辑五瑞。既月乃日,觐四岳群牧,班瑞于群后。

岁二月,东巡守,至于岱宗,柴。望秩于山川,肆觐东后。协时月正日,同律度量衡。修五礼、五玉、三帛、二生、一死贽。如五器,卒乃复。五月南巡守,至于南岳,如岱礼。八月西巡守,至于西岳,如初。十有一月朔巡守,至于北岳,如西礼。归,格于艺祖,用特。

五载一巡守,群后四朝。敷奏以言,明试以功,车服以庸。

肇十有二州,封十有二山,浚川。

象以典刑,流宥五刑,鞭作官刑,扑作教刑,金作赎刑。眚灾肆赦,怙终贼刑。钦哉,钦哉,惟刑之恤哉!

流共工于幽州,放驩兜于崇山,窜三苗于三危,殛鲧于羽山,四罪而天下咸服。

二十有八载,帝乃殂落。百姓如丧考妣,三载,四海遏密八音。月正元日,舜格于文祖,询于四岳,辟四门,明四目,达四聪。

"咨,十有二牧!"曰:"食哉惟时!柔远能迩,惇德允元,而难任人,蛮夷率服。"

舜曰:"咨,四岳!有能奋庸熙帝之载,使宅百揆亮采,惠畴?"

佥曰:"伯禹作司空。"

帝曰:"俞,咨!禹,汝平水土,惟时懋哉!"禹拜稽首,让于稷、契暨皋陶。

帝曰:"俞,汝往哉!"

帝曰:"弃,黎民阻饥,汝后稷,播时百谷。"

帝曰:"契,百姓不亲,五品不逊。汝作司徒,敬敷五教,在宽。"

帝曰:"皋陶,蛮夷猾夏,寇贼奸宄。汝作士,五刑有服,五服三就。五流有宅,五宅三居。惟明克允!"

帝曰:"畴若予工?"

佥曰:"垂哉!"

帝曰:"俞,咨!垂,汝共工。"垂拜稽首,让于殳斨暨伯与。

帝曰:"俞,往哉!汝谐。"

帝曰："畴若予上下草木鸟兽？"

佥曰："益哉！"

帝曰："俞，咨！益，汝作朕虞。"益拜稽首，让于朱虎、熊罴。

帝曰："俞，往哉！汝谐。"

帝曰："咨！四岳，有能典朕三礼？"

佥曰："伯夷！"

帝曰："俞，咨！伯，汝作秩宗。夙夜惟寅，直哉惟清。"伯拜稽首，让于夔、龙。

帝曰："俞，往，钦哉！"

帝曰："夔！命汝典乐，教胄子，直而温，宽而栗，刚而无虐，简而无傲。诗言志，歌永言，声依永，律和声。八音克谐，无相夺伦，神人以和。"

夔曰："於！予击石拊石，百兽率舞。"

帝曰："龙，朕堲谗说殄行，震惊朕师。命汝作纳言，夙夜出纳朕命，惟允！"

帝曰："咨！汝二十有二人，钦哉！惟时亮天功。"

三载考绩，三考，黜陟幽明，庶绩咸熙。分北三苗。

舜生三十，征庸三十，在位五十载，陟方乃死。

在《尚书纬·中候》中，有"尧即政十七年，仲月甲日至于稷，沉璧于河。青云起，回风摇落，龙马衔甲，赤文绿色，自河而出，临坛而止，吐甲回滞"之类的描写，与黄帝时"河图洛书"故事如出一辙，其时"尧德清平，比隆伏羲"，"万民和乐"。《龙鱼河图》称："尧时与群臣贤智到翠妫之渊，大龟负图出授尧。尧敕臣下写取吉瑞，写毕，龟还水中。"待尧得舜"举以为天子"时，文献中出现两种记载，一种是《山海经·海外南经》郭璞注："昔尧以天下让舜，三苗之君非之，帝杀之。有苗之民叛入南海，为三苗国。"另一种是《黄氏逸书考》中的《尚书纬·中候》所载："尧归功于舜，将以天下禅之,乃洁斋修坛于河洛之间。择良日,率舜等升首山,遵河渚,有五老游焉,盖五星之精也,相谓曰:'河图将来告帝以期,知我者重瞳黄姚。'五老因飞为流星上入昴。"《论语比考谶》中又加上"赤龙衔玉苞,舒图刻版,题命可卷,金泥玉检,封盛书威",和尧所感叹的"咨汝舜,天之历数在汝躬,允执其中,四海困穷,天禄永终"等内容。这两种景观的出现,前者较为可信。因为后一种类似的情况太多,而前一种表明所谓的禅让绝不是轻而易举的,战争在尧的时代从来都没有消失过。后人还把这种禅让神话加上尧曾让位于许由,而许由逃入箕山颍水洗耳的内容(《高士传》)。《孟子·万章上》中又强调"天命",他说:"舜相尧二十有八载,非人之所能为也,天也。尧崩,三年之丧毕,舜避尧之子于南河之南;天下诸侯朝觐者不之尧之子而之舜,讼狱者不之尧之子而之舜,讴歌者不讴歌尧之子而讴歌舜。故曰天也。夫然后之中国,践天子位焉。"这同样是在为尧和舜做掩饰。其实,这里面所隐没的内容还有很多,禅让的礼坛绝不会如此风平浪静。舜的强大表明,政柄必须归于"龙颜重瞳"的舜才能慑服天下。

舜作为尧的继位者,并没有使自己淹没在尧的光辉之中。他以贤能和宽容成为古典政治理想的楷模,并作为道德、人格的典范赢得了广泛尊敬。舜与尧政治利益上的一致,使舜成为帝位候选人,而更重要的还是舜在政治斗争中有力地帮助尧巩固了帝位,这见于《史记·五帝本纪》中"舜归而言于帝"的一段:"(舜)请流共工于幽陵,以变北狄;放驩兜于崇山,以变南蛮;迁三苗于三危,以变西戎;殛鲧于羽山,以变东夷。"但仅此还不足以保证舜继承或替代尧。舜作为部落英雄,其出众的胆识、能力和品格,赢得了广泛拥戴,这才是关键。这首先表现在他耕于历山与象相处的生活。《史记·五帝本纪》:"舜耕历山,历山之人皆让畔;渔雷泽,雷泽之人皆让居;陶河滨,河滨器皆不苦窳。一年而所居成聚,二年成邑,三年成都。""舜父瞽叟盲,而舜母死,瞽叟更娶妻而生象,象傲。瞽叟爱后妻子,常欲杀舜。"民间流传的神话中,讲述了舜耕历山的工具是"象"。舜所耕的历山在今黄河、长江的中下游,从考古材料来看,这一带确实有许多象群出现。1985年春天,我们在河南省西华县思都岗考察女娲城,亲眼看见地方百姓在河渠沟底掘出一些数米长的巨型象牙。在舜的活动范围内,以象为图腾的部族应该是一支能与他相抗衡的巨大力量,而舜制服了这支力量,保证了这一地区的安定。这种情况在神话史上是普遍的,即象部族与舜部族的斗争被"瞽叟爱后妻子,常欲杀舜"所掩盖。尤其是这种现象被后人的教化功能所运用,神话的色彩就更加黯淡了。"舜姓虞"(《潜夫论·志氏姓》),而"虞"义在于"即鹿无虞,惟入于林中"(《易·屯》),意为猎。《论衡·偶会》:"舜葬苍梧,象为之耕。"《墨子》中也有同样记载。《帝王世纪》:"(舜)葬苍梧九嶷山之阳,是为零陵,谓之纪市,在今营道下,有群象为之耕。"

长期以来,唯理学说极大地限制了我们对古代神话的理解,这就是迄今仍有许多人仅仅把象理解为某个人的根源。这里的"群象"才是揭开谜底的重要内容,却只在民间神话中一再显现,为文人士大夫们所忽视。《楚辞·天问》洪兴祖补注时说"舜德足以服象",就是把象作为人来理解的。其实,《史记·五帝本纪》正义所引《括地志》就说:"鼻亭神,在营道县北六十里。故老传云,舜葬九嶷,象来至此。后人立祠,名鼻亭神。"鼻亭,无疑出自象的神话。

其次,在有关舜的神话中,诸神的爱情第一次得到自然张扬,这就是舜与尧之二女娥皇、女英的情爱。《列女传·有虞二妃》:"有虞二妃,帝尧二女也,长娥皇,次女英。"在近世尤其是当代,使这一神话更为远播的是毛泽东的诗句化用的"斑竹泪"。《山海经·中山经》:"(洞庭之山)帝之二女居之,是常游于江渊。澧、沅之风,交潇湘之渊,是在九江之间,出入必以飘风暴雨。"有人说自秦汉起,湘君、湘夫人的神话演变成了舜与娥皇、女英的神话传说,[1]我们认为二者各有一方天地。舜与二女的爱情故事,是舜神话的

---

[1] 刘城淮《中国上古神话》,上海文艺出版社1988年版,第658页。

组成部分,虽然文献中描述较略,但内容是非常感人的,民间神话热烈赞扬它,是很自然的现象。《述异记》:"昔舜南巡,而葬于苍梧之野。尧之二女娥皇、女英追之不及,相与恸哭,泪下沾竹,竹文上为之斑斑然。"《史记·五帝本纪》:"舜年二十以孝闻。三十而帝尧问可用者。四岳咸荐虞舜,曰可。于是尧乃以二女妻舜,以观其内;使九男与处,以观其外。舜居妫汭,内行弥谨。尧二女不敢以贵骄事舜亲戚,甚有妇道。尧九男皆益笃。……尧乃赐舜絺衣与琴,为筑仓廪,予牛羊。"由此可知,尧之二女与舜的结合绝不是平平淡淡的相互厮守。

描述舜与二女历经患难的是《楚辞·天问》洪兴祖补引的《列女传》:"瞽叟与象谋杀舜,使涂廪。舜告二女,二女曰:'时惟其戕汝,时惟其焚汝。鹊如汝裳,衣鸟工往。'舜既治廪,戕旋阶,瞽叟焚廪,舜往飞。复使浚井,舜告二女,二女曰:'时亦惟其戕汝,时其掩汝!汝去裳,衣龙工往。'舜往浚井,格其入出,从掩,舜潜出。"在《孟子·万章上》和《史记·五帝本纪》中有类似情节,却无"舜告二女"而得到二女帮助的内容。舜与二女的情谊,应该是在这样的环境中不断升华的,这才会有"斑竹泪"的感人故事。《列女传·有虞二妃》:"瞽叟又速舜饮酒,醉,将杀之。二女乃与舜药浴汪,遂往,舜终日饮酒不醉。舜之女弟系怜之,与二嫂谐。"去掉最后一句,可见二女时刻都在关爱舜,不断助其渡过难关。在《山海经·海内北经》中,舜的妻子变成了"登比氏",有"二女之灵能照此所方百里",我以为这是同一神话的演绎或另一种述说方式。总之,舜与娥皇、女英的爱情被颂扬,这在神话时代的发展中是一个了不起的飞跃。因为此前的神话系统中虽然也有夫妻一类的内容,诸如伏羲兄妹、黄帝嫘祖等,但都没有这种有关爱情的表述。伏羲与女娲结合时,还要议婚、验婚,掩面而交;黄帝妻嫘祖,也仅仅是得到一位能纺织锦绣的巧工女神。像娥皇、女英这样挥泪斑竹以念帝舜的神话,在中国神话时代确实是第一次出现。

舜作为神话中的文化英雄,不仅以宽容即后人所理解的孝而闻名,还以文明的创造而著称。如《吕氏春秋·古乐篇》:"舜立,命延乃拌瞽叟之所为瑟,益之八弦,以为二十三弦之瑟。帝舜乃令质修《九招》《六列》《六英》,以明帝德。"又如《绎史》卷十所引《尸子》:"帝舜弹五弦之琴,以歌《南风》。其诗曰:南风之薰兮,可以解吾民之愠兮;南风之时兮,可以阜吾民之财兮。"这使我们联想起《山海经》中提到的深渊中有舜幼时所弃琴瑟的故事,可见舜时代的文化创造与其他神话时代一样,是灿烂辉煌的。《尚书纬·中候》:"(舜)在位十有四年,奏钟石笙筦未罢,而天大雷雨,疾风发屋拔木,桴鼓播地,钟磬乱行,舞人顿伏,乐正狂走。舜乃持衡而笑曰:'明哉,天下非一人之天下也,亦乃见于钟石笙筦乎!'乃荐禹于天,行天子事……百工相和而歌庆云,帝乃倡之曰:'庆云烂兮,纠缦缦兮;日月光华,旦复旦兮。'群臣咸进,稽首曰:'明明上天,烂然星陈;日月光华,弘于一人。'帝乃再歌曰:'日月有常,星辰有行;四时从经,百姓允诚。于予论乐,配天之灵;迁于圣贤,莫不咸听。'……舜乃设坛于河,如尧所行,至于下稷,容光休至,黄龙负图,长三十二尺,置于坛畔,赤文绿错,其文曰:禅于夏后,天下康昌。"舜在歌舞升平中走上神坛,又亲手把禹推向神权的宝座,从而使中国神话时代走进一个新的阶段。诚然,在这种歌舞升平的背后,同样包藏着部族间激战的硝烟,如《尚书·舜典》中的"(舜)流共工于幽州"即一例。

值得注意的是,舜神话在流传中融入了更多的"后母型故事",消解了神性的张扬和恣肆,特别是把象这一图腾族徽淡化为普通人,使舜神话渐渐蜕变为历史传说,尧的神话也存在着同类现象,这是神话世俗化的普遍性表现。事实上,在尧舜神话中,禅让的文化主题并非原型,后世附加的痕迹更多。自黄帝时代之后,巫成为颛顼和帝喾的神话主题,与禅让成为尧舜神话的主题一样,神性色彩愈来愈淡,可见神话时代正日益走向历史化、世俗化。所以,待禹的时代来临时,这种趋势几乎达到了极致;禹时代的结束,也就是神话时代的终结。汤的出现,成为历史明朗化的标志。

也就是说,当尧舜神话的主题从战争和爱情转为孝道的颂扬时,中国神话时代就基本上完成了述说历史的任务,而转向了对先秦诸子"道"的阐释性表达。

第二节 神州尽舜尧

尧舜都是轩辕黄帝的子孙,上承炎帝黄帝与颛顼帝喾,下启大禹。尧舜的形象是道德典范,这既是从伦理出发,也是从对政治理想的期盼与表达出发。

文献中着重描述的是礼让。如《韩非子·说林下》:"尧以天下让许由。许由逃之,舍于家人。家人藏其皮冠。夫弃天下而家人藏其皮冠,是不知许由者也。"晋皇甫谧《高士传·许由》:"许由,字武仲,阳城槐里人也。为人据义履方,邪席不坐,邪膳不食。后隐于沛泽之中。尧让天下于许由,……不受而逃去。啮缺遇许由,曰:子将奚之?曰:将逃尧。曰:奚谓邪?曰:夫尧知贤人之利天下也,而不知其贼天下也。夫唯外乎贤者知之矣。由于是遁耕于中岳颍水之阳,箕山之下,终身无经天下色。尧又召为九州长,由不欲闻之,洗耳于颍水滨。时其友巢父牵犊欲饮之,见由洗耳,问其故。对曰:尧欲召我为九州长,恶闻其声,是故洗耳。巢父曰:子若处高岸深谷,人道不通,谁能见子?子固浮游,欲闻求其名誉,污吾犊口。牵犊上流饮之。许由没,葬箕山之巅,亦名许由山,在阳城之南十余里。尧因就其墓,号曰箕山公神,以配食五岳,世世奉祀,至今不绝也。"《水经注·颍水》:"(阳城)县南对箕山,山上有许由冢,尧所封也。故太史公曰:'余登箕山,其上有许由墓焉。'山下有牵牛墟,侧颍水有犊泉,是巢父还牛处也。石上犊迹存焉。又有许由庙,碑阙尚存。"《玉函山房辑佚书·公孙宏书》:"舜牧羊于黄河,遇尧,举为天子。"《帝王世纪·帝舜有虞氏》:"舜能和谐,大杖则避,小杖则受,年二十始以孝闻。尧以二女娥皇、女英妻之。耕于历山之阳,耕者让畔;渔于雷泽,渔者让渊;陶于河滨,陶者器不窳。尧于是乃命舜为司徒太尉,试以五典,举八凯八元,四恶除而天下咸服。遂纳于大麓,烈风雷雨弗迷,尧乃命舜代己摄政。"《列女传·有虞二妃》:"有虞二妃者,帝尧之二女也。长娥皇,次女英。……尧试之百方,每事常谋于二女。舜既嗣位,升为天子,娥皇为后,女英为妃,封象于有庳,事瞽叟犹若焉。天下称二妃聪明贞仁。舜陟方,死于苍梧,号曰重华。二妃死于江湘之间,俗谓之湘君。"

而民间社会的讲述重在宽厚、忠诚、礼让,这是和平与发展的重要基础。如:

尧除单珠

范县濮城东十五里,靠黄河北岸,有一个地势高的村子叫单珠堌堆。尧王儿子的坟墓就在这里。

传说,尧王只有一个儿子,叫麻。他瞎了一只眼,人们都叫他"单珠"。

单珠和尧王不一样,他性情暴躁,心狠手毒。在部落里横行霸道,很不得人心。他很奢侈,为了享乐,在黄河沿上,让老百姓给他修了一座高大、华丽的宫殿。

尧王老了,眼看儿子又不行正道,就一心想把帝位让给许由。谁知道许由不愿意,偷偷逃到颍阳去了。尧王没办法,就去找舜,想把帝位让给舜。

单珠早就想把父亲的帝位接过来。他看父亲不愿把帝位传给自己时,恨得咬牙切齿。于是,他就想趁尧王还没把帝位给舜时,把老头子害死,早日夺权。

一天,单珠来见尧王。他说:"父王,我在黄河边专门给你修了一座华丽的宫殿,想请你晚年享个清福。所以,特意来请父王前去察看。"尧王当时就答应了。

单珠跟在尧王后面,一边走一边想:等走到宫殿以后,我让老头子先走进去,然后我把殿门一关,大锁一锁,再让人用土一封,他就别想活了。

谁不知道尧王英明!单珠虽说是他的独生儿子,但他早知道单珠为人很坏。今天单珠的阴谋诡计咋能瞒过他的眼呀！他心里早有了主意。当他走到宫殿门口时，故意装出高高兴兴的样子，亲亲热热地让单珠在前面带路。单珠自然不敢违抗，只得走在前头，先进了宫门。

单珠刚跨进去，只听"哐啷"一声，尧王把铁门关上了。接着，又叫人落上大锁，马上运土把宫门封得严严实实的。从此，单珠再也不能作恶了。这个被土封住的宫殿就是今天的单珠堌堆。

单珠有一个没过门的妻子，她听说丈夫被土封在宫里了，就连夜赶来搭救单珠。可是，这一堆土实在太多了，直到她累死，也没把宫门扒开。人们为了纪念这位好心的姑娘，就在单珠墓前给她修了一座"仙姑庙"。

从这以后，人们一提起单珠堌堆，就讲起尧王为民除害的故事。

采录人：冯传增

采录整理：张中增

采录时间：1983年2月

采录地点：河南省范县城关镇

尧王访许由

上古时候，中原一带有很多部落，过着刀耕火种的原始农耕生活。因为耕作技术粗放，粮食收成很少，往往还要靠采集野果或渔猎生活。箕山一带有一个许氏部落，日出而作，日落而息，耕种渔猎，防御外患，部落治理得很好，人民生活也很安定。这个部落首领许由，字仲武，就是个品格高尚、不图财利、不慕权位的人。

各个部落联盟的首领是尧，人称陶唐氏，名放勋，就是历史上说的唐尧。他建国于唐，建都平阳（今山西临汾西南），曾设官掌管时令，制定历法，改进农耕，烧制陶器，掌管教育，掌管军政事宜，把国家治理得很好。但随着年纪渐渐老了，身体也渐渐衰弱了，大臣们也都想各自为政，儿子丹朱又放纵暴虐，尧越来越多地考虑接班人的事了。他不想把王位让给儿子丹朱,其他儿子又都不贤能,便时时留心天下各部落的人才。

尧王听说箕山一带有个许由最贤,便想把王位让给他。因为忙于国事走不开,就派人到箕山来访贤,并传达尧王的旨意。

使臣带着尧王的使命爬过中条山,涉过黄河水,日夜兼程,来到嵩山之阳,箕山之北,路过一处石坡窑口,使者暂歇下脚,打听许由的住处。石坡窑口附近的居民听说尧王使臣来到,都非常敬佩,像对待尧王那样,行了大礼,并亲切招待一番,还为他亲自领路。来到颍水之北的阳城脚下见了许由,使者说明尧王招贤禅让天下之意。许由说:"感谢尧王好意,天下贤人很多,我连个小小部落都没有治理好,怎去继承王位,治理天下呢?请您回去吧。"使臣说:"咦!我们奉命千里迢迢来请您,您即使不愿继承王位,也该去见见尧王吧!"许由说:"王位我都不要,怎么要去见尧王呢!"他们又说了很多,使臣辩不过,只好回去向尧王报告。

使臣走了以后,许由猜想尧王不会听后不理,还会派人再来,便带着妻子、儿子和部落人等连夜南逃。约行三十里,遇到一道沟壑,虽有月光照路,但途中常有野兽威胁,又走得累了,便蜷曲在沟里背风处歇息。第二天继续赶路。他们上了箕山,在一片浓密的槐树林里安了家。后来人们叫这村为"槐里"。

许由刚搭起了一座茅棚,风雨就来侵袭,虽然是初秋天气,茅屋漏雨钻风,夜里寒气逼人。好容易挨到天亮,雨停风住。看到山下一处林子里冒出青烟,知道那里一定有人在燃火烤烧熟食,便让儿子下山去采取火种。儿子虽只有十五六岁,却长得体态健壮、五大三粗,是个身体结实的棒小伙子,所以对他下山也格外放心。

儿子折了根胳膊粗的树棍拄着护身,下山去了。他和妻子一起忙些家务。邻村的巢父放牛走到这里,听说许由迁居此地,也凑上来说话、帮忙。闲谈中话很投机,不久,便成了好朋友了。许由问:"为何你叫巢父呢?"巢父说:"我冬天住窑洞,很少出来;夏天在树上架木为巢,以防野兽伤害。这样,很多人便叫我巢父了。"许由和妻子都笑了起来。

他们又谈天说地,叙古论今,巢父感到许由懂的东西很多,知识很丰富,对他更加敬重。眼看日将落山,巢父告辞的时候,许由妻子说:"天快黑了,儿子还没回来。"巢父问:"去哪了?"许由说:"下山去取火了。"便指着冒烟的方向给他看。巢父说:"这一带狼虫虎豹很多,走,快去看看吧。"许由让妻子将牛看好,二人各提一根树棍便下山了。

他们穿过一道山沟,钻进一片苇园,涉水择路前进。又走进一道沟,见沟沿有一只鼻口蹿血的死豹子,看那周围地上的荒草有搏斗时踩踏的痕迹。他们大声喊叫儿子,周围没有应声。又往前走,喊叫,儿子才有应声,许由放下心来。可是这时阴云密布,一声电闪雷鸣,天空下起雨来。雨越下越大,地上发了大水,一道大水沟挡住去路。好长时间,雨停了,洪水渐渐退去,他们才找到儿子,带着火种、拉着死豹一起上山。之后,便留下了"苇园沟""豹沟""隔子沟"的地名。

许由感谢巢父的帮助,愿意永远留此地和他为伴。没想到这天借巢父的牛套犁犁地的时候,尧王亲自来访贤。尧王是在听到使臣回去汇报之后,自认为"对贤者不尊"才亲自来的。他路过石坡窑口,人们听说尧王亲自访贤,并见他白发白须白眉有一百多岁,自愿领路去找许由,并说:"许由原先住过的地方,叫隐士沟,现在他又跑到箕山上去了。"他们来到箕山,见许由正在吆牛犁地,尧王深施一礼说:"您就是许贤人?请歇歇脚吧。"许由吆牛停下,还礼说:"是。您是何人?"尧王说:"陶唐氏尧,上次派人来访,是俺对贤者不尊,这次亲自来请,请您出山,继承王位。"许由一听是尧王亲自到了,一面表示尊敬,一面谢绝说:"不,我不行。"尧王说:"您一定行,您是太阳,太阳已经东升了,而我还在燃着一烛之光,我的光焰多么微弱;您是及时雨,大雨已经普降了,而我还在拼力浇灌,我的点滴之水真是微乎其微!您继承王位,能力定超过我多少倍,天下一定大治!"许由说:"您治理天下,已经大得民心,要我去落个美名吗?我像鹪鹩鸟筑巢于深林,不过占树一枝;我像鼹鼠饮于河水,不过仅为喝饱肚子。我没有什么本领,请您回去吧。"

许由的一口回绝,使尧王很尴尬,一时找不到话题,看到拉犁的牛屁股上都绑着一个簸箕,无话找话地问:"牛屁股上为啥都绑个簸箕?"许由一笑说:"谁走慢了,我朝簸箕上打一下,它就知是打它的。"尧王若有所思说:"啊——您是怕它疼啊!"又问:"这两头牛,哪头走得快呢?"许由看看牛说:"黄牛快,黑牛不慢。"尧王点点头说:"啊——都快,还是您调理得好啊!"尧王再也找不到话题了,还是劝他当王。许由坚决不答应,尧王只得走了。可是走了不远,许由撵上来说:"当着它们的面,我怎么好说谁快谁慢呢?不瞒王说,还是黄牛快些。"尧王又"啊"了一声,心想:许贤人爱惜牲口至此——虽有缺点,却不当众揭短;虽有惩罚,却不加重刑,可见为王之后对百姓多好了。他还是要让贤,许由深深地施礼,回头又吆喝牛犁地了。

又过了些日子,尧王又让许由当九州长,亲自到箕山来。路过石坡窑口,大家都认识他,还是热情接待,并对他说:"你真是爱贤如命啊,为了选贤,第一次派人来,第二次亲自来,现在又来。只有再一再二,哪有再三再四之理,请您不要去了吧。"尧王说:"不,这是我的诚心,我还是要去的。"说着,又上路了。这石坡窑口便留下了三过尧的美名。

尧王找到许由,提出让他当九州长。许由听了就觉得心烦,赶忙捂住耳朵。尧耐心地解释,许由却跑到颍水泉边去洗起耳朵来。

这时,他的好朋友巢父牵牛到泉边来饮牛,见他蹲着洗耳,问他缘故,他说:"尧王让我继承王位,又让我当九州长,我厌烦听这样的话,所以来洗我的耳朵。"巢父听了,鼻孔里"哼哼"冷笑了一声,说:"算了吧,还是怨你自己,你若住在高山深谷,存心不让人知道你,怎么能有这个麻烦?你故意到处游走,显露名声,现在却又到这里来洗耳朵!可别让水玷污了我小牛的嘴巴哟!"说着,牵牛到上游去饮了。许由苦笑说:"咳!

水是流动的,我洗耳的水早就流走了,又有新的泉水流出来,看,我还喝呢。"说着,便双手捧着喝起来。巢父看都不看。

后来,许由仍旧过着隐居生活,并经常到泉边来捧水喝。人们看他用手捧水,很不方便,给他一只水瓢。他舀水喝了之后,随手将瓢挂在旁边一棵树杈上。可是,被风一吹,那瓢沥沥有声。许由听了,又觉心烦,便把它摘下,扔在附近的山崖上。又后来,这里便留下"洗耳泉""牵牛墟""弃瓢崖"的地名。

许由死后,人们把他埋在箕山顶上,为了保护他的身体不被穿山甲咬吃,从四五里外的颍河滩运沙石到箕山顶,给他封起一个一亩大的大墓冢。后来尧也封他为箕山公神。后人建了许由庙,年年祭祀,让他享受人间香火。这山也叫许由山。

流传地区:河南省登封

记录人:张守真

记录时间:1983年3月

尧访许由和巢父

几千年前,唐尧时候,他将招贤选才列为朝阁头等大事。

有一年,朝臣们向尧推荐,说中岳嵩山下阳城地方,有个贤人,姓许名由,此人熟农耕、识天文、知地理,兵法也略知一二。尧听了后,如获珍宝,便换上乡民服装,从唐地(今山西省)亲自乘车到中岳访贤。

尧来到中岳时,正是七八月间,山坡上下,沟川河滩,所有耕地,到处长满绿油油的庄稼。尧看着这般景象,禁不住称赞:"真乃贤人辖地也!"说罢催促车夫,加鞭驱马,盼望早见许由。

当他路过槐里村头,见一个耕夫打扮的人,身高七尺,年近五旬,细腰宽背,头戴一顶草帽,身穿铁灰色宽袖大袍,土黄色的宽角裤高卷着,手中拿一支竹笔,俯在一块大石案上绘制山川河流图。尧让车夫停住车,一瞧,这个人绘的图样非同一般,有独出心裁的地方。当时尧就对这个人敬慕几分,便问:"你认识许由吗?"

绘画人听到有人问,抬起头来,摇了摇说:"不认识。许由是个草芥之人,问他干什么?"

"听说他是个大贤人呢!"尧说,"现在许由在哪里?"

"他能称起大贤人?"绘图人用藐视的话说,"不知道他在什么地方。"说罢又俯身绘起图来。

尧向他笑了笑,挥手驱车前往阳城。

到了阳城,尧访问乡间百姓。大家说的,和朝臣给他推荐时说的一样。百姓们按照许由的话耕耘播种,年年五谷丰收,牛羊成群。他还教人懂礼貌、讲文明、关心国家太平。尧越听越爱他,就和少数护卫,由阳城长领路,徒步到槐里村,去请许由。

许由呢,正同几个耕夫在玉米地里挑选良种,看见当朝天子徒步来请他,感动得热泪盈眶,跪到地下,宽袖遮脸,连呼三声"万岁"。尧一看许由就是俯在石上绘图的那个人,便把许由搀起来,请他到阳城谈谈五谷、耕耘等事项。许由再三推让,说他是草木之人,讲不出什么。但他执拗不过,最后只得随尧前往阳城去了。

来到阳城,尧与许由深谈多次。他了解到许由的确是个博学的贤人,就要他当九州长。许由一听,脸色苍白,不寒而栗,连说治国安邦,他担当不起。他给唐尧天子推荐巢父,说他有真才实学,是个贤人。

尧听许由说巢父是个大贤人,便问:"怎么没听说过巢父?"

许由说:"巢父姓樊名仲甫,号巢父。他居住在嵩高山下,距阳城约一日路程。此人久居深山,酷爱学习,对理政建朝很有研究,办事深有远见,说话理正意深,对耕耘牧渔之事了如指掌。要治国安邦,还是请天子去聘请他吧!"

尧听说巢父有这样的才华,喜出望外,就把许由安置在南院,让从人好好款待,他与阳城长徒步去请巢父。途中访问了几人,说的和许由推荐的俱是一样。他们走进巢父住的村子以后,就登门去聘请。

巢父这时正在家喂马,听说当朝天子来请他,便走到门口,跪下相迎,连喊三声"万岁"。尧把他搀扶起来,请他到阳城去谈。巢父见尧执意敬请,便随同尧到阳城。尧把巢父让进北庭,两个人畅谈了治国的道理。经过谈话,尧认为巢父与许由一样,也是一位大贤人,能够掌管国家大事,便对巢父说出请他当九州长的事情。

巢父听罢,目瞪口呆,连说他拙笨无能,久居深山,是个井底之蛙,天子王位应让给许由去坐。唐尧再三劝说,巢父再三推荐许由。唐尧没办法,只好把巢父暂且留在北庭,让从者好好款待。他又到南院来找许由。

唐尧来到南院时,连许由的影子也找不到了。从者讲,唐尧去访巢父的那天,许由出外散步,一去没有回,现在大家正在找他呢!唐尧听后,长叹一声,将从者呵斥一顿,又赶快到北庭来见巢父。谁知道,巢父也不见了。

话说许由离开阳城,到箕山深处去隐居。他越过颍水河,向深山走去。这里漫山皆是盛草繁花,蝶飞蜂舞。见到这些,许由禁不住高兴地说:"好个清平世界!"这时他觉得汗流浃背,便到山坪崖下一条清清溪流边去洗汗水。开始洗,他就先洗自己的两只耳朵,因为尧让他当九州长,他觉得弄脏了自己的两只耳朵,让污浊随水东流而去,从此以后,清清白白居住山中。他刚刚洗完耳朵,猛然听见一阵牛叫声,许由一看,是巢父牵着一头牛犊走进山来。

他知道巢父和他一样,不愿管理朝政,避尧而进山来隐居。他埋怨说,你巢父学识卓越,天子既然让你做九州长,你就该理朝治国。

巢父问许由,那你为什么洗耳呢?许由把道理讲说一遍。巢父本来也准备在这个小水潭中饮饮牛犊,一听说许由用此潭的水洗过耳朵,他怕污浊染脏了他的牛嘴,便把牛犊牵到上游去饮。

许由和巢父隐居箕山以后,他们自己开荒耕耘,俭朴度日。他俩每逢劳动流汗的时候,便来到溪边洗汗,到山泉崖下乘凉。说来也怪,许由、巢父没进山隐居以前,崖壁很低,泉水也不旺。自从二位贤人隐居箕山以后,崖壁越来越高,泉水越来越旺。一年四季,清水潺潺,凉风习习,就是炎热酷暑,人只要坐在崖下,汗水不揩而去。时间长了,这里竟成了中岳避暑胜地。夏秋季节,来这里避暑的人很多,因此人们称之为"箕阴避暑"。

后来,许由死于箕山,葬于箕山坪顶。唐尧皇帝知道以后,封许由为箕山公神,年年以五岳之礼奉祀。许由的祠庙,人们至今还称为"真君爷庙"。

采录整理:王鸿钧

采录时间:1983 年 3 月

采录地点:河南省登封城关镇

尧王访贤(一)

尧王八十多了,江山让给谁坐呢?他媳妇尧娘说:"咱的江山,还得叫咱儿子丹朱来继承你的王位。"尧王笑了:"丹朱是咱的亲生子,他有力量,驱猛兽、开垦荒田、种庄稼还有些办法,但他光顾吃喝玩乐,不关心民间疾苦,怎能执掌江山呢?我要寻访一个有能耐的人当帝王。"

尧王去访贤,改扮成普通百姓,独自一人到各处察访,走过了山山水水,察访过了大小部落。这天,来到雷泽,只见春风和煦,丽日高照,山清水秀,鸟语花香,一群村姑在山坡上头簪鲜花,手拎小篮,一边采集草药,一边嬉闹追打,田间农夫赶着牲畜辛勤耕耘播种。尧王看到这种景象,心旷神怡,非常高兴,心想,此地景象升平,人民安居乐业,在这里准能访到贤德的人,今后,江山社稷有贤人执掌,我死也瞑目了。

尧王心里欢喜,又看见一青年套着一头黄牛和一头黑牛,在山半坡里耕地,他手中没拿鞭子,只有半截小木棍,不时敲一下挂在犁把上的小铜盆。尧王越看越觉得奇怪,便爬上了山坡,待青年人耕到地头,尧王问青年人:"请问壮士,耕地敲铜盆,是为什么?"青年人答道:"我敲铜盆是为了驱赶二耕牛前进。"尧王听了更觉奇怪:"你为什么不用鞭子驱赶耕牛呢?"青年人将犁停在地头,指着牛背说:"二牛为我耕地,累得满身是汗,已经很吃力了,我怎忍心再用鞭子抽打它们呢!再说打黄牛,黄牛奋力,黑牛轻快,打黑牛,黑牛奋力,黄牛轻快,不如敲击铜盆为令,让二牛合力前进,不是更好吗!"尧王心想,此人对耕牛尚有恻隐之心,对待人一定更好,是个有才智而又仁慈的人。接着问道:"请问壮士大名?"青年人躬身施礼:"小的名舜,骊山脚下人氏,请到寒舍喝杯淡茶,再好行路。"

尧王听说青年人叫舜,便问:"你可是下井为母捞金簪的舜?"青年人说:"为母行孝,理所应当。"

尧王说:"打扰你耕地了。"说完转身向山坡下走去。舜说:"恕小的不能远送。"舜敲击铜盆,又去耕地。

隔了几天,尧王率众朝臣,引吉祥之兽——獬,二次来到骊山。舜大吃一惊,纳头便拜,尧王慌忙扶起了舜,说明了求贤接任之意。獬点头摆尾,跷起两只前腿,像当年拜尧王一样,向舜拜了三揖,众朝臣齐向舜跪拜。舜虽然再三推辞,但尧王不容分说,携手拉舜,在众臣簇拥下,回到了尧王城。

尧王把帝位让给了"虞舜",人们叫他"舜王"。从此,开河渠,种五谷,人们过着丰衣足食的生活,都称舜为"贤王"。

讲述人:崔金甲,男,65岁,汉族,文盲,河南省范县农民

采录人:崔金钊,男,60岁,汉族,大专毕业,河南省范县王楼乡教育组干部

采录时间:1989年10月22日

采录地点:河南省范县王楼乡

尧王访贤(二)

尧王老的时候,力不从心了,想把天下大事让给能干的贤人。他有九

个儿子,看看没有一个能治理天下;满朝文武呢,算来算去也不中意。他决定到民间访一访,找个贤人,把江山让给他。

单说历山脚下,住着一个名叫瞽叟的老汉,他有个儿子名叫舜。舜的母亲死后,瞽叟又给舜娶个继母。舜的继母不贤,把舜当作眼中钉。一天,尧王来到这里,听人们议论舜的继母千方百计害舜,但总是害不死,他就想见见舜这个人。这时,舜正在地里犁地。尧王就问路去找。

尧王来到舜犁地的地方,见舜使的一头黄牛和一头黑牛,屁股上都绑个簸箕,长身儿地不顺着犁,而是横着犁,感到很奇怪。

尧王问他:"年轻人,人家犁地都是顺着犁,你咋要横着犁呢?"舜说:"老人家,我来时,母亲交代叫横着犁,顺着犁就违背了母亲的话呀!"原来舜知道这样犁地又慢又费劲,但母亲整天想法害他,怕不照着办会惹出祸来,就只好遵从。尧王知道舜的苦处,心想:继母不贤,也只得这样。此人宽宏大度,难得呀!尧王又问:"你在牛屁股上绑个簸箕干啥呢?那不得累了牛吗?"舜说:"鞭打牛身上牛会疼的,绑个簸箕,哪头牛走得慢了,照簸箕上打一下,它就知道是打它的,就会紧走几步撑上。为不打在牛身上,只有这个办法呀!"尧王听罢暗暗称赞:此人对畜生也这样疼爱,对人更可想而知了。

尧王觉得舜这个人与众不同,心中高兴,就坐下来和舜拉呱开了。最后,又说到牛身上,尧王问:"你的黄牛快呀,还是黑牛快?"舜说:"我的黄牛快,黑牛疾!"舜的这个回答使尧王很失望:这个人咋不诚实,你黄牛快就是黄牛快,黑牛快就是黑牛快,两头牛总不会一样快,为啥说黄牛快,黑牛疾呢?想到这里就起身走了。

尧王走有百十步远,舜又撑上去,说:"老人家!你停一下。"尧王站着,舜到他跟前悄声说:"我知道你为啥起来就走,是对我的回答不满意。现在给你实说吧,本来那头黄牛快些,黑牛稍微撑不上趟。可是刚才你那样问,它俩都在跟前,我说黄牛快,黑牛听见,心里是啥味呢?所以我说黄牛快,黑牛疾。"尧王连连点头,心想:原来是这么回事呀!此人办事这么细心,这样讲究方法,无论办啥事都能办得好!

尧王大喜,把舜带进王宫,把自己的两个女儿娥皇、女英许配给舜为妃,又把江山让给了舜。

讲述人:杜加典

采录人:张楚北

采录时间:1982年2月

采录地点:河南省南阳市城郊

尧王喝茶

尧王微服来骊山私访,见舜正在种茶,尧王问:"这是什么?"舜说:"这是茶叶,喝起清香,请到我家品尝。"尧王有些好奇,就来舜家做客。舜把茶叶放到陶碗里,倒上开水,立即有一股清香弥漫全屋。尧王观碗里的茶叶,形如紫燕舌尖,绿如鹦鹉羽毛,尧王品尝,只觉满嘴清香,满腹舒畅,连声夸好。又问:"此茶何名?"舜说:"这是自己种的,是用野茶培育的,还没起名。每年三月摘最好,四月摘次之,五月又次,六月采的最差,这是去年三月三采摘的。"尧王喝着茶叶清香,明如碧玉,就起名叫"玉香",后又叫"舜王茶"。

采录人:崔金钊,男,60岁,汉族,大专毕业,河南省范县退休教师

采录时间:1989年11月4日

采录地点:河南省范县王楼乡

尧王池

相传远古时候,尧王懂天文地理,又体贴民情。这年夏季的一天,尧王冒着酷暑,出访至太行山脚下。一行人口渴难忍,当下找不到水喝,都很焦急。尧王手搭凉棚向四处张望,伸手抓起一把土,捏在手掌内,一握

一松,土粘成团。尧王哈哈大笑说:"土粘掌,皆因湿润也,润地之处,岂无水乎?"和他一起巡访的人恍然大悟,赶忙从村中借来打井工具,刚挖了五尺深,一股清泉便向上翻涌,于是大家高高兴兴喝起了水。

村里百姓听说尧王来了,纷纷前来拜见。尧王指着翻涌的清泉说:"此处地下泉水充足,如能修一条河,旱能灌田,涝能防洪,乃万年之利也。"

尧王走后,人们按照尧王旨意,从南到北挖了一条河,在源头修了一个大池,池塘全用青石砌成。泉源上雕一龙头石,使一股清水从龙口中吐注池内,池底万眼泉珠向上冒泡,泉水顺河而下,村南千亩旱田变水田,并供人们养鱼、栽树、种莲藕。

后人为纪念尧王功德,便将这个村起名叫"捏掌",把尧王亲手挖的池叫"尧王池"。这池也就是闻名的尧河发源地。

讲述人:李元怀,72岁,河南省沁阳县捏掌村农民

采录人:尚立飞、李燕

采录时间:1984年6月

采录地点:河南省沁阳城关镇

瑶 琴

相传唐尧有两个女儿,名叫娥皇和女英。她俩住在尧王后宫的花园里。那儿有青竹翠柏,还有四时鲜花。花园中间挖了一个大池子,名为瑶池。瑶池旁的路边上,种了几棵梧桐树。

有一天,梧桐树上落满了五色凤凰。凤凰长鸣,好像动听的音乐。娥皇、女英见了,又高兴,又惊奇,急忙禀告父王。尧王说:"凤凰是神鸟,不落无宝之地。这梧桐一定是良材。"于是命人将梧桐树砍倒,投入瑶池沤了一些日子,然后把它精心做成木琴,取名"瑶琴"。

一年三百六十天,瑶琴就做成三尺六寸长。按照五行金、木、水、火、土,安上丝弦五根,发出五音,称为宫、商、角、徵、羽。瑶琴做好后,尧王就

叫手下人来弹奏。据说舜弹得最好,尧便令娥皇、女英跟着舜学。后来,尧就把两个女儿嫁给舜做妻子。

一千多年以后,到了周成王时,周文王的第三个儿子周公旦辅佐成王,开始设六宫,定礼乐,才给五弦瑶琴添了两根弦:老弦和子弦。据说老弦可以表达对周文王被殷纣王囚于羑里的沉痛思念,其音苍凉而悲哀;子弦呢,用来表达对周武王讨伐殷纣王大获全胜的喜悦,其音激越而欢快。从此,瑶琴由五弦琴变成七弦琴,发出七音。这就是:宫、商、角、半徵、徵、羽、半宫。

讲述人:邱海观,男,72岁,河南省南阳县农民

采录整理:范牧

采录时间:1983年6月

丹江的传说

八百里丹江,原名叫"黑河",发源于秦岭的东南麓,流经三省五县,为汉水的主要支流。新中国成立后,在这里建成了举世闻名的亚洲第二大水库——丹江水库。

丹江的名字是怎么来的呢?

很早很早的时候,尧帝治理天下,他有九个儿子,两个女儿。俗话说,大的稀罕小的娇,可怜就在半中腰。刚生下大儿子那阵儿,尧帝把他稀罕得像掌上明珠,起名儿叫丹珠,意思是吉祥如意的宝珠。丹珠要吃啥,尧帝就赶紧让人给他做啥;丹珠要穿啥,尧帝就赶紧让人给他缝啥。丹珠骑在他脖子上一边撒尿,一边嚷嚷:"下雨啦,下雨啦!"他也跟着说:"下雨啦,下雨啦!"丹珠在他碗里放个屁,拍手说:"爹,给你又添一味啦!"他也笑着说:"真香,真香!"就这样,尧帝把丹珠惯得不像样子。尧帝也很想把他教育成个贤明的人,可后来,尧帝又有了其他十个子女,加上整日忙着治洪水,操国事,也没顾上实现自己的心愿。这丹珠傲世好胜,横行

霸道,常常和他的狐群狗党吃喝嫖赌,无恶不作。

尧帝头发白了,腰背弯了,精力不支了,想选个合适人,继承他的帝位。按规矩,长子丹珠是当然的继承人,可尧帝知道丹珠不成器,难当大任。

这天,尧帝召集百官,问谁可以接替帝位。有个大臣想巴结尧帝,抢先回答:"丹珠很开明,可承帝位。"百官怕得罪尧帝,只好跟着打顺风旗。尧帝叹道:"吁!不肖之子,不足以授天下!"他嘴上这么说,可谁不望子成龙呢?他决心试试丹珠的智力和德性,究竟有没有改善的希望。

尧帝用文桑木做成棋盘,用犀角象牙做成棋子,教丹珠下围棋。丹珠只学了两局,就运用自如。尧帝大喜,以为有了希望,就派他到黄河边去治水。哪知,丹珠一离帝都就恶习复发。那时,唯一的交通工具是船,坐上大船,才能显出威风。丹珠想坐上大船抖抖威风,但从帝都到黄河边没有河道,丹珠硬是坐上船,逼着人们在旱路上拉着走。他为了取乐,趁纤夫们正用劲时,拿斧头砍断纤绳,使成百成百的纤夫像摞麦个儿一样栽倒地上,一个个碰得鼻青脸肿,口鼻出血,他却开心地哈哈大笑。

尧帝知情后,气得眼珠子都快憋出来。他把丹珠废为老百姓,贬到离帝都远远的黑河边儿去"劳动改造",选拔贤明的舜,继承了帝位,还把自己的两个女儿——娥皇和女英给舜做了妻子。

丹珠得知后,对父亲咬牙切齿,耿耿于怀。他暗暗串通南蛮的有苗部落起来造反。

尧帝亲自带着大兵,治服了叛军,活捉了丹珠。尧帝要杀丹珠为民除害,舜是一个很仁慈的人,忙拦住说:"他本应继承帝位,却让我替代了,他一时想不通,起来造反,是常情。只要他今后能改恶从善,就饶了他吧!"丹珠给父亲跪下认了错,才被免一死。

尧帝死后,舜看丹珠恶习已改,而且有了立功赎罪的念头,就想给他个机会,问他愿到哪儿去做官。丹珠感激万分,流着泪说:"我在哪儿跌倒,就在哪儿爬起来吧!"舜就让他到曾经"劳动改造"过的黑河一带做了诸侯。

那时的黑河,河水常常暴涨,加上蛇妖作怪,百姓的生命田产屡遭祸害。他们听说丹珠要来做诸侯,更加恐慌。因为,他们知道他的暴虐,就纷纷准备逃走。丹珠拦住想逃走的百姓,说:"父老兄弟们,过去的那个丹珠已经死了!"说着,他"扑通"跪下,对天盟誓:"我要将功补罪,做尧帝的好儿子,做舜帝的好哥哥,做百姓的好臣仆,若有半点虚假,天打五雷轰!"

从此,丹珠带领一江两岸的百姓,观水道,察地形,共谋治水方案。为了使黑河北岸的淅川城不受洪水侵袭,丹珠在江边设计了一条七里长的石坝。丹珠和大家一起开山运石,不分昼夜地干。石坝修成了,它像一条鳊鱼,横卧在江边,人们都叫它"七里鳊"。大家称颂丹珠的功绩。

这事儿让住在黑龙口的一个黑蟒精知道了,恼得一蹦八丈。因为黑蟒精每年六月六要到淅川城兴风作浪,吞食人畜。修成了七里鳊,就是断了它一条生路。这天,它驾起几十丈高的浪头,向七里鳊横冲直撞而来。

丹珠正骑着一头白象沿江而下,巡察两岸的治水工程。忽报黑蟒精作怪,就立即返回。哪知,黑蟒精已将大坝冲了个大口子,洪水像脱缰的野马,奔腾咆哮着向房舍田庄冲去,好多百姓在水中挣扎呼救。丹珠驱动白象,飞奔着赶到缺口中央,堵住了洪水。黑蟒精张着血盆大口,伸着铁耙似的利爪,向丹珠扑过来。丹珠跳下背,顺势跃上浪头,挥剑与黑蟒精搏斗。他们在水中翻上翻下,大战几百个回合。丹珠瞅准一个机会,一剑砍掉了蟒精的两个利爪,与此同时,蟒精也咬住了丹珠拿剑的臂膀。那头白象见主人遇险,就大吼一声,扑过去,用它那长长的鼻子卷住蟒精,用力向空中甩去,一下把蟒精甩昏在石坝的脊梁上。

这时,护坝的百姓呼号着,向被甩昏的蟒精涌来。石头雨点般地砸向蟒精,不一会儿,黑蟒精被砸成了肉酱。

丹珠呢,虽被大家扶上石坝,可由于臂膀被咬伤,失血过多,加上搏斗的消耗、多年的劳瘁,口吐鲜血,永远永远躺在了江边。

大家根据他的遗愿,把他安葬在江边。那头白象不愿离开主人,紧紧守卫在丹珠的墓旁。后来,它化为一座象山,那长长的鼻子形成一道山梁,伸在江边,人们叫它"象鼻子"。

人们为了纪念丹珠,就把"黑河"改名"丹江",把埋葬丹珠的地方称为"王子巷",那座墓就叫"丹珠墓"。从此,丹珠的名字就和奔腾不息的丹江一起,四海流传。

讲述人:习警文,商人,上过私塾,已故

采录整理:习诏

流传地区:丹江两岸

采录时间:1983年2月

舜在文献中是另一种道德典范,如"践天子之位,都于蒲及安邑"(《路史》注)。而民间社会是这样讲述的:

虞舜出世

传说上古的时候,山西有个小村里住着一户姓虞的人家,户主名叫虞成。虞成忠厚老实,娶了个老婆叫五英,长得比天上的仙女还漂亮。他们夫妇二人相处得很好,同邻居们搁合得也很好。村里人们谁提起都夸他们。

有一天,五英上山砍柴。刚要下山,见一条大彩虹从半空中向她扑来,五英一惊,迷迷糊糊地看见彩虹变成了一个美男子,把她抱着了。也不知道过了多长时间,她醒来一看,什么人也没有,就背上柴草回家了。

从这以后,五英就怀了孕,一直怀了九年。虞成害怕老婆肚里怀了妖怪。他先后问了九九八十一个神汉,又问了七七四十九个巫婆,没有一个说是怪胎,都劝他好好侍候老婆,等着抱贵子。

那时候,龙蛇妖怪很多,经常掀风起浪,到处祸害百姓。这一天,妖怪把水推到小山村,淹死了很多人。虞成的大儿子也被淹死了。眼看不逃命不行了,虞成和怀孕的五英商量了一老晌,决定到冯诸山避难。他们一步一步地向前挪。走着走着,五英走不动了。她说:"唉!都怨我怀了孩子,要不,咱早爬到山上去了。"虞成说:"是呀,是孩子拖累了咱们。"话音刚落,"喀嚓"一声响雷,五英大叫一声倒在地,背上炸开一个大口子,一个小男孩从里面掉下来。虞成一见,又惊又喜,忙脱下衣衫把孩子包起来。说也奇怪,那孩子"呱呱"一哭,正要涌上来的水浪"哗啦"一声退得远远的了。五英呢,孩子哭叫以后,背上的口子长好了,连个印也没留。他两口子高兴极了,争着抱这孩子。再一看,这孩子和别的孩子长得不一样,两只眼里都有俩瞳仁;两个手心儿呢,有深深的字纹,像个"华"字。虞成和五英商量着给孩子起个名字,抬头一看,周围地上长满了叫"舜"的香草,就给孩子起名叫"舜"。他手上的纹儿像个"华"字,在家排行又是老二,就叫他"仲华"。

讲述人:释妙祥

采录人:刘剑、柳丹

采录时间:1986年1月

采录地点:河南省桐柏县水帘洞

效 舜

人们常把尊重长辈的孩子称为"孝顺"。其实,"孝顺"两字应该是"效舜"。舜生下不多长时儿,他的亲妈五英就病死了。虞成见儿子无人抚养,就给舜娶了个后娘。

这个后娘心眼儿不好。她听说邻居们都夸奖舜好,心里就不美气,动不动找碴儿打骂舜。过了一年多,后娘生了个男孩,起名叫象。打有了这个孩子后,后娘对舜更不好了,不打就骂。要不,就不给他饭吃,不让他穿衣服。舜想念亲妈,常常背着后娘哭泣。后娘知道了,又是狠打。后娘处处苛刻舜,舜对后娘没有一点儿怨恨,一早一晚还问安。有一次后娘病了,得用一种叫何首乌的药。舜住的地方没有这种药,他就背上干粮上路找药去了。走啊,走啊,渴了,喝点泉水;饿了,啃点干粮。他整整走了七七四十九天才到山上。这深山老林里经常有狼、虫、虎、豹。舜还是找啊,找啊,整整翻了九九八十一道岭,才找着何首乌。后娘捧着舜为她找的何首乌,看着连伤带累的舜,很后悔以前自己做的事,夸舜说:"舜真是我亲不溜溜的儿子啊!"

后娘病好后,原来的性儿又上来了,开始折磨舜了。虞成呢,刚开始还疼爱舜,后来眼睛病瞎以后,加上后娘常常在虞成面前说舜的坏话,慢慢地,虞成对舜也不好了。

一天晚上,虞成没听见舜说话,就问舜上哪去了。后娘说:"舜越长越不像话,现在和孬货混在一起,整天酒里肉里过,哪里会回来吃咱这粗茶淡饭呢。"虞成听了很生气。不一会儿,舜从外边回来,后娘迎上去说:"舜儿啊,今天咱家买酒割肉,我们都吃了。你赶快到厨房吃吧。"舜从来没有听到后娘关心自己的话,今儿一听,心里很美气。他把酒肉拿出来让象吃。后娘说:"他吃得太多,不能再吃了。这是给你留的,吃吧!"舜噙着泪把东西吃完,就去看父亲。虞成听说舜回来了,就问他:"你今天干啥去了?"舜说:"我出去打听给父亲治眼的方法去了!"虞成闻见舜说话带有酒气,就打了他两个耳光子。舜怎样解释,虞成也听不进去。

舜想:父亲眼睛看不见,才错怪了自己。他打算找一名医,为父亲治好病。他走乡串村,走啊,走啊,走了九九八十一里路,串了七七四十九个村,找到一位很有本事的看病先生。舜把父亲送到他家里治眼,为父亲端茶端饭,煎药熬汤。又用嘴把父亲眼里的脏东西吸出来,父亲的眼睛治好了。虞成说:"舜儿真是天下难得的好儿子啊!"后娘也对象儿说:"象儿呀,当儿的要都像你舜哥那样对待长辈就好了!"

从那以后,人们都教育自己的子女效仿舜,尊敬自己的长辈。谁家的孩子这样了,人们就称这孩子"效舜"。时间一长,"效舜"写成了"孝顺"。

讲述人：释妙祥

采录人：刘剑、柳丹

采录时间：1986年1月

采录地点：河南省桐柏县水帘洞

种麻籽

舜小的时候，亲娘就早早下世了。父亲续了个后娘。后娘生下个弟弟，起名叫象。舜和象虽说是弟兄俩，日子过得可差远了。舜整天不光是挨打受骂，吃的粗茶饭，穿的破烂衣，还得干脏活累活；象却是娇生惯养，吃好穿好，啥活也不干。就这样还不行，后娘为了让象独占家产，还天天谋划着要把舜害死。

有一天，舜的父亲叫舜和象弟兄两人去地里种麻。后娘见是个机会，就起了歹心。她在一旁恶狠狠地说："叫他们弟兄俩分开种，各自种各自的。谁的麻不出来就甭想回家！"说完以后，她背地里就偷偷把舜的麻籽炒成了熟的。

弟兄二人往地里去的路上，象走几步就捏些麻籽吃，因为他生性爱占小便宜，就伸手去抓了把舜的麻籽，放到嘴里一尝，香喷喷的，比自己的要好吃，他就闹着要和哥哥换麻籽。舜忠厚老实，处处让象几分，二话没说，就跟象换了麻籽。

结果，麻籽种下去四五天，舜种的很快就出齐了，象种的地里还是一块白。舜也不把后娘的话放在心上，拉着象就一同回家去了。后娘一听说这事，气得半天说不出话来。

一计不成，又生一计。后娘百生法儿又想出个孬点：让舜淘院子里的井，等舜一下到井里，她就和象抬来了一块磨盘，把井口死死地盖了起来。他们母子俩心想，这下舜可活不成了。后娘就高高兴兴地到厨房给象煎了两个鸡蛋，让象吃了个痛快。

349

谁知道，舜刚下到井里就见上面堵住了井口。他在井下急得团团转，正在着急的时候，突然见井下有个洞，里边还有亮光照过来。于是，他便顺着亮光过去，一看，又是一眼井。舜就从这眼井里又上来了。原来自家的井和邻居家的井下面通着呢！舜活着又回到了家里，后娘和象大吃一惊，两人差点儿气死。

两回都没把舜害死，后娘还是不甘心。又过了些天，她又想出了更狠毒的一着：让舜上房修房顶，点火烧死他。后娘做贼心虚，怕舜觉察不肯上，就假装亲昵地对舜说："好孩子，你看天气多热，要上房干活，给，带着这把伞，干会儿歇会儿，可别累着了。"舜没在意。当他拿着工具上到房顶时，后娘马上变了脸。她在这边抽掉了梯子，象就在那边点火烧房子。后娘在下边恶狠狠地冷笑着说："上次你从地里钻了出来，这回我看你还能从天上飞下来不成！"火越烧越大，舜在房上急得来回跑。正在危急的时候，他转眼看见了身边的伞，就连忙把伞撑开，"嗖"的一声，从房上跳了下来，连一点儿皮也没有擦破。后娘一见舜真的从天上飞了下来，当时就吓瘫到地上了。

后来，人们看舜忠厚老实，宽宏大量，就推选他做了皇帝。舜当了皇帝，并不跟后娘记仇，还是照样孝敬她。后娘不由得满胸羞愧，一气之下就碰墙自尽了。

讲述人：刘伯欣的母亲

采录人：刘伯欣，男，25 岁，河南大学中文系学生

采录时间：1981 年

采录地点：河南省偃师县城关镇

大舜耕田

相传，唐尧那时候，有个青年叫大舜，勤快憨厚，对父母十分孝顺。大舜二十岁时，母亲去世，父亲又娶了个后妻，生个儿子名叫象。常言说："娶了后娘，苦了前房。"这话一点也不错。舜的父亲和象形影不离，十分

喜爱;对舜,却恶言冷语,百般虐待。舜的后母为了和象独霸家业,总想把大舜害死。这天,他们暗中商量,叫舜赶一犋牛去耕种六十亩田地。临行,后娘只给他发一半口粮,还说,地耕种不完不准回家。

后娘百般虐待大舜,舜还是很孝顺。他听了继母的话,就把牛赶到历山脚下,自己搭了个小草棚,开始干活了。他犁呀,犁呀,活又重,肚又饥,不几天工夫,就把身子熬病了。但他还是日夜苦干,毫无怨言。就这样,他在这六十亩地中一天天地耕种。

冬去春来,转眼又到了播种季节。大舜身患重病,累倒在地。他想着死去的母亲,有气无力地哭着。这哭声传开了,野猪听了来帮他拱地,小鸟听了来帮他啄草。舜虽说有病,终于又种上了庄稼。这年正好风调雨顺,又是一个五谷丰登的好年景。

舜的后娘一计不成,就又生一计:把舜赶出远门,叫他去大江大海里捞鱼捉鳖,想把他淹死在水里。可是舜不怕风,不怕浪,时间一久,身体反而更结实了。

又过了一个春天,净吃坐穿的父母和弟弟又想起舜来了。为什么呢?因为家里没人干活,仓里的粮食也没了,这才又把舜叫回来,还到历山下去耕种。

大舜的德性远近都知道。这时,尧王正悄悄在民间巡访,想在察看民情时发现真正的人才。这一天,尧王来到历山,一看,舜正在犁地。尧王见舜掌的那个里首牛很好,就满口夸奖。舜急忙轻声对尧王说:"你夸里首牛好,外首牛听见生气了,会能好好地拉犁吗?"尧王一听大喜,暗暗佩服大舜处世公道。他想,天下有这样的贤人,定能挑起治国的重任。尧回朝后,跟皇后一商量,就把舜招为婿,让娥皇、女英跟舜结为夫妇了。大舜爱护百姓,很得民心。

尧王老了,跟前没有儿子,临终时,把大臣、皇后等人叫到跟前说:"我死后,要让舜继承王位,你们一定要顺乎民意。"尧王死后,大舜做了皇帝。舜在位六十年，全国人能安居乐业，太平无事。这就是后来人们称赞的尧舜时代。

讲述人：王上清，50岁，农民

采录人：王孟晓，河南大学中文系学生

采录时间：1986年8月

采录地点：河南省宜阳县城关镇

骡子为什么不会下驹

舜当了皇帝以后，娶了两个妃子：一个叫娥皇，一个叫女英。舜特别喜欢女英，想把她立为娘娘，可是又找不到正当的理由。

这一天，舜忽然想起了个主意：让两个妃子分别骑着牛和骡子，从远处到自己跟前来。谁先到他跟前，就封谁为正宫娘娘。舜私下还把跑得快的骡子送给女英，把牛留给娥皇。娥皇、女英二人分别从远处上路以后，女英骑的骡子一路领先，心里十分得意。娥皇因为骑牛走起来慢慢腾腾，远远落在女英后边。谁知道，好景不长，当女英走到半路的时候，骡子要下驹了，一耽搁就是大半天。就这样，女英眼巴巴地看着娥皇骑着牛撵过了自己，最先来到了舜的前面。舜费尽了心思，最后还是不能如愿，一怒之下，就下了一道圣旨：不准天下的骡子再下小驹。据说，从这以后，骡子就再也不会下小驹了。

讲述人：刘伯欣的母亲

采录人：刘伯欣，男，25岁，河南大学中文系学生

采录时间：1981年

采录地点：河南省偃师县城关镇

箫

我国有种乐器，叫箫，吹起来很好听。据说，第一个做箫的人，是舜呀！

第八章 尧舜时代

上古时候,舜刚刚长大成人,就被黑心的后娘赶了出来。舜有家回不去,四处流浪。这一天,他走到泰山脚下,见这里风景好,就到村里给长老打了个招呼,住下来开荒种地。

当时,泰山脚下的人常为鸡毛蒜皮的小事争啊闹呀。舜种地到了成熟季节,山边村子里的人进山了,不论分说,把熟了的庄稼全给抢走。舜呢,没说啥话,还照料他种的瓜果。瓜果长得肥大肥大的。

瓜果熟了,山边村子里的人来把瓜果抢了。

舜没办法,摇了摇头,往深山里挪几里,再开荒。

过些时儿,成熟的庄稼又被轰抢了。

一天,舜挖了几片小荒地,在竹林边歇歇儿。他摆弄着小竹棍儿,想起了小时候做的竹喇叭和柳皮喇叭。他砍了节竹筒子,仿着小竹喇叭做了个大竹喇叭。吹一吹,声音不算多好听吧,但总算有了个营生儿。

又一天,舜在竹林边歇歇儿,捡了一根被虫打了几个眼的竹棍儿,做成了喇叭儿。一吹呀,好听极了,"叮咚叮咚""淅沥淅沥"的。舜很高兴,又砍了一截好竹筒,打了几个洞儿。吹呀吹呀,忘记了累,心里也不烦了。就这儿,舜有了这根竹喇叭儿,干活累了吹,睡觉前也吹,有空儿就吹。

庄稼又熟了。山下村子里的人又来抢。舜知道自己没法儿拦,只好坐在一边,吹竹喇叭。舜一吹呀,那些抢庄稼的慢慢停下来了。停停,干脆放下手中的东西,一齐围到舜跟前,听舜吹。舜呢,也没理睬,照样吹呀吹。那些人都是瞪着眼,张着嘴,听得入了迷。舜一不吹,抢庄稼的人说:"喂!你这位大哥,本来这儿是我们的,不论谁种我们都收。你今天吹的东西怪好听哩。从今后,我们不收你的庄稼了。"舜说:"想收你们还收吧。山上的野果我拾了一洞,也够吃了。"大家说:"不收了。你收收吃吧。大哥你下山吹吹这东西,叫俺村里人都听听吧!"舜一听,他们喜欢听自己吹喇叭,就答应跟他们一块下山。

舜来到村子里,两户人家正在打架。舜想解劝,一个人拉着他,说:

"你管这事干啥,走,咱到屋里吹那玩意儿去。"舜进屋里,喝点茶,就吹响了竹喇叭。他这一吹,屋里屋外围了好多人。打架的人也不打了,他们都静静地听舜吹,个个儿都露出高兴的样子。舜吹呀吹,他们听呀听,听个不够,个个儿入了迷。舜要走了,他们拉着不让他走,还要他吹。舜说:"我把这东西给你们留下来,你们自己学着吹吧。"舜把竹喇叭留给了他们,又教会他们咋吹。

第二天,人们成群去找舜,要学这玩意儿。舜趁着这个时候给他们讲好多道理:有事莫吵,细商量啊;有气慢慢消,莫闹呀;有火慢慢息,莫怒呀。又给他们做了好多喇叭。

人们常听舜讲道理,跟舜学吹竹筒子,性子慢慢儿改了,很懂礼仪,也不打架了。有个人问舜:"大哥,这玩意儿真好,又能消闷解愁,又能熄火儿消气,它叫啥名呢?"舜想了想,就在地上写了个"箫"字,说:"它是竹子做的,应该是竹字头儿,人听到就会肃静,竹字头下就写个肃,合起来的字音就念它'箫'吧。"

听故事的要问:舜发明箫真有那么大的用处吗?那可不是,历史上还有个叫张良的人,山东的,用一根箫,吹散楚霸王八千子弟呢。

据说,舜发明箫的地点是泰山,直到现在,泰山吹箫的人还很多。

讲述人:释妙祥,男,60岁,河南省桐柏山水帘洞和尚

采录整理:刘剑、柳丹

采录时间:1985年11月16日

流传地点:河南省桐柏山一带

蒲息千秋

相传,尧的时候,各部落的人集居在山西一带的黄河沿岸。由于人口不断增加,黄河又经常泛滥,尧和舜商量,决定到黄河以南找个好地方,把部落里的人迁走一部分。

第八章 尧舜时代

这一年,舜渡过黄河到南方察看。他跋山涉水看了许多地方都不满意,最后来到淮河岸边,发现一片绿洲。绿洲中有湖有山,山清水秀。舜高兴地称这片绿洲是"神奇的土地",并说可与他们的都城"蒲坂"媲美。他又捧起绿洲上的土一看,又松又软,含着油香,激动地说:"息壤之地!息壤之地!"舜选定了这个地方,把这里的湖和山起名为"蒲湖""蒲山",还用随身带的猎刀在山的石壁上刻下了几句话:"乃山乃水焉,天下之二蒲焉。移吾之民息壤耕乎,将足食亦而乐乎。"落款是"尧帝九十五岁夏月舜落"。然后,舜又绕着蒲山察看,为将要迁来的移民选择居住的地点。选好了地点,他打算返回蒲坂,不巧生了病,只好在蒲山的一个山洞中暂住下来。

舜出来很长时间没有回去,尧不放心,便命鲧来找他。鲧费了千辛万苦,终于找到蒲山。他发现舜在石壁上刻的字,就在山上找,一直找到舜养病的山洞。这时候舜又病又饿,躺在山洞里昏迷不醒。鲧找到了舜,一看是那个样子,忙把带的食物塞到舜的嘴里。舜醒来以后,看见了鲧,非常高兴。他开口就问:"这个地方的山壤,你都看了吗?"鲧说:"看啦。""好吗?""好,真是天下第二个蒲坂哪!"

又过些日子,舜的病好了。他和鲧一起回去的时候,路过舜刻字的地方。鲧拔出佩带的猎刀,在舜刻的字下面,先刻出"蒲息千秋"四个大字,又刻了四句话:"亏西原之沃土,盈东滨之息壤。移故民之乐业,过神往之天堂。"

舜和鲧回去以后,禀告尧说在南方找到一个和蒲坂一样好的地方。尧很高兴,决定移民到息壤之地。第二年春天,移民千里迢迢来到这里,见了舜和鲧刻的字,看到这里的湖光山色和大片沃野,都是喜笑颜开,便在蒲山周围定居下来。

后来,武王伐纣建立周朝以后,他分封诸侯,把文王的第三十七子羽达分封到这里为息侯。羽达嫌这地方离京城太远,不愿来。武王劝说道:"息壤之地,山清水秀,金谷遍野,富民足食,是难得之处呀!"羽达听了就高高兴兴地来到了这里。

舜为开拓息壤立了大功,后人尊称他是"息壤先人"。每年腊月三十这天,当地百姓成群结队上蒲山朝拜他,形成了一种风俗。

讲述人:金美臣,男,83岁,息县豫剧团老艺人

采录整理:李中民

采录时间:1985年5月

流传地区:河南省驻马店信阳一带

舜王庙(一)

偃师县境内的邙山岭上,有一座舜王庙。人们用"前房檐水流到洛河,后房檐水流到黄河""好马跑不出山门",来形容庙的巨大规模。

实际上,庙并不大,只不过所处的地势有利罢了。庙前是陡坡,没有山门,好马想跑也跑不下去。那么庙的山门在什么地方呢?原来在山下四五里地的平川上,这里边还有一段传说。

据说,原来的舜王庙在山下,由于离洛河太近,常常被洪水淹没。

有一天晚上,舜王爷显灵,一夜之间便把庙搬到了邙山上。当晚周围各家的牲口都被调去拉东西。第二天早上,好多人家都看到牲口身上湿淋淋的。

据说还没有搬完,鸡叫天亮了,只好把一座山门留在了原地,而山上庙前也就没有山门了。至今山下还有一个村子叫"山门"呢!

讲述人:寇文贤,60岁,女,文盲,农民

采录人:刘伯欣,男,25岁,河南大学中文系学生

采录时间:1981年2月

采录地点:河南省偃师县

舜王庙(二)

相传舜王在位期间,亲自烧荒开地,教老百姓种庄稼,饲养牲畜,老

百姓对他都很敬仰。他到了晚年,主动把王位让给了禹王,天下百姓赞不绝口。每逢年来节到,老百姓总给他送去各种各样的礼物。这一来,反使他坐卧不安。

有天晚上,舜王对舜王奶说:"依我看,咱还不如搬出京都,另找一个地方去住。"舜王奶一听,忙问:"这是为啥?"舜王说:"你看,老百姓年年给咱送这么多礼物,劝又劝不住,我心里很不安宁。""搬到哪去住呢?""地点我找好了,伏牛山中有个老栗山,那里山高林密,很清静,送礼的保证找不到我们。"舜王奶听了,说:"这样也好,何时搬呢?""今晚就搬吧!"舜王奶一听这么急,忙说:"咱那六个闺女睡得正香,不喊她们一声?"舜王说:"咱先去,盖好房子,回来叫她们也不算迟。再说,她们在京都住惯了,要是吵闹起来,惊动了老百姓,不是枉费心吗?"舜王奶一听有理,当下就收拾东西,备好车辆,怕有声响,又摘了牛铃,悄悄地出了京城,直奔老栗山。不多时,就来到了老栗山顶。二人卸下车辆,盖起房来。舜王奶本事可大了,一口气吹起一个,要多高就吹多高。舜王手疾眼快,砖到砌成,不到两个时辰,房子可盖好了。

再说舜王那六个闺女,五个睡得正香。大闺女醒来小便,一瞅不见了父母,到牛屋里看看,也不见牛和车,进屋里瞧瞧,各种物件也找不到了。她急忙回屋喊那五个妹妹,谁知她们瞌睡大,喊了一阵,没一个醒的。她一时急了,用拳头在几个妹妹身上"扑通扑通"捶几下,五个妹妹这才醒了。她焦急地说:"爹和妈搬家了,我先在前面追,你们几个随后撵。"说着先跑出大门。那五个妹妹一听说爹妈搬家了,披上衣服就撵。

大闺女顺着车辙追呀追呀,当她追到老栗山顶时,见前面盖起了一座新房子,她想:爹妈刚刚出来,哪能盖得这样快呢?又往前追去了,约莫跑有一里多路,听见"哏哏哏"一声鸡叫,大闺女忙唤来一阵风,旋起一堆土,把自己遁了起来。那五个妹妹正在后面紧追,眼看新房子就在面前,鸡一叫又唤了一阵风,把自己遁在土中。至今在舜王庙前和庙后,还有一个大土堆和五个小土堆。人们称这六个土堆叫"六妮坟",舜王住过的地方叫舜王庙。

讲述人:郭延华,男,30岁,清河乡老庄村农民

采录整理:郭国祥,男,35岁,干部

采录时间:1985年9月4日

采录地点:河南省清河乡老庄村

尧舜神话更多是从后羿射日拉开序幕的,这是一种特殊的寓意。中国政治传统形成了特殊的格局,即"多难兴邦"与"任人唯贤",这是少见的。表面上看,中国社会表现出家天下的自我传承,以个体、家族作为狭隘的利益集团。事实上,中国社会形成了家天下与普天下的统一,形成四海一体的天下意识。

与口头传说形成对比的是"帝俊赐羿彤弓素矰,以扶下国"(《山海经·海内经》);"逮至尧之时,十日并出。焦禾稼,杀草木,而民无所食。猰貐、凿齿、九婴、大风、封豨、修蛇皆为民害。尧乃使羿诛凿齿于畴华之野,杀九婴于凶水之上,缴大风于青邱之泽,上射十日,而下杀猰貐,断修蛇于洞庭,禽封豨于桑林,万民皆喜,置尧以为天子。于是天下广狭、险易、远近,始有道里"(《淮南子·本经训》);"是故虽有羿之知,而无所用之。"高诱注:"羿,尧时羿也,善射,能一日落九鸟,缴大风,杀窫窳,斩九婴,射河伯,故曰知也"(《淮南子·傲真训》);"三嵕山,俗传以为羿射九乌之所,遂以山神为后羿。夫射乌已近误矣。羿,尧射官也。乃遂以为有穷之后羿,岂不更谬哉!今制止称三嵕之神,可破千古之惑"(《古今图书集成·方舆汇编·职方典》);"羿,古之善射者也。调和其弓矢而坚守之。其操弓也,审其高下,有必中之道,故能多发而多中"(《管子·形势解》);"羿除天下之害,而死为宗布,此鬼神之所以立。"高诱注:"羿,古之诸侯。河伯溺杀人,羿射其左目;风伯坏人屋室,羿射中其膝。又诛九婴、窫窳之属。有功于天下,故死托

祀于宗布。祭田为宗布,谓出也。一曰:今人室中所祀之宗布是也,或曰司命傍布也"(《淮南子·泛论训》);"帝降夷羿,革孽夏民,胡射夫河伯,而妻彼雒嫔。"王逸注:"雒嫔,水神,谓宓妃也。传曰:河伯化为白龙游于水旁,羿见射之,眇其左目。河伯上诉天帝,曰:'为我杀羿。'天帝曰:'尔何故得见射?'河伯曰:'我时化为白龙出游。'天帝曰:'使汝深守神灵,羿何从得犯?汝今为虫兽,当为人所射,固其宜也。羿何罪欤!'羿又梦与雒水神宓妃交接也"(《楚辞·天问》);"《汉书音义》曰:宓妃宓牺氏之女,溺死洛水,为神"(曹植《洛神赋》李善注)。

民间社会讲述如下:

前羿和后羿

远古的时候,遍地出现了可大可小的水怪。妖魔和恶龙,各显神通。有的喷烈火,有的吐毒气,有的卷狂风,有的掀恶浪,把大地糟蹋得不像样子。

人们为了防避妖怪的侵害,差不多都躲在山洞里。只有饿极了,才出洞找点食儿吃。稍不防备,还会被妖魔吃掉。不知过了多少年,世上出现一个带翅膀的英雄。据说他是老天爷派下来的,神通大,武艺高,神箭一射出去,直闪光,还带响。妖魔们可怕他了。

一天,这位大英雄带领山洞里的人们出来找东西吃,刚出洞,就碰到一个叫"九婴"的妖怪。这个妖怪有九个头,叫起来像婴儿哭一样。平常,人们只要一听见它的叫声,就腰软腿酸,头晕眼花,挪都挪不动步,成了妖怪的食儿。英雄一见九婴怪,扇扇翅膀飞了过去,张弓搭箭,"嗖嗖嗖……"一连九箭。九箭刚好射中九婴怪的九个头,人们抢着上去撕它的肉吃。肉又腥又臭,没法吃,只好搬些石头把它埋了。时间一长,成了个石头山,人们称这座山叫"九化山"。后来,山上长出很多很美的草,人们就把这山叫成了"九华山"。

又一天,这个英雄碰到一条叫"七角"的大恶龙。这条龙长有七只角,能吞云吐雾,吐的雾带毒,人们只要一闻到,就会软瘫在地上,恶龙喷吃啦。这天,也该这条恶龙遭殃,还没来得及吐毒雾,大英雄就扇扇翅膀飞起来,张弓搭箭,"嗖嗖嗖嗖嗖嗖嗖",一连七箭,箭箭都射中恶龙。那恶龙身子一疙卷,落地了,变成了一条河。后来人们把这条河称为"七垄河"。

从这以后,这个大英雄带领人们走出山洞,在山坡上搭些茅庵,住了下来,平常就在山上摘些野果吃。为了让人们过得安生些,这位大英雄又在人们中挑了些身强力壮的小伙子,跟他一起降妖捉怪。他们杀死一个妖怪,地上就多了一座山;他们杀死一条大恶龙,地上就多一条河。又过了好多年,他们射杀了许许多多的妖怪恶龙,地上就有了许许多多的高山和大河。人们说,山河就是这样形成的。后来,天下太平了,人们为了纪念这位带翅膀的英雄,把"羽"字放到"廾"字的上面,称他为"羿"。为啥这个字的发音念"yì"呢?就是说"羿"是天下第一个大英雄。

后来,世上又出现了一位用神箭射太阳的勇士,人们也称他为"羿"。为了区别这两位英雄,就把射怪的英雄叫"前羿",叫射太阳的英雄为"后羿"。

讲述人:李长春,39 岁,桐柏县城关镇人

采录整理:刘剑

采录时间:1982 年 3 月 10 日

采录地点:河南省桐柏县城关镇

第十个太阳

在很久很久以前,天上共有十个太阳,他们是上帝的十个调皮的孙子。每天一早,他们就出来玩耍。这下,地上的人可遭殃啦,庄稼枯了,河流涸了。

后羿为地上的人除害,一连射杀了九个太阳。当他正要射第十个太阳时,太阳不见了,天一下子变得黑暗,什么都看不见。

一天,后羿听到一个细微的声音在叫唤,他走近去。原来,是蚯蚓在说话呢,它说:"勇敢的弓箭天神啊,你还没有射除所有的太阳呀,第十个太阳正在地上藏着呢。"后羿一听很生气,他找来找去,可就是看不到。世界上一片昏暗,到哪儿去找呢?

后来,人们实在生活不下去啦,后羿也后悔不该射第十个太阳。他们请求天帝,唤第十个太阳出来,让人类万物繁衍下去。

一天早上,红彤彤的太阳又从东方走出来。开始,他还有些害怕呢,可他用温暖的眼睛偷偷一看,人们都在欢迎他呢。从这以后,黑暗的世界变得明亮了,万物开始生长,大地又有了生机。

那么,第十个太阳究竟藏在哪儿呢?原来,当后羿第十次拉起弓箭的时候,马齿苋用自己稠茂的枝蔓遮住了他,后羿才没找到他。

太阳重回到天上以后,为报答马齿苋的救命之恩,从来没晒死过一棵马齿苋,而蚯蚓一爬到地面上,就立即被太阳烧死。

讲述人:林小群、杨文彪

采录整理:李延平

记录时间:1983年2月

记录地点:河南省开封市鼓楼

羿射九日

盘古开天地后,天上没有日头,地上不分白天黑夜,整天混混沌沌的。有一天,一下子出来十个日头,地上的花草、树木呀都晒干了,河里坑里的水都快晒滚了,人热得顶不住了,十个日头一出来,人都跑到山洞里去,等它们落到西天边才出来找点吃的东西。眼看就活不成了,大家都去找黄帝想办法,黄帝能有啥法哩?就天天跪在热地上向天上祷告。

原来这十个日头是玉皇大帝的十个闺女。她们从小娇生惯养,天上的规矩一点也不遵守。清早起来,不梳洗打扮,每个人踩个火轮圈从东到西去玩。她们只知道玩,地上的人可就撑不了啦。黄帝天天祷告,玉皇大帝知道了这事儿,就把十个闺女叫到跟前训了一顿。她们真是不听话,第二天照样踩着火轮去玩。可把玉皇大帝气死了,就叫来一个叫羿的天神去把她们叫回来,还安排羿说,她们要是不回来,就吓唬吓唬她们。

羿很正直,神通很大,拉弓射箭,百发百中。他背着神弓,带十支神箭,出了天宫向东去找,到天东边一看,十个日头跑到南天去了。羿想走近路到西边天截住她们的头,就来到了地上。到地上一看毁的那个样儿,他真心疼,就大声吆喝十姐妹赶快回天宫。谁知她们听见羿吆喝,连理也不理。羿就拉开弓,搭上箭说:"你们要不回去,我就把你们射下来!"这些娇小姐以为自己是玉皇大帝的闺女,哪把羿放在眼里,嘻嘻哈哈的,还用火轮的光芒直射羿的眼睛。可把羿气坏了,心想:别说你是玉皇的闺女,谁作恶也不中,看我惩治你们!他使足劲,拉满弓,对准最前边的那个日头射去,只听"轰"的一声,那个日头炸开了!火花乱飞。人们看看天上真的少了一个日头,觉得凉快了好些,大家喜欢得直拍手。羿见人们那高兴劲儿,自己的勇气更足了,向着天上东一个西一个逃散的日头继续射去,每射出一支箭,天上便发出"轰"的一声,一个就炸开了。

眼看天上的日头就要被羿射完了,在旁边看热闹的一个老头猛然想起,要是没有一个日头,天不还是混混沌沌的吗?就让一个小孩偷偷从羿箭袋里抽出了一支箭。羿以为十支箭都射完了,就停了下来。从那以后,天上就只剩一个日头,直到现在还是这样。

讲述人:王宏玲,女,24岁,汉族,河南省项城王明口乡王明口中学教师

采录人:苏国苏,男,38岁,汉族,河南省项城贾岭乡文化站干部,初中毕业

采录整理:孔祥谦,男,50岁,汉族,河南省项城县文化馆干部,中专毕业

采录地点:河南省项城王明口乡王明口中学

马齿菜

据说太阳晒不死马齿菜。古时候,天上一下出来十二个太阳,晒得地上寸草不生,大小河儿都干了,整个大地全是火辣辣、明晃晃一片。

百姓们到处求神拜佛,要求除掉这十二个太阳。可是哪个神仙也不能办到。有位叫后羿的仙人来对百姓说:"不用到处求了,叫我来处置它们。"说罢,他拈弓拿箭去射太阳了。他爬过一道山,又一道山,上到一个最高的山上。这时他只觉得头顶发麻,四肢发酸,脊梁上叫晒得比针扎还难受。他"嗖"一声抽出一支箭,往弦上一搭,使劲一拉,一丢手,那箭直奔太阳而去。一小会儿,只见一个大火球从天上掉了下来。后羿一瞧射中了,心里怪高兴,接着又连射下两个。这十二个太阳被连射下来三个,剩下九个了。这九个太阳觉得自己难保,它们就挤到一堆,把热都聚到后羿身上。后羿可就难支了,他一狠心,咬着牙,一回发两支箭,向太阳射去。一会儿工夫,又射下来七个,剩下那俩可不护群儿了,东跑西窜。后羿瞄准西边的一个,"嗖"一声就把它射下来了。再往东看,剩下的那个没影儿了。这时,天下忽一下就凉了,漆黑一团,后羿不知道它藏在啥地方了,找半天也没找着。他想:没有太阳真黑,咋叫人过时光咧?于是,他大声对那个太阳说:"你出来吧,我饶你一命,不过你得依我两样事儿。一、你要报答为你遮身的那东西;二、以后必须早上从东方出,晚上从西方落,不然,我把你也射下来。"太阳听了,就慢慢儿从东边儿露出半个脸,越升越高。

原来,那太阳跑到东海边上,藏在了一棵大马齿菜叶儿底下了。太阳听从后羿的吩咐,就给了马齿菜一个特殊的本领——晒不死。

讲述人:邢朝军,男,28岁,汉族,河南省浚县善堂乡人

采录整理:张俊生,男,30岁,汉族,河南省浚县文化馆工作人员

采录时间:1998年12月

流传地区:河南省浚县城关镇

363

后羿射日

从前,天上共有十个太阳,他们都是天帝顽皮的孙子。

那时候,人间地面上十分繁华,树木葱茏,百草茂密,繁花似锦,人们在地面上辛勤耕耘,鸟儿在天空中唱歌,鱼龙在河水中腾跃,猪马牛羊成群成片,这可比寂寞清冷的天宫好多了。

那十个太阳都争着看人间景致,常常争吵打架,天帝就命令他们,每天只准出来一个看一天,老大头一天,老二第二天,老三第三天,依次类推。这几个太阳开始十分守规矩,人间也就安居乐业。每到早晨,该谁看景致,谁就早早爬起来,傍晚才依依不舍地离去。

后来有一天,他们又搞恶作剧了,一齐都跑了出来,树木花草都晒焦了,猪马牛羊都晒死了。人们也都被晒得半死不活,没处躲藏。于是,人们就找到了神箭手后羿,请求他把十个太阳射掉。

后羿就张弓搭箭,一个一个地射,那太阳就"咕咕噜噜"地掉到东海去了。

后羿一连射杀九日,第十个吓得半死,他看见地上有一堆茂密的植物,就钻了进去,吓得不敢露头了。

人间没了太阳,又黑又冷,万物也不能复苏,人们实在生活不下去了,就请求天帝,让再派个太阳。

第十个太阳知道了,就偷偷钻了出来,人们热烈欢呼,黑暗的世界有了光亮,百草树木又萌生了,飞禽走兽又繁殖了,人们也安居乐业了。这个太阳再也不敢顽皮了,每天按时起床、休息,给人们带来光明和温暖。

那第十个太阳藏身的一堆植物是马齿菜,它是太阳的恩人,自此,太阳连一棵马齿菜也没晒死过。

讲述人:潘富荣,71岁

采录人:李风云,21岁,河南大学中文系1986级五班学生

采录时间:1989年12月

采录地点:河南省南阳县新店乡贾庄村人边庄

后羿登月

很古很古的时候,天上有十个太阳,一齐照在大地上。庄稼树木都烧焦了,大地裂着口子,人们真是没有法儿活了。

有一个叫后羿的人,腰圆胳膊粗,力大无比。后羿不光是力大,还是个射箭的神手。他看着人们被那毒日头晒得皮焦骨酥的,就搭上箭,一箭一个,一口气射下了九个太阳。要不是有人拦着,兴许剩下的那个日头也被射落了呢!

是谁拦着后羿没让他把剩下的那个太阳射落呢?是嫦娥。原来,嫦娥从月宫里看见后羿魁伟壮实,心里无限爱慕。当后羿搭箭准备射第十个太阳时,嫦娥忽然想起月宫里还指望留下个日头当灯点呢,就连忙从天上下来,拦住了后羿,还把他带上了月宫,和他结成了恩爱夫妻。后来,后羿才改名叫吴刚。

后羿射日的事被当时的史官记在书上,流传了下来,不过那史官不是别人,却是嫦娥原来的丈夫。他恨透了嫦娥,所以,在史书上昧着良心抹去了嫦娥的功劳。那史官还编造瞎话,说嫦娥当初上月宫是偷吃了仙药。其实,人家嫦娥是看到他又懒又馋,写史记事也不公正,整天跟一班奸臣小人混在一起,想法子拍那昏头昏脑的皇帝的马屁,才独自跑到天上去的。后人不知道内情,以为嫦娥真的是好吃嘴才撇下丈夫,跑到了天上呢。

讲述人:马富贵

采录人:刘志伟

采录整理:张振犁、王定翔

记录时间:1982 年 12 月

记录地点:河南省西峡县城关镇

后羿追日

上古时,地分东、西、南、北、中和东南、西南、东北、西北,是为九州。

每州里有一个太阳,一共九个。这九个太阳,有时候同时出来,放射出暴光烈火,把大地烤得焦灼滚烫,河井干涸,草木枯焦,禾苗死亡,人禽飞兽都难以生存;有时又一个接着一个,轮换出进,不留间歇,一直白天,没有夜晚,人们只有无休止地劳动,没有安睡歇息的时间,把人类折腾苦了。可是,谁有啥法哩!"人皇生九子,各居在一方。分为九州地,九州九太阳。太阳轮流出,累杀众儿郎。太阳同时出,众生无处藏。"这首民谣就是最好的写照。

后来,人们实在熬不下去,就不约而同,纷纷去天宫东王父那里告状。东王父是主管日月星斗的,听了苦诉,勃然大怒,下令捉拿九颗太阳治罪。可是,派张三张三说有病,派李四李四说有事,派来派去谁都不愿前去。为啥?因为这九个太阳不仅力大无穷,行如闪电走如飞,而且浑身上下都是火,稍稍近身,就有被烧焦化成灰烬的可能,谁个不怕?所以,都怕捉拿不成,反伤了自己,便都借口不去。东王父看无人出战,火性骤起,正待发作,"父王在上,儿愿一往!"随着一声高喊,殿前闪出一人。此人二十出头,身躯凛凛,相貌堂堂,一双虎目似寒星,两条剑眉如刷漆。胸脯横阔,有万夫难敌之威风;意气轩昂,有千丈凌云之壮志;心雄胆大,似撼天狮子下云端;骨健筋强,如摇地貔貅临座上。东王父一看,不是别人,正是自己的少子后羿。后羿是东王父的宝贝蛋儿。大凡做父母的,都有亲溺少子之心,何况这后羿又是生得这样英俊无双!东王父想:让少子前去,若有个闪差……想到这里,不由得犹豫了一下。又一想:不对呀,除害救生要紧,再说,在众人面前怎能顾亲舍义呢?只好应允。

后羿谢过父王,来到后庭。头戴冲天冠,上镶无光珠;身穿抱金衫,胸披耀日镜;腰挂斩日剑,脚蹬追日鞋;左手拿提山锤,右手戴按日掌,还背上雕宝弓和射日箭。披挂一毕,准备停当,辞别父母,直奔中岳而去。

后羿为啥直奔中岳而来?中岳是九个太阳每次出来的必经之路,再者,中岳半山腰间有个大洞,可以隐身藏体。

后羿驾起祥云,来到中岳上空,然后按下云头,收着阵脚,着落在中岳山巅,藏身于半山腰的大洞之中。这时,太阳过来了。一、二、三……一个个喷着烈火,射着强光,奔驰而来。后羿伏在洞口,屏着呼吸,两眼紧紧盯着。等到第一个太阳来到洞口,他就忽地窜上去,抡起砸日锤,"嗵"地砸了下去。那太阳正得意忘形,冷不防挨了一锤,只觉得头晕目眩,眼冒金花,眼前一黑,栽倒在地上。后羿乘势赶上去,右手一把紧紧抓着,左手将中岳一提,提了起来,把太阳往下边一放,压到了中岳山下。其余八个太阳见老大被擒,压到山下,顿时恼羞成怒,一齐围上来替老大报仇,把后羿紧紧围在中央,往身上喷火,往眼里射光。但是,不管他们咋喷、咋射,后羿都毫无惧色,一点不怕,并且越战越强。太阳一看不是对手,不敢恋战。心想:三十六计,走为上策,还是赶快逃命为好,便虚晃几枪,纷纷逃去。后羿杀得性起,哪肯罢休,他抡锤舞剑,紧紧追杀,一鼓劲打倒砍伤了七个,并把他们分别压到了昆仑山、五台山、太行山以及东、西、南、北四岳之下。剩余那一个,后羿看它逃得远了,难以追上,就取下雕宝弓,搭上射日箭,"嗖"的一下,不偏不倚,射在日头的中心。只听一声惨叫,日头栽到了地上,鲜血直流。正待追上去杀掉,东王父下命令,让留下一个,和月亮昼夜轮换出来,为地上的众生造福。从此,地球上就剩了一个太阳。而这一个太阳,因为被后羿射了一箭,落了一个伤疤,经常流着鲜血,后世人看到,午时太阳中有块黑斑,早上和傍晚太阳总是鲜红鲜红的,也就是这个缘故。而那八个太阳被压到三山五岳下之后,继续散发热量。时间久了,把山下的石头和泥沙都熔化成了炽热的水,把泉水也烧成了热的,酿成了火山爆发和温泉。

讲述人:邱海观,70岁,农民

采录整理:李明才

记录时间:1983年1月

流传地区:河南省南阳县安皋乡街头

十二个太阳

传说在很久很久以前,天上共有十二个太阳,他们都是玉皇大帝的儿子。按规定,十二个太阳轮流值班,一个太阳管一个月。可由于玉皇大帝惯坏了他们,要么都一齐出来,要么一个也不出来。不出来时,一连几天甚至几十天人间黑暗一片,寒冷得要命,人们什么活也干不成。出来时,大地顿时热气升腾,照得人们睁不开眼睛,热得喘不过气来,庄稼被烤得卷了叶,树木勾了头。凡人们受够了太阳的折磨,决定推选一个弓箭射得又远又准的勇士去把太阳射落下来。

这个勇士背着干粮,带着弓箭出发了。他走了九九八十一天,终于爬上了一座人间最高的山头,因为这儿离太阳最近。可是等他射箭时,太阳们又都不见了。于是他就在山头上等。一直等到把随身带的干粮吃光了,太阳也没出来。就在他抵不住饥饿准备下山时,十二个太阳都出来了。十二个太阳一露面,这个勇士马上感到浑身像火烧着了一样难受,他咬紧牙关,拿出弓箭射了起来。一个、两个、三个……当这个勇士把最后一个太阳射落时,他也倒下,再起不来了。

人们恨透了这些作恶多端的太阳,他们落到哪里,人们就赶到哪里,将他们一个个打碎埋掉,当打完第十一个时,人们怎么也找不到最后一个了。原来,最后一个太阳落下时,正好滚到一颗很大很大的马食菜下边,被马食菜秧遮得无影无踪。人们东找西找,就是看不到。

这时玉皇大帝得知了这件事,马上派天神下凡向人们道歉,并传话让凡间饶了这最后一个太阳。人们想到世间也离不开太阳,便也不再找了。于是这最后一个太阳重又回到了天上,再也不敢胡闹了。每天早出晚归,按季南移北撤。从此,人间有了白天黑夜,一年分为春夏秋冬。人们日出而作,日落而息,春种秋收,平平安安过着日子。

太阳为了报答马食菜的救命之恩,对马食菜非常关心照顾,阳光不论多毒,都不会损伤马食菜。如果你不相信,可以挖一棵马食菜放在太阳下,就是晒上三天五天也不会把它晒死。

讲述人:艾连香,女,30岁,小学毕业,工人

采录整理:艾守斌,男,34岁,初中毕业,干部

采录时间:1987年10月

流传地区:河南省正阳县城关镇

羿和妻子

羿的妻子叫嫦娥,长得很漂亮。她整天不干活儿,还闹着丈夫给弄好的吃。羿很爱嫦娥,经常四处打猎,取美味让她吃。时间长了,圆圈儿一百多里的飞禽走兽被嫦娥吃光了。

一天,嫦娥闹着非吃金乌肉(金乌肉就是老鸹肉)不可。要弄不到金乌肉,她就不活了。羿看妻子哭闹得厉害,就答应出去猎找金乌去。

后羿穿过林子,跨过山崖,走了三天三夜,没见一只金乌。第四天的黄昏,羿见村边地里落了一只黑鸡,他眼疾手快,"嗖"的一箭,那只黑鸡拍下翅膀,伸腿了。羿高兴极了,心想:妻子总该有笑脸了吧!他正要去捡哩,走过来一个老太太不愿意了,说他不该把叼食儿吃的黑老母鸡射死。后羿向老太太说了自己的难处,又说黄昏时,人也累了,眼也花了,求老太太原谅他。

老太太是个明白人,听后羿这一说,也不再不依他了。后羿说:"老太太,黑老母鸡也死了,我也没找着金乌,我想拿你们老母鸡当乌鸦,回家哄哄妻子算了。你要愿意,我把随身带的干粮放下,再给你一张虎皮,行吗?"

老太太答应后,后羿连夜赶回家,给妻子做了碗"金乌汤"。

嫦娥喝金乌汤喝得多了,一品味就知道是假的。她把碗一摔,哭闹着说:"你后羿不是真心爱我,你拿这假金乌汤哄我!"

后羿为了不让嫦娥生气,又起五更找金乌去了。

后羿一走,嫦娥就把后羿的箱子撬开。这箱子里放有两粒仙丹。这两粒仙丹是羿一次在深山打猎时,被下凡游玩的王母娘娘看中,赐给他

的,让他服下,脱去凡体,到天宫。后羿得到了仙丹,回去想告别妻子嫦娥后再服仙丹升天。谁知,一见妻子,又舍不得走了。嫦娥长得很美嘛! 想着俩人都吃吧,一人只吃一粒,上不了天。后羿就把这事儿给嫦娥说了说,就把两粒仙丹锁在了箱子里。

嫦娥喝了假金乌汤后,觉得丈夫不是真心爱她了,越想越生气,就趁后羿不在家,偷偷儿吃了两粒仙丹。

后羿打回了真金乌,嫦娥抱着小白兔飘到天上了。

讲述人:孙建英

采录整理:马卉欣

采录时间:1984年1月

采录地点:河南省南阳县白河桥

嫦娥与后羿

从前,嫦娥并不是一个神仙,而是凡人,由于她长得美丽出众,被河神看中了,想娶她为妾。嫦娥不从,触怒了河神,他就使起魔法,霎时飞沙走石,刮起了一阵妖风,将嫦娥刮得晕头转向,昏倒在地上。

河神想趁机将嫦娥抢走,这时走过来一个小伙子,名叫后羿。他年轻力壮,很有正义感,看到河神欺负民女,就取出了自己的箭,朝河神射击,正射中河神的一只眼。河神痛得哇哇乱叫,赶忙逃走了。

嫦娥醒来,看到后羿搭救了她,非常感激。她又看到后羿长得非常英俊,就与他成了亲。小两口非常恩爱,日子过得挺幸福。

再说河神回到龙宫,非常气恨,想狠狠报复一下人间百姓。他突然看到龙宫中树上的九只亮光光的金翅鸟,就决定将这九只金翅鸟放到人间。

这九只金翅鸟可是龙宫中的传家宝,它们遍体透亮,发出强烈的光,所以才把龙宫照得金碧辉煌。河神将这九只金翅鸟放出后,它们就飞到天上,成了九个太阳,加上原来的一个,共是十个太阳。这十个太阳一个接一个地轮番挂在天空,于是人间没有了黑夜,天天烈日当空,地干了,河枯了,庄稼也干死了,许多人饿死、晒死,人间陷于悲惨的境地。

后羿看到这种情况,知道是河神搞的鬼,他决心出去学艺,制服河神,拯救百姓。于是后羿就外出求艺,一边访一边学。一天,他遇到了南海法师,就把自己的想法告诉了他。南海法师说:"你学艺是好事,可是即使你学好了武艺,也奈何不得它们呀。这样吧,我给你一粒药丸,到六月六这天的正午,你就将它吞下,这样你就会飞到月宫,那儿有个将军叫吴刚,你向他要一副箭,就可把天上的那九个太阳射下来。"后羿感谢了南海法师,带着药丸回了家。

到家后,后羿将遇到南海法师的事向嫦娥说了,两人都很高兴,心想百姓快有出路了。

可是由于后羿劳累过度,回家不几天就病倒了,昏迷不醒。到了六月六这天正午,嫦娥叫他不应,推他也推不醒,急得不得了。她想如果延误了时辰,药丸就会失去效用,百姓就永远没有活路了。于是就自己吞下了药丸,一会儿,她就感到身子轻飘飘地,飞了起来,一会儿就到了月宫。

月宫中的仙女都出来迎接嫦娥。嫦娥向她们诉说了事情原委,提出要箭的事,仙女们于是就采集流星作箭头,送给嫦娥,并领她见了把守月宫的将军吴刚。吴刚从月宫中的桂树上采下桂枝,做成箭杆送给嫦娥。

当后羿醒来时,发现嫦娥拿着管神箭站在他面前,知道嫦娥吃了药丸后变成了神仙,人神不能长久住在一起,他们不久将要分离,于是就非常伤心地哭了起来。但他又想到救百姓要紧,就赶紧从嫦娥手中取过神箭,飞上天空,将那九个金翅鸟变成的太阳全射了下来,只剩下原来的那个。于是,人间恢复了原来的样子,百姓们得救了。

不久,嫦娥不得不又飞回了月宫,他们夫妻不得不永远分离了。可是嫦娥经常想念她亲爱的丈夫,每当月亮圆的时候,如果你仔细看,就会发现,月亮中有一棵桂树,旁边倚着一个人,那就是嫦娥,她在向人间眺望她的丈夫呢。

讲述人:李卫华祖母

采录整理:李卫华,河南省正阳县农民

采录时间:1989年12月10日

采录地点:河南省正阳县城关镇

嫦娥奔月(一)

古时候,有一个漂亮善良的姑娘,名叫嫦娥。这个姑娘很能干,她的心眼也好着哩!嫦娥的爹和娘都是老百姓,不知道在哪儿,她家弄来很多草药。有一种药,她爹老是不叫嫦娥看,也不叫她吃。嫦娥姑娘最好打破砂锅问到底了。有一天,她趁着家里的人不在家,就偷偷地打开了药罐。哦,这药真好吃,她想着爹娘留着好东西不给她呢,嫦娥就越吃越想吃。

不好了,嫦娥吃罢药,肚子里就觉得不得劲,身子像是越来越轻。嫦娥飞起来了。嫦娥飞呀飞呀,她也不知道到哪儿了,就见脚底下有圆球。嫦娥就在月亮上住下了。她后悔了,在这又冷又黑的广寒宫里边真不好受,她有多想家呀!姑娘也没法,咋着也不能回家,她哭了。姑娘的哭声最后感动了老天爷。玉皇大帝显了灵,派玉兔降到月亮上边,陪着嫦娥,哄哄她,给她做个伴。上帝还派了另一个男子吴刚跟了她。从此,我们就能在月亮上看到玉兔和吴刚伐树了。

讲述人:陈蓝天,男,50岁,大学毕业,农民

采录人:陈印景,河南大学中文系1986级一班学生

采录时间:1989年11月

采录地点:河南省濮阳县习城

嫦娥奔月(二)

回郭镇的刘村,位于洛水两岸。这里有一座庙,叫宓妃庙。庙里供奉

的宓妃,是伏羲氏的女儿,也就是人们常说的"洛神"。

相传在盘古的时候,华夏族的祖先伏羲就住在洛河南岸一带。为了祭河图、洛书,他在洛口筑了个八卦台。伏羲往来于黄河、洛水之间,坐的是一只独木小舟。宓妃既美丽又聪明,伏羲外出时常常把她带在身边。有一次,伏羲忙于神事,很晚很晚还没回来。宓妃觉得独木舟挺好玩,就独自一人驾起小舟,在洛河上下游玩起来。划啊,划啊,划到斟鄩郊外的訾殿、刘村之间时,突然狂风大作,阴云密布,波涛汹涌,浊浪千丈,随着电闪雷鸣,一条青白凶龙窜出河面,直向小舟扑来。宓妃早已魂飞胆丧,惊叫一声,跌落水中溺死了。

伏羲失去了爱女,十分忧伤,日日夜夜守在洛河岸边哭泣,边哭边呼唤"宓妃"的名字。他的哭声感动了玉皇大帝,玉皇大帝便封宓妃为"洛水之神",执掌洛河。洛河上空经常云雾飘游,那就是洛神在河面巡视往返呢。

把宓妃惊吓落水的凶龙,原来是执掌黄河之神河伯。河伯性情放荡,喜怒无常,心胸狭窄,盛气凌人。宓妃生前在洛水荡舟已使他顿生妒恨,谁料死后又被封为掌管洛水之神,更加怒火中烧。心想把宓妃从洛水驱走,又慑于玉皇大帝的威严,不敢鲁莽行事,思前想后,他终于想出一条妙计,摇身一变,化为一个英俊后生,去向伏羲求婚。河伯嘴上说早对宓妃有爱慕之意,心里却暗想,只要你答应了这门亲事,我既可占有美丽的洛神,又能继续在洛河逞威,岂不两全其美!伏羲见河伯面目文雅清秀,求婚之意真切,也就答应下来。河伯走后,伏羲便来到宓妃溺水的地方,设下香案,祭祷洛神,告知已将她许配河伯,要她尽速打点嫁妆,迎候新郎。宓妃是被河伯害死的,如今旧仇未报,又添新恨,死活不肯应允。但是,父亲既已应诺,想必也是天意。无奈,只得强忍怨恨,嫁给了河伯。

宓妃出嫁以后,终日以黄河的滔天巨浪为伴,这情景常常使她产生痛苦的回忆。况且这里距离伏羲居处路途遥远,思乡心切。于是决意仍旧住在洛河,河伯也勉强不得。从此,河伯只得来往于河洛之间。每当河伯来洛河时,总是挟风带雨,使得泛滥的洛水淹没一片片农田。而当河伯离开洛河时,这里又酷热难当,大地龟裂,庄稼旱得又枯又焦。

有一年,河伯一去黄河不归,天上出现了十个太阳,大地旱成一片火海,庄稼、树木全晒死了,人也被晒死大半。这时有个射箭的英雄叫后羿,请求伏羲让他把太阳都射下来。伏羲十分高兴,并把后羿请到八卦台上射日。后羿登台迢迢一望,挽射日弓,搭上穿天箭,速发九箭,无一虚发,九颗太阳一个个从天上滚落下来。当后羿挽弓搭箭,欲射最后一颗太阳时,伏羲拦住了他,说是留下一个太阳普照万物,不然天下永远黑洞洞,那还了得。天下还有许多巨兽残害生灵,你留下一支箭射杀它们吧。

后羿按照伏羲的指点,越崇山,跨峻岭,四处追射吞噬活人的巨兽。那时的野猪大得像山冈,蟒蛇有几百里长,黑熊的掌子比麦场还大。但是,能射下太阳的利箭,还能射杀不了这些野兽?后羿瞄准一个,撂倒一个;瞄准一个,撂倒一个。终于把它们全都射死了。那条长几百里的蟒蛇被射死后,横卧在黄河与洛河之间,变成了现在的邙岭;那头像山冈一样大的野猪被射死,变成了褚岭;掌子比麦场还大的黑熊,化为黑石山,它的嘴巴被射日箭穿成大洞,那就是"黑石关"。从此以后,天下太平,四时接序,五谷丰登,百姓安居乐业。

一天,后羿骑马来到洛河岸边散心。在明镜一般的洛河下游,有一股浊浪自黄河逆流而上。后羿觉得好生奇怪。等到那浊浪到了眼前,定眼一看,才发现水里有一条凶龙。后羿一眼认出它就是在洛河两岸吞云吐雾、酿造旱涝灾害的祸首。于是抬弓搭箭,"嗖"的一声,正中恶龙右眼。那恶龙怒吼一声,腾空而去。

原来那天河伯是来找宓妃的。正在河中得意游弋,不防被射瞎了眼睛。但他也知道后羿那张射日弓的厉害,不敢与后羿争斗,便来到天庭,向玉皇大帝告状,说后羿射伤河神,罪不容赦。玉帝有心袒护功绩卓著的后羿,便一边问河伯详情,一边在寻找口实。当河伯说到他当时是变作一条龙向洛河游去,玉帝截断他的话说:"龙乃虫也。后羿射的是虫,何罪之有?你河伯随意化成大虫,有辱神格,本当重责。但念你已负伤,不加治罪。去吧!"河伯只好悻悻然回到河府。

却说宓妃见河伯眼被射瞎,而且更加丑陋,十分恼怒,便跃出水面,厉声责问:"是谁如此大胆,竟敢射伤河神?"

后羿答道:"天上天下,谁不知道我后羿这张射日弓?一条恶龙,兴风作浪,害天下民不聊生。为民除害,理所当然。"

几句话说得宓妃无言以对。接着,后羿又把自己如何射日、射封豨、射修蛇的经过讲给她听。宓妃越听越感动,越听越对这位射日英雄产生仰慕之情。心想,若能把河伯换成后羿,那该多么幸福。于是,她就把自己的不幸遭遇讲给后羿听。后羿正缺一个能给自己缝缝洗洗的女人,他当即表示要娶宓妃为妻。二人越说越投机,最后,宓妃走上岸来,和后羿一块骑马回到了斟鄩,也就是现在的罗庄。后羿深深地爱着宓妃,并给她改了一个很好听的名字,叫嫦娥。

从此以后,嫦娥终日在家,后羿照常出去打猎。后羿的箭法极好,没有几日,附近的野兽就全被他打光了。以后,每再出去打一次猎,就得一连数日不归。再往后,一出去就是半个月,再往后就得半年才能回来。年长日久,嫦娥渐渐觉得寂寞难熬,心情郁闷不乐。这天晚上,后羿终于回来了,看上去好像喝了酒,神采飞扬。他兴冲冲地对嫦娥说,这次打猎,摸到了昆仑山,见到了西天王母。西天王母赐给他一包仙丹,吃了这药以后就可升天。还说,他要再出一趟远门,给嫦娥备足够下半辈子吃的野兽。然后,他就要升天成仙了。

粗心的后羿,第二天一大早就又走了。嫦娥望着他远去的背影,不觉潸然泪下地哀叹自己命苦:先嫁河伯,少情寡义;后嫁给后羿,本想有个寄托,不料这人不久也要弃她而去。嫦娥不禁暗自伤神,终日在家长吁短叹。她曾想到去寻短见,但她是神,神是死不了的。可是这样苦苦地活着,比死还难受,往后这日子怎么打发啊!

这天晚上,嫦娥来到院中。只见一轮明月挂在中天。那月亮上影影绰绰,似有亭台楼阁。仔细看时,却又是一片冰轮,洁净无瑕。她想,那上边一定是个纯洁美妙的世界。于是她想到那天后羿的仙丹。主意拿定之后,她回到茅屋,打开箱子,从首饰匣中取出了那包升仙之药,也来不及倒水,便将仙丹吞了下去。霎时,只觉得头晕目眩,飘飘欲仙,身不由己,升向天空。嫦娥舒展衣袖,天空立刻出现一团五彩缤纷的天花。那团天花越升越高,终于消逝在月亮四周那片清辉里。嫦娥奔到月宫里去了。

过了很久很久,后羿才从远方回来。当他发现嫦娥吃了仙丹,奔向月宫之后,没有悲伤,没有眼泪,又骑上马找西天王母去了。他希望再讨来一包仙丹。仙丹讨到了没有,人们不得而知,但是后羿再也没有回来。

嫦娥真的奔月而去了。后来,曹植到洛水时写了一篇著名的《洛神赋》。那不过是借题发挥,想念自己的心上人罢了。洛神哪里还在人间呢!

采录整理:丁永鉴、赵现民

流传地区:河南省巩县洛河沿岸地区

采录时间:1982 年 2 月

药奶奶

早先,东山脚下住着一户人家,老夫妇年过半百勤劳忠厚,女儿嫦娥聪明伶俐。一家人男耕女织,日子倒也欢乐。

这年夏季,从南方过来一阵瘴气,传来一种病症,眼看着好端端的人都被夺走了生命,嫦娥父母也先后病倒。嫦娥日夜思虑寻找解救办法,她想起平常头疼脑热时,爹爹采些金银花、荷叶之类,熬成水一喝就好了,想着一定也要有能治父母亲疾病的草药。她就不顾风吹雨打,翻了七七四十九座山,越了九九八十一道岭,不管甜酸苦辣,温热寒凉,采了一百多样草,腿跑肿了,眼熬烂了,身体瘦弱了,也没有找着治病的药。虽是这样,她采药尽孝的诚心仍然不减。

常言说,精诚所至,金石为开。她的真诚感动了上天。这天晚上嫦娥拖着疲惫的身子,刚一睡着,朦胧中见一位慈眉善目的婆婆来到她的面前,叫着她的名字说:"嫦娥姑娘,你这一片真心,出于至诚,很是难得。可仙丹妙药没有现成的,必须经过一番采集的辛苦。不过造物主在造化这些草药的时候,是给整个生灵的,你如果只为父母采药,怕是不易得到的。"嫦娥听到这里,急忙顿首下拜说:"只要能治好病,我就是赴汤蹈火也万死不辞!"那老婆婆又说:"那好,南山有七十二峰,在这七十二峰中间,有三十六种药在山南边,可以治男子的病,有三十六种药在山北边,可以治女子的病。采集到的药要分别放好,不要混杂。"嫦娥一听,不由着急地说:"老婆婆,那荒山上草丛树林到处都是,我咋知道哪些是药呀?"那婆婆又说:"这不难,有一个小白兔在前边给你引路,只要小白兔用爪子抓住的东西,不管是花草树皮、石头虫毛,你都把它采集起来。草药采全以后,小白兔就会跳到你怀里,你可以把它带回来。记下了吗?"嫦娥点头答应:"记下了。"说完这话,一眨眼,老婆婆就不见了。

嫦娥心中惊疑,心想着可能是神仙来授药法哩,父母有救了,普天下凡是得病的人都有救了。她高兴极了,望空叩了一个头,起来拜见父母,把刚才的事原原本本说个明白。她父母都认为是梦中之事,哪里能信得真。嫦娥说:"虽是梦中,言犹在耳,岂能忘记。再说,孩儿与长者约了,只能信其有,不能信其无啊!"二老说她身小力薄,去深山老林采药,实在叫人放心不下。嫦娥说:"孩儿现在身体强壮,再带一把护身利刃,料也无妨。俗话说,不入虎穴,焉得虎子,请二老放心吧!"她父母见她决心已定,也只好由她。

嫦娥随即着手准备东西,做了两个大布袋,上边又做好标记,随身带点干粮和一把匕首。一切停当,就告别父母进山了。

嫦娥进得南山,顿觉耳目一新,只见青草漫山,野花遍地,丛林茂密,奇峰陡峭,隐隐若仙家出没之所,与东山相比强似百倍。她四处张望,到处寻找小白兔,寻啊,找啊,有几次看到白一点的东西都当成小白兔了,等跑到跟前一看,却总是扑了空。她心中有点不安起来。正在这时,前边山崖上"哗啦啦"一阵响声,从上面掉下一些碎石子儿。她抬头向上一看,天哪,在高高的悬崖顶上,有一只比雪还白的小白兔,正在用爪抚摸着一棵开黄花的小草。那白兔瞪着血红的眼望着她。嫦娥喜出望外,陡地添了精神,不顾一切向上攀登,费了九牛二虎之力,终于到了小白兔跟前。她先拔掉白兔抚着的那棵草,按照布袋上山前山后的标志,放进了布袋。她用手去抓小白兔,只见小白兔后腿一蹬,窜到又一个地方去了。嫦娥连忙赶过去,见小白兔正抓着一个茶杯口那么粗的空蛇皮,嫦娥又把蛇皮放起来。白兔漫山遍岭地跑,嫦娥在后边拼命地追,衣服划破了,鞋子跑掉了,手脚磨烂流血了,她全不顾。虽说拿的有干粮,也顾不上啃一口,只是跑啊,采啊。她想着只要能采来救活父母和乡亲们的药,就是抛出自己一条命也是值得的。在白兔摸蝎子、蜈蚣、土谷蛇时,她也毫不害怕了。嫦娥奔波了几天几夜,采来的药终于把两个布袋装满了,里面有鲜花、绿叶、草根、树皮、石头、鸟粪等。凡白兔摸过的东西,她都采集回来了,就和小白兔一起回到了家里。父母正在为女儿着急哩,一见女儿回来了,采回许多药,又领回一只小白兔,立即转忧为喜,不住嘴地念起佛来。

嫦娥不顾数天的劳累,把山南山北的草药又清理查点一遍,分别给父母熬了一些,服侍二老喝下。她这才疲乏得像散了架一样,抱起小白兔,和衣躺在了床上。

一声鸡叫,惊醒了嫦娥,她睁开困涩的眼睛,见怀中没了小白兔,就连忙坐起,强撑着身子下了床,去到父母房中。见二老服药以后真如吃了仙丹一般,病已经好了,嫦娥满心欢喜,转身去找白兔。她正焦急地找着,小白兔从外面回来了,嘴里噙着异香扑鼻的一枝花。小白兔忙把花枝送到嫦娥嘴边。嫦娥张嘴嚼着一个花朵,觉一股清香,直透肺腑,疲乏顿消,神清气爽,身体也竟然轻飘飘,从地面上飘起来。她连忙喊叫父母,父母听见喊声就出来,见女儿已飘有树梢高了。嫦娥说:"爹妈,我采的草药已经调配好,来不及给乡亲们分了。我要是下不去了,请您给大家分吃了,尽快治好疾病,并给大伙说,我就是到天上也要继续采药,从天上撒下来,为大家治病。"嫦娥说着说着就飘到了半空中了,一直飘到月宫,见月宫中真个好一派明亮的水银世界。她来到一棵桂树下,见那里有一个石臼石杵。她心想在这个地方放这个东西有啥用哩,冷不防白兔"噌"地从她怀里挣跑了。本来,在这个新的世界里,嫦娥把白兔当作自己的伙伴,现在白兔跑了,她感到一阵孤独。谁知不一会白兔回来了,背上背的,怀里抱的,嘴里噙的,都是草药。白兔把药全部放在石臼里,望着嫦娥点点头,又走了。嫦娥明白了,哦,这是让我舂药呀,我要抓紧时间,多舂一些,等太阳出来以前,把药撒到人间。就这样白兔不住地采,嫦娥不住地舂,他们两个合作,干得很有劲。

再说嫦娥的父母,自己刚好了身子,却走了女儿,真是又喜又急。他俩跑到村上,喊醒大家,说明了情况。大家一见嫦娥的父母病全好了,又听说嫦娥到天上还要往下撒药,就到河里洗脸洗澡,薅野草煮煮喝。嫦娥升天,还要往下撒药的消息一传十,十传百,不到天明就传了很远很远。这一天就是农历五月初五端午节。以后每年的五月五日早上,人们还要到河里洗澡,到田里采药,成了一种风俗,一直传到现在。人们很怀念嫦娥,感谢嫦娥,月亮里影影绰绰可以看见树影下一个人影在舂药,都说那就是嫦娥,并亲切地叫她"药奶奶"。

讲述人:殷龙欣,男,46岁,河南省方城县小史店乡大林头村农民

采录整理:余秀海、姚民校

采录时间:1985年4月9日

采录地点:河南省方城县小史店乡大林头村

仙女变成了癞蛤蟆

后羿因为射杀了天帝的九个太阳儿子,深为天帝嫉恨,从此他被贬到地上,永远不能上天了,和他一同下凡的妻子嫦娥,也受到了连累,不得不饱受世间之苦。心胸狭隘的嫦娥,自然容不下这么大的悲愁和烦恼,时常抱怨和责怪后羿。后羿一方面是怕死后到地下的幽都去和那黑鬼住在一起,作为天神,这处境怎能忍受呢?另一方面,他讨厌妻子的啰唆,决心重回天国。

重回天国是不可能的了,他已被专权的天帝革除了神籍,他就只好祈求长生不死,这也可以避免死后与厉鬼同处。他听说有一个神人,叫西王母,住在昆仑山,她有一种药,吃了能够长生不死。后羿设法通过水火的重围,登向昆仑山顶。他向西王母说明来意,西王母对这位有功于民的英雄的不幸遭遇深表同情,把药葫芦郑重交给他,说:"这是仅有的一点药了,够你夫妇两人一同吃了都不死的,一个人吃了,还有升天成神的希望。"

后羿高兴地把药拿回家,交给妻子保管,准备选一个节日,大家同吃。嫦娥心想,自己原是天上的女神,如今不能上天,全是受丈夫的连累。灵药既然除了使人长生更有能使人升天的妙用,自己吃了丈夫的一份,也不怎么亏负他。于是,趁着后羿不在家的一个晚上,把葫芦里的药倒出来,一齐吞了。

这下奇迹发生了:她渐渐觉得身子轻飘飘的,脚和地面脱离了,飘出了窗口。外面是夜晚的蓝天,灰白的郊野,还有天上一轮明月。到哪里去呢?到天府去,准会遭众神嗤笑,说她背离了丈夫,还是到月宫里去吧。

哪知道她刚刚飞临月宫,气喘未定,就觉得异样,脊梁骨不住地往下缩,肚子和腰身却尽量往外膨胀,嘴巴在变宽,眼睛在变大,脖子和肩膀挤在一起,周身皮肤上长出铜钱样的疙瘩来。她吃惊地大叫,声音即已喑哑;她想狂奔,只能蹲在地上迟缓地跳一跳。原来这个超群绝世的美貌仙子,只因为一念之错,变成了一个最丑陋可憎的癞蛤蟆了。

讲述人:袁珩,58岁,河南省濮阳县城关镇小学教师

采录人:郭晋光

采录时间:1989年12月11日

流传地区:河南省濮阳县

吴刚的传说

天上人间别看相差甚远,其实善恶美丑大致相同。不信,你听听吴刚的故事吧。

据说吴刚本是玉皇大帝女儿的仙师。在仙宫除了教授仙女们无穷的奥妙,还兼管编写天书。一有空他就借着星辉编呀写呀,天文地理、阴阳干支、六行八道、三教九流,什么内容都编了进去。当他写到《农事蚕桑》一章,他对人间产生了兴趣。这时,七仙女下凡,被召回天宫,他就私下向七仙女打听人间的情况。七仙女对他述说了凡尘的美景,山清水秀,桃红柳绿、男耕女织、夫妻恩爱……吴刚听得入了迷,他想:"天宫的清规戒律多如牛毛,哪有人间欢乐。"于是,便向玉帝呈上条陈,借口去重霄云汉游学,却从天经阁中盗出一卷天书,偷偷离开天宫,来到人间。

吴刚来到人间,与一个名叫丽娥的姑娘结了婚。夫妻二人住在山清水秀的江南,春耕秋收,生活十分甜蜜。吴刚利用农事空闲翻看天书,制作农具,培育良种,四下传播,很快使江南富裕起来,人们提起吴刚没有不夸奖的。我国东南古代之所以多称吴或吴越,就是对吴刚的怀念或敬重。后因太白李金星,入天经阁翻阅天书,发现少了一卷,三追两查,吴刚的秘密弄破,玉帝发怒,令南天门武士擂响召仙鼓寻拿吴刚问事。召仙鼓是很厉害的,各路神仙只要听到它的响声,哪怕在九霄云外,也得迅速返回天宫,各入本位,否则,就要化为灰土随风飘去。在人间的吴刚正在制作飞翔降雨器,听见召仙鼓响,顿时惊慌失措,周身绞疼。当他看到妻子丽娥

已有身孕,离愁别恨一齐涌上心头,更是悲痛万分。又一声鼓响,不可久待,他只好向丽娥吐露真情:自己本是从天宫中来,还要回天宫中去。然后,凄怆地唱着:"来之缓兮去之速,恋尘寰兮恸肺腑。洒泪别兮情不断,空渺渺兮永回顾。"随着召仙鼓三响,飘然升天。

灵霄宝殿,神仙济济,玉帝威严地端坐在上。这时,太白金星启奏:"吴刚仙师归天,请圣主发落。""传吴刚上殿!"阶下一齐呼喊:"吴刚上殿!"吴刚自知触犯天条,进了灵霄宝殿,匍匐在地,听从发落。玉帝盛怒,厉声呵斥道:"好你吴刚,冒犯仙规,盗去天书,偷下凡尘,与民通婚,若不刑戮,何法他家。喳!推吴刚于斩仙台处之!"太白金星是玉帝的谋士,闻听要斩吴刚,倒抽一口凉气,近前半步,为吴刚求情:"圣主三思,吴刚仙师教授有功,斩他不妥,日后仙馆谁来掌道,天书谁再编写?"玉帝一想,对呀,斩了吴刚,女儿们还向谁求教呢?便问李金星道:"依卿之见呢?"李金星回禀道:"不如罚他苦役,令他去砍月中桂树,桂树砍倒,他的罪孽也就免了。那时,再宣他回殿就职,岂不为好?"玉帝恩准,吴刚拜辞而去。

吴刚到了月宫,抬头一看,只见桂树盘根错节,数围之粗,高有丈余。他想:砍倒这桂树,大料也用不了多少日子。便抡起长斧,"砰喳""砰喳",一下下砍起来。这响声惊动了月宫中的嫦娥。嫦娥本来是人间后羿的妻子,因偷吃仙药而升天。玉帝容她不得,便令她去守月宫。嫦娥到了月宫,一片冷冷清清,除了喂养的一只玉兔,再无伴侣,终日形影孤单,甚是凄凉。这时忽然听到砍伐桂树的声音,她轻舒广袖,走出广寒宫一瞧,认出是仙师吴刚,很为惊奇,便上前问道:"仙师因何事在此伐树?"吴刚说明原委。嫦娥眉头一皱,若有所思,慌忙从广寒宫里捧出桂花酒来,献给吴刚,说:"仙师伐树辛苦,请喝几杯桂花酒,消愁解乏吧。"吴刚也不推辞,连饮几杯,饮后继续伐树。嫦娥说:"吴仙师可以歇息片刻,我们谈谈心好吗?"吴刚一心想砍倒桂树,好早回天宫,哪有心思闲聊,摇头不应。原来,嫦娥是个多情女子,她看吴刚英俊魁梧,自知回不了人间,对他已有爱慕之心。因此每天都捧出桂花酒,献给吴刚,百般殷勤。但是,吴刚心想人间的妻子,对嫦娥却视而不见,漠然处之。一天,嫦娥实在忍不住了,便对吴刚吐出心腹之言:"吴仙师,难道人间的七情六欲,您都忘干净了吗?"吴刚眉头皱了几皱,爱理不理地回了半句:"没忘。"嫦娥盈盈一笑,献媚道:"既然这样,我回不了人间,你也去不了尘世,咱俩可谓天涯沦落人,结为丝罗,岂不为美?"吴刚一听,顿时脸上变色,愤愤道:"想当初你与后羿是多么好的一对,羿射九日,为民除害,天下敬仰。你不该偷吃长生药,舍弃丈夫,升天成仙,自寻寂寞。今又胡言乱语,我吴刚乃堂堂仙师,仁义之人,哪能与你这忘恩负义的妇人成婚,何况人间还有我的妻子日夜盼着我重返人间呢?我永远不会背弃她。"一番话说得嫦娥面红耳赤,无言对答,又羞又愧,悻悻而去。吴刚却"砰喳砰喳"伐他的桂树,以求早日解脱他的罪债。

嫦娥求爱受辱,顿生毒计。她取出一粒仙丹,化成明水,乘吴刚困盹休息之际,偷偷喷洒在桂树上。吴刚醒来一看,十分吃惊,原来砍伐的豁口,全都平复。他不知道是怎么回事,但并不灰心,继续抡起大斧,砍呀,砍呀,可是一斧砍下去,刚抽出斧刃,开口就马上愈合在一起了。他擦一把汗水,又继续砍下去……

所以,直到今天,我们在人间还可以清楚地看到吴刚在月宫砍伐桂树的身影。有时月光为什么那样柔和,原来是吴刚在窥视地上他心爱的妻子丽娥呢。

讲述人:刘继龙,男,35岁,汉族,初中毕业,河南省开封县政府招待所工人

采录整理:文戈,男,48岁,汉族,中专毕业,河南省开封郊区广播站干部

采录时间:1983年2月

射日除害

从前,天上有十个太阳,轮流值班。可是,有一天,十个太阳一齐出来了,晒得地面寸草不生。在东面的大海洋里,有一条很长很长的龙。这条龙高兴或生气时,就会在海洋里翻腾吼叫,那波涛把海附近的村庄吞没了,那吼声震得地面都裂了口。这十日和这条龙,折磨得人无法再生存下去了。在一个村庄里,有一个叫"青龙"的人,他不仅是个射箭能手,还是个杀虎斩龙的神手呢。他看到那十日和长龙把人类折磨得无法生存,便下了决心:"我宁可自己死了,也要挽救人类。"

一天,青龙爬上一座山的顶端,劝十个太阳说:"你们快回去吧,该谁值日谁就出来,你们这样一起出来,大地上的一切都会绝灭的。"那十个太阳正在快乐地张望着大地,听到有人喊它们,扭过头一看,哈哈大笑起来。青龙说:"不要笑了,赶快回去,要不我可要射死你们了。"十个太阳止住了笑,轻蔑地说:"你,一个小小的人,敢来阻挡我们。我们是玉皇大帝的儿子,你管得着我们吗?"青龙听了,生气了,边拉弓边说:"既然你们不听我的劝告,那就得死在我的手中。"说罢,他张弓射箭,"呼"的一声,射出一支箭。"啊——",一个太阳被射中了,只听它叫了一声,身上的火不见了,一个圆东西落在了地上。接着青龙又射出了第二支、第三支……当青龙正要射第十个太阳时,忽然传来喊声:"停一停,停一停。"青龙听见喊声,便放下弓箭,低头望去,只见一个农夫气喘吁吁地向他跑来。他连忙迎上去,问道:"老伯伯,你喊什么呢?"农夫对他说:"这个太阳就留下它吧!""怎么,它们这样害人类,不该把它们都射掉吗?"青龙不知道为什么要留它,就问农夫。农夫耐心地对青龙说:"地球上的光明与温暖都是太阳送来的,如果你把它们都射掉,地球上到处黑暗,人类、生物怎样生存呢?"青龙听了觉得有道理,便对那个早已吓得魂不附体的太阳下命令:"饶了你,以后你自己天天得来值班。"那个太阳听了,连忙答道:"是,是。"以后,那个太阳每天从东方升起,从西方落下。

太阳被制服了,青龙决定去斩河里的那条长龙。他带了一把锋利的宝剑来到海边,对着大海大声喊:"喂,长龙,你如果再来人间做坏事,我可不饶你。"那条长龙正在吃饭,忽听有人说要杀它,气极了,怒气冲冲地奔出海面。它看见是一个人,哈哈大笑后说:"你这小人儿,我还没吃饱哩,你自己送上门来了。好,今天就拿你做一顿美餐吧。"那条长龙吼叫一声,张开大嘴,扑向青龙。青龙早已有了防备,猛地一闪,闪到了龙的一边,随即举起了闪闪发光的宝剑,狠狠地刺向长龙。长龙见势不妙,掉头扑向青龙,青龙又把身子一蹲,躲了过去。趁这机会,青龙又举起宝剑刺了长龙一下,立刻,一股鲜血从那条长龙的腹部流了出来。这下可把那条长龙气坏了。它大吼一声,张牙舞爪地向青龙扑来。他又一次举起了宝剑,扎进那条长龙的喉咙。长龙"啊"地惨叫了一声。接着,青龙举起宝剑,使尽平生气力向那条长龙斩去,"喀嚓"一声,那条长龙被一刀斩成两段。

青龙射日除害的故事就是这样的。

讲述人:刘江沛的祖父

采录人:刘江沛,男,18岁,河南省舞阳县北舞渡左沟学校初中学生

采录时间:1989年4月12日

采录地点:河南省舞阳县北舞渡左沟学校

大江南北,关于尧舜时代的神话传说如繁星闪闪。有突出尧王访问贤能的,有突出大舜孝顺父母、敬爱天下的,都是在为天下做出道德表率。这些神话传说以后羿射日为节点,形成文化的叙说,昭示天下。

相比而言,尧舜身先天下的意义倒是越来越淡化了,这大概是中国社会注重情感的原因。

中华文明是在社会历史发展中不断积累所形成的,在人类文明的进程中,不断形成创造性转化与创新性发展,从而构成东方的文明曙光这一神圣奇迹,这是中华民族对人类和平与发展的重要贡献。